종이 울리면 자리에 앉는다

종이 울리면 자리에 앉는다

이동재 장편소설

창해

니체처럼 살다가 장자(莊子)처럼 죽음을 맞는 한 사나이의 이야기

이 소설은 넷플릭스 드라마 〈오징어게임〉과는 달리 등장인물들이 100일 동안 100억 원씩의 목돈을 거머쥐는 이야기이다.

이 소설을 쓰면서 작가는 인간에게 아무리 절망적인 상황이 닥치더라도 꿈을 꾸는 능력이 남아 있는 한 인생은 한번 살아볼 가치가 있다는 메시지를 전달하고 싶었다. 그러면서 니체처럼 살다가 장자(莊子)처럼 죽음을 맞는 한 사나이의 이야기를 곁들였는데, 이 소설을 다 읽고 나면 소설의 제목이 의미하는 바를 이해할 수 있을 것이다.

이 비정한 자본주의 사회에서 주눅 들지 않고 살아가려면 100억 원쯤은 있어야 할 것 같아 이 소설을 쓰게 되었는데, 누가 과연 이런 일이 실제로 벌어질 수 있겠느냐고 묻는다면 작가의 답변은 다음과 같다.

"그런 꿈도 못 꾸냐?"

자, 그럼 이제 두 명의 루저(loser)와 한 명의 아웃사이더(outsider)가 어떻게 떼돈을 움켜쥐게 되는지 출발해보도록 합시다.

2021년 11월 초

이동재

차례

제1부

멋진 신세계

"부동산시행사는 그만두셨다고 하더니만 또 무슨 아파트 부지를 확보하는 일이라도 맡으셨나요?"

선규가 이렇게 묻자 영준은 머뭇거리며 대답하지 않았다. 진우도 며칠 전에 부원장에게서 영준이 부동산 계통의 일을 하는 것 같다고 들어서 무슨 일인지 궁금하기는 마찬가지였다.

"언젠가 기회가 오면 말씀드리겠소. 아직은 입 밖에 낼 단계가 아니라서……."

영준이 말꼬리를 흐리며 서둘러 건배를 제의했다. 그리고는 건배사를 외쳤다.

"자, 우리의 꿈을 위하여."

1

진우가 춤을 배우겠다고 마음먹은 것은 리차드 기어가 나오는 〈쉘 위 댄스〉라는 영화를 보고 나서였다.

이 영화는 원래 일본에서 제작된 영화였는데 나중에 미국에서 리메이크되었다. 영화의 줄거리는 왠지 모를 공허감에 시달리던 중년의 사나이가 춤을 배우게 되면서 다시 생의 활력을 되찾는다는 것이었다. 처음에 일본 영화를 보았을 때는 그래도 제법 잘 만든 영화라는 인상만 얻었을 뿐 별 감흥이 없었는데, 미국판 영화를 보고 나서는 나도 춤을 배워볼까 하는 유혹이 찾아들었다. 아마도 그사이에 갱년기 우울증이 더욱 깊어졌던 것 같다. 무엇인가 생활의 변화가 없다면 그냥 시한폭탄처럼 터져 버릴 것만 같은 위기의식을 느끼고 있었던 참이었다. 아니면 진우가 리처드 기어를 너무 좋아해서 그를 따라해 보고 싶었는지도 모르겠다.

퇴근길의 차 안에서 창밖을 내다보던 리처드는 그와 똑같은 우울한 눈매로 거리를 내려다보던 여인과 우연히 눈이 마주치게 된다. 그녀는 댄스 교습소의 교사였고, 첫눈에 그녀에게 반한 리처드는 춤을 배우기로 결심한다. 이 중년 사나이는 안정된 직업과 단란한 가정을 가진 제법 성공한 위치에 있었는데도 무엇인가 생활의 변화가 필요하다는 위기의식을 느끼고 있었다.

그런 사나이의 심정을 진우는 충분히 이해할 수 있었다. 그 나이쯤 되면 이 세상에서 흔적도 없이 증발해 버리고 싶은 공허감을 가지게 되는 것은 당연한 이치라고 여겨야 한다. 거기에 무슨 이유가 필요하단 말인가. 더구나 영화의 주인공과는 달리 안정된 직장도 없고 단란한 부부생활도 누리지 못하는 진우는 더욱 그러했다. 진우는 요즘 매일같이 온몸이 세포나 원자로 분해되어 하늘 높이 사라져 버리는 환각에 시달리고 있었다.

어떤 사람이 진우에게 어째서 유독 리처드 기어를 좋아하느냐고 묻는다면 그 대답은 명확하다. 그가 알랭 드롱이나 그레고리 펙과 같은 전형적인 미남이 아니기 때문이라는 대답이 나올 것이다. 진우는 젊은 시절에도 제임스 딘이나 스티브 맥퀸 같은 개성이 강한 배우를 좋아했는데, 그들의 공통점은 잘 생겼다고 하기에는 무엇인가 조금 부족하다는 데 있었다. 바로 이 부족한 부분이 매력의 포인트라고 여겼다. 그런데 나이가 들면서는 그들보다 리처드 기어를 더 좋아하게 되었다. 전형적인 미남이 아니라는 점에서는 그들과 같았지만 리처드의 얼굴에서는 반항아와 같은 거친 면모가 보이지 않고 편안하고 부드러운 인상을 준다는 점이 달랐다. 물론 〈사관과 신사〉 같은 영화에서는 반항아적 기질을 보여주기도 했지만 거기서도 근본적으로는 애잔한 슬픔을 주는 부드러운 캐릭터가 숨겨져 있었다. 친한 이웃집 아저씨 같은 그의 얼굴에 푸근한 미소가 떠오르면 눈가에 잡히는 잔주름이 그렇게 정겨울 수가 없었다.

아무튼 진우가 세계적으로 유명한 영화감독이 된다면 제일 먼저 같이 작업을 해보고 싶은 배우가 바로 리처드 기어였다. 그렇게 좋아하는 리처드가 진우의 귀에 이렇게 속삭였다. 춤을 배우게 되면 그렇게 공허하고 허전한 일상에서 벗어나 수 있을지도 모른다고.

그런 생각에 사로잡히게 되자 진우는 자신도 모르게 고교 동창인 선규의 전화번호를 찾게 되었다. 다행히 그의 전화는 핸드폰에 저장되어 있었다. 김선규는 친한 것 같으면서도 별반 친하지 않았고, 그런가 하면 친하지 않으면서도 일생 동안 계속 만나게 되는 고등학교 동창이었다. 그는 뛰어난 실적을 올리는 보험모집인이면서 아울러 춤꾼이자 바람둥이로 소문이 자자했다.

전화를 받은 선규는 다행히 보험 얘기는 하지 않고 춤에 대한 얘기만 늘어놓았다. 자기도 〈쉘 위 댄스〉라는 영화를 보았다면서 우리 나이에는 그런 생활의 변화가 반드시 필요하다고 강조했다. 그러면서 전화번호 하나를 찍어 주었는데 그것이 바로 춤선생 박

영준이었다.

선규는 그가 영화나 소설의 주인공이 될 만큼 흥미로운 인물이라고 소개했는데, 무엇이 그렇게 흥미로운지 전화로 물어볼 수는 없었다. 그것이 무엇인지는 나중에 차차 확인해 보게 되리라 마음먹고는 며칠이 지나서 선규가 가르쳐 준 전화번호를 눌렀다. 10분 간의 간격을 두고 세 번이나 전화를 걸었으나 '지금은 전화를 받을 수 없다'는 여성 아나운서의 차가운 음성만 들려왔다.

나중에서야 교습 중에는 전화를 받을 수 없겠거니 하고 이해가 되었지만 통화가 되지 않자 은근히 화가 났다. 그래서 더 이상 전화를 하지 않겠다고 마음먹을 지음에 그로부터 전화가 왔다. 여자라면 누구나 그런 달콤한 목소리에 넘어가지 않을 수 없으리라고 여겨질 만큼 묵직한 베이스의 음성이었다.

"미안합니다. 여러 번 전화 주셨는데 전화를 받지 못했습니다. 실례지만 누구신지요?"

진우도 헛기침을 몇 번 하고는 목소리를 가다듬어 자기소개를 했다.

"김선규라고 아시죠? 그의 절친한 친구인 송진우라고 합니다."

진우는 '절친'이란 말에 액센트를 주었다.

"아, 보험 회사에 다니는 그 김 사장 말씀이신가요?"

선규가 보험 회사의 사장이 되었을 리도 없고, 사장이 일선에서 보험을 모집하러 다니지 않을 텐데도 그는 선규를 사장이라고 불렀다.

"네 그렇습니다."

여기까지 대답하고 나자 선규가 '이번 달 안으로 자동차보험을 갱신하러 오겠다'고 한 말이 퍼뜩 떠올랐다. 영준을 소개해 준 일을 빌미로 하여 선규는 보험 한 건을 더 모집하려 했던 것이다. 그러자 늘 세워두기만 하고 굴리지 않는 차는 보험료를 대폭 깎아 주어야 이치에 맞을 거라는 생각이 잠시 진우의 머리를 스쳐 지나갔다.

보험료도 운행거리에 비례해서 책정한다면 진우는 보험료를 내지 않아도 될 것이었다. 배터리가 방전되지 않도록 이따금 시동을 걸어 보는 것 외에는 몇 달째 차를 굴린 적이 없으니까. 전에는 아내가 운영하는 식당에 식재료를 공급한답시고 마장동 축산시장이나 가락동 농수산물시장에 들락거리기도 했으나 아내와의 대화가 끊긴 뒤로는 그 일도 접어버렸다. 그래서 폐차 처분을 해버릴까 고민 중인데, 이런 사정을 알 리 없는 선규는 보험을 들라고 두 번이나 전화를 했다. 춤선생을 소개해준 대가라도 받겠다는 듯이 당당하게 보험 갱신을 요구해왔다.

"김 사장한테서 춤을 배우고 싶어 하는 친구가 있다고 들었는데 바로 그 친구분이로군요."

"네, 맞습니다."

"탁월한 선택을 하셨습니다. 그런데 성함이?"

"송진우라고 합니다."

"아, 바로 그 영화감독이란 분이군요."

"그렇습니다."

"제가 송 감독님께 멋진 신세계를 안내해 드리겠습니다. 하늘로부터 축복 받은 사람만이 저를 찾거든요. 송 감독님은 축복 받으신 분입니다."

이게 무슨 뜬금없는 소리란 말인가. 멋진 신세계니 축복 받은 사람이니 하는 말은 일상에서 흔히 쓰이는 말은 아니지 않는가. 그러면서도 영준의 당의정을 입힌 듯한 달콤한 목소리에는 아주 적합해 보이는 어구였다. 그래서인지 별로 어색하게 여겨지지가 않았다.

"언제쯤 찾아뵐까요?"

"시간 나시는 대로 아무 때나 오시면 됩니다. 두 팔 벌려 환영하겠습니다."

이렇게 약간 과장된 듯한 말투와 함께 영준은 댄스 교습소의 주소와 약도를 핸드폰으로 보내왔다.

정작 이렇게 춤을 배우기로 작정하기는 했으나 진우의 나이쯤 되면 알지 못하는 생소한 세계에 발을 들여놓기가 쉬운 일이 아닌 법이다. 차일피일 미루면서 진우는 영준을 찾지 않았다. 요즘 들어 더욱 악화된 아내와의 갈등으로 인해 지쳐 있는 데다가 감기 몸살로 인해 컨디션이 좋지 않았다.

그래서인지 당최 무엇을 새로 배우겠다는 의욕이 생기지 않았다. 그래서 핸드폰을 열고 영준의 전화번호를 몇 번 확인하고도 전화를 걸지 않았다. 그런 와중에도 영준의 매력적인 베이스의 음성은 녹음기를 틀어놓은 것처럼 귓가에 빙글빙글 맴돌았다. 멋진 신세계를 찾는 축복 받은 사람이라는 바로 그 멘트였다. 리처드 기어가 창밖을 응시하던 한 여인의 모습을 잊지 못하듯 진우는 영준의 말을 뇌리에서 지울 수가 없었다.

그리고 보름쯤 지나서 진우는 선규를 만나게 되었다. 오랜만에 가진 동창들의 모임에서였다. 예상했던 대로 선규는 생명보험이나 암보험 같은 것을 너절하게 늘어놓고 떠벌였는데, 모두 완곡하게 거절하고 마지못해 자동차보험에만 사인을 해주었다. 그리고는 춤선생 영준이 한 말의 뜻을 물어보았다.

"축복 받은 사람이 신세계 들어선다는 말은 그 사람이 노상 흘리고 다니는 말이야."

선규는 그런 말에 별 의미를 두지 않은 듯했다.

"그 사람을 만나고 나서 복을 받기는 했어?"

"가만있자, 그 사람 말이 맞기는 하네. 큰 고객을 여러 사람 만나 보험 실적이 많이 오르긴 했지. 그렇다고 그 사람이 소개해 주는 것은 아니고."

"춤추다가 만난 사람들을 고객으로 만들었다는 얘기인가?"

"그것도 무시할 수는 없지."

진우는 잘생긴 선규의 얼굴을 힐끗 올려다보았다. 60을 바라보는 나이인데도 반듯한 이목구비를 갖추어 40대라고 우겨도 곧이 들을 만큼 젊어 보였다. 동창들 간에는 사귀는 여자가 요일마다 바뀐다는 소문이 돌았는데 선규는 은근히 그런 소문을 즐기는 눈치였다. 그러면서도 아주 평화롭고 원만한 가정을 이끌고 있으니 분명 그것도 보통 재주는 아닐 터이다.

"춤을 배우면 정말로 새로운 세계가 보일까?"

"지금 자네에게는 새로운 돌파구가 필요해. 우리 같은 중년 나이에는 건강을 위해서라도 춤을 배워야 해. 그러면 아마도 자네가 여태껏 모르던 새 세상을 만나게 될 거야."

언제인가 술자리에서 진우는 선규에게 자신의 생활상을 숨김없이 털어놓은 적이 있었다. 기억이 가물가물하기는 하지만 술이 엉망으로 취해 눈물 바람으로 하소연했던 것 같다. 아내가 운영하는 식당에서 설거지를 하며 입에 풀칠을 하고 그녀와 각방을 쓴 지 5년이 넘었고, 아예 대화가 단절된 채 살고 있다고.

그때 선규가 자신은 여러 애인을 두고도 아내와의 사이가 좋은데 그 비법을 알려 주겠노라고 하면서 한참 떠벌였는데 그 내용은 하나도 기억이 나지 않았다. 딱 하나 기억나는 것이 있는데 아무리 지겨워도 한 달에 한 번쯤은 의무방어전으로 아내를 안아준다는 것이었다.

"얼마쯤 배우면 될까?"

"무슨 일이든지 그 방면의 전문가가 되려면 끝없이 배워야 해.

춤 배운지 20년이 되었지만 가끔 교습소에 들러 다시 배우고 있어. 새로운 스텝이 계속 개발되니까 끝없이 배워야 해."

"그렇다고 제비가 될 생각은 없어."

"야, 같은 말이라도 제비가 뭐냐? 춤세계의 전문가라고 해야지. 그리고 임마, 아무나 제비 하는 줄 알아? 인물과 매너가 받쳐 줘야 가능한 거야."

너 같은 놈은 절대 제비도 될 수 없다는 듯이 선규가 비아냥거렸다. 그러면서 씨익 웃는 녀석의 얼굴을 한 대 쥐어박고 싶었으나 대신 진우는 앞에 놓인 소주잔만 빙글빙글 돌렸다.

"그럼 얼마나 배워야 할까?"

"나처럼 라틴 댄스까지 정통으로 마스터하려면 몇 년 걸리겠지만, 적당히 통하는 사교춤을 배우려면 서너 달 배우면 돼. 그러면 아쉬운 대로 캬바레나 무도장에서 써먹을 수 있지."

바로 이때 진우의 귓가에 나직한 베이스의 음성이 들려왔다. 하늘로부터 축복 받은 사람만이 자기를 찾아온다는 그 베이스의 음성 말이다.

"그 춤선생이 아주 흥미로운 인물이라고 했는데 도대체 어떤 사람이야?"

"글쎄. 나도 그를 안 지 10년이 넘었지만 도무지 정체를 알 수가 없어. 깊은 산속에서 도를 닦은 도사 같기도 하고, 신흥종교의 교주 같은 냄새도 풍기고, 어수룩한 사람 등쳐먹는 사기꾼 같기도 해.

하여간 자네가 직접 겪어 봐. 그래야 내 말을 이해할 수 있을 거야."

"사기꾼 같다면 만날 이유가 없잖아?"

"우리처럼 잃을 게 없는 사람들은 손해볼 것이 없지."

그런 말을 들으니 선규는 몰라도 진우는 잃을 것이 하나도 없는 자신의 처지를 확인할 수 있었다. 집이나 가게도 다 아내 명의로 되어 있었고, 가진 거라고는 불알 두 쪽이 전부였는데 그것도 요즘은 전혀 쓸 일이 없었다. 그에게 남은 재산이라고는 폐차 직전의 낡은 자동차 하나뿐이었다.

여기까지 이야기를 나누었는데 다른 친구들이 두 사람 사이에 끼어들어 화제를 바꾸는 바람에 더 이상 얘기를 나누지 못했다. 그리고는 학창 시절 선생님들의 흉내를 내는 친구의 얘기를 들어 주는 척했다

2

동창 모임에서 선규의 말을 듣고 진우는 춤선생이라는 사람에 대한 호기심이 다시 살아났으나 그렇다고 곧장 연락하지는 않았다. 머릿속에 어떤 생각이 가득 차 있더라도 그것을 행동으로 옮기는데 굼뜬 체질이라 그냥 며칠을 기원에 기웃거리며 흘려보냈다.

아니 솔직히 말하자면 지갑 안이 텅 비어 있어서 꼼짝달싹할 여유가 없었다. 춤을 배우려면 당장 백만 원 가량의 돈이 필요했는데 그런 거액을 조달할 방법이 없었다. 그런데도 자기를 만나면 축복받을 거라는 춤선생의 목소리는 귓전에 머물러 춤을 추고 있었다.

그러다가 이 세상에서는 벌어질 수 없는 참 희한한 일을 겪게 되었다. 모조품으로만 알고 차고 다녔던 그의 짝퉁 롤렉스시계가 진품으로 밝혀지는 있을 수 없는 사건이 벌어졌던 것이다. 그것도 한정판으로 나와 값이 치솟고 있는 금통 모델이라니 진우는 한동안 입을 다물지 못하고 헤벌린 채 실성한 사람처럼 돌아다녔다.

그 사건은 진우가 단골로 다니던 기원에서 일어났다. 어느 날 기원에서 원장의 소개로 동년배의 사나이와 바둑을 두게 되었다. 기원에서 몇 번 보기는 했지만 인사도 나누지 않고 바둑도 두어 보지 않아 초면도 구면도 아닌 그런 뚱보 사나이였다. 그런데 바둑을 시작하자마자 훤하게 빛나는 정수리를 진우의 코앞에 들이밀어 매우 불쾌하다는 생각이 들었다. 그러다 가만히 관찰해보니 그는 바둑판을 보는 것이 아니라 진우의 팔목에 찬 시계를 들여다보는 것이었다. 심지어는 대마가 몰살하는 위기에 처해 있는데도 그는 바둑판을 보는 것이 아니라 진우의 손목에 시선을 집중하고 있었다. 그래서 손목을 슬쩍 뒤로 돌려 뒷짐을 짚었더니 그제서야 바둑판으로 시선을 옮기며 한마디했다.

"참 좋은 시계를 차고 계시군요."

처음에는 짝퉁 시계를 찼다고 놀리는 것 같아 대꾸를 하지 않았더니 다른 말을 덧붙였다.

"실례지만 그 시계 얼마에 구입하셨습니까?"

그제서야 그의 말투가 비아냥거리는 것이 아니라 매우 진지하다는 것을 눈치챘다. 그래도 진우는 설마 하고 대수롭지 않게 대답했다.

"가짜, 짝퉁인 걸요."

"아닙니다. 제가 보기에 이 시계는 진품입니다."

사내는 몸 뒤로 감추려는 진우의 손목을 끌어당겨 유심히 시계를 들여다보았다. 범인에게 수갑을 채우려는 형사처럼 진우의 손목을 놓아주지 않아서 두 사람 사이에 어정쩡하게 어색한 분위기가 조성되었다. 그래서 진우는 한참 동안 그의 정수리에 자리잡고 있는 민머리를 들여다보아야 하는 고역을 치렀다.

작년 이맘때쯤 진우는 종로3가의 거리 한 모퉁이에서 이 시계를 구입했다. 물론 번듯한 시계 점포가 아닌 허름한 길거리 노점상에서 구입했는데, 15만 원 부르는 것을 대폭 깎아서 10만 원에 샀다. 물론 진품이니 가품이니 따질 여지도 없었다. 정식으로 허가 낸 보석상이나 시계 가게에서 제값을 주고 사도 가짜가 태반인 세상에 진품이 거리에 나앉아 찬바람을 맞고 있다는 사실은 상상력 밖의 일이 아니겠는가. 그러면서도 이런 말도 안 되는 소리에 귀가 솔깃해지는 것도 부정할 수 없었다. 길거리에서 주운 복권이라고 일등에 당첨되지 말라는 법은 없지 않은가.

그동안 진우는 시계를 차지 않고 지냈다. 늘 손아귀에 들고 다니는 핸드폰이 일 초도 틀리지 않는 정확한 시간을 알려 주는데 거추장스럽게 시계를 차고 다닐 이유가 없었다. 그러면서 이런 거창한 명제를 붙였다. 시계로부터 손목을 자유롭게 해방시켜 주어야 한다고.

그런데 어쩌자고 가짜가 분명한 이 투박하고 무거운 시계를 구입하게 되었는지 진우 자신도 납득할 수 없었다. 사람이 살다 보면 이렇게 자신도 이해하지 못할 선택을 하게 되는 경우가 있는데 사람들은 거기에 운명이란 거창한 단어를 갖다 붙인다. 그러니까 이 시계와의 조우야말로 그 단어로 밖에는 설명할 도리가 없었다.

다만 그때 기억나는 것은 길바닥에 널부러져 있는 열댓 개의 시계 중 유독 그 시계에서만 후광 같은 광채가 번득이는 것을 순간적으로 보게 되었다는 사실이다. 아니 눈으로 보았다기보다는 마음으로 느꼈다고나 할까. 그때는 그저 석양의 햇빛이 잠시 그 시계 위에 머물러 광채를 내고 있었는지도 모른다. 아니면 품격 높은 아름다운 여인이 거리에 벌거벗고 누워 있는 묘한 부조화를 느꼈던 것 같기도 했다. 그래서 그녀를 숨겨주고 싶은 묘한 정의감이 발동했는지도 모른다. 아니면 병색이 완연하게 드러난 노점상의 거무튀튀한 얼굴에 잠시 미소라도 머물게 하는 적선이라도 베풀려고 했는지도 모르겠다.

이후로 진우는 이 시계를 줄곧 차고 다녔다. 조금 무겁기는 했지만 노란 광채가 손목을 덮고 있는 기분이 별로 나쁘게 여겨지지는 않았다. 그래서 잠시 시계로부터 자유로웠던 그의 손목은 다시 노예 생활을 해야 했다. 그리고 그동안 진우의 시계에 관심을 가진 사람은 아무도 없었다. 아니 시계는 물론 진우라는 인간에게 관심을 두는 인간 자체가 하나도 없었다. 그러다가 느닷없이 이렇게 엉뚱한 사내를 만나게 된 것이다.

“어디서 얼마에 사셨습니까?”

진호는 쳐다보지도 않고 시계만 들여다보면서 사내가 재차 물었다. 그런 질문 탓인지 머리털이 하나도 없는 그의 정수리가 그리 불쾌하게 여겨지지는 않았다.

"누구로부터 얻었습니다."

거짓말을 늘어놓는 데 익숙하지 못한 진우가 얼떨결에 이렇게 내뱉었다.

"누가 이렇게 귀한 시계를 준답니까. 선생은 횡재를 하신 겁니다."

횡재라니 진우의 사전에서는 도저히 찾아볼 수 없는 단어가 튀어나와 진우를 놀라게 했다.

"그렇다면 이 시계가 가짜가 아니란 말입니까?"

"내가 보기에는 진품입니다. 요즘은 오리지널보다 더 오리지널 같은 모조품도 나오지만 내 눈은 못 속입니다."

"시계를 잘 아시는 모양이죠?"

"그럼요 시계와 귀금속을 다룬지 벌써 30년 가까이 되었으니까 이 방면에서는 전문가라고 할 수 있죠."

얼마 전에 선규에게 이와 똑같은 단어를 들었던 기억이 떠올랐다. 그는 제비를 춤세계의 전문가라고 불렀었다. 인물과 매너가 받쳐주어야 제비가 될 수 있다고 했는데, 인물은 몰라도 매너가 왜 갖추어져야 하는지를 도무지 이해할 수가 없었다. 전문가란 말을 꺼내 놓고 뚱보 사나이는 명함 한 장을 진우에게 건넸다.

"시간 나는 대로 한번 들러주세요. 정밀 감정을 한번 더 해보죠."

보화당이라는 획수가 복잡한 금빛 한자가 거기 새겨져 있었다. 요즘도 이런 촌스러운 명함을 들고 다니는 이가 있으니 놀랍기도 했지만, 진호의 머릿속에는 이 사람이 말하는 횡재의 기준을 가늠하느라 정신이 어지러웠다. 500만 원, 아니면 1,000만 원?

바둑 첫판을 불계로 이기고도 그의 머릿속으로는 숫자 0이 줄을 서서 흘러갔다. 숫자의 행렬이 7개인지 8개인지가 문제인데, 8개라면 횡재임은 분명했다. 50,000원짜리 두 장이 수백 장 또는 수천 장으로 둔갑하게 되는 환상에 젖어 두 번째 판은 똑같이 불계로 지고 말았다. 이렇게 두 판의 바둑을 끝내고는 내일 그의 가게로 찾아가기로 약속했다. 그리고 기원을 나서는데 진우의 발걸음이 구름 위를 걷고 있는 기분이었다.

뜻하지 않게 횡재를 한 사람들에 관한 이야기를 해외 토픽 기사로 얼핏 본 적이 있었다. 새로 이사 간 집의 허름한 창고에서 먼지투성이의 액자 하나를 발견했는데, 그것이 중세 유명화가의 그림으로 판명되어 몇 백만 달러를 벌게 되었다는 얘기 같은 것 말이다. 그런 사례는 간혹 우리나라에서도 없지 않았다. 폐지를 줍다가 희귀한 문헌 자료를 찾아냈다던가, 고물상에서 구입한 술병이 고려청자로 밝혀져 떼돈을 벌었다는 기사도 본 적이 있다. 심지어 어떤 작자는 그렇게 얻은 고문서를 비밀 장소에 감춰두고 문화재를 담당하는 관계당국과 비밀 흥정을 벌이고 있다는 뜬소문도 돌았다. 그가 제시한 가격이 너무 어마어마해서 당국자들이 손도 못 쓰고 있다고 하는 얘기가 떠돌기도 했다. 그 책의 이름이 《훈민정음해례본》인지 《직지심경》인지 헷갈리기는 했지만 수백억을 호가한다고 했다.

그런 기적 같은 행운이 자신에게 찾아왔다고 생각하니 진우는 잠을 이룰 수가 없었다. 안경집에서 꺼낸 부드러운 천으로 윤이 나도록 시계를 닦으며 밤을 새웠다. 이제 그 시계는 팔목 위에 얹는 물건이 아니라 가슴에 품어야 할 보물이었다. 그렇게 소중한 시계를 품에 안고 설핏 잠이 들었는데 깨어 보니 해가 중천에 떠 있었다. 그 바람에 아침도 거른 채 보화당을 찾아 나섰다.

늦잠을 자는 바람에 아침도 거르고 보화당이라는 가게를 찾았는데 종로의 대로변에 있어서 찾기는 쉬었다.

그러나 보화당이라는 보석상은 이름처럼 그렇게 화려한 점포가 아니었다. 귀금속이나 고급 시계를 취급한다는 내용이 간판 밑에 조그맣게 쓰여 있었지만, 동네마다 자리잡은 철물점처럼 음산한 분위기를 풍겼다. 영화 〈티파니에서 아침을〉에서 본 보석상들과는 정반대로 초라해 보이는 가게였다. 그 영화에서 오드리 햅번은 얼굴을 반이나 가린 선글라스를 쓰고 그 보석들이 모두 자기 것인 양 거리를 활보했다. 관객들은 그녀가 재벌의 딸쯤 된다고 지레 짐작했지만 나중에 알고 보니 가출한 농부의 아내였음이 밝혀지는 반전이 준비되어 있었다.

가게가 너무 초라해서 진우는 간판을 몇 번이나 확인하고 들어섰다. 눈부시게 광채를 내고 가게를 밝혀 주어야 할 진열품들이 검은 천으로 덮여 그 빛을 숨기고 있어서 더욱 그런 분위기가 조성이 되었던 것 같다.

"물건을 사는 척하다가 들고튀는 놈들이 있어서……."

인사를 나누자마자 백 킬로쯤 되어 보이는 뚱보가 변명처럼 말꼬리를 흐렸다. 그리고 진열장을 덮은 검은 천을 벗겨내었는데 그제서야 가게 안이 조금 환해지는 것 같았다.

사장이 권하는 의자에 앉자마자 진우는 안경집에 소중히 간직해서 안주머니에 넣어둔 시계를 꺼냈다. 싸구려라고 믿었을 때는 손목에 차고 다녔지만 이제는 더 이상 그럴 수 없었다. 혹시 다른 물체에 부딪혀 긁히기라도 하면 값이 떨어질 수도 있으니 그 시계는 양복 안주머니에 제자리를 잡고 있었다.

시계를 받은 뚱보는 외눈박이 돋보기로 시계를 찬찬히 살폈다. 그다음으로는 시계의 여기저기를 자로 재더니 마지막으로는 빙글빙글 돌아가는 기계에 시계를 올려놓고 숫자를 체크했다. 그가 이렇게 시계를 감정하는 동안 진우의 목울대에서는 몇 번인가 침 넘기는 소리가 울려왔다. 기원의 형광등 불빛에서 볼 때는 진품인 줄 알았는데 정밀 감정을 해보니 역시 짝퉁이 맞네요. 이런 말이 주인의 입에서 튀어나올까 봐 진우의 심장이 벌렁거렸다.

화려한 드레스를 입고 티파니 거리를 휩쓸고 다니던 아름다운 여인은 재벌가의 상속녀가 아니라 가난한 텍사스 농부의 아내였다는 사실이 밝혀지듯이 이 시계의 정체도 곧 그렇게 드러나게 되는 게 아닐까.

드디어 가게 주인이 외눈박이 안경을 벗더니 몇 번 눈을 비볐다. 그러더니 아무 말도 하지 않고 책상 서랍을 뒤져 카탈로그 한 장을 꺼내 들었다. 거기에는 롤렉스시계의 사진이 수십 개 주욱 나열되어 실려 있었고, 모델명과 생산년도 등이 영어로 기록되어 있었다. 보화당 사장이 그중의 하나를 짚으며 단호하게 선언했다.

"이게 바로 이 모델입니다."

"그럼 가짜가 아니란 말입니까?"

"진품입니다."

뚱보가 정확하게 한 음절씩 끊어서 대답했다. 바로 그 순간 진우의 목울대가 부르르 떨리더니 마지막으로 침을 삼키는 소리가 들렸다.

"이 모델은 값이 얼마나 나가나요?"

진우가 가장 궁금해하던 것을 캐물었다. 롤렉스시계가 기백만 원씩 한다는 얘기를 듣기는 했지만, 가게 사장의 답변은 그의 상식을 넘어버렸다.

"아마 3만 불 가까이 될 겁니다. 이런 시계를 우리는 흔히 금딱지라고 부르는데, 이 모델은 한정판이라 시간이 갈수록 값이 오를 수가 있어요."

이 말을 듣는 순간 진우는 이 매력 없는 사나이를 와락 껴안아

주고 그의 정수리에 뽀뽀라도 해주고 싶은 심정이었다. 여태까지 그의 인생에 찾아오지 않던 행운이 말년에 한꺼번에 들이닥치는 것같았다. 아마 조금 덜떨어진 도둑이 이 시계를 훔쳐 싸구려로 알고 처분하는 바람에 이런 행운이 찾아왔는지 모르겠지만, 어쨌거나 행운의 머리채를 움켜쥐는 사람은 이렇게 따로 있는 법이다. 행운의 여신이 긴 머리채를 늘어뜨리고 다니는데 모두 그것을 피해 도망간다고 하지 않는가. 우리의 상식으로는 이해할 수 없는 일이 이처럼 벌어질 수도 있기에 이 세상은 한번 살아볼 가치가 있는 거라고 진우는 생각했다.

"그래서 얼마에 구입하셨느냐고 물었던 거예요."

"작년에 암으로 돌아가신 형님으로부터 물려받았습니다."

진우는 어젯밤에 미리 준비해 둔 답변으로 태연하게 말을 받았다. 두 눈이 시퍼렇게 살아 있는 형님이 들으면 기절초풍할 노릇이었겠지만.

"형님이 큰 부자였던 모양이군요."

"그랬죠, 건물을 몇 채 가지고 있었어요."

말단 공무원이었던 진우의 형님은 쥐꼬리만한 연금으로 근근이 생계를 유지하고 있어서 아마 이렇게 비싼 시계를 구경할 기회도 없었을 것이다.

"그랬군요. 나는 장남이라 그런 형님도 없네요."

보화당 주인은 뭔가 억울하다는 듯이 씁쓸하게 웃었다.

그는 종이컵에 믹스 커피를 두 잔 타서 진열대 위에 놓아 주고는 경기가 좋았던 지난 시절을 회상하기 시작했다. 하루에 매상이 얼마나 올랐으며 한 달 순이익이 얼마였는지 세세하게 밝히다가 갑자기 화제를 돌려 요즘 젊은이들에 대해 저주를 퍼붓기 시작했다. 그들이 결혼을 기피하는 바람에 매상이 뚝 떨어지고, 출산을 하지 않아 돌반지마저도 나가지 않는다고 했다. 이렇게 나가다가는 우리 민족의 존립 자체가 걱정스럽다는 말까지 덧붙였다.

진우는 이 애국자의 지루한 장광설을 인내심을 가지고 끝까지 다 들어 주었다. 이 뚱보의 혀 짧은 소리가 동굴 속에서 울려 나오는 듯한 춤선생이라는 사람의 베이스 음성으로 전환되어 들려왔다. 자기를 만나면 축복 받을 일이 생긴다고 했던가, 아니면 축복 받은 사람만이 자기를 찾는다고 했던가. 이렇게 헷갈리기는 했지만 그런 소리만 들었는데도 이런 행운이 찾아왔으니, 그 사람을 만나면 진짜 더 좋은 일이 생길 수도 있다는 막연한 기대감이 들었다. 이 자리를 벗어나면 얼른 그 사람을 찾아보아야 하겠다고 마음먹을 즈음 보화당 주인이 애국적인 연설을 마감했다. 앞으로 몇백 년 뒤면 우리 민족이 지구상에서 사라진다는 말을 하고 나자 더 이상 할 말이 없었던가 보다.

"만약 이 시계를 처분하시려면 다른 데 가지 마시고 저를 찾아주세요."

이렇게 고객 한 명을 확보하려 했다.

"예. 그럴 일이 있으면 꼭 찾아뵙도록 하지요."

진우는 자리를 털고 일어나면서 기원에서 다시 만나 대국을 하기로 막연한 약속을 했다.

진우가 나가자마자 보화당 주인은 절룩거리는 걸음걸이로 진열장 위에 다시 검은 천을 덮었다. 도대체 장사를 하려는 것인지 알 수 없는 태도였는데, 아마 그는 여기 진열된 귀금속을 영원히 소유하고 싶었나 보다. 그러자 조금 밝아졌던 보화당의 분위기가 이내 어두워져 버렸다.

3

보화당에 들른 그 다음 날, 진우는 그에게 축복을 내려 주겠다는 그 낮은 음성의 주인공을 찾기로 했다. 그가 가르쳐 준 주소는 기원에서 가까운 종로통이어서 찾기가 쉬웠다. 뒷골목 막바지에 있는 허름한 5층 건물 앞에 〈영춘춤방〉이라고 쓰인 나무 간판이 덜렁 매달려 있었다. 나무 위에 불에 달군 인두로 지져 쓴 글씨였는데 초등학교 학생의 글씨처럼 삐뚤빼뚤했다. 간판의 글씨는 일부러 이렇게 썼다는 느낌이 들었고, 더구나 댄스 교습소에 춤방이라는 이름을 붙인 것도 범상치 않았다. 그렇게 생각하면서도 이렇게 후미진 곳으로 춤을 배우러 오는 사람이 있을까 하는 의구심이 들기도 했다.

그의 머릿속에는 사방이 거울로 둘러싸여 그렇지 않아도 밝은 조명이 더욱 번쩍거리는 무도장이 어른거리고 있었다. 그것은 〈셸 위 댄스〉에서 본 댄스홀의 전경이었는데, 이 건물에는 그런 공간이 있을 리 없다는 생각이 들었다. 아니나 다를까 엘리베이터도 없는 낡은 건물의 5층에 자리잡은 영춘춤방으로 들어서는 복도는 전당포로 향해 가는 것처럼 음산했다. 어쨌거나 진우는 '영춘춤방'라고 페인트를 칠한 문 앞에 섰다. 무슨 일이 있어도 춤선생 박영준이라는 인물을 꼭 만나고 싶었다.

선규의 말에 의하면 생을 달관한 도사이거나 아무에게나 축복을 내리는 신흥종교의 교주이거나 달콤한 말로 어수룩한 사람을 속여 넘기는 사기꾼이라고 했는데, 그런 캐릭터를 공유한 인물은 과연 어떤 사람일까 무척 궁금했다. 더구나 그가 전해준 전화 속의 한마디 축복에 3천만 원이라는 거액이 들어오지 않았는가. 그를 직접 대면하면 그 열 배의 축복이 찾아올지도 모른다고 진우는 스스로 최면을 걸었다.

닫혀 있는 문 앞에 잠시 멈추자 안에서 뽕짝 음악이 새어 나오는 게 들렸다. 처음에는 조심스럽게 문을 두드렸는데, 아무 응답이 없어 다시 한 번 조금 세게 두들기자 문이 열렸다. 풍만한 몸매를 가진 한 중년 여인이 보름달처럼 환한 얼굴로 방긋 웃으며 손님을 맞았다. 그녀의 크고 둥근 얼굴이 나타나면서 남자 가수의 노래가 진우의 귀를 엄습했다. 자신의 나이가 사랑하기 딱 좋은 나이라고 가수는 말하고 있었다. 지금 얼굴을 보인 이 여인이 그런 말을 하는 듯 들려 진우는 깜짝 놀랐다. 허기야 사랑하기에 알맞지 않은 나이란 그 어디에도 존재하지 않을 것이다.

"박영준 선생님을 뵈러 왔는데요. 여기 계시죠?"

"네. 잘 찾아오셨습니다. 지금 원장님은 출타 중이신데 곧 돌아오실 거예요. 들어오세요. 저는 여기서 부원장을 맡고 있는 윤명희라고 해요."

둥근 얼굴에 맞는 둥근 음성으로 여인은 물어보지도 않은 자기소개를 했다. 그리고는 진우가 안으로 들어서도록 문에서 비켜섰다. 초면부터 친근한 느낌이 들어 하마터면 그녀의 손을 덥석 잡고 악수를 할 뻔했다. 진우는 몸을 움찔해 보이고는 안으로 들어섰다.

안에는 20평 정도의 나무 플로어가 보였으나 〈셸 위 댄스〉에서 본 것과 같은 사면의 거울은 없었다. 큰 거울이 하나 있기는 했는데 체면치레하듯 문 옆에 걸려 있었다. 진우는 잠시 그 거울 앞을 스치며 자신의 몸매를 훑어보았는데 춤을 추기에 어울릴 만큼 날씬해 보였다.

플로어 한가운데 키가 작고 비쩍 마른 사나이 하나가 엉거주춤한 자세로 서 있었다. 부원장에게서 춤을 배우다 말았는지 로봇처럼 고정된 자세에 표정도 굳어 있었다. 진우가 웃으며 목례를 했는데도 아무 반응이 없었다. 부원장은 문이 마주 보이는 곳에 놓인 소파에 진우를 앉히고는 그 사나이에게 다가가서 다시 춤을 가르쳤다. 여인이 다가가서야 그 남자는 태엽이 풀린 인형처럼 스텝을 밟았다.

낡아서 스프링이 꿀렁거리는 소파에 앉아 진우는 그들의 동작을 지켜보았다. 왜소한 사나이와 풍만한 여성의 조합은 참 어울리지 않아 보였다. 소녀가 공깃돌을 가지고 놀듯 여자는 남자를 자기 마음대로 움직였다. 사랑하기 좋은 나이라는 가사를 열 번쯤 반복해 들을 동안 그들은 같은 동작을 반복했다. 여자는 남자를 서너 걸음 전진시키거나 후퇴시키다가 이따금 생각났다는 듯이 한 번씩 빙글 돌렸다. 남자는 잘 길들인 푸들 강아지처럼 여인이 시키는 대로 따라 했다. 진우는 왠지 그 남자가 처량해 보였다.

그렇게 한참 어울리지 않는 한 쌍의 춤을 감상하고 있을 때, 문이 열리고 장발의 사나이 하나가 춤방으로 선뜻 들어섰다. 개량 한복에 반백의 긴 머리채를 휘두르며 그는 실내로 들어섰다. 노크도 하지 않고 들어온 것으로 보아 바로 이 사나이가 박영준 원장일 거라고 생각했는데, 아니나 다를까 수강생을 그 자리에 고정시켜 놓고 부원장이 뛰어와 진우를 그에게 소개했다.

"원장님 찾아오신 분이에요."

그녀의 이마엔 땀이 송골송골 맺혀 있었는데, 땀 냄새 대신 아프리모 향이 아련하게 풍겨 왔다.

"제가 이 학원의 원장인 박영준입니다."

진우는 그가 내민 손을 잡고 한눈에 스캔하듯 그를 훑어보았다.

자기가 무슨 예술가처럼 보이고 싶었던지 여자처럼 머리를 길게 길러 끈으로 질끈 묶었는데, 그래서인지 종편방송에서 산속에 숨어 사는 사람들을 소개하는 프로에서 많이 본 듯한 얼굴이었다. 자연에 파묻혀 사는 사람들이 이발소에 가려면 산을 내려 와야 하기에 그냥 자라는 대로 내버려 두면 저런 모양새가 될 것이다. 이런 특이한 모습 때문에 선규가 그를 도사라고 지칭했는지 모르겠지만, 약간 벗겨진 앞머리를 보충하기 위해 저렇게 뒷머리를 잔뜩 길렀을 거라고 진우는 제멋대로 해석했다. 게다가 춤방이라고 써 놓았으면 방장이 맞지 원장이라는 직함은 맞지 않는다고 지적하고 싶었지만 진우는 아무 말도 하지 않았다.

부원장이 향수의 냄새만 풍기고 플로어로 돌아가자 원장은 안쪽에 있는 사무실로 진우를 안내했다.

"전화를 드렸는데 안 받으셔서 이렇게 직접 찾아왔습니다."

"죄송합니다. 큰 프로젝트 하나를 준비하고 있어서 정신이 없었습니다."

춤선생이라는 사람이 큰 프로젝트를 준비하고 있다니 어울리는 말은 아닌 것 같지만 그것이 무엇이냐고 물어볼 상황은 아니었다.

"저는 김선규의 친구 송진우라고 합니다."

"아, 그래요. 우리 통화한 적이 있죠?"

"네, 그때 멋진 신세계를 보여준다고 하셨어요."

"잘 오셨습니다. 실망시켜 드리지 않게 새로운 세계를 열어 드리겠습니다.

서너 평 남짓한 사무실에는 책상 두 개와 의자 네 개가 마주보며 놓여 있었는데 한눈에 보기에도 싸구려 같아 보였다. 특이한 점이 있다면 〈멋진 춤은 올바른 예절로 완성된다〉는 액자가 걸려 있었다는 것인데, 진우는 그것이 문법적으로 맞는 말인지 가늠해 보려고 했으나 결론을 내리지는 못했다.

"담배를 피워도 되겠습니까?"

진우가 고개를 끄덕이자 원장은 환풍기를 틀어놓고 그 밑에 서서 담배를 빼어 물었다.

"담배를 안 태우십니까?"

"10년 전에 끊었습니다."

"잘하셨습니다. 요즘은 흡연자를 범죄자처럼 취급하는 세상이라."

영준은 담배 연기를 가슴속에 영원히 간직할 것처럼 맛있게 피웠고, 진우는 잠시 영준의 모습을 찬찬히 살필 기회를 가졌다.

오래전에 일본에서 독가스 사건을 일으켜 사람을 여럿 죽인 옴진리교의 교주도 저렇게 머리를 기른 사람이었다. 그러나 영준의 얼굴은 그 교주처럼 추남은 아니었다. 그렇다고 선규처럼 잘생긴 얼굴도 아니었다. 그저 코가 좀 짧은 리처드 기어처럼 친근해 보이는 얼굴이었다. 더구나 동굴에서나 울려 나올 법한 베이스의 목소리 파동은 상대방의 경계심을 풀어주는 묘한 매력을 지니고 있었다. 그래서인지 진우는 이 사람이 좋아지리라는 예감을 얻게 되었다. 비단 남녀 관계에서 뿐만 아니라 동성 사이에도 궁합이 맞고 안 맞는 것은 이처럼 첫눈에 알아보는 법이다.

흡연 행위를 무슨 의식처럼 치르고 난 영준이 느닷없이 이런 말을 내뱉었다.

"사람은 모두 하루씩 죽어가고 있는 겁니다. 그렇지 않습니까? 죽음에 한 걸음씩 다가가고 있는 거죠."

진우는 이 사람이 건넨 말에 적이 놀라서 아무 대꾸도 하지 못했다. 처음 만난 사람에게 무슨 의미로 이런 말을 했을까. 그제서야 그를 도사니 교주니 하고 지칭하는 이유를 알 것 같았다. 이를테면 영준은 여느 평범한 사람들과는 조금 다른 세계에서 사는 사람 같았다. 그렇지 않고서야 초면인 사람에게 이런 말을 이렇게 쉽사리 꺼낼 수는 없을 것이다. 그래서 잠시 두 사람 사이에 어색한 공백이 찾아들었다.

진우가 어안이 벙벙해서 창밖으로 향한 눈길을 거두지 못하고 있을 때 교습을 끝낸 부원장이 사무실로 커피를 날라왔다.

"왜 그렇게 서 계세요? 모르는 사람들처럼."

그제서야 두 남자는 의자를 하나씩 끌어당겨 자리에 앉았다. 부원장 명희의 눈에는 그들이 암컷 하나를 사이에 두고 서로 눈치 보고 서 있는 두 마리의 수컷 짐승처럼 보였는가 보다.

"서로 인사는 나누셨나요?"

"예. 벌써 열흘 전에 전화로 인사를 나누었습니다."

진우가 말했다.

"선규 씨의 친구라고 하셨는데, 성함이 뭐라고 하셨던가요?"

"아, 송진우라고 합니다."

"선규 씨가 영화감독이라고 말한 바로 그 양반이로군요."

부원장이 묻고 진우가 대답했다. 부원장도 선규로부터 진우의 얘기를 들었던지 고개를 끄덕였다.

"선규를 잘 아세요?"

"그럼요, 우리의 동업자라고 보아야 해요. 수강생을 많이 소개해 주니까요. 그리고 한 달에 서너 번은 여기 들러서 연습을 해요."

"아, 그랬군요."

이번에는 진우가 고개를 끄덕거렸다.

"춤이라는 게 며칠만 쉬어도 동작이 부드럽지 못하거든요."

이번에는 원장이 선규의 입장을 변명하듯 말했다.

그러더니 두 사람은 진우를 외면한 채 춤방 운영에 대해 얘기를 나누었다. 이번 달에 등록한 수강생은 겨우 네 명뿐인데, 임대료 낼 기일은 일주일밖에 남지 않았다는 정보가 그들의 대화에서 새어 나왔다. 나까지 합치면 다섯 명이 될 거라고 말해 주려다 진우는 입을 닫았다.

그들의 대화에 끼지 못하던 진우의 머리를 퍼뜩 스치는 한 줄의 시구가 떠올랐다. '모든 죽어가는 것을 사랑해야지'라는 윤동주의 시구를 약간 변형하여 진우는 다음과 같은 문장을 만들어 냈다.

'인간에게는 모든 죽어가는 것을 사랑할 자유밖에 주어지지 않았습니다.'

사람은 모두 하루씩 죽어간다고 말을 건넨 영준에게 이렇게 멋진 대꾸를 했어야 한다고 생각했는데, 이미 기회를 놓쳐버려 진우는 이 문장을 머릿속에서 지워버렸다.

그리고 이번에는 부원장이라는 윤명희를 관찰하기 시작했다. 학원의 가난한 살림살이를 걱정하는 그들의 얘기를 한 귀로 흘리면서 야릇한 향내를 풍기는 여인을 위아래로 훑어보았다.

50대 중반쯤으로 보이는 부원장은 영화 〈바그다드 카페〉에 나오는 독일 여자와 비슷한 인상이었다. 그 배우의 이름은 생각나지 않았지만, 조연으로 나온 늙은 화가의 이름은 기억이 났다. 아마 잭 팰런스였을 것이다.

라스베이거스 근처의 사막 한가운데 〈바그다드 카페〉라는 가게가 하나 있었다. 왜 그 카페에 바그다드라는 이름이 붙었는지는 아무도 모른다. 이 카페 여주인은 무능한 실업자인 남편을 쫓아내고 혼자 먼지만 날리는 카페를 지키고 있었다. 그런데 미국에 여행을 왔다가 남편으로부터 버림받은 한 독일 여인이 우연히 여기로 찾아들어오게 된다. 그리고 여기에 자리잡게 된 독일 여인이 카페의 운영을 맡게 되고, 이 두 여인이 힘을 합쳐 먼지만 날리던 이 카페를 천국처럼 즐겁고 활기찬 곳으로 바꾸어 놓는다. 이곳에서 머물러 그런 과정을 지켜보던 늙은 화가는 활화산 같은 정열을 가진 이 독일 여인을 사랑하게 된다.

진우는 자신이 잭 팰런스가 되고, 부원장이 활화산 같은 정열을 가진 독일 여인이 되는 환각에 잠시 넋이 나갔다가 〈아임 콜링 유(I'm Calling You)〉라는 이 영화의 배경음악이 떠오름과 동시에 가까스로 제정신을 차렸다.

"처음 일주일간 기초만 저한테 배우시고 나머지는 우리 부원장한테 배우시게 될 것입니다."

원장이 부원장과의 대화를 매듭짓고는 갑자기 생각났다는 듯이 진우에게 시선을 돌렸다. 그러자 부원장이 손을 내밀어 악수를 청했다.

"잘 부탁합니다."

사실 잘 부탁할 사람은 진우였는데, 그 말을 명희가 대신했다. 그녀의 포근하고 부드러운 손을 잡으면서 이 여자는 잠자리에서 클라이맥스에 이르면 어떤 반응을 보일까 하는 황당한 상상을 해보다가 진우는 더듬거리며 말을 이었다.

"앞으로 잘 가르쳐 주십시오. 그럼 저는 등록을 할까요?

명희가 소녀처럼 보조개가 파이는 미소를 지으며 손을 내저었다.

"이따가 하셔도 됩니다. 내일 하셔도 되구요."

"그럼 오신 김에 출발해 봅시다."

영준이 자리에서 일어나 진우의 어깨를 툭 쳤다.

세 사람은 사무실을 나서 플로어로 나섰고, 명희가 카세트의 테이프를 갈아 끼웠다. 이번에는 눈 내리는 날 안동역 앞에서 바람

맞았다는 노래가 흘러나왔다.

"자 온몸에 힘을 빼고 나를 따라해 봐요."

원장이 바닥에 그려진 발자국을 따라 스텝을 밟았다. 거기에는 1부터 8까지 번호가 매겨져 있어서 그대로 따라했다. 아까 명희에게 춤을 배웠던 왜소한 사나이가 소파에 파묻히듯이 숨어서 이제 막 춤의 세계에서 첫걸음을 떼는 진우를 호기심이 가득 찬 눈초리로 쳐다보았다.

진우의 귓속에서 〈아임 콜링 유〉와 〈안동역에서〉라는 노래가 뒤범벅이 되어 울려 나와서 박자를 맞추기가 쉽지 않았지만, 하여간 이렇게 멋진 신세계에 데뷔하는 첫발을 떼었다.

4

멋진 신세계로 들어서는 입구는 이곳 춤방으로 들어서는 우중충한 출입구만큼이나 초라했다. 화려한 옷을 길게 늘어뜨린 멋진 무희와 플로어를 빙글빙글 돌아가는 멋진 장면은 영화에서나 나오는 것이었다. 춤선생 영준은 일주일 내내 나무 바닥에 새겨 놓은 숫자를 따라 걷는 일만 반복시켰다.

고장 난 벽시계는 멈추었는데 이놈의 무심한 세월은 멈추지도 않는다든가, 내 나이가 어때서 사랑하기 딱 좋은 나이인데라든가, 안동역 앞에서 무릎까지 오는 눈을 맞으며 님을 기다린다는 노래 가사를 수없이 들으며 진우는 같은 동작만 기계적으로 반복했다.

옆에서는 부원장이 남자 수강생 두 명을 한꺼번에 가르치느라 분주했는데, 원장은 소파에 느긋이 앉아 동물원의 동물 구경하듯이 진우를 살폈다. 그리고 이따금 어깨를 펴라는 둥, 다리를 굽히지 말라는 둥, 잔소리만 늘어놓았다.

그런 그를 보면서 옛날 학창시절의 체육 선생님 생각이 났다. 그는 학생들에게 축구공 몇 개를 던져 주고는 마음대로 놀라고 하고 나무 그늘에서 쉬곤 했다. 그러면 학생들이 나도 커서 체육 선생을 해야겠다고 수군거렸다. 이처럼 쉬운 직업이 또 어디 있단 말인가.

그래도 영준이 선생다워 보일 때도 있기는 했다. 그것은 춤에 관한 이론을 가르칠 때였다.

미리 프린트를 한 인쇄물에 중요한 부분은 빨간 볼펜으로 밑줄을 그으라고 하면서 서당의 훈장처럼 가르쳐 주었다. 그는 춤의 종류에 대해 설명했고, 그런 춤의 유래와 음악에 대한 것을 가르쳤다.

블루스는 19세기 말 미국의 흑인들에 의해 탄생한 음악 형식으로 장음계에서 3도음과 7도음에서 반음 낮춰 연주하는 것이 특징이다. 아프리카에서 미국으로 끌려와 막노동을 하던 흑인 노예들이 아프리카의 음악 전통을 유럽의 음악에 접목시켜 탄생시킨 장르이다. 따라서 애달픈 정서를 표현하기에 딱 알맞은 음악이다.

트로트라는 용어는 빠르게 걷거나 가볍게 뛴다는 뜻이어서 행진곡에 맞는 박자를 가진 음악이다. 우리나라에서는 일본 가요 엔카의 영향을 받아 정착하게 되었는데, 속칭 뽕짝으로 불리며 무시하는 경향이 있기도 하지만, 사실은 우리의 국민정서를 대변할 수 있는 음악 형식이다.

지르박이라는 말은 영어 지터 벅(Jitter bug)에서 온 말로 사분음 사박자의 경쾌하고 빠른 템포를 가진 음악 형식이다. 지터 벅은 '신경질 내는 벌레'라고 해석할 수 있는데, 춤추는 모습이 이와 비슷하다고 해서 붙여진 이름이다. 우리나라에서도 이런 요란한 춤을 한복 입은 여인도 출 수 있도록 조금 얌전하게 바꾸어 놓고 발음하기 어려운 지터 벅을 그냥 쉽게 지르박이라고 부른다고 했다.

이론 공부는 대충 이런 내용이었는데 영준은 사무실 구석에 버려진 듯이 놓여 있는 낡은 피아노를 치면서 각종 춤의 박자가 어떻게 다른지 설명했다.

진우는 속으로 딴생각을 하면서도 진지하게 듣는 척했다. 그는 아내의 지갑에서 훔친 카드로 돈을 찾아 춤방에 등록했기에 요즈음 불안하기 짝이 없었다. 그래도 영준이 치는 피아노 가락에 몸을 들썩이는 시늉을 해 보이기는 했다.

이 밖에도 영준은 그가 가르치는 춤이 이 사회에 어떻게 이바지하고 있는지 가르쳤는데, 나름대로 연구한 바가 있는 것 같았다. 그의 주장에 따르면 노령사회에 들어선 한국 사회에서 춤을 보급하는 일은 아주 중대한 과업이라 했다. 노령층의 건강에 큰 도움을 주어 막대한 의료비용을 절약할 수 있다고 했다.

그가 가르치는 춤은 온몸의 관절을 움직이게 하는 근육운동이며, 폐와 심장을 강하게 하는 유산소운동이면서도 동시에 정신적 안정을 주어 정신건강에도 도움이 된다고 했다. 해서 전철의 무임승차정책과 함께 노인들의 건강에 큰 도움을 준다고 했다. 집에만 틀어박혀 죽어가는 노인들을 밖으로 끌어내어 움직이게 함으로써 건강한 삶을 살게 하는 역할을 한다는 것이다. 그러면서 이 두 가지 정책으로 국가는 막대한 의료비를 절약할 수 있는데, 그 효과가 금액으로 환산하면 수십 조 원에 이를 것이라고 했다. 그것이 제대로 된 계산인지는 모르겠지만 어느 정도 설득력이 있는 것 같기도 했다.

이런 이론 공부를 끝으로 원장은 진우의 손을 놓아 버렸다. 겨우 7개의 스텝을 가르치고 나서 원장은 진우를 부원장에게 인계했다. 그리고는 무슨 바쁜 일이 있는지 쏜살같이 밖으로 사라졌다. 부원장의 말에 의하면 그가 무슨 부동산 사업을 하는 것 같은데 자세한 것은 모르겠다고 했다. 어쨌거나 부원장이 가르치게 되면서 춤방에 오는 시간을 목이 빠지게 기다리는 자신을 발견하고 진우는 스스로 깜짝 놀랐다.

이렇게 춤을 배운지 열흘쯤 되는 날은 일요일이었는데, 선규가 진우를 찾아 〈영춘춤방〉을 방문했다. 그는 사무실 안에 있는 캐비닛에서 턱시도를 꺼내 입고 나비넥타이를 매었다. 그리고는 드레스를 곱게 차려입은 부원장과 함께 수강생들 앞에서 라틴 댄스를 선보였다. 그들이 룸바, 차차차, 자이브 같은 고난도의 춤을 출 때 다섯 사람의 수강생은 경이의 눈초리로 그들을 올려다보았다. 자신들이 배우는 춤과는 차원이 다른 것으로 영화에서 보는 장면과 똑같았다. 음악도 뽕짝이 아니라 남미에서 막 수입해 온 듯한 제목을 알 수 없는 노래였다.

"우린 언제 저렇게 출 수 있을까?"

어느 회사의 부장이라는 수강생이 혼잣말처럼 중얼거리자 진우보다 조금 먼저 등록했다는 그 말라깽이가 대답했다.

"우리가 저렇게 추다가는 모든 관절이 어긋날 거야."

두 사람은 친구 사이인 듯했는데, 말라깽이의 얼굴에는 나잇살보다 더 굵은 주름이 잔뜩 패여 있었다. 수강생들은 아무 말도 못하고 입을 헤 벌린 채 경탄의 눈초리로 두 사람의 시범을 관람했다. 그제서야 진우는 춤이라는 게 며칠만 쉬어도 동작이 부드럽지 못하다는 원장의 말을 이해할 수 있을 것 같았다. 선규가 한 달에 서너 번 이렇게 춤을 추러 오는 이유가 거기에 있는 것 같았다.

이렇게 시범을 보이고 나서 선규는 자연스럽게 영준과 진우를 술자리로 이끌었다. 크게 한턱내겠다고 해서 은근히 기대했는데 그들이 간 곳은 근처의 삼겹살을 굽는 평범한 고깃집이었다.

"가게가 잘된다고 소문이 자자하던데……."

진우가 운영하는 식당이 텔레비전 맛집 프로에 나온 뒤 동창들 간에는 진우가 곧 벼락부자가 될 거라는 소문이 퍼졌단다.

"응, 그냥저냥 먹고살 만하지."

"나도 얼른 은퇴해서 그런 가게 하나 차리는 게 꿈이야."

올해의 보험왕에 도전하는 꿈 많은 사나이가 식당의 한구석에

쪼그리고 앉아 잔돈푼이나 세고 있는 광경이 눈앞에 떠올라 진우는 씁쓸하게 웃었다. 그래, 너도 나처럼 그런 가게 하나 차려놓고 혼 좀 나 봐라. 원래 소문과 진상은 다른 법이라는 것을 알게 될 테니까 하고 진우는 속으로 중얼거렸다.

진우에게는 아무에게도 말 못할 걱정거리가 하나 남아 있었다. 아내 몰래 그녀의 카드에서 200만 원을 꺼내 그 돈으로 신세계에 들어서는 세 달치 입장권을 끊었다는 사실이다. 아마 그 사실이 발각되면 그녀는 입에 게거품을 물고 악다구니를 늘어놓을 것이다. 아니 기절하여 자빠져서 일어나지 못할지도 모른다.

"주방장이 꽤 유명한 사람이라며?"

"그래, 무슨 광고 한 번 찍고 나서 유명해졌지."

주방장이 바뀐 것이 3년쯤 되었는데, 그 주방장이 텔레비전에 나와 털보 셰프로 이름이 난 뒤 손님이 들끓기 시작했다. 그러자 종업원이었던 주방장이 주인 행세를 하게 되었고, 그럴수록 진우의 설 자리가 좁아져 버렸다. 그러다가 이제는 가게 운영에서 손을 떼고 기원이나 기웃거리게 된 것이다. 이것이 모든 중년 남자들이 꿈꾸는 셔터 맨이라는 직업의 실상인 것이다.

하여간 주방장이 바뀐 뒤 가게가 살아난 것은 분명하지만 그의 아내인 수정의 눈빛이 달라진 것도 분명했다. 둘 사이에 무슨 일이 벌어지고 있음을 직감으로 느낄 수 있었는데, 가게에 출근하면서 화장대 앞에서 보내는 시간이 길어진 것만 봐도 그런 사실을 눈치챌 수 있었다. 그렇다고 두 사람 사이의 관계를 캐고 들어갈 의욕도 없었다. 뚜렷한 증거도 없이 막연한 심증만 가지고 소란을 일으키기도 싫었고, 설령 뚜렷한 증거가 있다고 하더라도 외면하고 싶을 만큼 기력이 없었다. 이제는 삶의 에너지가 고갈되어 질투심마저 일어나지 않는 지경에 이르게 된 것이다. 그래서 〈셸 위 댄스〉의 주인공처럼 춤을 배우면서 다시 생의 활력을 되찾고 싶었던 것인지도 모른다. 한마디로 살기 위해 춤을 배웠다고 해도 잘못된 말은 아니었다.

선규가 워낙 입담이 좋은 사람이어서 세 사람의 술자리에서도 화제를 이끌어 갔다. 선규는 영준을 알게 된 것이 10년이 넘었다고 했는데, 그래서인지 서로 모르는 게 없었다. 그래서 입을 다물고 있는 영준의 이력을 선규가 대신 말해주었다.

하라는 공부는 안 하고 싸움질만 하다가 고등학교에서 퇴학 맞고 나서는 영준은 할 일이 없었다고 한다. 갈 곳이라고는 군대밖에 없었더란다. 그래서 열아홉의 어린 나이에 해병대에 지원했고, 어쩌다가 보니 망치부대로 전입하게 되었다고 한다. 그 부대가 뭐냐고 진우가 묻자, 선규는 그 부대가 5공화국 시절에 전두환의 지시로 만들어진 북파부대였다고 대답했다. 진우가 선규의 말이 사실인지 확인하느라 영준에게 눈길을 돌리자, 영준이 고개를 끄덕이며 시인했다.

"어쩌다가 그 부대로 간 것이 아니라 내무생활이 너무 힘들어 훈련만 받는 부대를 찾다 보니 수색대에서 망치부대로 넘어가게 되었죠. 그 부대에서는 내무생활이 편했거든요."

영준이 이렇게 인정하자 선규는 더욱 신이 나서 떠들었다.

군대에 다녀오지도 않은 사람이 군대 얘기를 더 잘 알고 있다더니 선규가 바로 그런 사람이었다. 아마도 영준에게서 들은 얘기를 자기 나름대로 각색해서 늘어놓는 것 같았지만, 그래도 실감이 났다.

"망치부대원들은 평시에도 수류탄 두 발을 가슴에 차고 다녔는데 오른쪽에 있는 수류탄은 적에게 던질 것이 아니라 자폭용이었어.

〈보이는 것은 모조리 죽여라, 심판은 하느님께 맡기고〉

이것이 812망치부대의 모토였는데, 그들은 국가를 위해 죽더라도 아무 보상도 받지 않겠다는 유서까지 써 두었지. 그리고 북한의 해안을 제집 드나들 듯이 들락날락하며 작전을 펼쳤어."

"그것은 조금 과장되었고, NLL을 넘어 무인도에 상륙한 적은 있어요."

영준이 이렇게 정정해 주었지만 선규는 거기에 아랑곳하지 않고 덧붙였다.

"하여간 북쪽으로 넘어간 것은 사실이잖아요. 그 망치부대원 수십 명 때문에 북한군 수만 명이 바닷가에서 벌벌 떨어야 했다구."

선규가 자신의 전과를 자랑하듯 떠벌였고, 조금 지나치다 싶으면 영준이 브레이크를 걸었다. 그러다가 이번에는 영준이 제대 후에 겪은 이력에 대해서도 소개했다.

정부로부터 아무런 보상도 받지 못하고 스물세 살의 한창 나이에 제대하게 되었는데, 그도 그럴 것이 당시에 그 부대는 존재 자체가 비밀이었단다. 이처럼 배운 것이라고는 살인 기술밖에 없었기에 사회에 적응하기 힘들었는데, 먹고살기 위해 조직폭력배 생활을 하게 되었고 그 생활 10년 동안 너무 많은 죄를 지어서 그것을 회개하느라 머리를 깎고 스님이 되었다고 했다.

"스님은 못 되고 행자 생활을 좀 하기는 했죠."

영준이 이렇게 정정했지만 선규의 말을 끊지는 못했다.

"그게 그거죠 뭐. 어쨌든 이 양반은 절에서 하라는 공부는 안 하고, 노자나 장자 등 도가사상에 빠져 도사가 되어 환속해 버렸지."

"그렇다기 보다는 여자 없이 살아야 하는 그 생활을 견디지 못하겠더라구요."

"바로 그거예요. 그런 점에서 박 원장님과 내가 잘 통한다니까. 우리는 외로운 여자를 보면 그냥 지나치지 못하는 순박한 사람들이지. 그렇게 우리는 춤세계에서 만나게 되었지. 이제야 군대와 조폭의 세계에서 벗어나 진정한 사랑과 평화의 세계로 접어든 거야."

"결혼은 하지 않으셨나요?"

선규가 원장과 부원장이 부부관계가 아닌 내연관계라고 귀띔해 주었기에 궁금한 것을 영준에게 물었는데 이번에도 선규가 말을 받았다.

"결혼이라는 미친 짓은 자네와 나 같은 멍청이들이나 저지르는 짓이지. 박 원장님은 이 세상 모든 여자들을 자기 아내처럼 사랑하는 박애주의자라니까. 한 여자에게 종속되는 그런 미친 짓을 할 양반이 아니지."

영준이 이번에는 아무 말도 하지 않고 미소만 짓고 있었다.

저녁을 겸한 술자리에서 세 사람은 이미 취해 버렸다. 그러나 선규는 집으로 가려는 진우의 손을 잡고 놓아 주지 않았다. 세 사람은 근처의 호프집에 들러 맥주로 입가심을 하기로 했다. 그리고는 이번에는 영준에게 진우를 소개하는 절차를 거쳤다.

"전번에도 말씀드렸지만 이 친구는 유명한 영화감독이었어요. 자네가 감독한 영화 있었잖아. 그 뭐더라? 굉장히 복잡한 제목이었는데."

"〈차라투스트라의 사랑〉이라는 제목을 가진 영화였어."

선규는 영준과 진우를 번갈아 쳐다보며 말을 이었다.

그의 말대로 진우가 10년 남짓 충무로에서 영화 밥을 먹은 것은 사실이었다. 그러나 정식 감독으로 데뷔하지는 못했다. 조감독 생활을 하며 네 편의 영화를 찍었지만, 그의 이름은 영화에서 자막으로 잠시 비쳤을 뿐 아무도 기억해 주지 않았다. 영화판에 대해 조금이라도 아는 사람이라면 조감독이라는 직책이 무엇인지 잘 알 것이다. 온갖 궂은일을 도맡아야 해서 감독의 밑구멍이라도 닦으라면 닦는 시늉을 해야 했다. 그러면서도 최저임금도 못 되는 급료로 생계를 꾸려야 했다.

나이가 40을 바라보게 되자 진우는 조감독이라는 호칭에서 앞의 첫 글자를 빼려고 무진 애를 썼다. 그래서 시나리오를 써보기도 했으나 그 방면으로는 재주가 없어서 서점가를 뒤지며 영화 소재를 찾았다. 마침 그때 베스트셀러 명단에 올라 있는 소설 한 권을 찾아냈는데 그 책의 제목이 〈차라투스트라의 사랑〉이었다.

소설의 내용은 한 철학 교수와 제자와의 사랑에 관한 것이었는데 교수는 절름발이인 육체적 장애인이었고, 여제자는 정신이 들락날락하는 정신적 장애인이었다. 이 두 장애인이 한 데 합쳐서 하나가 됨으로써 완벽한 하나의 사랑을 이룬다는 줄거리를 가진 아름다운 소설이었다. 여기서 작가는 아무리 타락한 자본주의 사회일망정 사랑은 교환 가치가 아닌 절대적 가치여야 한다고 주장하고 있었다.

'바로 이거다'라고 생각하고는 이 소설을 바탕으로 시나리오 작업에 들어가면서 제작자를 물색했다. 다행히 자금을 확보할 길이 열리고 크랭크 인을 하는 날짜까지 잡혀 진우는 감독으로 입뽕하는 날만 손꼽아 기다렸다. 그런데 그만 이 소설이 베스트셀러 명단에서 빠지는 불상사가 생겨났다. 그 책을 출판하는 출판사가 부도가 났다는 소문이 돌기도 했다. 그러자 제작자 측에서 머뭇거리더니 한 발 뒤로 물러서서 제작비를 조달하지 못하겠다고 했다. 충무로 사람들 말대로 영화가 자빠져 버렸는데, 그 바닥에서는 너무나 흔히 일어나는 일이라 아무도 놀라지 않았다. 다만 송진우라는 조감독 하나만 벼락을 맞고 영화계를 떠나게 되었다.

"그 영화를 칸인가 베니스인가 영화제에 출품하지 않았어?"

"그때 출품한 것은 조감독 시절의 작품이었어. 〈차라투스트라의 사랑〉은 찍지 못하고 중간에 자빠졌어."

"그거야 어쨌든 영화계에 몸담고 살아온 것은 분명하잖아."

궁색해진 선규가 이렇게 둘러대었다.

이제 50을 훨씬 넘긴 나이이긴 해도 진우는 아직 영화감독의 꿈을 버리지 못하고 있었다. 불완전한 인간 둘이 사랑을 통해 완전한 인간이 된다는 이 작품을 영상화하는 것이 필생의 꿈이었다. 그러나 20년째 제작비를 구할 수 없었다.

그래서 절망적이기는 하지만 마지막으로 선택한 방법이 로또복권 구입이었다. 벌써 20년 동안 매주 복권을 열 장씩 구입했지만 여섯 개 숫자 중 네 개를 맞춘 50,000원짜리에 몇 번 당첨된 것이 전부였다. 그래도 진우는 죽을 때까지 복권을 구입할 작정이었다. 그것만이 이 영화를 제작할 수 있는 유일한 희망이었다.

"나도 한눈에 척 알아봤어요. 예술가는 뭔가 분위기가 다르거든요."

영준이 선규를 거들었다.

"하여간 이 친구는 학창시절부터 영화라면 사족을 못 썼지요. 공책에 잔뜩 영화배우 사진을 오려 붙이고 다녔죠."

"그 시절에는 다 그러고 살았어."

"아니 자네는 유독 심했어. 극장에 몰래 들어갔다가 단속반에 걸려서 정학을 받기도 했잖아."

그 말은 사실이었다. 지금도 선명하게 기억하는데 고등학교 2학년 때 영화관에 몰래 들어가 보았던 영화가 잉그리드 버그만과 험프리트 보가트가 나오는 〈카사블랑카〉였다. 그때 단속반에 적발되어 중간에 끌려 나왔는데 정학을 받은 것보다 영화의 엔딩 장면을 보지 못한 것이 더 억울했다. 물론 나중에 여러 번 다시 보기는 했지만.

"맞아 교무실에서 무릎 꿇고 앉아 일주일 동안 반성문을 썼지. 그런데 그 옛날 일을 어떻게 기억해?"

"그때 나도 정학 중이었거든. 여학생에게 쓴 연애편지가 들통이 나서 자네랑 같이 벌을 받았지. 그때 서로 의논해 가면서 반성문 썼잖아."

"그랬었구나. 지금 생각해 보면 그때는 참 야만적인 시절이었어."

진우의 망막에는 그 영화에서 피아노를 치며 〈세월이 흘러도〉라는 노래를 부르는 흑인 가수 샘의 영상이 선명하게 떠올랐다. 이런 영화야말로 학생들에게 꼭 보여 주어야 할 명화였는데, 그것을 보았다고 처벌하는 그런 어이없는 세월을 견뎌냈다고 생각하니 감회가 새로웠다.

"영화의 여러 장면은 기억이 나는데 반성문에 뭐라고 썼는지는 하나도 기억이 나지 않아."

"자네는 아직도 그 영화라는 늪에서 헤어나지 못하는 것 같아. 꾸며낸 이야기 속에 파묻혀 현실을 보지 못하는 거야. 이제 제정신을 차릴 때도 되었는데."

선규가 이렇게 충고랍시고 늘어놓자 영준이 진우를 거들고 나섰다.

"내가 생각하기에는 그런 꿈이 없는 인생이란 사막을 걷는 일과 같다고 봐요. 그래서 내가 제일 부러워하는 사람은 이 세상에 존재하지 않는 그 무엇을 꿈꾸는 예술가예요."

그러자 선규가 머쓱한 얼굴을 하고 말을 바꾸었다.

"그러고 보니 우리는 모두 예술가인 셈이죠. 댄스야말로 멋진 예술이 아닙니까?"

"아무리 나이가 들어도 꿈을 꾸는 사람은 늙지 않는다고 했어요. 젊게 삽시다."

이렇게 영준이 매듭을 지었다.

세 사람은 각자 자신의 꿈에 대해 한마디씩 얘기를 나누었다. 진우는 영화감독의 꿈을, 선규는 보험왕이 되는 꿈을 얘기했는데 영준이 자신도 멋진 꿈을 꾸고 있다고 언급했다.

"뭐 새로운 스텝이라도 개발하시려는 겁니까?"

춤꾼답게 선규가 묻자 영준은 고개를 가로저었다.

"아니 그런 것은 아니고 멋진 부동산 프로젝트를 하나 기획하고 있거든요. 지금 시나리오를 쓰고 있는데, 송 감독님 말대로 제작 단계에 들어서면 연출할 사람을 찾아야 해요."

"부동산시행사는 그만두셨다고 하더니만 또 무슨 아파트 부지를 확보하는 일이라도 맡으셨나요?"

선규가 이렇게 묻자 영준은 머뭇거리며 대답하지 않았다. 진우도 며칠 전에 부원장에게서 영준이 부동산 계통의 일을 하는 것 같다고 들어서 무슨 일인지 궁금하기는 마찬가지였다.

"언젠가 기회가 오면 말씀드리겠소. 아직은 입 밖에 낼 단계가 아니라서……."

영준이 말꼬리를 흐리며 서둘러 건배를 제의했다. 그리고는 건배사를 외쳤다.

"자, 우리의 꿈을 위하여."

이날의 술자리는 새벽 두 시가 되어서야 마감이 되었다. 종업원이 문 닫을 시간이 다 되었다고 양해를 구해서야 세 사람은 자리를 털고 일어섰다. 가게 문을 나서 골목으로 접어들면서 진우는 세 사람의 스텝이 모두 다르다는 것을 느꼈다.

자신의 걸음걸이가 느리게 휘청거리는 블루스라면, 선규의 그것은 벼룩 튀듯이 경쾌한 지르박이었고, 원장의 걸음은 이제 막 삶의 안정을 되찾는 트로트였다. 이 서로 다른 발걸음이 서로 각자의 꿈을 향해 나아가고 있다고 본다면 아직 우리들은 젊다고 진우는 생각했다.

제2부

거대한 프로젝트

"저에게도 생각할 시간을 좀 주세요. 워낙 급작스러운 일이라."

"알아요. 다음에 만나서 맨정신으로 의논합시다. 세부적인 면에서 미스터 서와 상의할 일이 많아요."

이제서야 진우는 영화의 꿈에서 깨어나 현실을 인식했다. 지금 자신이 배우를 캐스팅하는 게 아니라 토지사기단의 하수인을 찾고 있다는 사실을.

/ 거대한 프로젝트 /

1

다음 날 진우는 숙취로 인해 오후 늦도록 자리에 누워 있었다. 이제 막 일어나려고 하던 참에 아내가 집으로 들어서는 소리가 들렸다. 식당에서 점심 장사를 끝내고 옷을 갈아입으러 들어온 것 같았다. 그런데 아내는 안방으로 들어가지 않고 진우가 누워 있는 서재의 문을 벌컥 열었다.

이미 오래전에 진우는 안방의 더블침대를 포기하고 책장 하나가 덜렁 놓여 있어 서재라고 부르기에도 옹색한 공간에 매트리스를 깔고 지내왔다. 서로 부딪치는 일이 많아지자 집 안에서도 서로 각자의 공간을 이렇게 따로 마련했던 것이다. 그래서 웬만하면 서로 상대방의 공간을 침범하지 않는 것이 불문율이었는데 이날은 예외였다. 진우가 눈을 떠보니 아내 수정이 머리맡에 우뚝 서서 매서운 눈초리로 내려다보고 있었다.

"잠깐 일어나서 우리 얘기 좀 해요."

무엇인가 약점이 잡힌 남편들이 가장 듣기 싫어하는 말이 위에서 쏟아졌다.

"무슨 일인데?"

무슨 일인지 잘 알면서도 짐짓 모른 척하며 몸을 반쯤 일으키자 수정의 악다구니가 비수처럼 꽂혔다.

"왜 남의 카드에 손을 대는 거야? 그것도 한두 푼도 아니고 200만 원이나 빼 갔던데."

"그냥 급히 쓸 일이 생겨서 그랬어."

전에도 몇 번 아내의 카드에 손을 댄 적이 있었지만 액수가 크지 않아 그냥 지나갔다. 그런데 이번에는 달랐다. 1~20만 원이 아닌 200만 원이나 빠져 나갔으니 신경질이 날 만도 했을 것이다.

"걱정 말아. 그깟 200만 원 금방 갚아 줄게. 잠시 빌린 거로 하자구."

"그 돈을 어디에 썼냐구?"

"급하게 쓸 일이 있었다니까."

"그래서 남의 지갑에서 카드를 훔쳐가? 사전에 상의를 했어야지. 당신은 정말 미쳤어."

"갚아 줄게. 막노동이라도 해서 이자까지 갚을 테니까 잠시만 기다려줘."

"막노동은 뭐 아무나 하는 줄 알아? 난 이제 정말 당신과 살지 못하겠어. 가게에 나와 도와주지도 않으면서 이제는 도둑질까지 해?"

"갚아준다니까. 내일이라도 당장."

황금빛 롤렉스시계가 눈에 어른거리자 진우의 어조에 자신감이 배어들었다.

"당신 주제를 보라구. 어디 가서 피죽 한 그릇도 못 얻어먹는 사람 꼴을 하고 무슨 막노동을 한다는 거야. 이제 내 지갑에 손대지 않겠다고 약속해 줘."

나를 이렇게 무기력하게 만든 게 바로 너라고 항변하고 싶었지만, 진우는 금방 돈을 갚겠다는 말만 되풀이했다. 춤을 배우기 위해 그 돈이 필요했노라고 실토했다면 수정은 아마 그 자리에서 혼절하여 정신줄을 놓았을지도 모를 일이다. 그러나 다행히 그 돈을 어디에 썼는지 캐묻지는 않았다. 앞으로 자기 지갑에 손을 대면 절도죄로 경찰에 고발하겠노라고 으름장을 놓고는 발길을 돌렸다. 그리고 문을 닫지도 않고 안방으로 가려다가는 다시 되돌아와 한마디 보탰다.

"이참에 비밀번호는 바꿀 테니까 그렇게 알아."

"마음대로 해. 다시는 그럴 일이 없으니."

이렇게 대꾸하면서도 진우는 부부간에도 절도죄가 성립하는지 잠시 머리를 굴려 보았다. 모르긴 몰라도 호적에서 부부로 남아 있는 한 그게 죄가 되지는 않을 것 같았다.

진우의 아내 수정은 그가 충무로 시절에 단역으로 발탁한 신인

배우였다. 얼굴을 몇 군데 손대기는 했지만 제법 화면을 받는 얼굴이어서 신인배우로 몇 편의 영화에 엑스트라로 등장했다. 그러다가 처음 주연을 맡았던 영화에서 연기력을 인정받지 못하게 되자 그녀의 존재감은 일시에 사라졌다. 더구나 진우가 충무로를 떠나자 그녀도 덩달아 영화계에서 멀어져 버렸다. 그래도 친구들은 충무로에서 미인 하나를 낚았으니 성공했다고 부러워했다. 게다가 가게 문이나 열고 닫아주는 셔터 맨이라는 가장 바람직한 직업까지 얻었으니 전생에 나라라도 구했던 모양이라고 수군댔다. 그런데 녀석들은 무엇을 몰라도 크게 모르고 있었다. 인물값을 하려는 허영기 있는 여자 옆에 빌붙어 사는 무능한 남자의 서러움을 도저히 이해할 수 없을 것이다.

아내가 점유했던 텅 빈 공간을 응시하며 진우는 이럴 때 담배 한 대를 피워 물면 얼마나 맛이 있을까 하는 환상에 잠겼다. 그리고 담배를 너무나 멋들어지게 피우던 박 원장의 모습을 떠올리는 것만으로도 온몸에 전류가 찌르르 흘렀다. 아마 옆에 담배가 놓여 있었더라면 당장 죽는다 해도 한 대 피워 물었을 것이다. 이렇게 간절하게 솟아나는 흡연 욕구를 커피로라도 잠재우려고 진우는 축 늘어지는 몸을 추슬러 세웠다.

아침식사는 커피 한 잔에 계란후라이 하나로 때우고 화장실로 들어가 세면기 앞에 섰다. 면도를 하려고 거울을 들여다보다가 진우는 거기서 낯선 노인을 하나 만났다. 정말 피죽도 한 그릇 얻어

먹지 못해 퀭한 눈을 가진 데다 듬성듬성 흰 수염이 보이는 볼품없는 사나이였다. 진우가 도대체 당신이 누구냐, 라고 묻자 거울 속의 사나이도 똑같은 질문을 했다.

이렇게 사느니 차라리 혀 깨물고 죽는 게 낫지 않겠느냐고 말하자, 거울 속의 사나이는 이번에는 따라하지 않고 엉뚱한 말을 했다. 롤렉스 금딱지 시계를 가진 사람은 그렇게 쉽게 죽지 않을 거라고. 더구나 이제 막 멋진 신세계에 첫발을 내디뎠는데 여기서 죽기는 억울하다고. 비록 그 입구는 초라해 보이지만 신세계의 끄트머리에 무엇이 있는지 확인해 볼 필요가 있다고.

그런 말을 듣고 보니 거울 속의 얼굴에 활기가 솟는 게 보였다. 흰 수염이 없어지니 사나이는 아직 노인이 아닌 게 분명했다. 다만 인생살이에서 조금 지쳐 보일 뿐이었다.

면도를 끝내고 막 서재로 들어섰는데 박 원장으로부터 전화가 왔다. 원장에게서는 기본 스텝만 배우고 부원장에게 교습을 받기로 했기에 의아해하면서 전화를 받았다.

"오늘 안 나오십니까? 지금 기다리고 있는데요."

"부원장님한테 배우기로 했잖아요."

"교습이 아니고 다른 것을 의논해 보려구요."

"다른 거라뇨? 무슨 일이죠?"

"어제 말한 영화 제작 건에 대해 의논할까 해서요."

진우의 귀에 이 말이 번개처럼 꽂혔다. 이게 무슨 뚱딴지같은 소리인가. 이 작자는 영화 제작을 무슨 어린애 장난처럼 여기고 있는 게 아닐까.

"거기에 엄청난 돈이 들어간다는 사실은 아시죠?"

"그래서 상의하자는 거예요."

문득 어제 시나리오를 완성해 놓고 연출자를 찾는다는 영준의 말이 떠올랐다. 그냥 지나치는 농담으로 하는 말인 줄 알았는데 그게 아닌 모양이었다.

"알겠습니다. 곧 찾아뵙죠. 어디로 갈까요?"

"춤방으로 오지 마시고 그 맞은편 골목으로 조금 들어오시면 지하에 성공다방이라고 있어요."

"그럼 지금 출발하겠습니다."

뭔가 더 묻고 싶었지만 그랬다가는 불경을 타서 이런 제의가 사라질 것만 같았다. 거기다 촌티가 잔뜩 묻어나기는 했지만 다방의 상호가 마음에 들었다. 성공이라니 뭔가 예감이 좋았다.

그리 먼 길은 아니지만 마음이 급한 진우는 우선 택시를 집어탔다. 기본요금도 나오지 않는 짧은 거리를 달리면서 진우의 머릿속에 잡다한 상념들이 떼 뱀처럼 또아리를 틀며 꿈틀댔다.

군대시절에 무슨 특수부대에 있었다더니 정부로부터 어마어마한 보상이라도 받았단 말인가. 아니면 춤을 가르치다가 재벌 미망인이라도 만나 투자할 곳을 찾고 있는 것은 아닐까. 혹은 조직폭력배 생활을 하면서 동시에 부동산시행사를 운영했다는데 강남에 아파트 몇 채를 숨겨 놓은 것은 아닐까. 이런 억측들이 현재 멋진 시나리오를 완성하고 연출자를 찾는다는 말과 맞물려 진우의 머리를 어지럽혔다.

그러다가도 그가 사기꾼일지도 모른다는 선규의 말이 얼핏 떠올라 진우의 화려한 상상을 방해하려 들었다. 잃을 것이 없는 사람은 사기꾼을 두려워할 이유가 없다는 선규의 또 다른 말을 되씹으며 진우는 옛 속담 하나를 상기했다. 호랑이한테 물려가도 정신만 차리면 산다고. 그러면서 자신에게도 잃을 것이 하나 있음을 알게 되었다. 그 롤렉스시계 말이다.

성공다방은 난간도 없는 칙칙한 콘크리트 계단을 한참 내려가서 퀴퀴한 냄새가 풍기는 지하에 있었다. 그 다방은 진우가 예상한 그대로 수십 년 전의 공기를 그대로 품고 있었다. 그래서 젊은 연인들이 멋모르고 들어섰다가 화들짝 놀라 되돌아 나갈 만큼 고리타분한 분위기를 풍겼다. 벽에는 옛날 달력에서 오려낸 듯한 풍경사진 몇 장이 걸려 있었고, 훅 불면 날아갈 듯한 돛단배 모형 하나가 선반에 덜렁 놓여 있었다. 다방에 들어서니 무표정한 파마머리의 중년 여인이 텔레비전에서 눈을 떼지 않고 어서 오세요라고 앵무새처럼 읊조렸다.

진우가 실내를 휘둘러보았을 때 아무도 없는 것 같았는데 등받이가 높은 의자 뒤로 반백의 머리채가 불쑥 솟아올랐다. 박 원장이었다.

"어서 오세요. 이런 옛날 다방은 오랜만에 오시죠?"

"아니 충무로에도 뒷골목에는 이런 다방이 몇 개 있어요."

"나는 이 다방에만 오면 마음이 편해져요. 그 뭐랄까. 물레방아가 돌아가는 초가집의 그림이 걸린 이발소에 들어가는 것처럼."

영준이 돋보기를 벗고는 읽고 있던 신문을 접어 탁자 위에 놓았다. 진우는 이 사람의 나이가 60대 초반쯤이라고 짐작하고 있었다. 그렇다면 자신보다 대여섯 살 위일 것이다.

"그렇게 되었네요. 어느덧 돌아보니 미래의 희망보다 과거의 추억이 많은 나이가 되어 버렸네요."

이번에는 영준의 말에 알맞은 대구를 찾아 맞받았다.

영준은 마담을 손짓으로 불러 진우를 영화감독이라고 소개했고, 자신은 이 다방의 영원한 단골이라고 했다.

"하루에 한 번씩은 꼭 여기에 들르세요. 말하자면 원장님의 사랑방이죠."

전형적인 산골 아낙네 스타일의 마담은 호기심 어린 눈초리로 진우를 살피며 말했다. 영화감독과 같은 고급 손님은 처음 맞는 것 같다는 신기한 표정이었다. 커피 주문을 받자 여인은 아주 건강해 보이는 둔부를 씰룩대며 주방 쪽으로 사라졌다.

"저 여자도 우리한테 춤을 배웠죠. 그런데 잡아주는 사람이 없는지 무도장에 가지는 않는 것 같아요. 그런 데 가도 인기가 있어야 자꾸 가게 되는데."

영준이 애인에게 말을 건네는 것처럼 나직한 목소리로 속삭였다.

나 같아도 저렇게 펑퍼짐한 몸매를 가진 아줌마와는 춤을 추고 싶은 마음이 들지는 않았을 거라고 진우가 말하려다가 그만두었다. 영준이 이 다방에 얽힌 얘기를 계속 늘어놓았기 때문이다.

1980년대 중반 영준은 종로 뒷골목에서 건달생활을 했다고 한다. 지금은 강남에 밀려 종로는 노인네들이나 오락가락하는 한가한 거리가 되었지만, 그 당시만 해도 명동과 종로가 서울에서 제일 번화가였다고 한다. 군대에서 혹독한 조련을 받고 나오니 세상에 무서운 것이 하나도 없어 보이는 시절이었다고 했다.

"그때 이 자리는 스탠드바였어요. 지금은 이렇게 볼품없는 다방이지만 그때만 해도 새 건물에 번쩍거리는 조명으로 장식된 멋진 술집이었죠."

"맞아요, 그때는 비어홀이니 위스키 시음장이라고 부르는 술집도 많았어요."

진우가 잠깐 이렇게 끼어들었지만 영준은 그런 말은 무시해버리고 자기의 말만 늘어놓았다.

"마침 그 시절에 사귀던 여자가 이 가게로 출근하게 되었어요. 그래서 사장에게 잘 보살펴 달라고 부탁하려고 함께 들렀지요. 한다리 건너 아는 사이였기에 말이 통하리라고 생각했거든요. 그런데 웬걸 라이벌 조직 애들에게 딱 걸린 거예요. 이 지역이 걔들의 나와바리였거든요. 다섯 명이 우르르 몰려오더니만 한 녀석이 문을 탁 걸어 잠그더라구요. 도망치지 못하게 겁을 주려는 수작이지요."

조직폭력배의 애인이 술집여자였다니 영화 같은 데서 많이 본 듯한 구조였다. 더구나 이제 막 다섯 명을 상대하려는 한 사나이의 일그러진 표정이 진우의 망막에 영사되었다. 마치 김두한이 나오는 영화처럼.

"나중에 알고 보니 여기서 일하는 웨이터 하나가 걔들의 프락치여서 내가 온다는 사실을 알렸던 거예요. 그때 가만히 생각해 보았죠. 군대서 아무리 날고 기는 훈련을 받았더라도 두세 명이라면 몰라도 다섯 명을 감당하기는 어렵다는 생각이 드는 거예요. 거기다 이 자식들의 품속에는 나이프 한 자루씩 들어 있을 거구요. 실제로 문을 가로막고 선 녀석은 야구 방망이를 들고 있더라구요. 혼자 맨몸으로 연장 찬 다섯 녀석을 상대하자니 숨이 막히더군요."

그러자 이제 진우의 망막에 이소룡이 등장할 차례였다. 우선 이 두 녀석은 정권으로 기합소리와 함께 해치우고 칼을 들고 덤비는 두 녀석은 탁자를 들어 막은 다음 벽을 타고 올라 빙글 돌면서 가격하고 문을 막고 서 있는 녀석은 어떻게 처치해야 할까? 이렇게 여러 장면을 연출하는데 영준은 스토리를 예상외로 전개해 갔다.

"이렇게 겁을 먹으니 갑자기 다리가 후들거리며 그냥 주저앉고 싶더라구요. 그래도 여자 친구 앞에서 그럴 수는 없고, 마지막으로 떠오른 방법이 하나 있었어요. 저놈들에게 맞아서 흘릴 피를 먼저 보여주는 방법이죠. 피투성이가 된 사람을 보면 아무리 강심장을 가진 사람이라도 떨리는 법이거든요. 그래서 술병을 들어 머리로 깨려고 했죠. 그런데 재수 없게 그게 맥주병이 아니고 위스키 병이라 깨지지 않더라구요. 요즘 애들 말로 정말 쪽 팔리는 꼴을 보여주었죠. 그래서 벽에다 내리쳐 병을 깨고 잠시 그들과 대치했어요."

이 지점에서 진우가 침을 꼴깍 삼켰다. 더 이상 그의 머릿속에서 그림이 그려지지 않았다.

"그리고 옷을 들어 올리고 내 배를 갈랐지요. 그때는 제대하고 나서 운동도 제대로 하지 않아 똥배가 제법 많이 나와 있었어요. 그리고 옷을 걷지 않으면 계산한 대로 비계만 살짝 그을 수는 없었거든요. 또 잘못 찔러 창자를 다친다 해도 사람은 쉽게 죽지 않는다는 사실을 계산에 넣고 있었어요. 그러자 이내 손과 배에서 피가 솟아오르는 게 느껴졌어요. 바로 그때 정신을 잃은 척하면서 바닥에 드러누워 버렸죠. 그리고 놈들의 행동거지를 살폈죠. 예상대로 우왕좌왕하던 녀석들이 모두 내빼버리고 맙디다."

"그 뒤에 어떻게 되었습니까?"

"술집 사장이 119를 불러 응급실로 실려 가서 마흔 바늘쯤 꿰맸어요. 다행히 내장은 다치지 않았더라구요."

"그것은 겁먹은 게 아니라 용기라고 보아야 해요. 그런 순간에 그렇게 냉철한 판단을 할 수 있다는 게."

진우는 예상하지 못했던 결론에 다소 놀랐다.

"그래서 겁 많은 놈이 가장 용감할 수 있는 거예요. 군대시절에도 내무반에서 빠따 맞는 것이 싫어 특수부대만 찾아갔지요. 훈련이 힘든 부대일수록 내무 생활은 편했거든요. 한 시간의 정신적 고뇌보다는 열 시간의 육체적 고통을 견디는 게 더 편했다고나 할까요. 하여간 그 사건이 뒷골목에 알려진 뒤로는 이 동네에서 나를 건드리는 놈이 아무도 없었어요. 종로통 일대 전부가 내 나와바리가 되어버린 거죠."

싸움이 아닌 자해 사건을 얘기하고 나서 영준은 자기 얘기에 스스로 도취되어 또 담배를 피워 물었다.

설령 그런 일이 사실일지라도 주먹과 발기술로 그들을 제압했다고 각색하더라도 진우는 의심하지 않았을 것이다. 3년 동안 특수훈련만 받다 제대했다고 했으니 말이다. 그런데 지레 겁을 먹고 자해함으로써 상대방을 물리쳤다는 얘기가 오히려 설득력이 있었다. 그래서 가장 겁 많은 사람이 가장 용감하게 변신한다는 모순적 논리가 납득이 되었다.

"우리 밖에 나가서 한잔할까요?"

영준의 싸움 얘기에서 예상했던 그림이 그려지지 않자 아직 숙취에서 벗어나지도 못한 진우가 마음에도 없는 제안을 했다.

"아니요. 지금부터 할 얘기는 맨정신으로 해야지 술자리에서 할 얘기가 아닙니다. 요즘 영화 한 편 제작하는 데 얼마나 듭니까?"

담배를 얼른 비벼 끄더니 영준이 화제를 바꾸었다.

드디어 올 게 왔구나 싶어 진우도 자세를 바로잡고 목소리를 낮추어 대답했다.

"경우에 따라 다르죠. 대형 블록버스터를 찍으려면 몇 백 억이 들지만 애정영화 같은 것은 그보다 적게 들어도 찍을 수 있죠."

이렇게 말해 놓고는 영준이 깜짝 놀라 그렇게 많은 돈이 드느냐고 반문할 줄 알았는데 그는 태연하기만 했다.

"송 감독님이 연출하려 했다는 그 영화는 애정영화 아닙니까?"

"네, 맞습니다. 등장인물도 많지 않고 세트도 필요하지 않아 그리 많이 들지는 않을 거예요."

"그러니까 얼마 정도가 필요합니까?"

이제 곧 영준이 숨겨 놓았다는 강남의 아파트 얘기나 문화사업에 돈을 투자하겠다는 재벌 미망인의 얘기가 튀어나올 것 같아 진우의 몸이 뻣뻣하게 경직되었다. 진우는 뭔가 계산하는 척 손가락을 꼼지락거리며 잠시 뜸을 들였다.

"대략 30억 정도면 찍을 수 있을 것 같아요."

이 말을 듣고 영준은 진우의 말을 천천히 되씹었다.

"30억이라 그렇게 많이 드는 것은 아니군요."

"혹시 주위에 영화 제작에 관심을 가진 사람이라도……."

이렇게 말을 뱉어 놓고 진우는 아차 싶었다. 너무나 성급하게 본

론으로 진입한 것 같아서 말꼬리를 흐렸다. 그런 해답은 영준의 입에서 저절로 튀어나와야 했다.

"그건 아니구요. 우리 송 감독님께 그만한 돈을 벌 기회를 드릴까 해서요."

이게 무슨 귀신 씨나락 까먹는 소리란 말인가. 고작 돈 200만 원을 몰래 가져갔다고 쫓겨나기 직전에 있는 백수에게 30억 원을 벌게 해주겠다니. 이 친구는 분명히 사기꾼이야. 진우는 냉정해야 한다고 마음을 다잡았다. 연신 호랑이에게 물려가도 정신만 차리면 산다는 속담을 되뇌었다. 속으로 이렇게 다짐을 하면서도 진우의 몸이 자꾸 영준 쪽으로 기울어지면서 귀가 쫑긋 솟아오르는 것은 어쩔 수 없는 일이었다.

"그게 정말 가능한 일입니까?"

"내가 만든 시나리오에 의하면 충분히 가능한 일입니다. 참 한 편의 영화를 찍는 데 얼마나 시간이 필요합니까?"

"제가 준비하던 영화는 서너 달이면 찍을 수 있어요. 늦어진다 해도 육 개월이면 될 거예요."

"내가 준비한 프로젝트와 같군요. 송 감독님이 그 기간이면 제작비를 건질 수 있게 해드리죠."

그러더니 더 이상 영화 얘기는 하지 않고 다시 말머리를 돌려 이 다방에 관련된 얘기를 이어나갔다. 어쩌면 속이 바짝 타들어 가는 진우의 속내를 읽고 있었는지도 모른다. 그래도 진우는 애가 타는 모습을 보여주지 않으려고 영준이 늘어놓는 말에 고개를 끄덕이며 호응했다.

그 유명한 자해사건 이후 스탠드바가 다방으로 바뀌었다고 한다. 술집 사장이 영준네 식구들의 보복이 두려워 장사를 포기했기 때문이라고 했다. 그러면 영준의 애인이라는 사람은 어떻게 되었느냐고 물으니, 처녀로 둔갑시켜 시집을 보냈다고 했다. 그리고 그녀의 결혼식장에 친척 오빠인 척하고 축의금을 들고 갔노라고 태연하게 얘기했다.

"서운하지 않으셨어요?"

"서운하긴요. 한 여자와 한 남자가 만나 일생을 살아야 한다는 결혼은 끔찍하고 야만적인 짓이죠. 여자는 공유의 대상이지 독점의 대상이 아니라는 게 나의 철학입니다."

어제 술자리에서 선규는 영준을 박애주의자라고 했는데 그 말이 이해되었다. 나도 그런 박애주의자가 되고 싶다는 생각이 스치자 진우의 시야에 부원장 명희의 풍만한 젖무덤과 엉덩이가 넘실거렸다. 영준에게 그 여자를 독점하지 말고 공유할 수 없느냐고 슬그머니 묻고 싶었다.

이곳이 다방으로 바뀌자 이곳을 차지하고 앉은 사람들은 대부분 부동산 브로커들이었다고 영준이 말을 이었다. 대부분 50대 이상의 중년 사나이들이었는데 그들의 서류가방에는 서울의 거의 모든 건물에 관한 서류들이 숨겨져 있었다. 수십억에서 수천 억짜리 건물이나 토지의 서류를 움켜쥐고 한 건만 올리면 평생을 먹고살 수 있다는 환상에 젖은 초라한 사나이들이 여기 모여들었다. 그 서류들은 가짜이거나 아니면 매물로 내어놓지도 않은 것들이어서 그 사람들의 대부분은 사기꾼으로 보는 것이 옳았다. 그래서 입으로는 수백억을 들먹이면서도 실제로는 몇 천 원하는 커피 값이 없어 다방 레지들의 눈치를 보며 들락날락했다.

여기서 영준은 그들의 어깨너머로 부동산에 대해 배웠고, 이게 돈이 되겠다 싶어 건달 몇 명을 모아 부동산시행사를 차리게 되었고, 한때 제법 재미를 보기도 했다. 그때 마침 분당이니 일산이니 하는 신도시 바람이 불어 여기서 날건달로 지내다가 벼락부자가 된 전설적 인물도 몇 사람 생기기도 했다. 그러다 2000년대 들어서면서 부동산 경기가 가라앉자 회사 문을 닫아버리게 되었고, 그 이후 춤의 세계로 빠져들었다고 했다.

여기까지 이 다방의 내력에 대해 설명하다가 진우가 그의 얘기에 흥미를 느끼지 못하는 기미가 보이자 영준은 다시 영화 얘기를 꺼내들었다.

"여기서 배운 부동산 노하우를 이용하여 하나의 프로젝트를 준비했습니다. 이것만 성공하면 송 감독님이 꿈꾸는 영화를 열 편쯤 제작할 수도 있습니다."

영화라는 얘기만 나오면 진우의 눈동자가 반짝이는 것을 알았는지 영준이 다시 영화라는 화두를 들었다.

"무슨 프로젝트라구요?"

"몇 달 전에 600억 정도의 여유자금이 있으니 아파트 부지를 구해달라는 오더를 받았어요. 오래전에 이 다방에서 알게 된 사람인데 유명 건설회사의 회장이 된 전설적 인물이에요. 말하자면 이 개천 바닥에서 용으로 승천한 사람인데 나와는 아주 친밀한 관계를 유지해 왔죠. 그래서 그가 주문한 땅을 1년 동안 찾아다녔죠. 그리고 한 달 전에 세종시 근처에서 딱 맞는 땅을 찾아냈어요. 예전에는 야산이나 전답이어서 보잘것없던 땅이 대지로 바뀌어 값이 많이 올랐죠. 그래서 그 회사에서 제시하는 조건에 딱 맞았어요."

"그럼 그 땅을 중개하실 작정인가요?"

"그렇게 중개수수료만 챙겨서는 용이 되어 하늘로 오를 수는 없어요. 용이 되어 승천하려면 그 돈 전부를 가져 올 방안을 연구해야 합니다. 그래서 송 감독 같은 전문 연출가를 초빙하려는 것입니다."

바로 이 대목에서 범죄의 냄새가 풍겼지만 진우는 짐짓 모른 척하고 표정을 바꾸지 않았다. 이 사람이 사기꾼일 수도 있겠지만 한편으로는 자신의 구세주가 될 수도 있으리라는 희망을 저버릴 수 없었다. 이상하게도 진우의 귓가에는 자기를 만나면 축복을 받을 거라는 나지막한 영준의 말이 이명처럼 사라지지 않았기 때문이다. 리처드 기어처럼 언뜻 보기에 선량해 보이는 저 얼굴 뒤에 과연 어떤 괴물이 숨어 있을까. 진우는 호랑이에게 물려가는 사람처럼 눈을 크게 뜨고 정신을 잃지 않으려고 기를 썼다.

이 대목에서 〈캐치 미 이프 유 캔〉이라는 미국 영화가 떠올랐고, 잡아볼 테면 잡아보라고 미국 전역을 설치고 다니는 레오나르도 디카프리오의 얼굴이 스쳐 지나갔다. 이 영화는 10대 후반 나이에 비행기 조종사를 사칭하면서 여러 은행을 돌아다니며 140만 달러를 횡령한 프랭크라는 사나이의 일대기를 찍은 영화였다. 여기서 감독이 디카프리오를 캐스팅한 것은 잘 생기고 말을 잘하는 사람이 사기꾼 역할에 적합하다고 믿었기 때문일 것이다. 만약 이 영화에서 디카프리오 대신 리처드 기어를 기용했다면 흥행에서 성공했을까? 그런데 지금 진우 앞에서는 리처드 기어가 디카프리오의 흉내를 내고 있는 것이다.

영준의 얘기를 요약하면 대략 다음과 같았다.

그가 이 다방에서 알게 된 오영환이라는 사람이 아파트를 짓는 건설회사의 회장이 되어 여기저기 아파트 단지를 조성해서 이름을 날렸다. 그런데 하필 부동산 경기가 가라앉을 즈음 대규모로 아파트를 지어 미분양 사태가 벌어지면서 빚더미에 올라앉게 되었다. 그런데 그 어려운 형편에 운이 좋게도 새로운 투자자를 만나 회사의 문을 닫지 않아도 되는 행운을 얻었다. 그 투자자가 주문하기를 수백억의 돈을 땅에 묻어두고 싶으니 회사 이름으로 땅을 사들인 다음에 회사를 인수하겠다는 계획을 세웠다는 것이다. 그러면 자금난에 시달리는 회사는 부도를 면할 수 있고, 정체를 알 수 없는 이 수상한 돈뭉치는 건전한 기업자금으로 변신하여 국가 경제에 이바지하게 되는 윈윈 게임이라 했다.

그 돈의 정체가 무엇이냐고 진우가 묻자 영준은 자신도 모르겠다고 했다. 그 돈을 끌어들인 건설회사 오 회장은 알 수도 있겠지만 타인에게 알려줄 리가 없다는 것이다. 추측컨대 군부 독재 정권 때 몰래 빼돌린 정치자금이거나, 어떤 재벌가에서 몰래 조성한 비자금의 일부일 수도 있다고 했다. 이 돈을 회사의 자본금으로 변신시켜 수사기관이나 세무서의 추적을 따돌리려는 의도가 보이는데, 이 돈을 통째로 가로채자는 것이 이 프로젝트의 중심 줄거리였다. 부정한 방법이기는 하지만 부정한 돈을 가로채는 것이니 그렇게 부정한 것은 아니라는 해괴한 논리를 전개하면서 영준은 다음과 같이 매듭을 지었다.

"그러기 위해서는 송 감독님과 같은 연출 전문가가 꼭 필요합니다. 적당한 배우 하나를 캐스팅해서 잘 교육시켜 그 땅의 지주 역할을 맡겨야 하는데 이게 가장 큰 문제입니다. 그 배우의 연기력에 따라 이 프로젝트의 성공과 실패가 결정됩니다. 내가 송 감독님을 초빙한 이유를 알겠죠?"

이 대목에서 진우는 입을 다물고 아무 대답을 하지 않았다. 쉽사리 호응할 수 없는 제의였기에 어려운 수학 문제를 앞에 둔 고등학생처럼 아주 난감한 표정을 짓고 조용히 앉아 있었다.

"배우 한 사람이 연기만 잘하면 세 마리의 용이 승천합니다. 오 회장과 나, 그리고 송 감독님 이렇게 세 사람이."

진우는 얼른 600억을 셋으로 나누어 보았다. 200억이라니 동그라미가 몇 개 붙어야 하는 숫자인지 헤아릴 수가 없었다.

"그러면 송 감독님은 찍고 싶은 영화를 대여섯 편 마음 놓고 찍을 수 있죠."

"그렇게 하려면 연기하는 배우에게도 출연료를 주어야 하는데……."

"그거야 송 감독님이 알아서 하세요. 계약할 때 한 장면만 잘 찍으면 되니까 적당한 개런티만 주면 되지 않겠어요?"

이쯤에서 진우가 입 안에 잔뜩 고여 있는 침을 꿀꺽 삼켰다. 그러면서 자신이 이 프로젝트에 참여하게 될 거라는 예감을 떨쳐내지 못하고 있음을 알았다. 다소 위험해 보이기는 하지만 그 보상이 워낙 커서 그 위험을 감수할 만한 충분한 가치가 있다고 판단했다. 그렇다고 섣불리 그런 말을 꺼낼 만큼 순진하지는 않았다. 조금 더 뜸을 들여 자신의 가치를 높일 필요가 있었다.

"쉽게 결정할 문제가 아니네요. 내일까지 시간을 주세요. 조금 생각해 보구요."

"충분히 이해합니다. 그럼 내일 여기서 다시 뵙시다."

길고 긴 대화를 마감하면서 영준은 진우가 이 프로젝트에 참여한다면 땅과 지주에 대한 정보를 알려 주겠다고 했다. 그렇게 말하면서도 영준은 자기가 내던진 낚싯밥을 진우가 덥석 물었다는 사실을 감지한 듯했다. 비밀을 털어놓아 속이 시원하다는 듯 그는 진우를 보고 활짝 웃었다.

"이제 문을 열어도 됩니다."

영준이 텔레비전을 보고 있는 마담에게 이렇게 말하자 마담이 일어나 안으로 잠긴 문을 열었다. 이로 미루어 두 사람이 대화를 나누기 전에 영준이 미리 문을 잠가달라고 요청한 것 같았다. 그래서 두 사람이 대화를 나눈 저녁 한나절 동안 손님이 한 명도 들지 않았던 것이다. 이렇게 용의주도한 영준의 태도가 진우에게 차츰 더 신뢰감을 주었다.

2

그렇지 않아도 불면증에 시달리고 있는데 영준의 제안을 받은 진우는 더 이상 잠을 이룰 수가 없었다. 이런저런 생각에 몸을 이리저리 굴리며 날밤을 새웠다.

춤선생 영준이 제시한 프로젝트라는 것이 거대한 사기극임이 분명한데 그것이 가난한 약자를 울리는 것이 아니어서 다소 위로가 되기는 했다. 그런데 성공할 확률이 어느 정도인지 가늠하기가 쉽지 않았다. 전체적인 시놉시스는 그럴듯했다. 꼬리를 감추고 싶은 부정한 돈을 기업자금으로 전환시킨 다음 땅에 묻혀둔다는 발상은 누구나 할 수 있다. 그러나 그만한 돈을 움직이는 주체는 그렇게 만만한 상대는 아닐 것이다. 그런 상대를 속여 넘기려면 간략한 시놉시스만으로는 부족하다.

우선 정교한 플롯을 짜야 하고 변화되는 조건에 따르는 세부 계획이 준비되어야 한다. 아마 한 편의 영화를 완성하는 것만큼의 세심한 준비와 주의가 필요할 것이다. 한 컷을 잘못 찍어 영화 한 편이 무너지는 수도 있는 법이다. 이처럼 세밀하고 지엽적인 부분에서 하자가 생기면 전체를 그르칠 수도 있기에 영준은 진우와 같은 전문가를 필요로 하는 것이다. 물론 이 프로젝트의 전체적인 설계는 영준의 몫이지만 성공과 실패는 자신의 손에 달려 있다고 진우는 생각했다.

그렇다면 이 일이 실패했을 경우에 자신이 감당해야 할 부담에 대해서도 고려하지 않을 수 없다. 물론 이 사건의 주범으로 몰리지는 않겠지만 종범이라 해도 사기를 치는 금액이 너무 크다는 것이 문제였다.

충무로 조감독 시절에 사기 사건을 다루는 범죄영화를 찍으면서 알게 된 사실인데, 그 영화에서 주범은 3년 나머지 종범들은 1년에서 2년가량의 형량을 선고받았다. 폭력과 같은 범죄에 비해 사기 범죄는 의외로 형량이 가볍다는 사실을 그때 알게 되었다. 그렇다면 이런 모험은 한번 시도해볼만한 가치가 있지 않을까.

메가폰을 잡고 레디 고를 외치는 자신의 모습과 감옥 안에서 철창 밖을 내다보는 또 다른 자신의 모습이 교차되면서 잠을 못 이루다가 동이 훤하게 트는 아침에 잠깐 눈을 붙였다.

그리고 〈시네마 천국〉의 꿈을 꾸었다. 영화에 미쳤던 어린 토토가 유명한 영화감독이 되어 고향으로 돌아오는 꿈이었다. 거기서 어린 토토가 자신의 얼굴이었고, 늙은 영사기사 알프레도가 영준의 얼굴이었다. 알프레도야 말로 토토의 꿈을 이루게 해준 장본인이었는데 알프레도는 검열에서 잘린 음란한 장면만 모은 필름을 토토에게 남몰래 보여 준 적이 있었다. 거기서 어린 토토는 다양한 키스신과 베드신을 처음 보면서 여태껏 알지 못하던 신세계로 들어서게 되었다.

이런 꿈을 꾸어서인지 자리에서 일어서기도 전에 아랫도리에 뻐근한 기운을 느꼈다. 여태껏 죽어서 힘을 쓰지 못한다고 여겼던 그 부분이 힘을 받고 일어서서 벌떡거리고 있었다. 여자라고는 눈곱만큼도 생각한 적이 없고 아내와도 각방을 쓴지 여러 해가 지났는데 참 신기한 일이었다. 이런 장면을 선규가 보았다면 엄지 손가락을 세우며 '살아 있네'라고 외칠 것이다. 어쨌든 진우는 전에 없는 이런 현상을 그냥 상서로운 징조로 받아들이기로 했다.

오후 늦게 댄스 교습을 받으면서도 그런 야릇한 감정은 사라지지 않았다. 부원장 명희가 이끄는 대로 발을 떼다가 그녀의 젖가슴과 둔부가 살짝 닿기도 했는데 그럴 때마다 진우의 스텝이 엉켜버렸다. 그녀가 풍기는 아프리모 오리지널의 향기에 정신이 몽롱해지는데 육체의 한 부분만 제정신을 차렸다. '내가 미쳤지, 이럴 수는 없는 거야' 하고 중얼거리며 엉덩이를 뒤로 빼면서 엉거주춤 스텝을 밟으니 틀릴 수밖에 없었다. 자꾸 팽창하려고 기를 쓰는 아랫도리는 박자 따위에는 관심이 없었던 것이다.

그런 진우를 구해준 것은 영준의 전화였다.

성공다방에서 기다리고 있으니 내려오라고 했다. 그 전화를 핑계로 교습을 끝내고서야 반란을 일으켰던 육신도 조용히 가라앉았다. 욕망의 늪에서 겨우 몸을 빼내어 진우는 서둘러 다방으로 내려갔다.

진우가 다방으로 들어서자 영준은 안쪽 코너 자리에 앉아 있었다. 그곳은 영준의 지정석이었고, 이제 그 맞은편 자리가 자연히 진우의 자리가 되었다. 진우가 가게 안으로 들어섰어도 영준은 서류더미에 코를 박고 고개를 돌리지 않았다.

'송 감독님 오셨어요'라고 마담이 소리를 질러서야 영준이 고개를 들고는 손을 들어 아는 척했다.

"어떻게 마음을 결정하셨나요?"

진우가 자리에 앉기도 전에 마치 진우의 마음을 들여다 본 것처럼 영준이 물었다. 그래서 진우는 일부러 대답을 늦추기로 했다.

"글쎄요. 제가 거기서 무슨 역할을 해야 할런지 구체적인 그림이 나오지 않네요."

"송 감독님의 임무야 뻔하지 않습니까. 적당한 배우를 캐스팅하고 훈련시켜 우리가 원하는 캐릭터를 창조하는 것입니다. 영화를 찍을 때 감독이 하는 것처럼 하면 되는 것입니다. 송 감독님이 전면에 나서 얼굴을 드러낼 일이 없지요. 바로 이 땅의 지주 역할을 할 배우 하나만 찾아내면 되는 거지요."

영준이 서류를 가리키며 말했다. 그제서야 진우는 그 서류들이 영준이 애써 찾아 놓았다는 그 땅에 관한 서류임을 알 수 있었다.

"이 땅의 주인을 만들어 내야 한다는 말씀이죠?"

"바로 그거에요. 우리도 속을 만큼 완벽하게 연기를 할 사람을 찾아내야 합니다."

"이 땅에는 주인이 없습니까?"

"세상에 주인 없는 땅이 어디 있습니까? 그런데 이 땅의 주인은 여기 살고 있지 않아요. 그런 사람을 우리는 부재지주라고 부릅니다."

"그럼 외국인의 땅인가요?"

"그게 아니라 땅주인이 현재 외국에서 살고 있어요."

영준은 토지대장, 임야대장, 등기부등본 등의 서류를 늘어놓고 이 땅의 내력에 대해 차분히 설명했다. 진우가 땅에 관심을 표하는 것으로 보아 그가 이 프로젝트에 참여하리라는 것을 직감적으로 알았던 모양이다. 그랬기에 그가 알아듣도록 전문용어를 빼고 알기 쉬운 말로 풀어갔다.

옛날부터 충청도에 땅 부자로 소문난 부농이 있었는데 자식 농사는 제대로 짓지 못해 달랑 아들 하나를 두었더란다. 게다가 이 땅이 세종시로 지정되면서 땅값이 수백 배로 뛰어올랐다. 그 사람은 하나밖에 없는 아들을 미국에 유학을 보내 공부시켰는데 그 아들은 영주권을 얻어 주저앉아 돌아올 생각을 하지 않았다.

그는 거기서 취직하고 서양 여자와 결혼한 다음 부모님을 미국으로 모셔가려고 했다. 그러나 부모가 한사코 반대하는 바람에 뜻을 이루지 못하고 이산가족이 되어 세월이 흘렀다. 부모가 차례로 세상을 뜨자 이 땅은 자연스럽게 미국의 아들 앞으로 상속되었는데, 그 당시만 해도 땅값이 워낙 싼지라 아들은 이 땅을 거의 방치하다시피 했는데 요사이 땅값이 오르자 몇 번 고향을 찾아 고국을 방문했다고 한다. 바로 그 인물에 대해 연구한 다음 대역을 내세워 건설회사와 계약을 맺도록 하는 것이 이 프로젝트의 골자였다.

"땅의 크기는 얼마나 됩니까?"

"전답과 야산을 합쳐 2만 평이 조금 넘는데 원래 관리지역이었던 땅이 주거지로 지목변경이 되면서 아파트 부지로 적합한 땅이 되었죠. 그 바람에 이 땅을 넘보는 사람들이 많아졌어요."

영준이 서류에는 제곱미터로 기록된 땅의 넓이를 평수로 환산하여 보여주었다. 정확하게 21,500평 넓이의 땅이었는데 나지막한 야산에 너른 전답이 끼어 있는 12필지의 땅이었다.

"그러니까 이 시나리오에 의하면 우선 미국에 있다는 그 아들 역할을 하는 배우를 찾는 게 급선무이군요?"

"바로 그겁니다. 거기에 알맞은 배우를 찾아 새로운 인물을 만드는 작업을 하셔야 합니다."

여간해서는 어조를 높이지 않는 영준의 목소리가 크게 울렸다. 진우가 이 프로젝트에 참여하리라는 확신을 가지고 있는 듯했다.

"건설회사 회장이라는 사람도 이런 사실을 압니까?"

"그 사람도 잘 알고 있죠."

"그렇다면 문제 될 것이 없잖아요. 아무나 내세워 계약하면 되는 거 아닙니까?"

"문제가 있어요. 돈을 내는 사람은 다른 사람이니까요. 돈 가진 사람들이 그렇게 호락호락 넘어갈 리가 없죠. 전주 측 대리인이 지주를 확인해 보고 그다음 계약 시에도 참여하겠다는 의사표시를 했거든요. 이 두 과정을 무사히 넘겨야 이 프로젝트가 성공합니다. 그 대리인이 무슨 유명한 법무법인의 변호사라고 하는데 나도 아직 만나보지는 못했습니다."

"쉽지 않은 일이네요."

이렇게 진우는 확답을 하지 않았다. 그래야 자신의 몸값이 올라간다고 생각했기 때문이다.

"그러니까 송 감독님 같은 전문가와 손을 잡으려 하는 것입니다. 그냥 영화 찍는다고 생각하면서 새로운 캐릭터를 하나 창조해 봅시다."

영준은 전문가란 말에 액센트를 넣었다.

"만약 이 일이 성공한다면 내가 얻을 수 있는 이익은 무엇입니까?"

진우가 가장 궁금했던 점을 캐물었다.

"저쪽에서 투자하는 돈이 600입니다. 그중 건설회사 오 회장이 반을 가져가기로 했고, 나머지 반을 우리 둘이서 나누면 됩니다."

이 말이 떨어지자 진우의 머리가 또 빠르게 돌아갔다. 600을 둘로 나누면 300이고, 300을 둘로 나누면 150이었다.

"송 감독님이 제작하려는 영화 다섯 편은 찍을 수 있는 돈이죠."

영준이 이렇게 진우의 계산을 도와주었다. 영준의 이렇게 솔깃한 결론을 내주자 진우의 경직된 표정이 점차 풀어졌다. 아니 굳은 척했던 얼굴 근육에서 힘을 빼어 버렸다.

"좋습니다. 이 일에 참여하겠습니다."

진우가 확답을 하지 영준이 손을 내밀어 새삼스럽게 악수를 청했다.

"이제 지금 이 순간부터 우리는 동업자입니다. 한배를 타고 항해를 한다고 생각합시다. 만일 일이 잘못되더라도 송 감독님은 물에 빠지지 않도록 힘쓰겠습니다."

어떻게 그럴 수 있느냐고 진우가 묻자, 영준은 미리 생각해 둔 계획을 얘기해 주었다. 자신이 이 사건의 주범이니 당신은 지시에 따르지 않을 수 없었노라고 하면서 모든 책임을 자신에게 뒤집어씌우라는 것이다.

그리고 모든 일정이 영화를 찍기 위한 준비과정이었노라고 둘러대라는 것이다. 말도 안 되는 얘기이기는 했지만 모든 죄를 자기가 뒤집어쓰겠다는 말을 듣자 영준에 대한 신뢰감이 굳어졌다. 선규가 영준을 소개하면서 신흥종교의 교주 같다고도 했는데 영준은 그런 카리스마를 가지고 있었다. 범죄를 모의하면서도 이 사람과 동행하면 안심할 수 있다는 믿음 같은 것이 생기는 것으로 보아 그는 충분히 교주의 자격을 갖추고 있었다.

"대신 하나 부탁할 것이 있어요."

"뭔데요?"

"송 감독이 쓸 비용은 자체 조달해야 합니다. 요즘 내가 경제 사정이 좋지 않아서 송 감독께 경비를 드릴 여유가 없어요."

"그 비용이 얼마나 들까요?"

"그야 송 감독이 더 잘 알겠죠. 신인 배우 하나를 뽑아서 그를 교육시키는데 쓰는 돈이니까요. 그 배우에게도 성공 보수를 두둑이 주는 조건으로 계약하시면 될 것 같은데."

"2천만 원 정도면 될까요?"

진우의 눈앞에 또 그 금딱지 롤렉스가 스쳐 지나갔다.

"그 정도면 충분할 것 같아요. 대신 일이 성공하면 그 배우에게 몇 십 억의 개런티를 주면 되겠죠. 그만한 비용을 부담할 수 있겠어요?"

금딱지 롤렉스가 재깍재깍 초침을 돌리고 있었고, 찬란한 유리자판 사이로 보화당 사장의 얼굴이 보였다. 그는 샐쭉 웃고 있었는데 시계의 임자가 바로 자기라고 주장하는 것 같았다. 2~3천의 돈을 들여 100억 이상의 돈을 건진다면 누구라도 외면할 수 없는 사업이 아니냐고 보화당 사장이 진우를 꼬드겼다.

"좋습니다. 부담하겠습니다."

"그리고 마지막으로 부탁할 것이 하나 더 있습니다."

"그건 또 뭡니까?"

"기도비익이라는 군사용어를 아십니까?"

동회에서 예비군통지서나 돌리는 방위병으로 복무한 진우에게는 낯선 단어였지만 아는 척하고 고개를 끄덕였다.

"이 시나리오는 나와 건설회사 오 회장과 송 감독 세 사람밖에 아는 사람이 없어요. 친구인 김 사장이나 아내 되시는 분에게도 비밀로 해주세요."

"그거야 물론이죠. 그렇지만 일을 맡을 배우도 알게 되지 않을까요?"

"그렇군요. 그럼 네 사람만 아는 극비작전입니다."

여기까지 말을 끝내고 두 사람은 다시 악수를 나누었다. 자신의 손바닥에 땀이 흥건하게 배어 있음을 진우는 이때 알아챘다.

"이 사업의 성패는 송 감독이 어떤 배우를 기용하느냐에 달려 있습니다. 내일부터 당장 그런 사람을 찾아보세요."

"그렇게 하겠습니다."

이번에도 진우가 술 한잔하자고 제의했으나 영준이 선약이 있다고 다음으로 미루었다. 그가 정말 바빠서 그런지 술자리를 피하려고 그러는 것인지 그것은 알 수 없었다.

3

다음 날부터 진우의 일정표에는 스케줄이 하나 더 늘어났다. 댄스 교습이 끝나면 성공다방에 들러 영준으로부터 부동산학 강의를 들어야 했다. 실제로 땅을 밟기 전에 서류부터 검토하는 법을 배워야 한다면서 각 필지의 위치와 지목 또는 넓이 등에 관해 외우도록 했다.

이렇게 사흘째 공부가 끝나자 영준은 진우에게 잡다한 서류가 든 봉투를 건네주었다. 그 속에는 땅문서의 복사본과 함께 이 땅의 주인이라는 남자에 대한 정보도 함께 들어 있었다. 거기에는 우리나라에서 발행한 주민등록증뿐만 아니라 영문으로 기재된 운전면허증, 사회보장카드, 여행용 비자까지 갖추어져 있었다. 비자에는 그가 근래에 우리나라에 출입한 날자가 찍힌 스탬프까지 찍혀 있었다.

"작년에도 두 번이나 입국했어요?"

"아니 그것은 그냥 우리가 알아서 찍은 거예요. 이렇게 값나가는 땅을 가진 사람이 무관심한 것처럼 보이면 안 되니까 들락날락한 것처럼 찍어 놓았죠."

이런 서류들은 어떻게 구했느냐고 묻자 우리나라에서는 만들 수 없어 중국까지 가서 위조 전문가들의 손을 빌렸다 했다. 위조방지용 홀로그램까지 완벽하게 입히느라 수월치 않은 돈이 들어갔다고 했는데 그 액수는 밝히지 않았다.

"이 신분증과 여권에 있는 사람을 내가 만들어 내야 하는군요."

"바로 그겁니다. 이 정민성이란 인물을 대한민국에서 찾아내는 것이 송 감독의 임무입니다."

진우는 이 정민성이란 인물의 사진을 가까이 들여다보았다. 눈이 큰 데다 코가 오똑한 제법 미남 축에 속하는 얼굴이었다. 주민등록번호로 따져보니 나이는 40대 중반이었고, 사는 곳은 미국의 시애틀이라는 도시였다.

"자, 그의 얼굴을 자세히 보고 싶으면 이 사진을 보세요."

그러면서 영준은 서류더미 속에서 명함판 사진 두 장을 꺼내들었다. 사진 한 장은 해맑은 표정으로 웃고 있는 10대 후반의 인물 사진이었고, 다른 하나는 미국의 도심거리를 걷고 있는 한 동양인의 사진이었다.

"이 사진은 고등학교 졸업 앨범에서 뽑은 것이고, 다른 하나는 미국에서 직접 찍은 현재의 모습이오."

고등학교 졸업 앨범이야 수소문해서 얻을 수도 있겠지만 미국에서 찍은 사진을 입수한 경위를 알 수가 없다고 의문을 제기하자 영준은 이렇게 말했다.

"우리나라에는 그런 게 없지만 미국에는 이런 일을 하는 탐정들이 있지요. 아마 돈만 많이 주면 그의 나체 사진이라도 찍어 보낼 거요."

"그러니까 이게 10대 후반의 얼굴이고, 이게 40대에 들어선 정민성의 얼굴이군요. 그런데 좀 달라 보이네요."

"세월이 그만큼 흘렀으니까 그렇죠."

"자세히 들여다보면 동일 인물이라는 것을 알 수 있어요. 이 사진을 가지고 다니면서 이와 비슷한 인물을 찾아내 정민성을 만들어 보세요. 거기에 이 프로젝트의 성패가 달려 있으니까."

진우는 사진을 눈앞에 받쳐 들고 들여다보고 또 들여다보았다. 한국의 영화배우 중에 이와 비슷한 인물을 떠올려 보려 했지만 얼른 솟아나는 이름이 없었다. 그의 얼굴 윤곽은 동남아시아에서나 찾아볼 수 있는 그런 유형이었다. 말하자면 남방형 미남이라고 해야 할까.

"이런 인물을 찾기가 쉽지 않겠는데요."

"성형수술을 시켜서라도 이런 인물을 만들어내야 합니다."

영준이 단정적으로 이렇게 말했다. 진우는 그 사진에서 눈을 떼지 않고 고개를 끄덕거렸다. 이 프로젝트에 가담하기로 약속한 이상 자신은 영준을 감독으로 모신 조감독에서 벗어날 수 없었다. 아니 영준이 교주라면 자신은 그를 맹목적으로 추종하는 신도인 셈이다. 신도는 교주의 명령을 거부할 자유를 가지지 못한다. 그렇게 해서는 종교가 될 수 없으니까. 그리고 그렇게 굳건한 신앙이 뒷받침되지 않으면 이 사업은 성공할 수 없다.

진우는 이런 생각을 하며 하염없이 사진을 들여다보았다. 그러자 사진 속의 정민성이 영어로 이렇게 말하는 것이 들렸다.

〈캐치 미 이프 유 캔〉

이렇게 온갖 서류를 인계받으면서 영준의 과외수업은 끝이 났다. 진우는 두 장의 사진을 자신의 주민등록증이 들어 있는 지갑 속에 끼어 넣었다.

그리고 그 다음 날부터 길거리캐스팅 작업에 돌입했다. 우리나라에서는 살지도 않는다는 정민성을 찾아내기 위해 거리를 쏘다녔다. 젊은 시절 영화판에 몸을 담았을 때 엑스트라급의 배우를 길거리캐스팅으로 발굴한 적이 있기는 했다. 그 바람에 지금의 아내를 얻기도 했다. 그런데 이번 임무는 그때보다 훨씬 어려웠다. 지갑 안에 있는 정민성이 놀리는 투로 이렇게 말하는 것이 들려왔다.

'나 같은 사람 찾기가 쉽지 않을 걸.'

그가 뭐라고 놀리던 진우는 신경 쓰지 않기로 했다. 정민성을 찾아내는 일이 로또복권에 당첨될 확률보다는 훨씬 높지 않겠는가.

늦잠을 자고 일어나 아침 겸 점심을 때우고 춤방으로 출근하여 강습을 받고 나면 오후 서너 시가 넘었다. 한두 시간쯤 부원장의 체취를 맡으며 몸을 흔들다 영준이 기다리는 성공다방으로 내려가 커피를 한 잔 마시고는 길거리로 나서는 것이 진우의 하루 일과였다. 그리고 서울의 정민성을 찾아 열심히 돌아다녔다.

이렇게 길거리캐스팅에 나선 때가 10월 하순경이었다. 아침저녁으로 제법 스산한 바람이 겨드랑이 사이를 파고들었고 나무로부터 버림받은 잎사귀가 흩날리기 시작했다. 진우는 바바리코트에 운동화차림으로 종로 일대의 거리를 헤집고 다녔다. 그리고는 40대 전후의 남자가 보이면 몇 걸음 따라가면서 얼굴부터 살폈다. 그러다 아니다싶으면 또 다른 얼굴을 찾아 나섰다.

그런 과정을 거치면서 대한민국의 남자들은 누가 자기를 유심히 살피면 매우 언짢아한다는 것을 알게 되었다. 진우가 그들의 얼굴에 관심을 가지고 뜯어본다 싶으면 우선 불쾌한 표정을 짓고는 발걸음을 재촉하여 사라져 버리곤 했다. 사진 속의 인물과 제법 비슷한 얼굴을 만날 때도 있어 간혹 말을 걸어 보기도 했지만 대부분 진우를 외면해 버리고는 제 갈 길을 가버렸다. 그들의 눈에는 진우가 호객행위를 하는 장사치나 술집 삐끼로 보였던 것 같다.

간혹 발걸음을 멈추고 진우의 말을 들어주려는 착한 사람도 있기는 했다. 영화를 찍는데 개성 있는 배우를 물색하고 있다고 말하면 다 듣고 나서 손사래를 치며 거부의 몸짓을 보이는 사람도 있었다. 자신이 생각하기에도 자신이 영화배우로 어울리지 않는다고 생각했거나, 아니면 그런 말을 건네는 진우가 미덥지 않아 보였으리라. 그렇게 수없이 수작을 걸다 보니 진우의 제의에 관심을 가지고 포장마차에서 술을 한잔 나누게 된 친구도 생겨나게 되었다.

그러나 한두 시간 대화를 나누다 보면 이번에는 진우가 고개를 가로저었다. 생김새는 민성과 비슷해 보이지만 진우가 원하는 내면의 캐릭터를 충족시키지 못했다. 미국의 대학 학부를 졸업한 사람이라면 기본적으로 영화회화가 가능해야 하고, 최근의 미국 사정을 알아야 하고 부잣집 아들로 자란 티가 배어 있어야 하는데, 이런 조건을 만족하는 사람을 찾기란 쉬운 일이 아니었다. 그래서 공연히 술값만 날리고 다시 찬바람이 부는 거리로 나섰다.

이렇게 열흘쯤 종로 거리를 헤매며 사람들을 기웃거려 보았지만 아무 소득이 없었다. 그런 꼴을 지켜보던 영준이 이번에는 강남 쪽으로 가보면 어떻겠느냐고 충고해 주었다. 거기 가면 미국 물을 먹은 젊은이를 의외로 쉽게 만날 수 있을지 모른다는 말을 듣고서야 진우는 나는 왜 진즉 그런 생각을 못했지 하고 자신의 머리를 주먹으로 쥐어박았다.

그 말을 들은 다음 날부터 진우는 강남으로 진출했다. 그 바람에 댄스 교습은 당분간 쉬어야 했다. 그것까지 마치고 강남에 오면 벌써 날이 어두워졌기 때문이다.

그래도 강남 쪽으로 오니 종로통과의 분위기는 영 달랐다. 나이가 젊은 사람들이 훨씬 많았고, 생김새며 옷매무새가 훨씬 세련되어 보였다. 여기서는 누구나 기본 영어회화쯤은 할 수 있을 것처럼 보였다. 그래서 자리를 털고 일어나자마자 강남으로 진출해 가로등에 불이 들어오기까지 거리를 이 잡듯이 쏘다녔다. 그런데 강남이 종로보다 더 싸늘하게 찬 기운이 도는 것을 느끼고, 진우는 그 원인을 분석해 보았다. 그 이유는 딱 하나였다. 그래도 종로에는 진우의 말에 귀를 기울여 주는 사람이 서너 명 있었는데, 강남 쪽에는 그런 사람이 하나도 없었다는 것이다.

아무리 일찍 서둘러 나와도 강남역에 내리면 오후 2시가 넘는다. 요즘은 낮이 짧아져 오후 5~6시만 넘으면 해가 기울었다. 그래서 진우의 작업 시간은 고작 서너 시간에 불과했다. 물론 한밤중이라도 강남의 거리는 대낮처럼 밝기는 했다. 그래도 불빛의 음영 때문에 사람의 얼굴을 정확히 읽기가 힘들었다. 그래서 해가 지면 작업을 포기하고 철수해야 했다.

오늘도 여느 때와 마찬가지로 지하철에서 내리자마자 오가는 사람들을 훑어보기 시작했다. 지하철에서 내리기 직전인 방금 전에도 진우는 한 청년에게 말을 걸었다. 얘기 좀 나누자고 했더니 이 친구가 기겁을 하고 옆 칸으로 도망치듯 피해 버려서 진우를 무색하게 했다. 경멸로 가득 찬 그의 눈초리로 미루어 이 친구는 진우를 파트너 구하는 동성애자쯤으로 여겼던 모양이다.

거기서 캐스팅이고 뭐고 다 집어치우고 집으로 되돌아가고 싶었지만, 영화 한 편 찍을 수만 있다면 이런 수모는 골백 번이라도 견딜 수 있노라고 자신을 채찍질하며 지하도를 나섰다. 영화 제작비를 줄 테니 해골이라도 바치라면 진우는 가죽을 벗겨낸 자신의 해골이라도 내줄 각오가 되어 있었다.

강남역 10번 출구를 나서니 초라한 행색의 아주머니와 할머니들이 줄을 서서 전단지를 나누어 주고 있었다. 많은 사람들이 그녀들을 벌레 피하듯 피해 갔지만 진우는 그 전단지를 모두 받아 들였다. 뭐 그리 바쁜 일도 없지 않은가. 그는 이 전단지를 모아 쓰레기통에 버리는 일을 몇 번씩 반복했다. 그래야 이 아주머니들이 얼른 일을 끝내고 이 차가운 거리를 뜰 수 있지 않겠는가. 만약 하느님이 계셔서 이런 진우를 내려다보고 계신다면 틀림없이 천당의 아랫목에 그의 이름이 적힌 명찰을 세워 놓으실 거라고 진우는 멋대로 상상했다.

그러다가 팬티만 걸친 남성 모델의 사진이 실린 전단지를 보고 진우는 킥킥 웃었다. 처음에는 팬티나 내복을 광고하는 전단지인 줄 알았는데 그게 아니라 여성 전용 술집인 호스트바 광고였기 때문이다. 그 사진에는 팬티 차림 남자 모델의 아랫도리가 툭 불거져 나와 있었다. 아마 흥분한 남자의 심볼을 보여주고 싶었는데 그렇다고 벌거벗은 사진을 실을 수가 없고, 또 신사 정장차림으로는 그런 장면을 연출하기가 어려워 이런 사진을 실었던 것 같다. 이런 사진을 보고 과연 여성들이 호기심을 가질 수 있을까 하는 의구심이 들기는 했지만 진우의 웃음을 자아내게 하는 데는 충분한 효력을 발휘했다.

그 사진을 보면서 이게 남의 일 같지 않아 진우는 히죽히죽 웃음을 배어 물었다. 요즈음 지신의 아랫도리가 아침마다 저런 꼴을 보여주고 있기 때문이다. 그것이 아침의 잠자리에서만 그러면 문제가 되지 않겠지만 부원장의 손을 잡고 그녀의 체취를 맡게 되면 정신이 흐리멍덩해지면서 그런 현상이 생기니 이것이 큰 문제였다. 이렇게 가르치는 선생의 몸을 의식하게 되니 춤 배우는 데 별로 진도가 없어 몇 번 머퉁이(꾸지람)를 먹기도 했으나 그것마저 즐거웠다. 선규에게 이런 현상을 의논하면 아마 신세계에 들어서서 생의 활력을 찾았다고 긍정적으로 진단해 줄 것이다.

동물들이 번식기가 되면 페르몬 같은 물질을 분비하여 이성을 유혹한다더니 그녀도 그런 비책을 쓰고 있는 것은 아닐까. 아니면 그녀가 뿌린 향수의 속임수에 놀아나는 것일까. 하여간 무엇이라 둘러대어도 진우는 명희의 육체에 매혹되어 그녀를 안고 싶다는 욕망에 시달리고 있는 것은 부정할 수 없는 사실이었다. 그래서인지 영준과 그녀가 내연관계라는 상상만 해도 은근히 질투의 감정이 솟기도 했다. 동물로 치면 번식기도 훨씬 지난 나이에 이런 경험을 하게 되다니 이게 축복인지 재앙인지 가늠할 수가 없었다.

이런 생각을 하며 찬바람을 안고 강남역에서 교보문고 쪽으로 걸어 올라갔다. 거센 회오리바람이 거리를 한 번 휩쓸고 지나가면 가로수에서 나뭇잎이 우수수 쏟아져 내렸다. 이런 낙엽의 소나기를 맞으며 진우는 잠시 거리 한가운데 멈추어 섰다. 갑자기 눈물이 쏟아질 것만 같은 격앙된 감정이 그의 발걸음을 멈추게 했다. 어젯밤 내린 비에 보도블록에 들러붙은 낙엽을 보자 그런 감정이 치솟았다. 아무 쓸모도 없어 버림받으면서도 버림받지 않으려고 땅에서 떨어지지 않기 위해 기를 쓰는 꼴이라니.

요즈음 들어 아내 수정은 주방장 오씨와 더욱 가까워진 모습을 구태여 숨기려 하지 않았다. 아니 오히려 진우가 그런 사정을 눈치채고 제 발로 사라져 주었으면 하는 눈치가 보이기도 했다. 두 사람이 불륜을 저질렀는지 어쩐지 확증을 잡지는 못했지만, 그것을 감추지 않고 공공연히 드러내려는 그들의 태도가 진우를 더욱 화나게 했다.

아무리 간통죄가 폐지된 세상이라 하지만 인간으로서 그렇게 행동해서는 안 되는 거 아닌가. 종업원들 앞에서도 그들은 애정행각을 숨기지 않아 이따금 식당에 들르면 진우는 종업원들의 눈총을 피할 수 없었다. 그들의 눈초리에서 이 병신 머저리야 하는 소리가 쏟아져 나오는 것 같았으나 그러면 그럴수록 진우는 더욱 두 사람의 관계를 모르는 척 무시해 버렸다.

그것을 파헤쳐 보았자 자신에게 돌아올 실익이 아무것도 없다고 결론을 내렸기 때문이다. 저렇게 보도블록에 들러붙은 낙엽처럼 이 세상에서 사라지지 않으려고 기를 쓰는 것이 그가 취할 수 있는 유일한 처세 방법이었다. 그도 그럴 것이 이 자리에서 물러나면 노숙자로 전락할 일만 남아 있기 때문이다.

3년 전 털보 오씨가 주방장으로 오면서 가게가 살아난 것은 부정할 수 없는 사실이다. 그는 텔레비전 요리프로그램에 털보 셰프로 소문이 나면서 유명세를 얻었는데 꽤 많은 월급을 주기로 하고 그를 초빙한 것이 계기가 되어 손님이 부쩍 늘어났다.

게다가 맛집 프로그램에 이 가게가 소개된 이후로는 번호표를 나누어 주고 대기하는 줄이 생길 정도로 장사가 잘되었다. 그러자 종업원들마저 털보를 사장처럼 모셨고, 수정도 진우가 가게에 나오는 것을 꺼리는 눈치였다. 그래서인지 요즘 새로 오는 손님들은 털보를 가게 주인으로 알고 사장님으로 호칭하기도 했는데 진우도 거기에 이의를 달지 않았다.

낯설기만 한 강남역 사거리의 한복판에 서서 이렇게 갈 곳을 몰라 하는 진우를 눈여겨보던 시선이 있었다. 이러저런 생각에 콧등이 시큰해져서 우두커니 서 있는 진우에게 아까부터 그의 옆에서 알짱거리던 한 쌍의 남녀가 다가왔다. 얼핏 보기에도 이 화려한 거리와는 거리가 먼 초라한 행색이었다. 남자는 여름에나 입을 파란색 비닐 점퍼를 입었고, 여자는 한겨울에나 입는 롱 패딩 차림이어서 마치 여름과 겨울이 동행하고 있는 꼴이었다.

"세상살이가 참 고달프시죠?"

몰래 감추고 있던 비밀을 들킨 것처럼 진우가 깜짝 놀라 말을 건넨 사나이를 쳐다보았다. 나이는 정민성과 비슷해 보였지만 생김새는 딴판이었다. 곧 이어 마스크로 얼굴을 감춘 여인이 거들었다.

"혹시 도(道)에 관심이 있으신가요?"

그때서야 진우는 사태를 제대로 파악하게 되었다. 전에도 이처럼 도를 들먹이며 접근하는 사람을 만난 적이 있었는데, 사이비 종교 집단의 사기행각이라는 뉴스를 본 적이 있는지라 무시하고 지나쳐 버렸다. 그런데 이번에는 달랐다. 우울한 사념을 떨쳐버리기 위해서 이들과 말을 섞어 보리라 마음먹었다.

"참 살아가기가 힘드네요. 그게 도와 관계가 있나요?"

이렇게 말을 받아주자 남자가 반가운 듯이 한 걸음 더 진우에게 다가섰다.

"지금 아무리 무거운 짐을 지고 계시더라도 도를 깨우치시면 그 짐이 사라집니다."

진우는 남자의 얼굴을 빤히 들여다보았다. 저런 얼굴은 아무리 돈을 들여 뜯어고치더라도 정민성의 얼굴로 만들 수는 없노라고 판단되자 갑자기 그와의 대화에 흥미를 잃게 되었다.

"그럼 당신은 도를 깨우쳤나요?"

이번에는 여자가 남자 대신 이렇게 대답했다.

"그건 하루아침에 이루어지는 게 아니에요. 그러나 도를 닦을수록 삶의 고통은 줄어듭니다."

여자는 말을 하면서 마스크를 벗었는데 못 봐 줄 만큼 추녀였다. 째진 작은 눈에 콧등이 펑퍼짐한데다 뻐드렁니가 보였다. 이 여자는 이런 대답을 준비하기 위해 아마 수십 번 이와 같은 대사를 읊었으리라.

"나는 그냥 삶의 고통을 짊어지고 갈래요. 도를 닦을 마음이 없네요."

진우는 그들을 떨쳐 내려고 다시 걷기 시작했다.

그러나 그들은 먹잇감을 놓치지 않으려는 짐승처럼 악착같이 진우의 뒤를 따라왔다.

"저희와 함께 가시면 반드시 좋은 일이 생길 거예요."

여자가 말하자 남자가 연신 고개를 끄덕이며 반응했다.

"어디 극락에라도 데리고 가겠다는 거야?"

진우가 반말조로 말했지만 이들은 그런 데 신경 쓰지 않았다.

"일체유심조(一切唯心造)란 말을 들어 보셨나요?"

남자가 말했다.

"무식해서 못 알아듣겠어."

"세상만사는 모두 마음먹기에 달려 있다는 말입니다. 우리는 그 마음을 수련하는 방법을 알려드리고자 합니다. 우리랑 같이 가보시면 압니다."

"나를 데려가면 일당이라도 받나?"

진우가 이렇게 어깃장을 놓았으나 그들은 노여움을 타지도 않았다.

"그게 아니구요. 우리는 선생님께 행복의 길을 찾아주려는 거예요."

이번에는 여자가 끼어들었다.

새로운 세계로 안내하겠다는 영준의 말에는 넘어갔지만 행복의 길을 찾아주겠다는 이들의 말에는 설득력이 없었다.

"당신들은 지금 민주시민의 통행권을 방해하고 있어. 경찰에 신고하면 경범죄로 처벌받을 수 있다구."

여기서 왜 민주시민이라는 말이 튀어나왔는지는 모르겠지만 진우는 이들에게 갑자기 역정을 느꼈다.

"아까는 서 계셨잖아요?"

남자가 퉁명스럽게 맞받았다.

남이야 서 있던 앉아 있던 당신들이 상관할 일은 아니지."

진우의 목소리가 커지자 도를 전파하려던 두 사람은 서로 눈짓을 주고받더니 이 먹잇감을 놓아주자고 결심한 듯했다. 그들은 진우를 외면하고 발길을 돌렸다.

그러자 더욱 몸서리치는 외로움이 진우를 엄습했다.

4

이렇게 강남으로 진출한지 닷새째 되는 날에도 진우는 강남역 일대를 돌아다니고 있었다. 그러다가 신논현 사거리 앞에서 어디로 발길을 돌려야 할지 갈피를 잡지 못하고 있었다. 날씨가 음산하게 흐려서 한낮인데도 밤중처럼 어두웠고 을씨년스러운 바람이 그를 놓아주지 않고 들러붙었다. 그가 잠시 서서 주위를 둘러보자 교보빌딩 전면의 벽에 걸려 있는 간판이 눈에 띄었다. 거기에는 큰 글씨로 어느 시인의 시가 적혀 있었다.

〈연탄재 함부로 차지마라 / 너는 / 누구에게 한 번이라도 뜨거운 사람이었느냐〉

죽기 전에 정말 활활 타오르는 연탄처럼 뜨거운 사랑을 해볼 기회가 있을까. 이런 생각이 머리를 스치자 불현듯 또 춤을 추는 명희의 실루엣이 눈앞에 어른거렸다. 연탄재처럼 삶의 의욕이 사그라지던 그에게 다시 육체적 욕망을 일깨워준 그녀를 안아 볼 기회가 있을까. 과연 연탄재가 다시 불타오르는 연탄으로 변신할 수도 있을까. 이렇게 육체적 욕망을 느끼는 것을 사랑이라고 정의할 수 있을까. 이런 여러 가지 질문에 그는 하나도 대답할 수 없었다. 그러면서 진우는 이런 결론을 내렸다. 저 시인은 활활 타는 연탄 곁에 있다가 화상을 입을 수도 있음을 간과하고 있구나. 그러면서 그 시구를 다음과 같이 바꾸어버렸다.

〈연탄재 함부로 차지 마라 / 너는 / 혼자 속을 태우다가 저렇게 재가 되어버린 사람을 아느냐〉

진우가 간판에서 시선을 떼고 발걸음을 옮기려 할 즈음 빗방울이 우수수 쏟아져 내렸다. 날씨도 어두운 데다 이처럼 비가 내리니 오늘의 작업은 여기서 끝내기로 했다. 집에서 나올 때 날씨가 찌뿌둥해서 우산을 챙길까 하다가 그냥 나왔던 것이다. 내일은 다시 춤방을 들러 명희의 체취라도 맡아서 자신이 살아 있음을 확인해 볼 필요가 있다고 마음먹었다. 그리고 우산을 살까 아니면 비를 피할 곳을 찾을까 망설이다가 그는 지하의 서점으로 들어가기로 했다.

서점의 회전문을 밀고 들어서자 따스한 온기가 그를 맞이해 주었다. 잘 훈련된 병사들처럼 도열한 온갖 책들이 그의 눈을 즐겁게 해주었다. 거기다 풋풋한 종이 냄새마저 그의 울적한 기분을 달래주었다. 마치 따뜻한 봄날 꽃밭에 들어선 기분이랄까 환한 조명이 진우의 주위에 자리잡던 어두운 분위기를 가시게 했다. 게다가 사람들이 북적이면서도 입을 열어서는 안 된다는 약속이라도 한 듯이 조용해서 너무 좋았다. 진우는 서점을 한 바퀴 돌아보고 나서 아늑한 커피 향내에 이끌려 다시 차를 파는 입구 쪽으로 향했다.

진우는 커피 잔을 들고 자리를 잡기 위해 주위를 둘러보았다. 바로 그때 거기서 정민성과 꼭 닮은 인물을 발견하게 되었다. 그 순간 뭔지 모르게 머릿속으로 불꽃이 번쩍 작렬하는 느낌이 일었는데 종로 거리 한구석에서 롤렉스시계를 발견했을 때 느껴보고는 처음 느껴보는 감정이었다.

짝퉁 정민성은 커피숍의 구석 자리에 앉아 책을 읽고 있었는데 그의 옆자리에는 빈자리가 없었다. 그래서 그와 대각선을 이루는 빈자리에 앉아 찬찬히 그 사람을 관찰했다. 진우는 지갑 속에서 정민성의 사진을 꺼내들고 그를 주시했는데 영락없이 미국 시애틀에서 온 정민성이 그 자리에 앉아 있는 것 같았다. 그러다 보니 공연히 흥분이 되어 손이 떨렸다. 그 바람에 커피를 흘려 바바리코트를 적셨으나 그런 것에 개의하지 않고 책을 읽는데 정신을 팔고 있는 한 사나이만 쳐다보고 있었다.

그런데 한참 그 사나이를 관찰한 결과 하나의 문제가 있다는 것을 발견하게 되었다. 그 남자의 얼굴형이나 이목구비가 정민성과 쌍둥이처럼 닮아 보이기는 했지만, 전체적으로 풍기는 분위기가 달랐다는 점이다. 아주 깊게 패인 쌍꺼풀이며 한국인 평균보다는 조금 높아 보이는 콧날이며 얄팍한 입술까지 정민성과 닮아 있었는데 민성에게서 느낄 수 있는 밝고 환한 기운이 느껴지지 않았다. 독서하는 남자의 얼굴에는 지워지지 않는 깊은 어둠이 머물고 있었다. 어쩌면 이렇게 똑같은 얼굴에 서로 다른 분위기가 자리하고 있는지 진우는 이해할 수 없었다.

그러다 저런 눈매를 가진 배우를 어느 영화에서 본 적이 있다는 생각이 퍼뜩 떠올랐다. 그 영화가 바로 〈아비정전〉이었고, 그 배우는 장국영이었다. 마흔 여섯 만우절 날에 호텔에서 뛰어내려 거짓말같이 사라진 바로 그 사람 말이다. 화려한 은막생활 뒤에서 남모르게 우울증에 시달리다가 극단적 선택을 하고야 말았던 바로 그 사람이다. 그런데 묘하게도 책을 읽고 있는 남자의 얼굴에 그 장국영의 얼굴이 오버랩 되었다. 심지어는 그렇게 죽은 이가 가지고 있는 그림자까지 똑같이 공유하고 있었다. 그제서야 진우는 정민성의 사진을 보고 왜 장국영의 얼굴이 떠오르지 않았는지 이해하게 되었다. 생긴 것은 비슷하지만 풍기는 분위기는 정반대였기 때문이었다.

얼마나 시간이 흘렀을까. 남자의 옆자리에 있던 청년이 자리를 뜨자 진우가 잽싸게 그리로 자리를 옮겼다. 남자는 자기 옆으로 다가오는 진우를 힐끗 올려다보더니 다시 책으로 눈길을 돌렸다. 그의 옆자리에 앉은 진우는 그에게 말을 걸 기회를 엿보면서 장국영이 출연한 영화를 손꼽아 보았다. 대표작인 〈아비정전〉

을 필두로 〈무간도〉, 〈영웅본색〉, 〈패왕별희〉, 〈천녀유혼〉, 〈해피투게더〉 등을 손으로 꼽아 보았다. 그러자 〈아비정전〉에서 런닝셔츠에 팬티바람으로 맘보춤을 추는 영상이 스크린에 비치듯 눈앞에 전개되었다.

언제인가 진우도 욕실 거울 앞에서 벌거벗은 채 그 춤을 따라 해보았는데 장국영처럼 매력적인 포즈가 나오지 않아 실망한 적이 있었다. 아마 그 영화를 본 거의 모든 남자들이 거울 앞에서 그런 흉내를 내보고는 모두 실망했을 것이다. 진우가 그랬던 것처럼.

이렇게 한참 기다리고 있는데 책을 읽던 남자가 갑자기 책을 덮더니 팔짱을 끼고 눈을 감았다. 아마 옆에서 자기를 주시하고 있는 진우를 의식하고 있던가 아니면 책에서 읽은 내용을 되씹고 있는지도 모른다. 진우는 책의 제목을 보았다. 니코스 카잔차키스의 소설 《그리스인 조르바》였다. 드디어 그가 눈을 떴을 때 진우는 마음속으로 준비하고 있던 질문을 던졌다.

"이 소설이 영화로도 나왔는데 혹시 보셨나요?"

이런 예상치 못한 물음에 남자는 적이 당황한 듯 보였다. 뭐라고 대답을 하지 못하고 눈만 껌벅이며 진우를 쳐다보았다. 그 눈에 애잔한 슬픔이 깃들어 있는 것처럼 보여서 진우가 눈길을 책으로 돌렸다. 그리고 이렇게 덧붙였다.

"안소니 퀸이 조르바 역할을 맡았죠. 바닷가에서 춤을 추는데 사람들은 그것을 조르바 댄스라고 부르죠."

"영화로 나왔다는 얘기는 들었는데, 그 영화를 보지는 못했어요."

남자가 싱긋 웃더니 고개를 까딱하며 아는 척했다.

"지금이라도 인터넷에 들어가면 그 장면을 찾아볼 수 있죠. 조르바는 말이 막히면 춤으로 의사 표시를 했어요."

"그 영화를 한번 보고 싶네요. 그렇지만 저는 그냥 책이 더 좋아요. 영상으로 보고 나면 이미지가 고정되지만 책으로 읽으면 무한한 상상이 가능하거든요. 저는 지금 이 책을 세 번째 읽고 있는데 조르바로부터 무한한 에너지를 공급받고 있어요. 조르바는 대지와 연결된 탯줄을 끊지 않고 살아가는 순수한 인간인데 이 사람처럼 살고 싶거든요."

한 번 말문이 터지자 이처럼 말이 폭포수같이 쏟아져 내렸다. '어쭈, 제법인데'. 진우는 속으로 이렇게 감탄하면서 자기가 오늘 제대로 임자를 만났다고 생각했다. 이 남자도 누구인가와 간절하게 대화를 갈구하던 외로운 영혼인 것 같았다.

"이 소설도 내가 영화로 만들어 보고 싶었던 작품입니다."

"그러세요? 영화와 관계된 일을 하시는 모양이죠?"

진우가 기다렸던 질문이었다.

"맞아요, 영화감독입니다. 이번에 기획하고 있는 영화에 적합한 배우를 찾아보려고 며칠째 거리를 헤매고 있어요. 기존 배우로는 이 역할에 딱 맞는 사람이 없어서요."

"어떤 역할인데요?"

"부동산 사기로 떼돈을 버는 사나이의 역할입니다."

"부동산 사기라구요?"

남자가 소스라치게 놀라며 반문했다.

"왜 그렇게 놀라죠?"

"제가 그런 사기를 당한 경험이 있거든요. 집이 경매로 넘어가는 바람에 전세금을 몽땅 날렸죠."

"그런 경험이 있으면 실감나는 연기를 할 수 있겠네요."

"부동산 사기를 친 게 아니라 당했다니까요."

"하여간 그런 경험이 연기하는데 도움이 될 겁니다."

"혹시 저를 캐스팅하려고 하시는 겁니까?"

"그럴 마음이 있어서 아까부터 주시하고 있었어요. 혹시 나이가 어떻게 되죠?"

"내년이면 마흔입니다."

미국에 산다는 정민성보다 좀 젊어 보이기는 했지만 그 정도 나이는 얼마든지 분장으로 커버할 수 있으니 신경 쓰지 않아도 되었다.

"무슨 일을 하는지 물어봐도 될까요?"

"소설을 쓰는 사람이에요."

회사원이라거나 자영업자라는 흔한 직업을 예상했는데 느닷없이 소설가라니 의외의 답변이었다.

"소설이건 영화건 픽션이라는 공통점이 있죠. 소설가라고 영화

배우가 되지 말라는 법은 없겠죠."

진우는 재빨리 소설과 영화의 공통점을 찾아 대화를 이끌면서 자신의 머리가 제법 잘 돌아간다고 생각했다.

"영화배우가 되려면 따로 전문적인 교육을 받아야 하는 거 아니에요?"

"그럴 수도 있고 아닐 수도 있죠. 타고날 때부터 소질이 있는 사람은 구태여 그런 과정이 필요하진 않아요."

"영화에 대해서는 별로 아는 바가 없어서……."

남자가 변명하듯 말했다.

"혹시 미국에서 공부했거나 살았던 경험이 있습니까?"

"아니요. 대한민국 밖으로는 한 발자국도 나가본 적이 없어요. 그건 왜 묻죠?"

"시나리오에 그렇게 나와서요. 미국에서 살다가 조상이 물려준 땅을 물려받아 벼락부자가 되는 청년의 이야기이걸랑요."

"그래도 영어는 조금 해요. 대학에서 영문학을 전공했어요. 그래서 부업으로 학원에서 영어 강의를 하고 있어요."

"안소니 퀸이라는 배우는 아시죠?"

"예. 이태리 영화 〈길〉에서 차력사로 나오는 것을 텔레비전에서 봤어요."

"그 정도 알고 있으면 영화에 문외한은 아니네요. 그는 야성미가 넘치는 배우죠. 내가 〈그리스인 조르바〉라는 영화를 찍는다 해도 안소니 퀸을 썼을 거예요."

두 사람이 이렇게 두런두런 얘기를 나누자 주위 사람들이 불편해하는 기색을 보였다. 드러내 놓고 말은 못했지만 두 사람을 힐끗 쳐다보면서 못마땅한 표정을 짓는 사람이 하나둘이 아니었다. 그런 눈치를 채고 진우가 소리를 낮추어 밖에 나가 술이나 한잔하자고 했다. 그런데 남자는 체질에 맞지 않아 술을 못 마신다고 했다. 그럼 식사는 어떻겠느냐고 하자 남자가 고개를 끄덕였다.

자리에서 일어나며 진우가 먼저 손을 내밀었다.

"우리 인사하고 지냅시다. 나는 송진우라고 해요."

그 손을 맞잡으며 장국영 닮은 남자가 이름을 밝혔다.

"서정식이라고 합니다."

두 사람은 계단을 올라 지상으로 나왔다. 정식이 펴든 우산에 진우가 끼어들었지만 비가 많이 내리지 않아 몸이 젖지는 않았다. 두 사람의 키가 엇비슷해서 어깨가 맞닿았는데 그래서인지 금방 친밀감이 생겼다.

정식은 조르바가 꾸며낸 인물이 아니라 그리스에서 생존했던 인물이어서 그 소설이 순전히 픽션이라고 말하기는 어렵다고 설명했다. 머리가 아닌 온몸으로 세상을 긍정하는 법을 배우고 싶어 그로부터 삶을 배우는 중이라고도 했다. 조르바의 역으로 안소니 퀸이 나왔다면 그야말로 탁월한 캐스팅일 수밖에 없다고 덧붙이기도 했다.

한편 진우는 장국영에 대해 얘기했다. 그가 동성애자라고 주장하는 사람도 있지만 자기는 그렇게 믿지 않는다고 했다. 그가 건물에서 뛰어내려 세상을 아니 전 우주를 지워버린 행위는 아마도 그의 의지가 아닐 것으로 본다고도 했다. 단순한 투신자살이라고 보기에는 여러 가지 의문점이 많은데 24층에서 떨어졌음에도 불구하고 시신의 상태가 너무 멀쩡하다는 것이 그 증거라 했다.

그리고는 정식이 그를 닮았다고 하자 정식이 고개를 끄덕이며 그런 얘기를 몇 번 들은 적이 있노라고 인정했다. 그러면서 그 존재만으로 영원한 배우로 남을 두 인물을 고르라면 서양에서는 안소니 퀸을, 동양에서는 장국영을 꼽는다는 데 의견의 일치를 보았다. 정식이 안소니 퀸을, 진우가 장국영을 추천했다.

신논현 사거리에서 고속터미널 쪽으로 내려오면서 식당을 찾았으나 마땅한 곳이 눈에 띄지 않았다. 오늘은 내가 낼 테니 좋아하는 음식이 뭐냐고 진우가 묻자 술만 빼고 아무거나 잘 먹는다고 정식이 대답했다. 진우가 나는 한잔해야 하니 고깃집이 어떠냐고 하자 정식이 좋다고 했다. 마침 골목 안쪽으로 〈예쁜 집〉이라는 간판이 보였는데 일인당 13,000원이라는 작은 글씨가 보여 진우가 정식을 그리로 이끌었다. 사실 진우는 은근히 주머니 속사정에 신경을 쓰고 있었다. 그의 지갑에는 고작 50,000원 남짓 되는 돈밖에 없었기 때문에 비싼 음식을 먹을 수가 없었다. 게다가 아내에게 카드를 압수당한 처지라 더 그랬다. 그래도 강남에 이렇게 싼 고깃집이 있다니 참 다행이었다.

비가 와서인지 식당 안에는 두 테이블에만 손님이 있었다. 두 사람은 은밀한 얘기를 나누려는 사람들처럼 구석진 곳에 자리잡고 호주산 소고기와 국산 돼지고기를 구웠다.

"딱 한 잔만 하시지 그래."

자신보다 열댓살 쯤 어린 정식에게 진우는 존대도 아니고 반말도 아닌 어중간한 말투로 말을 이었다.

"아닙니다. 알코올 알러지가 있어서 술이 한 방울만 들어가도 온몸에 두드러기가 솟걸랑요."

"그런 체질이 있다는 얘기는 들었지만 실제로 만나보기는 처음인 걸."

정식은 진우에게는 술을 따라주고 자신의 잔에는 맹물을 채웠다. 그러더니 정작 건배 제의를 한 것은 정식이었다. 거기다 '송 감독님의 영화를 위하여'라는 건배사까지 읊었다. 그러더니 혼자 술을 마신 것처럼 '캬' 소리를 내며 잔을 내려놓았다. 그리고 이런 우스갯소리를 늘어놓았다.

개와 소와 닭이 모여 내기를 했더란다. 술내기였는데 누가 술을 잘 마시느냐가 아니라 거꾸로 누가 술을 제일 못 마시느냐에 내기를 걸었다. 먼저 개가 멍멍 짖으며 말하기를 자기는 혀끝에 술

한 방울만 닿아도 석 달 열흘 동안 취해서 깨어나지 못한다고 하자, 소가 음메 하며 자기는 술 냄새만 풍겨도 취해서 술집 근처에 얼씬도 못 한다고 했다. 그러자 거기까지 얘기를 듣고 나서 닭이 획 눈깔이 돌아간 채 자기가 독수리라고 우기면서 푸드득거리며 지랄발광을 하더라나.

그렇게 우스운 얘기는 아니지만 말하는 사람의 성의를 생각해서 진우는 크게 웃는 척했다. 그리고 이렇게 제법 반죽이 좋은 친구여서 말이 잘 통하리라는 예감이 들었다.

"그러니까 술 소리만 듣고도 만취 상태로군."

"사실은 제가 닭띠거든요. 술 한 잔 마시면 독수리라고 우길지도 몰라요."

"닭띠 술꾼들이 반론을 제기한다면?"

"그때는 동물의 순서를 조금 바꿔서 말하죠 뭐."

이렇게 실없는 농담을 주고받다가 정식이 갑자기 정색을 하며 진우에게 물었다.

"도대체 장국영은 왜 죽었죠?"

"글쎄 그거야 낸들 알 수 있나. 아마 그 자신도 왜 죽어야 했는지 몰랐을 걸."

"그 말이 맞아요. 죽어야 하는 사람이 왜 죽어야 하는지 안다면 그는 죽지 않았을 거예요. 죽음의 이유를 안다면 삶의 이유도 알지 않을까요? 결국 삶의 이유를 모르니까 죽는 거예요."

정식이 말도 안 되는 얘기를 늘어놓았지만 거기서 논리적 모순을 찾아내 반박하고 싶지 않아서 진우는 입을 다물었다. 영준이 깡패들에게 둘러싸여 겁에 질리게 되자 자신도 모르게 자해를 하여 그 위기를 돌파했다는 말처럼 묘하게 납득이 되는 말이었다.

영준과의 첫 대면에서도 죽음이 화제로 등장했던 기억이 났다. 그가 사람은 모두 하루씩 죽어가는 존재라고 했는데 거기에 진우는 아무 대꾸도 하지 못했다. 그런데 이 젊은이와의 대화에서도 그것이 주제로 나오다니 참 기묘한 일이었다.

"그래서 윤동주 시인은 모든 죽어가는 것을 사랑해야지, 라는 시구를 남겼지."

진우가 오랫동안 생각해서 공들여 준비한 대답을 했지만 정식은 더 비논리적인 말로 응수했다.

"너무나 살고 싶어서 죽음을 선택할 수도 있어요. 그런 사람들은 죽음이야말로 삶을 완성하는 마지막 단계라고 생각하거든요. 그래서 그들은 이를 악물고 눈물을 흘리지 않아요. 장국영이 마지막 눈물을 흘렸다면 그 높은 곳에서 뛰어내리지 못했을 거예요."

이렇게 말하고 나서 이번에는 정식도 입을 열지 않았다. 두 사람 사이에 대화가 끊겼고, 그런 무색함을 감추기 위해 진우는 연신 소주를 홀짝거리며 마셨다.

정식은 먼 허공을 올려다보고 있었다. 아마도 장국영이 뛰어내리기 전에 저런 표정을 지었을 것 같은 그런 얼굴이었다. 그때 진우는 선뜻한 찬 기운이 정식의 몸에서 배어나오는 것을 느꼈다. 진우는 그의 얼굴에 아련한 죽음의 그림자가 어른거리고 있음을 감지했다. 왜 이런 인식이 들게 되었는지 이해할 수는 없었지만 오랫동안 고독한 생활을 해온 사람만이 지을 수 있는 무표정의 표정을 통해 그것을 알 수 있었다. 빈 술병을 앞에 늘어놓은 노숙자들이나 저렇게 무심한 얼굴을 할 수 있다. 이런 생각이 들자 등줄기를 타고 으스스 한기가 흘러 내렸다.

장국영이 죽고 나서야 진우는 그의 눈에 비치는 아련한 슬픔이 죽음의 그림자임을 알았다. 전에는 그런 표정을 짓는 것이 고도의 연기인 줄 알았다. 그런데 구태여 연기를 하려고 했다면 절대 그런 표정을 지을 수 없었을 것이다. 그가 〈패왕별희〉에서 보여준 소름끼치는 얼굴은 절대 연기가 아니다. 그냥 그 자신의 감추지 않은 내면의 얼굴이었다. 그런데 오늘 처음 본 이 청년이 그와 똑같은 얼굴로 맞은편에 앉아 있는 것이다.

이 친구를 꼭 잡아야 이번 영화를 성공할 수 있다. 진우는 자신이 진짜 영화를 연출하려는 감독이라고 착각했고, 영준이 준비하고 있는 시나리오는 이 배우를 위해 쓰여진 것이라고 믿게 되었다.

이때 한 무리의 젊은이들이 우르르 가게로 밀려들어 오면서 그들의 어색한 침묵이 깨졌다. 죽음이 화제로 등장하면서 데스마스크처럼 굳어져 있던 정식의 얼굴도 본래의 얼굴로 돌아왔다.

“소설을 쓴다고 했는데 무슨 소설을 쓰지?”

진우가 애써 관심을 돌려 보려고 물었다.

"뭐라고 하셨죠?"

옆자리가 너무 소란스러워 정식이 알아듣지 못했다.

"무슨 소설을 쓰냐고? 판타지나 무협소설 같은 거?"

"그건 아니구요. 젊은이들의 심리상태나 무의식을 파헤치는 소설을 썼어요. 감독님은 혹시 무라카미 하루키라는 일본 소설가를 아십니까?"

"이름은 들어 본 것 같은데……."

"어느 평론가가 내가 쓴 소설이 그 작가의 작품과 유사하다는 글을 썼어요. 창작의 세계에서 누구와 비슷하다는 것은 칭찬이 아니라 모욕이죠. 짝퉁이라는 얘기 아닙니까? 그런 말을 듣고 나니 글쓰기가 더욱 어려워지더라구요."

"《그리스인 조르바》는 그런 내용이 아닐 텐데……."

"그래서 이 책에 더욱 집착하나 봐요. 조르바는 내가 살아온 것과 정반대로 살았거든요. 인간과 삶에 대한 무한긍정을 그로부터 배우고 있어요. 조르바는 니체가 말한 초인이 현실세계에서 나타날 수 있는 가능성을 보여 주었거든요."

이 얘기를 듣는 순간 진우는 그가 찍으려던 영화 〈차라투스트라의 사랑〉에 대해 생각이 떠올랐다.

니체와 차라투스트라가 연결된다는 것은 알고 있었지만 차라투스트라가 초인인지 어쩐지는 알지 못했다.

"그러니까 장국영의 얼굴을 가졌지만 조르바의 심장을 가지고 싶다는 얘기군."

"조르바가 삶이고, 장국영이 죽음이라면 그 말이 맞네요. 그래서 이 책을 놓지 못하나 봐요."

정식이 손가방 속에 챙겨둔 책을 툭툭 치며 말했다. 그 가방 속에서는 조르바가 삶을 찬양하는 춤을 추고 있었던 것이다.

옆에서 술판을 벌이는 청년들이 왁자지껄 언성을 높이며 축구 얘기에 열을 올리고 있었다. 두 패로 나누어져 차범근과 손흥민 중에 누가 더 실력이 뛰어난가에 대해 언쟁을 벌이고 있었다. 진우는 저런 얘깃거리로 저렇게 논쟁을 벌일 수 있다는 것이 재미있게 느껴졌다. 한쪽에서는 안소니 퀸과 장국영이, 다른 테이블에서는 차범근과 손흥민이 씨름을 하고 있는 셈인데, 이런 싸구려 고깃집에서는 저 친구들의 화재가 더 어울렸다. 그래서 두 사람은 안 듣는 척하면서 젊은이들의 말에 귀를 기울였다. 그러다 허공에서 시선을 거둔 정식이 본론을 꺼내들었다.

"지금 이 자리에서 제가 감독님께 캐스팅된 것인가요?"

"내가 보름째 거리를 헤맸는데 처음 마음에 드는 인물을 찾아낸 거야."

"그런데 영화 얘기는 왜 안 하시죠?"

"아직 시나리오가 완성되지 않아서 뭐라고 말하기 어려워요."

"시나리오도 없는데 배우를 찾으신다고요?"

“아니 어떤 경우에는 배우에 맞춰 시나리오를 변경할 수도 있거든.”

“저에게도 생각할 시간을 좀 주세요. 워낙 급작스러운 일이라.”

“알아요. 다음에 만나서 맨정신으로 의논합시다. 세부적인 면에서 미스터 서와 상의할 일이 많아요.”

이제서야 진우는 영화의 꿈에서 깨어나 현실을 인식했다. 지금 자신이 배우를 캐스팅하는 게 아니라 토지사기단의 하수인을 찾고 있다는 사실을.

진우는 자신의 핸드폰을 정식에게 주며 전화번호를 찍어 달라고 했다. 정식이 거기에 번호를 찍어 되돌려주자 진우가 통화버튼을 눌렀다. 그러자 탁자 위에 놓여 있던 정식의 손가방에 들어 있는 전화가 부르르 몸을 떨었다.

“오늘 얘기가 무척 재미있었소. 며칠 내로 연락하리다.”

진우가 일어서자 정식이 따라 일어서며 고개를 꾸벅했다.

“잘 먹었습니다. 다음에는 제가 대접하지요.”

진우가 계산을 끝내고 밖으로 나서자 정식은 이미 밖에서 기다리고 있었다. 정식은 전철역으로 진우는 버스정류장으로 가야 해서 갈라지게 되었다. 두 사람은 오랜 친구처럼 다정하게 악수를 나누고 제 갈 길을 갔다. 소주를 세 병이나 마신 진우는 멀쩡했는데 맹물로 건배를 한 정식이 취한 듯이 비틀거렸다.

제3부

죽음의 얼굴

"정식아."

"네. 아버지."

"나에게 복수하려고 칼을 갈았지?"

"맞아요. 내가 어른이 되면 복수하겠다고 맹세했어요."

"지금이 바로 그 기회다. 아까 상상했던 대로 해라."

"그게 무슨 말이에요?"

"모포로 내 얼굴을 눌러 질식시키려고 하지 않았어?"

"그것은 상상이지 현실이 아니에요."

/ 죽음의 얼굴 /

1

숙소인 희망 고시원으로 돌아와서도 정식은 몽롱한 정신 상태에서 깨어나지 못했다. 술도 한 방울 마시지 않았으면서도 만취한 기분을 맛보았다. 그도 그럴 것이 느닷없이 낯선 사람이 다가와 자신이 영화감독이라며 배우가 될 의향이 없냐고 묻는다면 그 누구라도 정신이 얼떨떨해서 갈피를 잡지 못할 것이다.

처음에는 그가 사기꾼이거나 정신병자가 아닌가 의심하기도 했지만 몇 시간 얘기를 나누다 보니 그런 사람은 아닌 것 같았다. 그래도 조심을 해야 한다고 정식은 속으로 다짐했다. 더구나 영화의 내용이 부동산 사기로 큰돈을 버는 사나이들에 관한 이야기라는 것이 마음에 걸렸다. 그리고 정식이 거기서 맡아야 할 역할이 땅을 상속 받은 자인지 아니면 그 지주를 가장한 대역인지 분명하지 않았다. 술자리에서 대강 시나리오의 개요를 듣기는 했다. 나중에는 캐스팅하는 배우에 맞추어 시나리오를 변경할 수도 있다고 얼버무렸는데 그 말도 이해가 되지 않았다. 앞으로 세부적인 사항을 의논할 게 많다고 했으니 그냥 기다려 보기로 했다.

부동산 사기라는 말에 정식이 민감한 반응을 보이는 데는 그만한 이유가 있었다. 부동산 사기를 당해 10년 동안 모았던 전 재산을 잃은 경험이 있기 때문이다. 벌써 3년이 넘었으니 잊힐 만도 한데 그 생각만 하면 울컥 화가 치밀어 올라 자다가도 벌떡 일어나곤 했다. 그런 날은 밤새 어떻게 죽으면 편하게 갈 수 있을까 하는 공상으로 밤을 새우기 일쑤였다.

10년 동안 월세를 살다가 근근이 모은 돈 1억으로 오피스텔 전세 계약을 했는데 그것을 사기당할 줄이야 그 누가 알았겠는가. 거리를 지나다 새로 지은 건물에 붙은 현수막을 보고 집주인이라는 자와 직접 계약한 것이 화근이었다. 중개수수료를 아끼겠다고 집주인이라는 자와 직접 계약서를 썼는데 그가 사기꾼이었다. 물론 그의 주민등록증을 확인하고 등기부등본을 확인하는 절차를 거치기는 했지만 속이려고 작정한 놈에게는 당할 재간이 없었다. 입주한 지 석 달 만에 건물이 통째로 경매로 넘어갔고, 정식은 이사 비용 몇 푼을 받는 조건으로 거기서 쫓겨났다. 나중에 알고 보니 그렇게 당한 사람이 모두 11명이었고, 이 사건은 텔레비전과 신문에 대대적으로 보도되기도 했다. 등기부등본을 발급 받은 날짜를 제대로 확인하지 않은 실수 때문에 이런 불상사가 생긴 것이다.

이 사건이 벌어지기 이전에도 자살의 유혹을 뿌리치지 못하고 있었는데 그래도 그것은 매우 추상적이고 관념적인 개념에 불과했다. 그러나 이렇게 전세금을 떼이고 거처를 고시원으로 옮긴 뒤 죽음의 얼굴이 더욱 뚜렷이 보이기 시작했다. 즉 전에 가지고 있던 왜 무엇 때문에 죽어야 하는가에 그쳤던 철학적 상념이 어떻게 죽어야 하는가 하는 구체적 방법론으로 진전되었던 것이다. 그깟 돈 1억을 잃었다고 죽을 수 있겠느냐고 반문할 사람도 있겠지만, 비정규직 일자리를 전전하며 1억을 모으기가 얼마나 힘든지 알만한 사람은 다 알 것이다. 전에는 먼 꿈나라에서나 보았던 죽음의 사신이 목덜미에 그의 숨결을 느낄 수 있을 만큼 가까이 다가왔다는 것을 이제 알게 되었다. 그리고 바로 그때쯤 조르바를 만났던 것이다.

매일 자살의 유혹에서 벗어나기 위해 정식은 몸부림을 치며 고시원을 뛰쳐나왔다. 이렇게 나올 때는 꼭 《그리스인 조르바》라는 책을 챙겼다. 그리고 눈에 띄는 공원이나 서점에 들어가 닥치는 대로 책을 펼치고 아무 데나 읽었다. 그렇게 한참 시간이 지나면 거기서 생명의 에너지가 넘쳐흐르는 영혼을 만나게 되고 그로부터 에너지를 공급받아 생명을 유지해 왔다. 다시 말하자면 정식은 그리스의 작가 카잔차키스에게 생명의 빚을 지고 있는 셈이다.

이렇게 조르바와 만나면 며칠 동안 사신의 손아귀에서 벗어나 정상적인 호흡을 하게 되고 잘 풀어지지 않는 글이라도 써보려고 컴퓨터 자판을 두드리게 되었다. 이렇게 부동산 사기로 어려움을 겪는 정식에게 그것을 소재로 하는 영화에 출연해달라는 제의를 받았으니 참 우연치고는 기묘한 우연이었다.

침대와 책상 하나가 공간의 대부분을 차지하는 작은 방에 들어서자 정식은 우선 벌러덩 침대 위에 누워 정신을 가다듬었다. 몇 시간 동안 알코올의 냄새를 맡아서 그런지 정신이 혼미했다.

그런 정신을 가다듬어 보려고 이번에는 화장실로 갔다. 싸구려 고시원의 공용 화장실일망정 미지근한 온수는 나왔다. 정식은 우선 찬물로 세수를 하고 온수를 받아 양치질을 했다. 냉수로 입을 헹구면 입안의 신경망이 들고 일어나 그의 몸을 부르르 떨게 했다. 여전히 칫솔에는 피가 묻어 나왔고 잇몸이 욱신거렸다. 잇몸을 치료하려면 돈도 많이 들고 시간도 오래 걸린다는 얘기에 치과를 한 번도 찾아본 적이 없었다. 돈이 없기도 했지만 곧 죽어버릴지도 모르는 사람이 치과 치료를 받는다는 것은 사치스러운 일이라고 여겼기 때문이다.

양치질을 끝내고 정식은 세면대 앞에서 한참 동안 자신의 얼굴을 살폈다. 예전에 주위 사람들로부터 장국영을 닮았다는 얘기를 얼핏 몇 번 듣기는 했지만, 그냥 공치사려니 하고 한 귀로 흘려버렸는데 이번에는 달랐다. 영화감독이라는 사람이 그렇게 말해 주니 뼈가 있는 말처럼 들렸다.

정식은 핸드폰에 장국영의 얼굴을 올려놓고 거울에 비친 자신의 얼굴과 찬찬히 비교해 보았다. 눈과 코와 입을 하나씩 비교해 보니 정말 닮은 데가 많았다. 그런데 왜 예전에는 그와 닮았다는 생각을 하지 않았을까. 그러다 정식은 새로운 사실 하나를 깨우치면서 깜짝 놀랐다. 지금 그와 닮게 된 이유가 있다고 머릿속에 짚이는 것이 하나 있었다.

생각이 같으면 얼굴도 닮아가는 것일까. 두 사람 모두 공통된 하나의 화두를 지니고 있다는 사실이었다. 한 사람은 그것을 실천했고, 다른 한 사람은 아직 실천에 옮기지 못했지만 두 사람의 삶의 궤적은 이 화두를 중심으로 빙글빙글 돌아가고 있었다. 그것이 곧 죽음이었다.

거울 앞에서 이런 생각이 떠오르자 시린 이에 찬물을 끼얹은 듯 온몸에서 전율이 일어났다. 46살이면 인생에서 가장 정점에 이른 나이인데 그는 왜 거기서 뛰어내렸을까. 인생길의 오르막길에서 이제 내리막길로 접어드는 것을 두려워했을까. 아니면 절정기에 생을 마감하면 영원히 그 기간이 지속될 것이라 믿었을까.

아마도 그는 그런 극단적인 선택을 하기 전에 목을 매달거나 손목을 긋거나 음독하거나 투신하는 자신의 모습을 머릿속으로 수천 번 수만 번 그려 보았을 것이다. 그런 예행연습이 없이 단숨에 거기서 뛰어내린다는 것은 있을 수 없는 일이다. 지금 자신도 그런 상상에 시달리며 시간을 보내고 있는데 얼마만큼 시간이 흘러야 결단의 순간이 찾아올 것인가. 아니면 이런 사망의 골짜기에서 날개를 달고 훨훨 날아오를 계기가 찾아올 수도 있을까.

장국영이 머릿속에서 그리던 그림을 실제로 그리고 있을 때 그의 정신 상태는 어땠을까? 자신이 지금 무엇을 하는지도 모르는 무아지경의 경지였을까. 아니면 이미 영혼이 이탈해 버려 무념무상의 육신이 저절로 허공으로 스러졌을까. 반대로 수많은 생각들이 가시덩굴처럼 얽혀 혼미한 정신 상태로 몽유병자처럼 움직이고 있었을까. 그가 영원한 안식처라고 믿었던 지면에 도달할 때까지 시간은 얼마나 걸렸을까. 바로 그 순간이 영원처럼 길게 느껴지지는 않았을까. 그래서 그 찰나에 자신이 살아온 인생의 전 과정이 파노라마처럼 재생된다는데 그 말이 사실일까. 허공을 비행하는 불과 몇 초 사이에 영겁을 경험할 수 있다면 한번 시도해 볼 만한 모험이 아닐까.

이때 마침 노크하는 소리가 들려 정식은 제정신을 차렸다. 현기증이 나서 그는 세면대를 잡은 채 뒤돌아섰다. 문을 열자 옆방인 313호실 문씨가 먼지투성이의 얼굴로 들어서다 휘청거리며 나오는 정식을 보고 깜짝 놀란 얼굴을 했다.

"미스터 서, 어디가 안 좋아?"

“아니요. 그냥 조금 어지럽네요.”

“안색이 창백한데 병원에라도 가야 하는 거 아냐?”

“감기 몸살이 좀 오래 되었어요. 금방 나을 거예요.”

정식은 뻔한 거짓말을 했다.

화장실에 건장한 문씨가 들어서자 작은 공간에 땀과 범벅이 된 술 냄새가 진동했다. 50대 중반의 문씨는 시골에서 농사를 짓는다고 했는데 농한기 때는 이렇게 서울에 올라와 막노동을 했다. 아들을 대학에 보내려면 이런 방법밖에 없다고 했는데 그가 풍기는 냄새는 건강한 삶의 향기였다. 아마 조르바도 늘 이런 냄새를 풍기고 살았으리라.

제 방으로 돌아와 정식은 컴퓨터를 켜서 영화 채널을 찾았다. 그리고 〈아비정전〉을 검색하고 이어폰을 귀에 꼽았다. 여기서는 텔레비전이나 컴퓨터를 켤 때 꼭 이어폰을 써야 했다. 기침이나 방귀 소리까지 옆방에 들리는 지라 그것은 최소한의 에티켓이었다. 컴퓨터 화면을 침대에 누워서 볼 수 있도록 조정하고는 영화 감상에 들어갔다.

영화에서 주인공 아비 역을 맡은 장국영은 모든 여자에게서 사랑을 받으나 그 아무 여자도 사랑할 수 없는 저주받은 남자로 등장했다. 아비는 자신이 입양아임을 알게 되자 양모와 갈등을 빚게 되어 생모를 찾아 필리핀으로 떠나는데 그 과정에서 만난 모든 여인들을 울리는 나쁜 남자였다. 그런데도 그를 만났던 여인들은 한결같이 아비를 잊지 못한다. 사랑을 받지 못하고 자랐기에 사랑을 외면할 수밖에 없었다는 얘기인데 이 차가운 도시의 거리를 떠도는 외로운 영혼을 부각하는 데는 성공한 영화로 보였다.

이 작품에서 정식이 주목한 대사가 있었는데 그것은 '다리가 없는 새'에 관한 얘기였다. 날개만 있고 다리는 없는 새가 있었다. 따라서 땅이나 나뭇가지에 앉아 쉴 수 없어 영원히 허공을 헤매야 하는 운명을 가지고 태어난 것이다. 그 새는 딱 한 번 땅 위로 내려올 수 있는데, 그것은 죽음을 맞이할 때이다. 그 저주받은 새는 처음부터 죽어 있는 것과 다름이 없다. 왜냐하면 영원히 하늘을 나는 새는 존재할 수 없기 때문이다. 그 새가 고달픈 날갯짓을 거두고 편안하게 쉴 수 있는 방법은 땅으로 추락하는 것 밖에 없었다.

여기서 정식은 장국영의 죽음을 어느 정도 이해할 수 있었다. 화려한 명성 뒤에서 너무나 고단한 삶을 살아왔기에 이제 그만 좀 쉬고 싶었을 것이다. 그래서 땅으로 추락해 버리면 다리 없는 새처럼 영원한 휴식을 누릴 수 있다고 보았을 것이다. 아니면 자신을 새라고 믿었기에 이렇게 추락하다가도 다시 날아오를 수 있다고 믿은 것은 아닐까. 이처럼 더 나은 삶을 추구하기 위해 죽음을 선택할 수 있다는 명제가 과연 성립할 수 있을까.

영화감상을 끝내고 정식은 아비와 정반대의 삶을 살다가 죽음을 맞은 조르바에 대해 생각해 보기로 했다. 조르바는 죽기 전에 침대에서 뛰어내려 창문가로 가서 창틀을 거머쥐고 먼 산을 바라보며 웃으며 죽어갔다. 그 창문은 영원한 삶으로 통하는 길을 보여주었고 조르바의 영혼은 그 길을 따라 나섰을 것이다. 낡고 더러운 육신을 훨훨 벗어 던져 버리고. 조르바는 자신이 죽음을 맞기 직전까지 자신이 영원히 존재하리라는 사실을 추호도 의심하지 않았다. 이 우주가 소멸할 때까지 그의 생명이 지속되리라고 믿었다. 그랬기에 종부성사마저 거부했다. 그의 사전에는 죽음이라는 단어가 실리지 않았다. 생명은 죽음과 연결될 수 없다. 왜냐하면 죽음이 인간을 찾아왔을 때 그 인간은 이미 사라지고 없기 때문이다. 죽음 이후에도 의식이 남아 있다면 그것이 두렵겠지만 의식이 소멸된 상태에서는 그것이 무서울 이유가 없다. 의식이 없다면 환희도 공포도 존재하지 않는다.

따라서 우리는 살아 있던 죽었던 간에 죽음은 우리와 무관하다. 살아 있을 때는 죽음이 없고 의식을 잃었을 때는 그런 개념마저 사라질 테니까. 온 우주는 한 인간의 내부에서 인식하게 된 사물의 총칭이다. 따라서 한 인간이 죽으면 이 우주도 소멸해 버리는 것이다. 이것이 조르바의 사전에 죽음이란 단어가 실리지 않은 이유가 아닐까?

장국영과 조르바의 죽음에 대한 성찰을 끝내고 정식은 다시 '조르바의 춤'을 검색해 보았다.

바닷가 모래사장에서 조르바가 작중 화자인 베이츠와 함께 어깨동무를 하고 춤을 추는데 그의 동작은 물처럼, 구름처럼, 바람처럼 가벼웠다. 그는 그저 살아 있거나 죽었거나 자연의 일부분이었다. 그래서 그에게는 삶과 죽음의 경계가 존재할 수 없다. 니체의 영겁회귀 사상이 바로 조르바를 통해 구현되고 있는 것이다. 죽음이 두렵지 않다면 이 세상에 과연 두려운 것이 무엇이 있으랴. 그런 의지로 삶을 영위하는 것이야말로 영원한 삶을 사는 것이다.

조르바 댄스를 감상하고 정식은 새벽녘에 얼핏 잠이 들었다. 그러다가 바닷가에서 조르바와 함께 춤을 추는 꿈을 꾸었다. 둘 다 홀딱 벗고 신나게 몸을 흔들었는데 조르바의 유난히 큰 성기가 덜렁거리며 박자를 맞추었다. 그와 어떻게 만나서 어떤 얘기를 나누었는지는 기억에 남지 않았지만 몸의 율동에 따라 함께 춤을 추던 그의 성기만이 뚜렷하게 보였다.

다만 이상한 것은 조르바의 얼굴이 안소니 퀸이 아니었다는 것이다. 그렇다고 조금 전에 헤어진 영화감독의 얼굴도 아니었다. 생전 처음 본 얼굴인데도 어디선가 많이 본 듯한 친숙한 얼굴이어서 그 얼굴을 그리라고 한다면 지금이라도 도화지에 그릴 수 있을 만큼 선명하게 떠올랐다. 나중에서야 그 얼굴을 가진 사람을 만나게 되었는데, 그는 진우의 소개로 만난 춤선생 박영준 바로 그 사람이었다. 그래서 그 사람을 소개받고 정식은 그와의 조우를 운명적 사건으로 기록하게 되었다.

며칠 동안 영화감독이라는 사람한테서 전화가 오지 않았다. 그는 춤을 배운다고 했는데 영화를 찍을 배우를 찾느라 제대로 배우지 못했다고 했다. 이제 딱 알맞은 사람을 찾았으니 마음 놓고 춤을 배울 작정이라고 했다. 그러면서 댄스 학원으로 찾아오면 언제든지 자기를 만날 수 있다고 하며 약도까지 그려 주었다.

그런데 정식에게는 영화보다 급한 게 소설이었다. 문예지에 투고했다가 편집자에게 게재를 거절당한 소설을 완성하는 게 발등에 떨어진 불이었다. 단편소설을 써서 잡지사에 보냈는데 편집자는 이런 내용의 소설은 도저히 실어줄 수 없다고 하며 냉정하게 거절했다. 그래서 오기가 생겨 그것을 장편소설로 개작하여 독자 출판해 보기로 결심했다.

정식은 늘 하던 대로 테블릿PC가 든 가방을 둘러메고 고시원을 나섰다. 어젯밤 꿈에 행운의 사나이 조르바를 보았으니 오늘은 뭔가 얘기가 술술 풀릴 것 같은 예감이 들었다. 고시원에서 전철역까지는 10분 거리였는데 정식이 단골로 가는 곳은 전철역이 훤히 보이는 1층에 자리잡은 커피 전문점이었다. 거기 앉아서 오가는 사람을 관찰하다가 영감이 떠오르면 한 문장씩 소설을 썼다. 이렇게 글을 쓴다고 나와 있기는 했지만 글을 쓸 때보다 멍 때리고 앉아 있는 시간이 훨씬 길었다.

정식은 아메리카노 한 잔을 받아들고 늘 앉던 자리에 앉아 주위를 두리번거렸다. 이른 출근 시간이라 손님이라고는 정식과 한 쌍의 중년 남녀밖에 없었다. 비가 멈추기는 했지만 날씨는 음산하게 흐렸다. 창밖으로는 사람들이 전철 입구로 우르르 쏟아져 들어가는 게 보였다. 욕조 밑바닥의 마개를 빼면 소용돌이치며 물이 빠져 나가듯 그렇게 전철의 입구는 사람들을 빨아 들였다.

정식은 이렇게 이른 시간에 출근하는 직업을 가져 본 적이 없었다. 술집 여자처럼 남들이 퇴근한 연후에야 출근하는 직업을 가지고 살았다. 그래서인지 그는 자신을 늘 루저로 인식하며 살아왔는데, 소설을 몇 편 발표하고 나서는 그런 서글픈 인식을 덜어낼 수 있었다. 그래서 동네 뒷골목의 보습 학원에서 강의를 하거나 맥줏집 또는 편의점에서 아르바이트를 할 때도 예전처럼 부끄럽지가 않았다. 이 세상에서 작가가 못할 일은 하나도 없다. 심지어는 감옥살이까지도 그에게는 도움이 된다. 왜냐하면 그가 무슨 경험을 하더라도 그것은 글의 소재가 되니까 말이다.

정식은 정식으로 대학을 졸업하지 못했다. 그랬기에 실력을 갖추었더라도 번듯하게 큰 학원에서 정식으로 강의할 자격이 없었다. 대학교 2학년을 마치고 군대에 다녀온 뒤 복학을 하지 않았던 것이다. 그래도 신림동에 있는 대한민국에서 제일 좋은 대학에 다니다가 중퇴했기에 다른 강사보다 실력이 뒤진다고 생각하지는 않았다. 그런데도 복학하지 않은 이유는 법조인이나 소설가의 꿈을 버리지 못했던 탓이다. 법조계나 문단에서는 꼭 대학 졸업장

을 갖출 필요가 없지 않은가

정식은 이미 고인이 된 노무현 전 대통령을 무척 존경하는 사람이다. 부엉이바위에서 뛰어내려 비극적으로 생을 마감하기는 했지만 그의 입지전적 인생을 따라 살고 싶었다. 상업고등학교 출신인 그가 서울법대를 수석으로 졸업했다면 그는 결코 대통령이 되지 못했을 것이다. 아마 대통령의 참모나 비서 노릇을 할 수 있었을지는 모르겠지만.

또 문단을 대표하는 이문열 작가를 보더라도 마찬가지다. 그도 정식과 같은 대학에 다니다가 자퇴하고 나서 소설가의 길을 걸었다. 그의 말에 의하면 더 이상 대학에서 배울 것이 없어 자퇴서를 냈다고 하는데 적어도 작가라면 그만한 뱃장과 용기를 가지고 있어야 한다. 만약 그가 우수한 성적으로 대학을 졸업했다면 지금쯤 소설 대신 평론을 쓰고 있을지도 모른다.

정식은 자신이 이런 생각으로 복학을 하지 않았다고 남들에게 말했지만 사실은 등록금을 마련하지 못해 차일피일 미루다가 시기를 놓치고 말았다. 그러다 서른 살이 넘으면서 아예 복학을 포기했다. 그래도 주위 사람들에게 돈이 없어서 학교에 갈 수 없었노라고 솔직히 말할 수 없어서 영문과가 적성에 맞지 않아 사법고시 준비를 하기 위해 복학을 하지 않았노라고 말했다.

실제로 정식은 편의점 아르바이트를 하면서 사법고시 준비를 한 적도 있었다. 부족한 시간에 짬을 내서 법전과 씨름을 한 적도 있지만 그 시험이 로스쿨제도로 전환되면서 그것도 포기해야 했다. 만약 그 제도가 그대로 존속했다면 그는 지금쯤 판검사나 변호사가 되었을지도 모른다. 학교에 다니면서 1등을 놓쳐 본 적이 없었기에 시간만 주어진다면 사법고시에도 수석 합격할 자신이 있었다.

정식에게는 시험만 보면 정답 냄새를 맡는 귀신같은 재주가 있었다. 그래서 학창 시절에는 객관식 시험에서 만점을 받지 못하는 예가 드물었다. 또 주관식이나 논술식이라 해도 해답이 스크린에서 자막으로 흘러내리듯 보여서 그것을 베껴내기만 하면 되는 비상한 재주를 가지고 있었다. 정식이 대학에 합격한 해에 그가 졸업한 고등학교에서는 현수막까지 내걸렸었다.

남들이 그에게 공부 잘하는 비결을 물으면 그의 대답은 간단했다. 출제자의 머릿속을 훔쳐보면 바로 거기에 정답이 감추어져 있는데 학생의 입장에서 벗어나지 못하니 틀린다는 것이다. 그리고 책이나 공책을 외우지 않고 그냥 사진 찍듯이 머릿속에 보관해 두면 된다고 하는데 말이 쉽지 어디 그게 쉬운 일인가. 그런데 이런 시험 기술자도 기회가 있어야 하는데 사법고시가 폐지된다고 하는 바람에 그 시험을 포기하고 말았던 것이다.

이제 정식에게 남은 길은 작가가 되는 길 밖에 없었다. 그리하여 이번에는 법전을 내팽개치고 글쓰기에 매달렸다. 그런데 소설 쓰기는 사법고시 공부보다 훨씬 어렵게 느껴졌다. 시험은 출제자의 머리에서 정답을 훔쳐낼 수 있지만 글쓰기는 그게 아니었다. 그것은 출제자도 정답도 보이지 않는 암흑 속의 길을 헤매는 것과 같았다. 나중에 깨달은 이치이지만 글쓰기는 하느님이 출제자가 되고 인간이 답을 찾는 게임과 같아서 너무나 어렵기만 했다. 정말 고독의 정수리에서 피를 뽑아 혈서를 쓰듯이 써도 그것이 과연 정답인지 알 수가 없었다.

그래도 소설가가 되기를 결심한 뒤 5편의 단편소설을 완성했다. 그리고 그중 두 편이 중견작가의 추천을 받고 문예지에 게재됨으로써 작가의 길에 들어섰다. 다행히 이름만 들었을 뿐 얼굴도 알지 못하던 여류 작가가 추천을 해주고 짤막한 논평까지 해주었다. 그녀의 추천사에 의하면 절망한 청년의 의식을 날것으로 표현한 소설이라며 우리나라에도 이제 무라카미 하루키 같은 작가가 등장했다고 했다. 정식은 그 추천사를 보고 나서야 하루키의 소설 《노르웨이의 숲》을 읽었는데 비슷한 것 같기도 하고 다른 것 같기도 해서 종잡을 수가 없었다.

이렇게 작품을 발표하고 나서 잡지사의 주선으로 그 여류작가와 식사를 할 기회가 있었다. 그때 그 사람이 정식에게 장국영을 빼다 박은 미남이라고 칭찬 아닌 칭찬을 했다. 그때는 그런 소리가 별로 반갑게 들리지는 않았지만 웃어 보려고 노력했다. 소설은 하루키와 닮았고, 인물은 장국영과 닮았다니 도대체 나의 정체성은 어디서 찾으란 말인가. 창조하는 일을 직업으로 가진 예술가에게 이렇게 누구를 닮았다고 하는 것은 결코 기분 좋은 평가는 아니었다.

정식은 컴퓨터를 꺼내 펼쳐 놓고 스위치도 누르지 않은 채 창밖을 휘둘러보며 누구인가를 찾았다. 그가 찾는 사람은 전철역 근처에서 노숙하고 있는 중년 여인이었는데 옷차림이 깨끗해서 노숙자처럼 보이지는 않았다. 그녀는 전철역 출입구에 있는 벤치 중 한가운데 늘 정물처럼 앉아 있었기에 정식과 딱 눈이 마주치기 일쑤였다. 밖에서는 안이 잘 보이지 않았겠지만 정식은 그녀의 일거수일투족을 비디오 보듯이 살필 수 있었다. 어떤 남자 하나가 자기에게 관심을 가지고 있다는 사실을 그녀는 전혀 눈치채지 못하고 있었다.

왜냐하면 그녀의 관심사는 인간에게 있지 않고 저 먼 하늘에 있었기 때문이다. 흰 구름 저 너머 하늘 끝에 사랑하는 대상이 숨어있는 것처럼 하루 종일 하늘만 올려다보았다. 그러다 지치면 이따금 주위의 인간을 둘러보는데 그때서야 히죽히죽 웃음을 흘려서 정상인이 아님을 보여 주었다.

언젠가 한번은 벤치에 석고상처럼 버티고 앉아 있는 그녀와 누가 더 한 자리에 오래 버티는지 내기를 벌인 적도 있었다. 지난여름쯤이었을 것이다. 반팔 셔츠를 입고 부채를 들고 다녔던 때였으니까. 하여간 그녀는 땡볕 아래 그 벤치에서 몇 시간이고 죽치고 앉아 있었다. 유리창 하나를 사이에 두고 눈싸움을 하는 사람들처럼 마주보고 시간을 흘려보냈다. 물론 정식은 서늘하게 냉방이 되는 실내에서 그녀를 보고 있었기에 견딜만했다.

잡지사에 들르기로 약속한 시간이 많이 남아 있어서 정식은 찬찬히 그녀를 살펴보았다. 언젠가 소설을 쓸 때 써먹을 요량으로 메모까지 해가며. 그녀의 얼굴은 제대로 가꾸기만 했다면 미인 소리도 들을 만큼 예쁜 편이었다. 다만 병색이 깃든 검푸른 안색이 거리를 떠돈 지 오래된 노숙자임을 표시해 주었다.

그녀는 자신이 여자임을 증명하기라도 하듯이 짧은 머리 위에 장미 두 송이가 꽂힌 플라스틱 밴드를 얹고 있었다. 그 장미는 플라스틱 조화였는데 색이 바래서 빨간색이 흰색과 뒤섞여 있었다. 아니 원래 그런 색깔을 지닌 꽃이었는지도 모르겠지만. 여름인데도 긴 바지 위에 치마를 겹쳐 입었는데 그 치마에도 장미 다섯 송이가 수놓아져 있었다.

저 여인의 머릿속에는 어떤 생각이 깃들어 있을까 하고 추론해 보았지만 도저히 짚이는 게 없었다. 그저 하얀 공백만이 가득 차서 아무것도 존재하지 않는 세계를 그녀는 들여다보는 것 같았다. 불교에서 말하는 열반의 세계 또는 무념무상의 세계에서 노닐고 있는지도 몰랐다.

저 여인은 자살 따위는 결코 생각해 보지 않은 행복에 겨운 사람이지 않을까라고 정식은 생각했다. 그렇게 세 시간쯤 버티다가 잡지사 편집자와 약속 시간이 되어 자리를 떠야 했는데, 그 시간까지 그녀는 거기 똑같은 자세로 앉아 있었다. 석양인지라 다행히 그늘이 지기는 했지만 여전히 그녀는 무표정한 얼굴로 하늘만 올려다보았다. 그녀의 앞을 지나치며 정식은 큰 소리로 말했다.

"오늘은 내가 졌어요. 다음에 봅시다."

그러자 그녀가 정식을 바라보고 배시시 웃음을 보였다. 주위 사람들이 미친년에게 말을 거는 좀 이상한 사나이를 호기심 어린 눈초리로 쳐다보았다. 그리고 정식이 이날을 이렇게 생생하게 기억하는 것은 바로 그날이 잡지사로부터 원고를 되돌려 받은 날이었기 때문이다.

정식은 턱을 받치고 주인을 잃은 벤치를 내다보고 있었는데 기다린 보람이 있었는지 벤치의 임자가 어슬렁거리며 나타나는 게 보였다. 출근하는 인파가 줄어 거리가 한산해지자 그녀가 자신의 자리를 찾아왔다. 너무나 반가워서 정식이 손을 들어 아는 척했지만 그녀의 시선은 여전히 허공에 매달려 있었다. 마치 높이 떠가는 비행기를 올려다보는 아이처럼.

그녀가 벤치에 앉아 있는 동안 정식은 글을 써 보기로 했다. 무슨 일이 있어도 그녀가 자리를 뜨기 전까지는 자리를 지키리라. 정식은 컴퓨터의 화면을 열고 저장되어 있는 활자를 다시 한 번 훑었다. 거기에는 잡지사에서 거절당한 소설《영겁회귀》가 실려 있었다. 처음에는 단편소설로 완성한 것을 장편으로 개작하기 위해 여기저기를 뜯어 고치는 중이어서 화면을 보노라면 리모델링하는 건물을 보는 것처럼 너저분했다. 이 작품은 그 어느 것보다 공을 들여 쓴 것이어서 그냥 쓰레기통에 처박을 수는 없었다. 그래서 이렇게 틈만 나면 들여다보게 되는 것이다.

이 소설의 내용은 절망이란 터널의 끝에 다다른 한 청년이 이 세상을 마감하기로 하고 자살 방법을 탐구하는 과정을 그린 것이다. 처음에는 차례대로 음독, 투신, 분신, 목매달기, 손목 긋기, 가스 마시기 등 여러 가지 방법을 모색하다가 맨 나중에 달리는 열차에 몸을 던지는 것으로 끝을 맺는 것이었다.

이 소설에서는 이 청년이 왜 그런 극단적 선택을 하려고 하는지에 대해서는 일언반구도 언급하지 않았다. 오로지 자살 방법만을 나열하고 그 장단점만을 탐색하려 했다. 아마 그런 내용이 잡지의 편집자를 곤혹스럽게 만들었던 것 같다.

그는 이 작품을 게재할 수 없으니 양해해달라고 말했는데 어투가 말의 내용과는 달리 명령조여서 정식을 화나게 했다. 그때는 마음과는 달리 웃는 척했지만 속으로는 울화가 치밀어 얼굴이 벌겋게 달아올랐다. 게다가 거기에 덧붙여 '영겁회귀'라는 제목도 어울리지 않으니 고치라고 했다. 글이 편집장의 마음에 들지 않아 실어 주지 않겠다는 것은 그의 권한일 수 있지만, 작가에게 제목이나 내용을 고치라고 하는 것은 명백한 월권행위가 아닐 수 없었다.

소설을 쓸 때 작가는 잠시 하느님의 위치에서 서는 짜릿한 경험을 하게 된다. 여러 등장인물의 생사여탈권을 쥐고 고심하고 또 고심하며 글을 쓴다. 그 맛에 돈벌이도 시원치 않은 일에 목을 매달고 무한고독과 맞서 싸우는 것이다. 그런 창조주에게 이래라저래라 간섭하는 것은 하늘의 권위에 도전하는 불경죄를 저지르는 짓이다. 그래서 웃으며 담담하게 받아들이는 척 가장했지만 속으로는 그 작자의 뾰족한 턱을 한 방 날려 버리는 환상에 잠겨 있었다. 그리고 버림받은 자식 같은 이 소설을 기어코 다시 살려 내겠다고 결심하게 되었다. 그 뒤 이 단편을 장편소설로 개작하겠다고 마음먹고 늘 이렇게 끼고 다니게 된 것이다. 그래도 소설가 소리를 들으려면 장편소설 하나쯤은 남겨야 하니까 말이다.

정식은 학창 시절부터 독일의 철학자 니체에 관심이 많아서 그가 도입한 '영겁회귀'라는 개념을 이 소설의 제목으로 삼았다. 비극의 철학자 쇼펜하우어로부터 인간과 세계를 부정하는 방법을 배우던 니체가 정신병원에 가기 직전 이런 개념을 정립하게 되면서 아모르파티(Amor Fati)를 외치게 되었다.

정식이 파악하고 있는 영겁회귀는 죽음으로 나아가는 의지였는데 니체는 그것을 힘의 의지, 즉 삶의 원동력으로 바꾸려 했다. 그러면서 위버멘쉬라는 가공적 존재를 설정해 놓고 신이 없는 세상에서 모든 인간은 위버멘쉬를 지향해야 한다고 설파했다. 바로 이 지점에서 니체는 카오스의 아들이며, 암흑과 죽음의 신 에베보스의 손아귀에서 벗어나는데, 그 대가로 미쳐 버리고 말았다.

즉 니체의 이런 배신행위를 죽음의 신은 용납하지 않았던 것이다.

정식이 파악하기에 인간이란 존재는 우주의 기본 요소인 원자와 분자의 교묘한 배합에 지나지 않았다. 이런 배합이 이루어질 확률이 몇 천 조 아니 몇 경의 단위로 희박하다 해도 영원이란 시간 앞에서는 그 어느 것도 가능할 수 있다. 잠시 이런 배합을 유지하다 정말 눈 깜짝할 사이에 스러지는 것이 생명일진대 인간은 천문학자들이 말하는 대로 그저 우주의 먼지에 불과하다. 그래서 영겁회귀란 잠시 기이하게 뭉쳤던 이런 집합이 해체되어 허공으로 사라져 버리는 과정을 일컫는 것이다. 그래서 죽음을 찾아가려는 청년에 관한 얘기를 하면서 그런 제목을 붙인 것이다.

그런데 우연히 읽게 된 소설 한 권이 이런 정식의 생각을 송두리째 뒤집어 놓았다. 정식은 이 소설을 통해 니체가 공상으로 그려 보았던 위버멘쉬(초인)가 실제로 존재할 수 있다는 사실을 확인했다. 그것이 바로 카잔차키스의 《그리스인 조르바》였다.

카잔차키스가 고백했듯이 그는 소설 속에서 꾸며낸 인간이 아니라 우리와 같은 대지에 발을 디디고 서서 같은 공기를 나누어 호흡했던 살아 있던 인간이었고, 지금도 그 어디엔가에 살고 있을지도 모르는 인간이었다. 조르바는 그의 삶을 통해 인간이 왜 자신의 운명을 사랑하지 않을 수 없는 존재인가를 보여 주었고, 어떻게 사는 것이 영원한 삶인지 가르쳐 주었다. 이런 인식에 도달하면서 이 책은 정식이 늘 가슴에 품고 다니는 바이블이 되었다.

니체의 영겁회귀의 이론이 그냥 가설이 아니라 이 대지 위에서 실현될 수 있다는 인식은 정식의 삶을 바꾸어 놓았다. 그것이야말로 절망이 극도에 이르면 필연적으로 귀결될 수밖에 없다는 결론을 내리게 되자 니체를 온전히 이해하게 되었다. 이처럼 그리스인 조르바야말로 정식에게 삶의 의지를 심어주어 죽음의 손길을 피할 수 있게 해준 구세주였다.

이와 아울러 니체가 말한 세 가지 삶의 유형도 이해할 수 있었다. 그것은 노예의 삶을 사는 낙타의 세계, 주어진 운명을 거부하기 위해 몸부림치는 사자의 세계, 주인의 삶을 살게 되는 어린아이의 세계인데, 정식은 이제 등에 짊어진 운명의 무게를 뿌리치지 못하는 낙타의 세계에서 벗어날 채비를 하고 있었다. 그것은 죽음의 유령만이 떠돌던 빙하를 파고들어 땅을 만나고 거기서 더 깊이 파고들어 생명력이 들끓는 용암의 세계를 발견하는 과정과 같다고 할 수 있다.

빙하의 세계가 낙타의 삶이라면 땅의 세계는 사자의 삶이고, 지열로 들끓는 용암의 세계가 어린아이의 삶인 것이다. 얼음 덩어리가 이 세상의 전부인 줄 알았는데 그 속에 펄펄 끓어오르는 용암을 발견하는 기적과 같은 일이 니체와 마찬가지로 정식에게도 닥쳐온 것이다.

한 권의 책을 통해 이렇게 인식의 대전환을 경험한 뒤 정식은

《영겁회귀》라는 소설의 결말 부분을 180도 뒤집어 바꾸어 놓기로 했다. 확실하게 죽을 방법만을 찾아 헤매던 이 소설의 주인공 K가 죽기 직전 위대한 스승을 만나 영원한 삶의 세계로 인도된다는 식으로 말이다. 그러기 위해서는 카잔차키스가 조르바를 만났듯이 정식도 진리의 가르침을 주는 스승을 만나야 했는데 아직 그런 행운은 오지 않았다. 그래서 더 이상 소설은 앞으로 나아가지 못하고 제자리에 멈추어 서버렸다.

언제 어디서든 백마 타고 나타나는 초인을 만날 수만 있다면 '영겁회귀'라는 제목은 '한국인 ○○○'로 바꿀 용의가 있었다. 여기서 ○○○은 물론 실재 인물의 이름이어야 한다. 그렇다면 여태껏 죽음을 향해 달려온 K의 걸음을 멈추게 해야 한다. 그래서 정식은 몇 번이나 읽은 이 소설을 다시 속독으로 읽어 내려갔다. 그 소설을 요약하면 다음과 같은 내용이 기록되어 있었다.

K는 가장 빠르고 확실하게 죽는 방법에 대해 연구하고 있었다. 여러 가지 방법이 있기는 했지만 감내하기 어려운 고통을 수반하게 된다는 것이 가장 큰 문제였다. 투신자살의 경우 운 좋게 머리가 먼저 지면에 닿아 두개골이 파열된다면 즉사할 수도 있겠지만, 그렇지 않은 경우 사지 골절에다 장기 파열 등으로 구급차나 병실에서 비명을 지르다 죽는 수도 있다고 했다.

또 목을 매단다고 해도 발버둥치며 버둥거리다 똥오줌을 배설하며 죽어 간다고 했다. 또 어떤 연예인이 극단적 선택을 할 때 차

안에 번개탄을 피워 가스를 마셨다고 하는데 K는 차는커녕 아직 운전면허증도 없는 신세였다. 그라목손(paraquat, 파라쿼트) 같은 농약을 마신다거나 온몸에 휘발유를 붓고 불을 싸지른다거나 비닐봉지를 뒤집어쓰고 질식해 버리는 일 같은 것은 상상하기도 전에 진저리가 나서 선택 사항에서 제외되었다.

물론 가장 빠르고 확실한 방법이 없는 것은 아니었다. 가장 확실한 것은 총기를 사용하는 방법이다. 노벨문학상을 탄 어네스트 헤밍웨이는 유서 한 장 남기지 않고 사냥용 엽총으로 자기 자신을 사냥했다. 콩쿠르 상을 두 번이나 받은 로맹가리는 권총을 입에 물고 방아쇠를 당겼다. 이렇게 총기를 사용하는 것이 가장 효과적이지만 우리나라에서는 도저히 총기를 구할 방법이 없다는 것이 문제였다.

마지막으로 남은 딱 하나의 방법이 있는데 그것은 수백 톤이나 되는 열차에 뛰어드는 것이었다. 그 고통이야말로 극심하겠지만 순식간에 일이 끝날 수 있다는 큰 장점이 있다. 그래서 K는 손쉬운 대로 전철에 뛰어들기로 했다.

그런데 서울 시내 거의 모든 전철역에는 K와 같은 사람을 막기 위해 스크린 도어를 설치해 놓았다. 그러나 자세히 살펴보면 완벽해 보이는 것도 빈틈을 찾을 수 있는 법이다. 1호선 신도림역 승강장에는 열차가 진입하는 쪽에만 안전문이 설치되어 있었고, 반대편에는 그것이 없었다. 거기에는 배꼽 높이보다 약간 높은 철책이 설치되어 있었는데 마음만 먹으면 얼마든지 뛰어넘을 수 있었다. 그 철책에는 '기대지 마시오'라는 주의 문구가 쓰인 팻말이 붙어 있었는데 K는 그 철책에 기대어 서서 하염없이 시간을 흘려보내고 있었다.

여기까지 읽고 나서 정식은 밖을 내다보았다. 그 여인은 정물화처럼 고정된 자세로 앉아 있었다. 그래서 안심하고 다시 글을 읽기 시작했다.

K는 엉거주춤 선 채로 선로를 내려다보았다. 잠시 후의 미래가 선로 위에 펼쳐졌다. 우선 피투성이가 되어 조각난 자신의 시신이 보였다. 온몸이 능지처참 당한 듯 갈갈이 찢어져 널부러져 있었다. 갑작스러운 사고에 놀라서 정신없이 뛰어다니는 역무원들이 보였고, 기관사는 겁에 질려 운전석 앞에 주저앉아서 밖으로 나올 생각도 못했다.

이렇게 차가 연착되자 강제로 문을 열고 차 밖으로 나온 일단의 승객들이 있었다. 그들은 비상시에 차 문을 어떻게 열고 나와야 하는지 벽에 써 놓은 방법대로 해서 밖으로 뛰쳐나왔다. 그중에 한 남자가 이렇게 중얼거렸다.

"이거 미친놈 아냐? 하필이면 퇴근 시간에 이런 일을 저질러서 사람들의 발을 묶는 거야?"

그러자 그 옆에 있던 친구인 듯한 자가 무심하게 말을 받았다.

"그러게 말야. 죽으려면 깊은 산속에 들어가 남몰래 죽을 것이지."

이처럼 잠시 뒤에 벌어질 사태가 눈에 뻔히 보이자 K의 발길은 땅에 고정되어 꿈쩍도 하지 않았다. 그래서 K는 철책을 부여잡고 평정심이 찾아올 때까지 기다리고 또 기다렸다. 청량리, 광운대, 양주, 덕소, 소요산행 열차가 쉴 새 없이 들이닥쳤다.

K는 바짝 타들어 가는 입 안을 혀로 적셔 보았는데 나중에는 그 혀마저 나무토막처럼 말라 버렸다. K는 연신 이런 말로 자신을 설득하려 했다.

인간은 자신이 이 세상에 올 시간을 정할 수는 없지만 갈 시간은 임의대로 선택할 권리가 있다고. 그러기에 인간은 존엄한 존재라고. 그리고 자신이 살아남아서 겪을 고통의 총량에 비하면 열차 밑에 깔려 순식간에 겪을 고통은 그저 하찮은 거라고. 이처럼 극단적인 선택을 하는 행위가 결코 충동적 감정이 아니고 오랜 시간 생각해 온 냉철한 이성적 판단이라고.

그러다가 어느 순간 K는 몸을 솟구쳐 철책을 뛰어 넘었다. 철봉을 하듯 자신의 몸을 들어 올려 잠시 철책 위에 머무는 듯하다가 역 구내로 들어서는 열차 밑으로 빨려 들어갔다. 다행하게도 몸이 거꾸로 되어 물구나무 서는 자세로 쇳덩이와 몸을 합쳤다. 어디로 가는 전철인지 확인하고 뛰어 들었어야 한다고 그의 냉철한 이성이 말을 걸어왔다.

그런 의문에 대답할 틈도 없이 번개가 내리치듯 머릿속에서 불꽃이 번쩍 치솟더니 이내 영원한 암흑이 찾아들었다. 그리고 이 우주 전체가 증발해 버려 시간이 멈추고 공간이 사라져 버렸다.

소설은 이렇게 끝을 맺고 있었는데 정식은 소설의 말미를 하나씩 화면에서 지워 버렸다. 특히 마지막 한 페이지는 버리기가 너무 아까웠다. 이 부분을 채우기 위해 몇 날 몇 밤을 새우며 고심했던 기억이 났다. 그래도 정식은 아무 미련 없이 소설의 뒷부분을 지워 버렸다. 그리고 K를 어떻게 철책에서 떼어낼까 궁리했다. 아무래도 자기 스스로 돌아서게 하기에는 소설 구성에서의 필연성이 결여되어 독자들을 허탈하게 만들 것 같았다. 그렇다면 그를 강제적으로 거기서 떼어놓는 방안을 연구해야 했다.

그러다 퍼뜩 아이디어 하나가 솟아올랐다. 아까부터 K의 행동을 수상히 여기며 지켜보던 중년 사나이가 철책을 넘으려던 K를 부둥켜안고 시멘트 바닥으로 끌어 내렸다고. 그리고 그 사람이 바로 K의 스승이 될 사람이라고.

이런 스토리가 머릿속에서 맴돌자 이것도 너무 우연성을 가미해 글의 긴장도를 떨어뜨린다는 결론에 이르게 되었다. 그렇다면 그 중년 사나이를 평범한 사람이 아닌 종교인으로 설정하면 어떨까 하고 생각해 보았다. 그런 신분의 사람이라면 절망한 청년을 구제해 줄 수 있는 능력을 갖추어 스승이 될 자격이 있지 않을까.

그런데 이런 인물 설정에도 문제가 있었다. 건장한 청년의 행동을 저지하려면 완강한 체력을 가진 사람이어야 했는데, 그런 이미지가 종교인과 부합되지 않았다. 그래서 그 종교인이 특수부대에서 근무한 경험이 있어 강인한 체력을 가지게 되었다고 꾸며 내기로 했다. 정식은 삭제한 부분에 잇대어 다음과 같은 글을 첨부했다.

철책을 부여잡고 서서 진입하는 차량의 숫자를 세듯이 헤아리고 있는 K를 아까부터 주시하고 있던 시선이 하나 있었다. 그 시선의 주인공은 조금 전까지 역 구내에서 목탁을 치며 탁발을 하던 50대의 스님이었다. 오전에는 영등포 역전에서 목탁을 요란하게 두들겼는데 적선하는 이가 하나도 없어서 오후 늦게 신도림역으로 옮긴 참이었다.

그러나 여기서도 실적이 매우 부진했다. 겨우 세 사람이 시주했는데 시주함에 들어 있는 돈은 도합 18,000원에 불과했다. 3시간 목탁을 치며 독경을 한 노고에 비해서는 형편없이 적은 금액이었지만 내일을 기약하고 좌판을 거두었다. 오늘따라 목이 칼칼하여 독경이 제대로 되지 않아 탁발을 마치기로 했다. 그리고 의자에 가부좌를 틀고 앉아 참선에 들려 했다. 화두만 붙들면 그 어느 곳에서라도 참선에 들어가야 진정한 도반이 될 수 있다는 것이 스님의 지론이었다.

그런데 바로 앞에 그의 참선을 방해하는 인물이 하나 보였다. 철책을 틀어쥐고 무심한 듯한 눈초리로 선로를 내려다보고 서 있는 청년이 하나 있었는데, 그 청년의 주위로 온갖 잡귀가 들끓고 있는 것처럼 느껴졌다. 머리를 비운 채 한가하게 앉아 있기에는 너무나 거슬리는 혼탁한 기운이 그 청년의 주위를 맴돌고 있었다. 그도 그럴 것이 그 청년은 남들이 타고 내리는 인천행이 아닌 반대편 차선의 철책을 부여잡고 있는 데다가 눈동자의 촛점이 흐려져서 귀신들린 형상이었다. 무슨 일이 일어날 것 같은 예감을 느끼고 스님은 서너 걸음 떨어진 곳에 앉아 그를 주시하고 있었다.

스님의 예상은 적중했다. 아니나 다를까 어느 순간 그 청년이 철봉대에 매달린 운동선수처럼 몸을 솟구쳐 오르는 게 보였다. 그러나 청년의 행동보다 스님의 동작이 한 박자 더 빨랐다. 용수철 튀어 오르듯이 튀어 오른 스님의 투박한 손길이 사나이의 허리춤을 움켜쥐었다. 젊은 시절 특수부대에서 혹심한 훈련을 받으며 갈고닦은 체력이 30년이 넘은 지금도 아직 남아 있었기에 이런 동작이 가능했다. 이렇게 두 사람의 몸이 한데 엉겨 플랫폼 바닥에 나뒹굴었다. 스님은 청년의 목을 팔뚝으로 짓누르며 이렇게 외쳤다.

"야. 임마. 그렇게 죽고 싶냐? 그럼 내가 죽여주마."

여기까지 글을 써 놓고 정식은 물끄러미 밖을 내다보았다. 장미꽃 여인이 사라지고 없었다. 그녀가 앉았던 벤치에는 이제 막 고등학교나 졸업했을 나이의 어린 연인이 꼭 부등켜안고 있었다. 여자

아이가 더 적극적으로 남자 아이의 볼에 입맞춤을 했다.

예끼, 이놈들아. 벌건 대낮에 이게 무슨 짓거리냐 하고 호통을 치는 대신 정식은 사라진 장미꽃 여인에게 말을 건넸다.

"오늘은 내가 이겼다."

2

《영겁회귀》의 결말을 바꾸고 나서 정식은 이제 정말 자살의 유혹으로부터 완전히 벗어나게 되었음을 알게 되었다. 조르바의 설득에 고개를 끄덕이기는 했지만, 그의 외침이 귀로만 들려왔지 정식의 정신세계를 지배하지는 못 했는데 이제 소설을 고쳐 쓰고 나니 더 이상 저승사자가 그를 찾을 일이 없으리라는 확신이 생겼다.

참 힘든 시절이 지나갔다. 매일 밤 과도로 손목의 동맥을 끊거나 넥타이를 여러 개 엮어서 창틀에 걸고 목을 매다는 환상에 시달렸다. 정말 어느 때는 칼을 꺼내 손목을 몇 번씩 그어 상처를 내보기도 했고, 나일론 끈을 둥글게 엮어 목에 걸어 보기도 했다. 손목에 약간의 상처를 내기는 했으나 동맥을 절단할만한 용기가 없었고, 이 고시원 안에는 올가미를 걸어볼 만한 대들보가 없었다.

창문 밖으로 뛰어내릴 생각도 했지만 3층에서 뛰어내렸다가는 공연히 골절상만 입고 멀쩡히 살아날 것만 같았다. 혹시 5층 꼭대기에서 뛰어내리면 어떨까 하는 생각도 해 보았지만 이 건물의 옥상으로 통하는 문은 늘 잠겨 있어서 거기에 올라가 본 적도 없었다. 그럴 때마다 독실한 크리스천이 《성경》 책을 읽듯 정식은 카잔차키스의 소설을 펼쳐 들었다.

'전능하신 하느님. 당신이 나를 어쩌겠다는 거요? 기껏해야 나를 죽이기 밖에 더 하겠소. 그래요. 나를 죽여 보시오. 내가 하고 싶은 대로 다 하고 살았으니 이제 죽어도 여한이 없소. 그러니까 나는 이제 더 이상 당신이 필요 없다는 말이오.'

지중해의 해안에서 땀에 흠뻑 젖어 춤을 추면서 조르바가 외친 말이다. 그에게는 더 이상 죽음에 대한 공포 따위는 없다. 그런 공포를 극복한 자의 어록에는 구원이나 환생 따위의 너절한 환상 따위는 존재하지 않는다. 그리고 이렇게 흡족한 미소를 띠고 죽음을 맞이하는 사람만이 영원한 삶을 살 자격이 있는 것이다.

이것이 바로 니체가 말한 영겁회귀이다. 그리고 소설 속의 K를 살려냄으로써 정식은 이런 조르바의 말을 실천할 용기를 얻게 되었다. 다시 말하자면 길고 긴 죽음의 터널에서 벗어나게 된 것이다. 그러나 그의 앞에 어떤 인생이 전개될지 예상할 수는 없었다. 다만 이제 그 지긋지긋한 죽음의 그림자가 다시는 그의 앞에 기웃거리지 못하도록 굳세게 살아갈 자신이 생겼다.

정식은 참으로 오랜만에 죽음 같은 깊은 잠에 빠졌다. 아침에 눈을 뜨자 몸이 깃털처럼 가벼워져서 하늘로 날아오를 것 같은 기분이 들었다. 이제 영화배우로 데뷔하여 장국영과는 정반대의 삶을 살아갈 작정을 했다. 그러고 보니 며칠 전에 만났던 영화감독의 언질이 그의 용기를 북돋아 주는 데 큰 역할을 했던 것 같다. 소설가에 영화배우라니 그런 인생은 살만할 것 같았다.

그래도 아직 숙제 같은 일이 하나 더 남아 있었다. 정말 자기 인생에서 영원히 지워 버리고 싶었던 단 한 사람과의 화해였다. 그와 화해하지 않고서는 새로운 삶을 열어 갈 수 없을 것 같았다. 그는 지금 경기도 외곽의 한 요양병원에서 죽음을 기다리고 있었다. 그의 이름은 바로 정식의 아버지 서만수 씨였다.

서두른다고 왔지만 서울 동쪽 끝 너머에 있는 요양병원에 도착하니 벌써 점심때가 넘어 버렸다. 전철역 종점에서 내려 택시로 10분가량 달려 와서야 목적지에 도착했다. 기본요금만 나왔는데 잔돈은 거슬러 받지 않고 됐다고 했더니 아버지 나이 또래의 택시 기사가 고맙다고 고개를 숙였다.

아버지의 나이가 정확하게 몇 살이나 되었을까. 정식은 요양병원의 문을 밀고 들어서며 계산을 해 보았다. 자기 나이에 32를 보태면 되니 이제 막 70에 들어선 나이였다. 그러니 이런데 갇혀 있기에는 아직 이른 나이라고 보아야 한다. 백세 시대라 하여 80이 넘어서도 팔팔한 노인들이 넘치는 시대가 아닌가. 그런데 만수 씨는 60대 중반부터 이 병원에 갇혀 지내고 있는 것이다.

정식이 1층 출입구에 들어서니 열댓 명의 사람들이 기다란 의자에 나누어 앉아 있었고, 서너 명은 창가에 서서 한강을 내려다보고 있었다. 정식이 안내 데스크로 가서 면회를 왔노라고 말했다. 나비의 날개처럼 날렵한 안경을 쓴 중년 여인이 예약을 했느냐고 되묻기에 예약하지 않았노라고 대답했다. 컴퓨터에서 눈을 떼지도 않고 여인은 다음에는 꼭 전화나 인터넷으로 예약해 달라고 쌀쌀하게 말했다. 그러면 오늘은 면회가 안 되느냐고 묻자, 그것은 아니라고 했다. 마침 토요일이라 재활 프로그램이 없으니 면회는 가능하다고 했다. 오늘이 토요일이었던가. 정식은 무슨 요일인지도 모르고 여기에 왔던 것이다.

"아버님 성함은요?"

"서자 만자 수자를 쓰십니다."

정식이 서서히 만년 동안 수명을 누린다는 아버지의 성함을 예의 바르게 말하자 그제서야 여인은 피식 웃으며 정식을 바라보았다. 그녀의 큰 눈동자가 안경을 뚫고 튀쳐나올 것 같았다. 그녀는 서만수 씨가 지금 515호실에 계신다고 일러 주었다.

"전에는 4층에 계셨는데요."

"언제요?"

정식은 마음속으로 손가락을 접으며 햇수를 헤아렸다.

"5년 전에요."

“재작년에 5층으로 옮겼는데 아직 모르셨어요?”

그녀의 웃는 표정이 싹 가시더니 상대방을 힐난하는 어조로 말했다. 자격지심인지는 몰라도 부모를 내동댕이치고 돌아보지 않은 자식을 비난하는 것으로 들렸다.

“지금 면회가 가능하죠?”

“지금은 점심시간이니 1시간쯤 뒤에 다시 오세요.”

여인의 말이 끝나기도 전에 정식이 등을 돌렸다.

정식은 매점에서 빵과 우유를 사들고 병원 밖으로 빠져 나왔다. 아스라하게 한강이 내려다 보였고, 강변의 찬바람이 전신을 훑으며 지나갔다. 부르르 몸이 떨렸지만 초록색 페인트가 벗겨지기 시작하는 벤치에 주저앉아 우걱우걱 빵을 삼켰다.

정식은 잠시 이 날씨처럼 스산하고 싸늘한 자신의 인생을 되돌아보았다. 인생에서 가장 황금 시절인 청년기에 온통 죽음의 그림자와 씨름하면서 살아왔는데 그를 그렇게 만든 장본인이 서자 만자 수자를 쓰는 바로 그 사람이었다. 아버지를 이 병원에 입원시킨 지 8년이 지났는데 그동안 딱 한 번 들렀고, 나머지 시간은 병원에서 아버지가 돌아가셨다는 소식이 오기만 기다렸다.

아들이 아버지를 부정하는 이런 본능을 프로이트는 오이디푸스 콤플렉스라고 불렀다. 그것은 서만수와 서정식 부자간의 관계를 설명하기에 가장 적합한 이론이었다. 정식은 아버지를 부정하고 증오하는 데서 자기 인생의 기초를 설계해야 했다. 정식에게 있어서 아버지란 존재는 비합리적 사고방식에 젖은 폭력의 화신이었다.

아무리 좋은 기억을 떠올려 보려고 해도 아버지에게 두들겨 맞은 일 밖에 생각나는 것이 없었다. 술을 먹지 않으면 그는 도통 말이 없는 샌님 같은 사람이었지만 술만 들어가면 헐크와 같은 괴물로 돌변하였다. 그리고 매일 술독에 빠져 살았다. 정식이 어른이 된 뒤에야 그것이 월남전 참전 군인이 겪게 된 고엽제의 후유증일 수도 있겠다고 진단했지만 어린 시절에는 거기까지 생각하지는 못했다.

어린 시절 아버지의 귀가가 늦으면 정식은 이불을 뒤집어쓰고 웅크린 채 떨고 있어야 했다. 자는 척해보았자 아버지는 아들을 깨워 부동자세로 세워 놓고는 뭐라고 알아듣지도 못할 훈계를 늘어놓고 두들겨 팼다.

어느 때는 이런 아버지의 폭행을 피해 엄마와 함께 이웃집으로 피신하기도 했는데, 다음 날 집에 와 보면 세간살이가 박살이 난 꼴을 보아야 했다. 또 어느 날에는 자기 아내가 바람을 피웠다고 우기며 식칼을 들고 설쳐 대기도 했다. 동네 파출소에서도 이렇게 난동을 피우는 만수 씨가 골치 아픈 존재이기는 했지만, 그때는 이런 가정폭력을 그냥 묵과하던 시절이었다.

이런 가정환경 속에서 성장하면서 사이코패스가 되지 않은 것만 해도 천만다행이었다. 정식은 이와 반대로 죽어라 하고 공부에 매달리는 착한 학생이었다. 가슴속에 품은 막연한 적대감의 에너지를 공부하는데 쏟았다. 그것은 아버지로부터 인정받아 그가 행사하는 폭력에서 벗어나려는 처절한 몸부림이었다.

그런데 그런 시도는 오히려 정반대의 결과를 초래했다. 만수 씨는 자신을 닮아 소심하고 여린 아들이 못마땅했던 것 같았다. 그래서 이렇게 두들겨 패고 괴롭히면 남자다운 씩씩한 아이로 자랄 수 있으리라고 믿었던 것 같다. 그는 늘 이런 말을 입에 달고 다녔다. 맞고 자란 아이가 나중에 효도하는 법이라고. 어쩌면 만수 씨가 아는 유일한 사랑의 방식이 매를 드는 것이었는지도 모른다.

점심시간이 끝나자 대기실에 있던 사람들이 우르르 엘리베이터로 몰려들었다. 정식은 일부러 시간을 늦추어 사람들이 다 사라진 뒤에야 엘리베이터를 탔다. 할머니 한 사람이 거기에 동승했는데 정식을 보고 씨익 웃어 보였다. 할머니의 얼굴에서 보여야 할 이빨이 보이지 않고 빨간 선홍색 잇몸만 드러났다. 아마 송장처럼 누워 있는 영감이라도 만나러 가는 것 같았다.

515호 병실의 문을 열고 들어서니 문 옆으로 간병인의 책상이 보였다. 피곤해 보이는 기색이 역력해 보이는 50대 아줌마가 누구를 찾아왔느냐고 물었다. 그렇게 묻기에 그녀가 간병인인 줄 알았지 그렇기 않았더라면 그녀도 환자처럼 보였다. 정식이 아버지의 이름을 댔더니 그녀는 말도 하지 않고 턱으로 구석 자리의 침대를 가리켰다. 거기에 담요를 머리까지 뒤집어쓰고 있는 기다란 물체가 보였다.

실내에는 여덟 개의 침대가 있었는데 2명은 앉아 있고, 6명은 누워 있었다. 앉아 있는 사람들은 애타게 누구인가를 기다리는 사람으로 보였고, 나머지는 아예 그런 기대조차도 하지 않은 것처럼 보였다. 앉아 있던 두 사람도 실내로 들어서는 정식을 보자 실망하는 눈빛을 보이더니 이내 고개를 돌렸다. 나머지 여섯 사람은 대지진이 일어나 건물이 폭삭 내려앉아도 자세를 변경하지 않을 것처럼 침대에 견고하게 늘어붙어 있었다.

정식은 간병인이 가르쳐준 구석 자리로 갔다. 실내에서는 소독약 냄새와 함께 무슨 분비물 냄새 같은 것이 섞여 뭔가 께름칙한 냄새가 풍겼다. 죽은 사람 앞에서만 향을 피울 게 아니라 이제 막 죽음의 세계로 들어갈 사람에게서도 그것이 필요할 것 같았다.

정식은 아버지의 얼굴을 단번에 알아보지 못했다. 누워 있는 사람 모두 짧은 흰머리에 주름살이 가득했기에 모두 비슷해 보였다. 〈서만수 M71〉이라고 침대에 달려 있는 명찰을 확인하고서야 그 앞에 우뚝 섰다.

만수 씨는 다가오는 아들을 힐끗 보는 듯하더니 관심이 없는 듯 다시 천정을 올려다보았다. 정식은 이런 눈길에 익숙해져 있었다. 며칠 전에 보았던 장미꽃 여인의 눈매가 꼭 저랬다. 그래서인지 하나밖에 없는 아들을 알아보지 못하는 아버지가 하나도 서운하게 여겨지지 않았다.

전에 여기 들렀을 때 만수 씨는 그래도 아들을 알아보기는 했다. 그리고 두서없는 말일망정 몇 마디 늘어놓기도 했는데, 이번에는 그게 아니었다. 알아보기는커녕 옆에 사람이 있다는 사실도 인지하지 못하고 있었다. 아버지가 4층에서 5층으로 옮겨진 이유를 이제야 알 것 같았다.

여기서는 층이 높아질수록 중환자 취급을 한다는데, 이제 6층으로 올라갈 일만 남은 것 같았다. 거기는 기계 호흡을 하는 식물인간만 있다고 소문이 난 곳이다. 거기에서 밑으로 내려오는 일은 거의 없고, 곧장 장례식장으로 가게 된다는 말을 언젠가 들었던 것 같다. 그러니 거기에는 날개도 없고 다리도 없는 새만 깃드는 곳이라고나 해야 하겠다. 날개도 다리도 없는 새에게 먹이만 주어 살게 한다면 그것처럼 야만적인 제도가 또 어디 있을까.

"아버지. 저 왔어요. 알아보시겠어요?"

들쑥날쑥한 흰 수염으로 뒤덮인 채 만수 씨는 전혀 움직일 기미를 보이지 않았다. 그것은 마치 부동자세를 취한 의장대원이 누워 있는 것 같았다. 그래서 상관의 '쉬어'라는 구령이 없으면 영원히 그 자세로 버틸 것 같았다. 정식은 벽 가까이에 버린 듯 놓여져 있는 앉은뱅이 의자를 끌어당겨 앉았다. 그리고는 하염없이 아버지를 내려다보았다. 예전과 마찬가지로 둘 사이의 대화는 차단되어 있었다. 그런 모양을 보다 못한 간병인이 다가와 한마디 거들었다.

"사람을 못 알아보죠?"

그녀의 뽀글뽀글한 머리에서 파마 약 냄새가 났다.

'이제 곧 6층으로 올려 보내야 할 것 같네요.'

정식은 속으로 이렇게 말하면서 고개를 끄덕였다.

"이 사진 보셨어요? 아버님이 젊은 시절에는 꽤나 미남이셨어요."

간병인이 침대 발치에 있는 벽면을 가리켰다. 정식이 사진을 보기 위해 일어나자 그녀는 다른 침상으로 가서 침구를 정리했다.

오래된 흑백 사진이 벽에 붙어 있었는데 자세히 보려면 얼굴을 찌푸려야 했다. 철모를 삐뚜름하게 쓴 군인 두 명이 M-16 자동 소총을 허리에 받치고 서서 찍은 사진이었다. 한 사람은 맨 몸에 방탄조끼를 입고 있었고, 또 다른 사람은 전투복 차림이었는데 뒤로는 월남의 야자수 나무가 보였다. 여기서 전투복 차림의 군인이 서만수였다.

"얼마 전에 친구 한 분이 다녀가셨어요. 그리고 이 사진을 붙여 놓았는데 하루에도 몇 번씩 이 사진을 보시더라구요."

어느새 곁에 다가온 간병인이 또 말을 붙였다.

"누구라구요?"

"무슨 단체에서 오셨다고 하던데요."

"고엽제전우회라는 곳입니다. 아버지가 거기서 활동하셨거든요."

"맞아요. 이분이 월남전 참전용사라고 인계 받았어요."

전임자에게 물건이라도 인계받은 듯이 대수롭지 않게 간병인이 말했다.

"아버지에게 바깥바람 좀 쐬게 해 주고 싶은데요."

"잠깐만요."

간병인이 어디론가 인터폰 전화를 해서 환자의 외출 허락을 요청했다. 거기서 허락이 떨어졌는지 그녀가 벽에 기대어 접어놓았던 휠체어를 펴서 정식에게 밀어 주었다.

"한 시간 내로 돌아오셔야 해요. 저항력이 떨어진 상태라 감기라도 걸리면 안 되거든요."

정식은 아버지의 겨드랑이에 두 손을 집어넣어 휠체어로 끌어내렸다. 만수 씨는 눈만 끔벅거릴 뿐 정식이 하는 대로 몸을 맡겼다. 생명을 잃은 앙상한 나무 등걸을 옮기는 듯한 메마르고 가벼운 느낌이 손끝에 전해졌다. 간병인이 모포로 환자의 몸을 감싸서 여며주고 서랍에서 마스크를 꺼내 씌워주었다. 정식은 간병인에게 고개를 꾸벅 숙이고는 휠체어를 밀고 복도로 나섰다.

엘리베이터 안에서는 아무도 없이 두 사람만이 남았다. 1층으로 내려오는 동안 두 사람은 서로 외면한 채 말이 없었다. 어린 시절은 물론 철이 든 뒤에도 정식은 이처럼 단 한 번도 아버지와 진지한 대화를 나눠 본 적이 없었다. 어쩌다 마주치면 서로 고개를 돌리고 살아왔다.

덩치가 커져서 더 이상 손을 못 대게 되자 아버지는 아들에게 흥미를 잃은 듯했다. 그러면서 더욱 술에 의지하게 되고 병은 더욱 깊어졌다. 아내와 자식이 멀어져 분노를 배출할 대상을 잃게 되자 그 분노가 자신의 내부로 향한 것 같았다.

건물 밖으로 나서서 정식은 아까 앉아서 빵을 먹던 벤치를 찾아갔다. 그리고 만수 씨가 탄 휠체어도 강이 보이도록 놓고 나란히 앉았다. 한강 너머로는 벌집을 쌓아놓은 것처럼 밀집된 아파트가 즐비하게 벌어져 있었다. 그 앞으로 흐르는 한강의 푸른 물줄기는 수채화에 칠해진 파란 물감처럼 움직이지 않았다.

정식은 잠시 자신이 목을 조르면 만수 씨가 저항할 수 있을 런지 가늠해 보았다. 전혀 저항 따위는 없을 것 같았다. 그러면 기회는 지금이다. 정식은 그동안 아버지에게 쌓였던 감정이 내부 깊은 곳에서 활화산처럼 용솟음치는 것을 느꼈다. 그런 순간적인 충동을 억제하느라 애를 쓸수록 아버지의 목을 조르는 자신의 모습이 눈앞에 어른거렸다. 그런 격렬한 감정이 그를 점령한 순간 몸을 부르르 떨었는데 그것은 찬바람 때문이 아니었다.

정식은 오히려 담요를 끌어올려 아버지의 얼굴을 가려주었다. 눈만 빼꼼히 남기고 덮어 주었는데 그 눈은 열려 있었지만 아무것도 보지 않고 있었다. 내가 미워한 것은 술에 취해 난동을 부리던 과거의 저 사람이었지 시체처럼 누워 있는 현재의 만수 씨는 아니다. 이런 생각이 들자 이내 평정심이 찾아왔고 이제는 반대로 지금처럼 존재감이 없는 무기력한 아버지를 보며 측은한 감정이 들었다.

정식은 이번에는 다른 생각을 했다. 카뮈의 소설《이방인》에 나오는 뫼르소에 대해서 말이다. 그는 어머니가 죽었다는 소식을 듣고도 아무런 감정의 동요를 느끼지 못했다. 어머니의 장례식에 간다는 것이 그저 직장에 출근하는 것처럼 일상적인 행사로 여겨졌다. 귀찮지만 어쩔 수 없이 치러야 하는 그런 행사 말이다. 그랬기에 장례식을 치르고 나서도 태연하게 연애도 하고 싸움질도 벌였다. 나중에는 사람을 죽여 놓고 태양 때문에 어쩔 수 없었노라고 변명하다가 결국 사형 언도를 받는다. 아마 그는 그 자신의 죽음도 현실로 받아들일 준비가 되어 있지 않았을 것이다.

정식은 아마도 그것이 뫼르소와 자신의 차이점일 것이라고 판단했다. 자신은 젊은 시절을 온통 죽음의 그림자에서 벗어나지 못하고 살았는데 뫼르소는 한 번도 그런 생각을 한 적이 없었다. 따라서 정말로 절망에 이른 자는 뫼르소이지 자신이 아니라는 판단을 했다. 그래서 구원받을 수도 있다는 자각이 들었다. 그런 판단 후에 정식은 아버지와의 대화를 시도했다.

"도대체 왜 그러셨어요?"

언제 무엇을 어떻게 했는지 구체적으로 밝히지도 않고 뜬금없이 정식이 물어보았다. 그러나 입마개로 입이 막힌 만수 씨는 아무 말도 할 수 없었다.

"왜 그래야 했느냐구요?"

정식이 재차 이렇게 말하자 허공에서 뭔가 소리가 들리는 것 같았다.

"하나밖에 없는 자식이 원수처럼 보였나요? 왜 그렇게 때리셨어요?"

바로 그때 알아들을 수 있는 응답이 왔다.

"나도 왜 그랬는지 몰라. 그렇지만 나도 그럴 수밖에 없었단다."

"내가 그동안 얼마나 비참하게 살아왔는지 아세요? 그 원인이 모두 당신 때문이라는 것을 아세요?"

"나는 너를 미워할 수밖에 없었단다. 너는 또 하나의 나였으니까."

"그래서 나를 죽음의 골짜기로 밀어 넣었나요?"

"나도 한때 죽기를 간절히 원했지만 아직도 이렇게 살아 있구나."

"이제 아버지는 죽을래야 죽을 수도 없어요."

"그래. 맞아. 내 마음대로 죽지도 못하지. 죽을 수 있는 자유를 가진 네가 부럽구나."

"어릴 때 당신은 나에게 귀신이나 악마보다 더 무서운 존재였어요."

"나는 나 자신을 정말 미워했단다. 그래서 나를 빼다 박은 듯한 너를 보면 정말 참을 수가 없었어. 그래도 너를 따스하게 안아 준 적도 있었어."

"그럴 때 더 무서웠어요. 언제 돌변할지 모르니까요."

"그래, 지금 생각해 보니 내가 살기 위해 그랬던 것 같다. 그렇지 않았더라면 나는 벌써 죽었을 거야."

"자신이 살기 위해 처와 자식을 그렇게 학대하다니 비겁한 변명입니다."

"그것이 바로 네 운명인 것을 어쩌겠니. 그것은 피할 수 없는 너의 숙명인 거야."

"아버지는 정신병자였어요."

"그래. 월남에 다녀온 뒤로 나도 나 자신을 잃어 버렸단다."

"그 전쟁은 비단 아버지만 겪은 게 아니잖아요."

"어떤 사람은 쉽게 잊지만 영원히 잊지 못하는 사람도 있는 법이다."

"왜 아버지만 그런 트라우마에 시달리는 거예요?"

"사람들은 서로 죽이기 위해 온갖 명분과 핑계를 발명했지. 자유, 평등, 민족, 해방, 혁명 등 그럴듯한 단어를 동원하여 살인을 부추겼지. 심성이 여린 사람들은 그런 속임수를 견디어 낼 인내력이 없이 태어나는 거야. 나는 그런 내가 정말 싫었단다. 나는 에이전트 오렌지를 잔뜩 뒤집어쓰고 나서야 그런 진실을 알게 되었지."

"에이전트 오렌지가 고엽제를 말하나요?"

"그래, 우리가 흔히 고엽제라고 부르는 거야. 지상의 모든 생명을 죽여 없애려는 약제라고 할 수 있지. 그 뒤로 나는 죽어 버렸어. 그 이후의 삶은 서만수의 탈을 쓴 유령이었어."

"그럼 나는 그 유령의 아들이군요. 젊은 날을 온통 죽음의 굴레에서 헤어나지 못하게 한 주범이 바로 그 유령이군요."

"너도 그 유령의 하나일 수 있어. 고엽제로 얻은 병은 대대로 유전된다고 하더라."

"왜 그때 그것을 피하지 않으셨어요?"

"우리는 그게 모기를 없애려는 살충제쯤으로 알았지. 수송기가 그 약을 뿌리면 우리는 팬티만 입고 그 밑을 뛰어다녔지. 더운 날씨에 이슬비처럼 시원하게 몸을 식혀 주었거든."

정식은 허공에서 들려오는 아버지의 변명을 더 이상 듣고 싶지 않아 귀를 막아버렸다. 그는 이 대화를 끊어 버리고 고개를 숙여 아버지를 들여다보았다. 이제 그는 눈을 지려 감은 채 힘겹게 숨을 몰아쉬고 있었다.

정식이 답답해 보이는 마스크를 벗겨 주자 만수 씨가 눈을 떴다. 두 개의 시선이 고정되어 한참 시간이 지났다. 그렇게 보아서 그런지 만수 씨의 눈가에 눈물이 비치는 것 같았다. 그것은 정식도 마찬가지여서 손수건을 꺼내 아버지의 눈가를 닦아주고 자신의 눈물도 훔쳐냈다.

정식이 고등학생이었을 때, 그의 부모는 이혼을 했다. 이혼이 성립됨과 동시에 어머니는 접근 금지 명령까지 얻어내어 따로 나가 살았다. 그리고 그 이듬해에 자식이 둘이나 있는 늙은 홀아비에게 시집을 갔다.

그 이후로 정식 부자와는 완전히 남이 되어 소식이 끊겨 버렸다. 거기다 훌쩍 커버린 아들은 더 이상 만수 씨의 만만한 화풀이 대상이 되어주지 않았다. 그때쯤 만수 씨는 알코올성 치매를 앓으며 병원을 들락날락하게 되었다. 아마 희생물이 될 가족이 남아 있었더라면 저렇게 폐인이 되지 않을 수도 있었을 것이다. 그의 고통을 전가할 대상을 잃어버리자 저렇게 맥없이 쓰러져 버린 것이다. 참전 용사라 하여 막대한 병원비가 국고에서 지출되었다는 것이 정식을 살려준 유일한 행운이었다.

정식이 다시 마스크를 씌워주려고 하자 만수 씨의 목에서 무엇인가 신음 소리 같은 것이 들려왔다. 정식이 그의 입에 귀를 대고 무슨 소리인지 확인해 보았다. 만수 씨는 '아이, 추워'라는 소리를 반복하고 있었다. 들릴락 말락 하는 그 소리를 정식은 마스크를 씌워 막아 버렸다. 그러자 다시 허공에서 소리가 울려왔다.

"정식아."

"네. 아버지."

"나에게 복수하려고 칼을 갈았지?"

"맞아요. 내가 어른이 되면 복수하겠다고 맹세했어요."

"지금이 바로 그 기회다. 아까 상상했던 대로 해라."

"그게 무슨 말이에요?"

"모포로 내 얼굴을 눌러 질식시키려고 하지 않았어?"

"그것은 상상이지 현실이 아니에요."

"니체가 말했지. 위버멘쉬는 상상을 현실로 실현하는 인간이라고."

"나는 위버멘쉬가 아니에요."

"누구나 위버멘쉬가 될 수 있어. 지금이 바로 그 기회야."

"그럴 수 없어요."

"그렇게 해야만 해."

이렇게 한참 실갱이를 하다가 정식이 자리에서 일어나 휠체어 앞에 마주 섰다. 만수 씨는 조용히 눈을 감고 있었지만 그 속에서 이렇게 간절한 염원이 아우성이 되어 정식의 귀로 쏟아져 들어왔다. 정식은 무릎을 꿇고 아버지에게 다가가며 이렇게 외쳤다.

"그런 아버지를 가진 것은 나의 운명이에요. 나는 나의 운명을 받아들이고 그것을 사랑할 수밖에 없어요."

바로 그때 맑은 하늘에서 천둥소리가 들려왔고 번개가 내리쳐 그의 몸을 관통했다. 정식의 몸이 반쪽으로 쪼개지듯이 강렬한 통증이 느껴졌고, 자기에게 주어진 운명을 있는 그대로 받아들일 뿐만 아니라 그것을 사랑할 수밖에 없다는 명징한 인식이 그의 뇌리에 내려 꽂혔다.

니체가 정신병원에 입원하기 직전에 겪었던 경험이 정식에게 찾아온 것이다. 니체는 길가에 쓰러져 죽어가는 말을 부둥켜안고 통곡을 했는데, 그 말이 바로 그의 운명을 상징하는 대상이었다. 미치기 직전에 이렇게 운명과 화해함으로써 그가 상상했던 위버멘쉬가 되려고 했다.

정식도 마찬가지다. 그의 눈앞에는 그에게 생명을 전해준 초라

한 늙은이가 죽어가고 있다. 그는 너의 운명이다. 어떻게 그를 사랑하지 않을 수 있단 말인가. 그가 이제 막 지옥에서 걸어 나온 악마라 해도 너는 그를 사랑해야 한다.

이런 각성이 벼락처럼 그의 심장을 관통하면서 정식은 아버지를 와락 껴안았다. 아버지하고 부르짖으며 뼈만 남은 만수 씨의 몸이 으스러지도록 끌어안았다. 이렇게 정식은 운명과 화해를 했다. 그러자 참았던 눈물이 폭포수처럼 쏟아졌고 그 눈물이 만수 씨의 몸을 덮고 있는 모포를 적셨다. 그렇게 한참 동안 정식은 그토록 미워했던 아버지를 껴안고 있었다. 그 순간 평생 동안 품어왔던 증오심이 일시에 증발해 버리는 것을 몸으로 느낄 수 있었다.

정식은 이때 분명히 알았다. 자신은 뫼르소가 될 수 없다는 것을. 아버지와 연결된 그 운명의 끈을 자를 수 있는 톱이나 도끼 같은 연장은 이 세상에 없다는 사실을.

이렇게 아버지를 포옹한 채 얼마나 시간이 흘렀을까. 정식의 몸을 관통하던 전류가 서서히 잦아들었다. 그러자 만수 씨의 가냘픈 목소리가 들려왔다.

정식이 마스크를 벗기자 '아이 추워'라는 말이 반복되었는데 그 말이 '나도 너를 사랑했다'라는 말로 바뀌어 들려왔다. 그러면서 만수 씨도 울고 있는 것처럼 보였다. 정식은 눈물로 얼룩진 그의 얼굴을 닦아주고는 휠체어를 밀고 자리를 떴다. 그리고는 하늘에 대고 외쳤다.

"서만수 씨는 무죄입니다. 그에게 죄가 있다면 하나밖에 없는 아들을 사랑했다는 것입니다."

그러면서 한강을 내려다보았는데 멈추어 있던 물길이 서서히 흘러내리는 것을 볼 수 있었다.

제4부

천지불인

"선서. 본인은 오늘부터 서정식이란 이름을 버리고 정민성으로 살아갈 것을 약속합니다."

얼떨결에 정식도 큰 소리로 복창했다.

"선서. 나는 오늘부터 정민성이 될 것을 선서합니다."

"그럼 이제 우리의 계약은 체결되었어. 구두 계약도 법적으로 유효한 거야."

"증거가 없는 데도 유효한가요?"

"그래서 내가 여기 녹음 버튼을 눌러 놓았지."

/ 천지불인 /

1

진우는 정식과 헤어진 이후 길거리캐스팅 작업을 거두었다. 영화 〈그리스인 조르바〉에는 안소니 퀸이, 〈아비정전〉에서는 장국영이 가장 적합한 배우라면 이번 프로젝트에서는 서정식만큼 알맞는 인물을 찾아내기란 불가능하다고 생각했다.

그럼에도 불구하고 진우는 정식에게 먼저 연락을 취하지는 않았다. 공연히 이쪽에서 서두르는 듯한 인상을 줄 필요가 없었다. 그냥 무작정 기다려 보기로 했다. 그가 감독을 맡으려 했던 영화가 자빠진 것도 자신이 너무 서두르다 넘어진 것이라는 판단을 했기 때문이다. 가장 확실한 일도 기다릴 줄 아는 끈기가 없으면 이루어지지 않는 법이다. 이것이 그가 영화판에서 배운 유일한 교훈이었다.

그로부터 전화가 오기를 기다리는 동안 그 초조함을 메우기 위해 한동안 쉬고 있던 춤 배우기에 정성을 쏟았다. 이렇게 며칠 동안 열심히 했더니 선생의 발등을 밟는 횟수가 현저히 줄어들었다. 그뿐만 아니라 춤을 리드하는 부원장이 땀을 닦는 횟수도 줄어들었다.

"그렇죠. 조금 더 힘을 빼고 부드럽게. 바로 그거에요."

이런 칭찬을 들을 때마다 진우는 온몸의 근육을 이완시켜 그의 몸을 아예 그녀의 손에 맡겨 버렸다.

"아주 잘했어요. 모든 운동이 기초는 이렇게 힘을 빼는 데서 출발하는 거예요."

부원장이 귓등에 이렇게 속삭이면 온몸의 세포에서 핵이 빠져나간 듯이 나긋나긋하게 부드러워 졌다. 딱 한 군데 몸의 중심부에 있는 부분만 빼고. 그녀의 몸에서 풍기는 그 야릇한 채취가 그 부분이 유연해지도록 도와주지 않는 근본적 원인이었다.

특히 스핀이라는 기술을 배우면서 그런 증세가 더욱 심해졌다. 이것은 남자가 한 발을 여자의 가랑이 사이에 집어넣고 빙글빙글 돌리는 기술인데 춤이 서툴다 보니 서로의 하복부가 잠깐씩 밀착되는 경우가 있었다. 그러면 그 부분이 벌떡 기상하여 진우를 민망하게 만들어 놓는 것이다. 그럴 때는 명희도 눈치를 챘는지 그만 쉬자고 제의했다. 그러면 진우는 얼른 화장실로 직행하여 죄수를 꺼내놓고 손가락으로 튕기며 벌을 주었다. 그런데 녀석은 아프다는 기색도 없이 자기가 주인을 잘못 만나 재미없이 산다고 하소연했다. 친구들 말에 의하면 마누라가 욕실에서 샤워만 해도 겁

이 덜컥 나는 나이라는데 참 별일이었다.

진우가 이렇게 열심히 춤을 배우는 동안에도 원장인 영준은 뭐가 그렇게 바쁜지 춤방에는 코빼기만 살짝 내미는 척하다가 이내 어디론가 사라졌다.

이처럼 원장이 학원에 무관심한 탓인지 원생이 이제는 진우를 포함해 세 명 밖에 남지 않았다. 그런데도 영준은 나 몰라라 하고 천하태평이었다. 부원장만 혼자 속으로 끌탕하는 꼬락서니였다. 허기야 수백억의 꿈을 꾸는 사람에게 이깟 학원의 운영비쯤이야 발가락의 때만큼도 여겨지지 않을 것이다. 일이 성사되면 춤방이 세 든 건물 몇 채쯤은 사고도 남을 터이니까.

진우는 전화기를 손에서 놓을 수가 없었다. 언제 그 장국영을 닮은 친구가 전화를 줄 지 알 수 없었기 때문이다. 더구나 춤방이 음악으로 시끄러워서 벨 소리가 들리지 않을까봐 진동으로 해 놓고 목에 걸고 다녔다. 춤을 배울 때 좀 걸리적거리기는 했지만 꼭 받아야 할 전화가 있다고 명희에게 양해를 구했다.

이렇게 시간이 흐르면서 진우는 차차 조바심을 느꼈다. 먼저 전화를 넣으려고 몇 번씩 전화기 숫자판을 어루만지다가 그만두고는 했다. 교습이 끝나고 차 한 잔을 나누면서도 핸드폰만 들여다보니 명희가 물었다.

“누구한테서 올 전화를 기다리십니까? 여자분이에요?”

"아니, 남자에요."

"이렇게 전화를 기다려 주는 사람이 있으니 그분은 행복하겠네요. 영화의 주인공인 모양이죠?"

진우가 길거리캐스팅에 나섰다는 것을 얘기를 들어서 알고 있는 명희가 물었다.

"네. 장국영을 꼭 닮은 친구를 하나 찾아냈어요."

"어머, 그래요. 나도 꼭 한 번 보고 싶네요."

이어서 영화 얘기가 나오면 거짓말을 늘어놓을 수밖에 없을 것 같아 진우가 얼른 화제를 돌렸다.

"원장님은 무슨 일로 그렇게 바쁘신가요?"

이 여자가 영준이 무슨 일을 하는지 모르는 것을 잘 알면서도 능청을 떨었다. 그러자 명희는 '아이 돈 노우'라는 영어로 답하며 고개를 가로저었다. 그리고는 의미심장한 말을 한마디 덧붙였다.

"우리는 서로 자유인으로 남기로 했걸랑요. 그 양반이나 나나 무슨 일을 하든 묻지도 따지지도 않기로 했어요. 그러다 보니 내가 하는 일은 원장님이 잘 알지만 나는 그가 하는 일을 하나도 모르게 되더라구요."

명희가 쓸쓸하게 웃으며 말했다.

그녀가 다른 수강생을 교습하는 동안 진우는 그녀의 말을 분석해 보려 했다. 서로 자유롭다는 것은 부부가 아니라는 얘기이고,

또 아무런 관계가 없는 사이라면 이런 식으로 말하지는 않을 것이다. 선규의 말대로라면 내연관계인 것만은 분명해 보이는데 남들 앞에서는 애써 서로 타인인 것처럼 행동했다. 만약 진우가 명희에게 구애작전을 펼친다면 어떤 일이 벌어지게 될까. 이런 생각만 해도 머리가 지끈지끈 아팠다.

바로 그때 목에 걸고 있던 핸드폰이 부르르 몸을 떨었다. 진우는 발신인을 확인하고 만면에 웃음을 지었다. 거기에는 발신인이 장국영이라고 찍혀 있었다. 진우가 목이 빠지게 기다리던 바로 그 전화였다. 그런데도 진우는 멈칫하고 전화를 받지 않았다. 그리고 전화가 저절로 끊어질 때까지 기다렸다. 상대방이 조바심을 내도록 유도할 참이었다. 참는 자에게 복이 있나니라고 중얼거리며 전화기만 만지작거렸다.

이렇게 전화기와 실갱이를 하고 있는 참에 영준이 유령처럼 슬그머니 춤방으로 들어섰다. 소파에 앉아 있는 진우에게 손을 들어 하는 척을 하고는 교습중인 부원장에게 갔다. 그들은 창가에 있는 구석 자리에 가서 무슨 얘기를 한참 나누었는데, 시끄러운 음악 소리 때문에 무슨 소리인지 알아들을 수 없었다. 대화를 나누는 두 자유인에게 뛰어들어 나도 자유인 클럽에 들어가고 싶다고 말하면 저들이 어떤 반응을 보일까 하고 진우는 상상해 보았는데 여전히 머리가 아팠다.

명희와의 대화가 끝나자 영준이 진우에게 다가왔다.

"그 친구한테서 아직 소식이 없습니까?"

자세하게 얘기하지는 않았지만 적당한 배우 하나를 찾아냈다고 얘기한 바 있는데 아마 영준도 그의 전화가 궁금했던 모양이다.

"전화가 왔는데 교습 중이라 받지 못했습니다. 급하면 제가 다시 전화하겠죠."

진우가 별 관심이 없다는 듯이 말하자 영준은 고개를 까딱해 보이고는 또 밖으로 사라졌다. 밖에서 무슨 일을 벌이는지 알 수가 없었지만 너무 밖으로 나돌아서 그런지 얼굴이 수척해 보였다.

영준이 나가자마자 곧 이어 장국영이라는 이름으로 또 전화가 왔다. 진우는 얼른 시끄러운 실내를 벗어나 복도로 나섰다.

"안녕하세요. 강남 교보문고에서 뵈었던 서정식입니다."

"아, 장국영 닮은 분이시구나. 물론 기억하지."

옳다구나 땡이로구나 하고 덩실덩실 춤이라도 추고 싶은 감정을 숨기기 위해 진우의 목소리는 더욱 차분해졌다.

"그때 말씀하신 영화 얘기는 여전히 유효한가요?"

"물론이지. 당신을 찾아내고는 더 이상 돌아다니지 않고 기다리고 있었소."

진우는 숨겨 놓았던 진심을 털어놓았다. 그리고는 존대를 쓸까 반말을 할까 망설이다가 계속 하대를 하기로 했다. 그게 더 금방 친해질 수 있는 말투였으니까.

"그럼 제가 한번 찾아뵙도록 하겠습니다."

“그렇게 하지. 그런데 오늘은 내가 좀 바빠서…….”

“그러신 것 같아요. 아까도 전화를 드렸는데 안 받으시더라구요.”

“응. 참 그때는 중요한 손님을 접대중이라서…….”

“그럼, 내일은 시간이 있으세요?”

“가만있자, 내일이라. 만사 제치고 우리 주인공을 만나야 하겠지.”

“그렇다면 내일 오후에 찾아뵙겠습니다.”

“여기를 어떻게 찾아오려구?”

“저번에 한번 오라고 하시면서 약도까지 그려 주셨어요. 여기 있네요. 성공다방이라고.”

“그랬던가? 그래, 그럼 내일 봅시다.”

이렇게 전화 통화가 끝나자 진우는 명희에게 간다는 소리도 하지 않고 성공다방으로 잽싸게 날아갔다.

다방으로 내려가니 예상하던 대로 영준이 제자리를 지키고 있었다. 포옹이라도 하고 있었던지 영준의 옆자리에 바싹 붙어 있던 마담이 놀라는 눈치로 떨어져 앉았다. 저 여자와 영준은 어떤 사이일까. 자유인으로 남기로 했다는 명희의 말이 문득 떠올랐다. 그 말은 바람을 피우더라도 서로 모른 척한다는 뜻이 아닐까.

“여기 계실 줄 알았습니다.”

“참 그 친구한테서 연락이 왔나요?”

“네. 그 소식을 전하러 왔습니다. 내일 여기서 만나기로 했습니다.”

진우가 손가락으로 땅을 가리키며 말했다.

“잘됐군요. 이젠 송 감독의 역할에 따라 우리 계획의 성패가 결정되겠군요.”

그 말은 맞았다. 이제부터 이 프로젝트의 방향타는 진우의 손에 쥐어졌다. 그가 어떤 배우를 써서 어떻게 연기하도록 가르치는가에 따라 돈벼락을 맞는가 아니면 철창에 갇히는가가 결정되는 것이다. 그러려면 먼저 정식이 이 사기극에 가담할 수 있도록 설득하는 절차가 필요하다.

이번에는 〈차라투스트라의 사랑〉처럼 중간에서 자빠지게 할 수 없다. 진우는 어떻게 하면 정식이 이 배역을 거절하지 않고 참여하게 만들 수 있을까 고심하지 않을 수 없었다. 만약 그가 이 배역을 거절한다면 다시 로또복권이나 사서 당첨되기를 바라며 살아가게 되리라.

그러나 일단 첫 단추는 잘 꿰어진 셈이다. 그가 제 발로 찾아온다고 했으니. 이 역할을 맡기는데 서정식처럼 알맞은 인물을 찾아내기란 쉬운 일이 아니었다. 그런데 문제는 그가 소설가라 하여 되먹지 못한 엘리트 의식에 젖어 있다면 단칼에 진우의 제의를 거절할 수도 있다는 것이었다. 그러면 어디 가서 이만한 대역 배우를 찾지 못할 것이다. 일이 그렇게 틀어지면 만사가 도로아미타불이 되어 버리고 말 것이다.

“그럼 내일 나도 이리로 나와야 되겠군요.”

매일 이 다방에서 살다시피 하는 사람이 이런 말을 하니 좀 어색하게 들렸다.

"좀 늦게 나오시죠. 내가 먼저 뜸을 들여 놓아야 하니까. 우리가 3시에 만나기로 했으니 5시쯤 오세요."

여기까지 가만히 얘기를 듣던 마담이 찻잔을 챙겨들고 슬그머니 자리를 떴다. 마치 당신들이 꾸미는 일에 관심도 없다는 듯이. 그도 그럴 것이 이 다방에는 아직도 허무맹랑한 꿈에 젖은 부동산 브로커들이 숱하게 드나들고 있으니 그럴 만도 했다.

"정민성과 닮았다니 나도 정말 보고 싶네요."

"홍콩의 영화배우 장국영과도 닮았어요."

"맞아. 정민성 그 친구가 잘생기기는 했죠."

"원장님 인물도 거기에 뒤지지 않아요."

이렇게 속에도 없는 말을 툭 던지자 그가 손사래를 쳤다. 리처드 기어에게 레오나르도 디카프리오를 닮았다고 한다면 아마 이런 동작을 취했으리라.

"인상이 좋다는 말은 여러 번 들었지만 미남이라는 말은 오늘 감독님한테 처음 듣네요."

"그 말이 그 말 아닐까요?"

"그게 아니죠. 미남이 되려면 부모를 잘 만나면 되지만 좋은 인상을 주는 얼굴을 가지려면 후천적 노력이 필요하죠. 중년의 나이에 이르면 스스로 자신의 얼굴에 책임을 져야 한다는 말이 있지 않습니까."

그는 자기가 좋은 인상을 주기 위해 후천적으로 노력을 많이 한 사람인 것처럼 얘기했다. 허기야 저렇게 도사 같은 얼굴에 감칠맛 나는 부드러운 목소리를 가진 사람이 사기꾼이라면 아무도 믿지 않을 것이다.

선규의 말에 의하면 영준은 30대 후반에 무슨 죄를 지어서 몇 년 동안 산속에 숨어 살았다고 했다. 무슨 절인지 암자인지에 숨어서 신분을 감추고 스님 행세를 했다고 하는데 거기서 그는《불경》을 읽기보다 노자나 장자의 도가 사상을 공부하다가 나왔다고 했다.

그의 말에 의하면 깡패가 입산수도하여 도사가 되어 내려 왔다고 했다. 그런데 그런 도사라는 사람이 춤선생이 되고 사기꾼이 되었다니 그것은 납득하기 어려웠다. 그래도 조금 이해가 되는 것은 이 자본주의 사회에서 돈벼락을 맞을 일이 있다면 노자나 장자도 무덤에서 벌떡 일어나 거기에 한몫 끼어 달라고 애걸복걸하며 매달릴 수도 있을 것이라는 사실이다.

두 사람의 대화가 멈추는 것 같자 마담이 쌍화차 두 잔을 날라 왔다. 한약 냄새가 풍기는 쌍화차에는 계란의 노른자가 둥둥 떠 있었다.

"어. 우리 이렇게 비싼 거 주문하지 않았는데."

영준이 이렇게 정색을 하자 마담이 특별 서비스라고 애교를 떨면서 영준의 옆자리에 도로 앉았다.

그들은 진우를 무시하고 오 회장이라는 사람의 안부에 대해 얘기를 나누었다. 그 사람의 부인이 병원에 입원했는데 오래 가지 못하고 영안실로 퇴원할 것 같다고 영준이 말했다. 마담이 일생 동안 속 썩이는 남편 때문에 그리 되었다고 하자 영준은 거기에 동의하지 않았다. 자기 인생은 자기가 책임지는 것이지 그것을 다른 사람의 책임으로 전가하는 것은 옳지 못한 일이라 했다.

그 말을 들으니 진우 귀에는 아까 명희가 말했던 '자유인'이라는 말이 다시 되새겨졌다. 자유인은 자신의 죽음에도 스스로 책임을 져야 한다는 말이 그럴듯하게 들렸다. 병원에서 영안실로 퇴원한다는 말과 함께. 이제 나이 60이 넘었으니 그 정도로 적당히 아프다가 가는 것도 복이라고 영준이 말하자, 그 말이 마음에 안 들었던지 마담이 대꾸도 안 하고 또 자리에서 일어났다.

진우는 그 오 회장이라는 사람을 본 적이 없지만 영준으로 부터 여러 번 얘기를 들어서 이제는 대충 얼굴의 윤곽까지 잡히는 인물이었다. 이번 프로젝트의 또 다른 기획자라는 오 회장은 땅을 살 사람을 관리하고 있다고 했다. 어떤 거래에서든 돈을 가진 놈이 주도권을 쥐게 마련이어서 물건을 팔아야 하는 우리는 갑의 입장이 아니라 을의 처지에서 일을 해야 한다고도 했다.

그 오 회장이란 인물도 이 다방의 단골손님이었는데 망해서 껍데기만 남은 건설회사를 인수했다가 분당과 일산에 아파트 붐이 일어나는 바람에 떼돈을 번 입지전적인 인물이라 했다.

그랬다가 다시 회사가 부도나게 생겨 이번에는 거꾸로 껍데기뿐인 회사를 비싼 값에 넘기려는 작전을 꾸미고 있다 한다. 거기에 자기와 진우가 숟가락 하나를 얹어놓은 꼴이라고 설명했는데 오 회장이라는 인물에 대해 소개할 때마다 영준은 존경의 눈빛으로 얘기했다. 그래서 진우는 그 오 회장이라는 인물이 어떤 사람인지 더욱 호기심을 가지게 되었다. 자기가 모시고 있는 교주가 신처럼 떠받드는 또 다른 인물이 있다니 정말 그가 어떤 사람인지 궁금하지 않을 수 없었다.

이후 그들의 화제는 자연히 서정식이라는 인물로 돌아갔다.

"소설을 쓴다고 했죠?"

"자기 말로는 그렇게 얘기하더군요."

"요즘도 글 나부랭이 써서 먹고살 수 있나요?"

"그래서 부업으로 학원에서 영어를 가르친다고 했어요."

"그럼 그렇지. 요즘은 전부 핸드폰이나 컴퓨터를 들여다보는 세상인데 누가 책을 읽겠어요?"

"그래도 서점에 가보니 책을 읽는 사람도 있더라구요."

"참 신기하게도 내 주위에 예술가들이 모여드네요. 그것은 참 바람직한 현상이죠. 예술가들은 창의적 발상을 할 줄 아는 사람들이니까."

"그보다 원장님이야말로 진정한 예술가라고 할 수 있죠. 춤이야말로 가장 원초적인 예술 아닙니까?"

"그런가요? 고맙습니다. 이번 우리의 사업에서는 예술가들의 천재적인 두뇌가 빛을 낼 것입니다. 그들이야말로 세상에 없던 것을 새로 만들어 내는 능력을 가졌으니까요. 아무도 가지 않은 길을 간다는 점에서 우리의 사업은 예술가들에게 딱 알맞는 일이죠."

영준은 서정식이라는 소설가가 이 사업에 동참하기로 약속이라도 한 듯이 떠벌였다.

"그런데 예술가란 사람들은 이따금 평범한 사람들이 이해하지 못할 행동을 하기도 합니다. 우리가 사실을 털어놓으면 자리를 박차고 일어설 수도 있어요. 이 친구는 지금 자기가 영화에 출연하는 줄 알아요."

"제가 보기에는 소설가라면 남다른 호기심이 강할 것 같은데, 그렇지 않을까요?"

"글쎄요. 그것은 각자 취향에 따라 다르겠죠."

자기의 의견에 동조하지 않는 진우를 영준은 다음과 같은 이론으로 설득하려 했다. 소설이라는 게 원래 그럴듯한 거짓말을 꾸며내는 것인데 바로 그런 점에서 자기의 프로젝트는 소설과 동일한 성격을 지닌다는 것이다. 즉 자기가 하는 일이 소설을 쓰는 일과 흡사한데 소설이 말로 하는 것이라면 자기는 몸으로 구현하는 것이 다를 뿐이라는 것이다.

따라서 진정한 소설가라면 자기가 기획하는 프로젝트에 흥미를 가질 수밖에 없다는 것이 그의 논리였다. 그리고 이어서 그 친구가 돈푼깨나 있어 보이느냐고 물었다. 무척 궁핍해 보였다고 대답하자 영준은 무릎을 쳤다.

"자본주의 사회에서 유일한 진실은 돈입니다. 우리는 그 유일한 진실을 찾기 위해 몸부림치는 거예요. 즉 우리의 몸짓은 이 시대의 가장 아름다운 예술행위라고 볼 수 있어요."

영준의 이런 마지막 언급은 나름대로 설득력이 있었다. 조금 전에 진우도 똑같은 생각을 했었다. 돈벼락을 맞을 일이라면 노자나 장자도 거부하지 않았을 거라고.

두 사람은 다방에서 나와 근처에 있는 맥줏집으로 가서 한잔하기로 했다. 영준이 예전에는 위스키나 소주처럼 알코올 도수가 높아야 술인 줄 알았는데 나이가 드니 맥주도 술로 여겨지더라고 하면서 진우를 이끌었다. 거기에 진우가 진정한 술꾼은 청탁을 가리지 않는 법이라며 따라나섰다.

영준은 대화를 나눌 때마다 말도 안 되는 논리를 동원하여 진우를 설득했는데, 진우는 여우에 홀린 듯이 그의 말솜씨에 놀아났다. 이번에도 그랬다. 자본주의 사회에서 돈이야말로 절대적 우상이라는 데는 동의했다. 그것을 차지하기 위해 수단 방법을 가리지 않는 것도 위대한 예술 행위라고 했는데 거기에 반박하지도 못했다.

이처럼 교주의 말은 신도에게 권위가 있었다. 절대적 가치를 추구할 때 상대적 가치인 법이나 제도는 무시해도 된다는 논법이었다. 그는 헤겔의 변증법을 강의하듯 그의 이론을 설파했는데, 진우는 아무런 이의도 제기하지 못했다.

맥주잔을 앞에 놓고 영준이 이번에는 동양철학을 강의했다. 그는 종업원에게 메모지와 볼펜을 가져오게 한 뒤 天地不仁(천지불인)이라고 한자로 쓴 다음 한바탕 연설을 했다.

옛 성인들은 우주에 일정한 질서가 있다는 것을 믿지 않았다. 지구가 태양을 돌고 태양계가 은하계를 떠도는 것도 일시적인 현상이지 언젠가는 우주 본래의 상태인 카오스로 돌아갈 것이라 했다. 즉 혼돈과 무질서야말로 우주의 본질이요 인간의 속성이라고 했다.

그런데 거기에 영혼이니 이데아니 하면서 절대적 가치를 조작하는 행위는 자신의 권력과 재산을 지키려는 기득권자들의 농간에 불과하다. 이것을 간파한 마르크스가 혁명을 통해 모순을 극복하는 방안을 제시했지만 그 실험은 실패로 끝날 수밖에 없었다. 우주의 본질이 카오스라는 진리를 망각했기 때문이다.

따라서 이 세상에 법과 질서가 있어야 한다고 믿는 바보들에게 그것이 얼마나 무가치한 것인가를 알려줄 필요가 있다. 이처럼 주체적인 인간은 기존의 법과 제도를 뛰어넘어 자기 스스로 가치를 창출할 줄 알아야 한다. 이번에 자신이 벌이는 일이 그런 시도의 일환이라는 것이다.

이처럼 이 우주의 속성이 카오스라는 것을 인정한다면 주체적인 인간이 벌이는 모든 행위는 정당성을 확보한다. 즉 자연은 생명의 움직임에만 관심이 있을 뿐 그 움직임의 의도가 선인지 악인지 구분하지 않는다는 것이다. 그것이 〈天地不仁〉의 뜻이라고 길게 설명했다.

영준은 다음과 같은 비유로 길고 긴 강의를 마감했다. 물고기가 물을 찾는 것은 자연의 섭리이다. 물고기가 살기 위해 흙탕물에 뛰어드는 것은 죄가 아니다. 만약 그 물고기가 깨끗한 물이 아니라고 해서 흙탕물에 뛰어들지 않는 것은 자연의 섭리에서 벗어나는 것이라 했다.

영준의 말을 요약하면 그가 벌이는 일이 결코 죄가 되지 않는다는 말 같았는데 진우는 속으로 딴생각을 하고 있었다. 귀로는 교주의 설교를 들으면서도 진우의 시야에는 〈스팅〉이라는 영화의 필름이 돌아가고 있었다. 애송이 사기꾼 로버트 레드포드를 노련한 선배인 폴 뉴먼이 한 수 가르치는 장면이었다. 아마추어 사기꾼인 레드포드가 진정한 프로로 변신하는 과정이었다. 그처럼 진우도 변해가고 있었다.

그날 밤 진우는 이상한 꿈을 꾸었다. 행선지도 알 수 없는 버스를 타고 가다가 갑자기 배가 아파 소리를 지르고 버스를 세웠다. 그리고는 어느 가정집 화장실로 뛰어 들어갔다. 창자를 가득 채우던 똥을 쏟아내고 나니 그 배설물들이 꿈틀거리며 일어서서 사람의 형상을 하고 나타났다. 그 사람이 바로 박영준이었다. 다음 날 진우는 주머니를 다 털어 50,000원어치 복권을 샀다. 두 개의 번호가 5등에 당첨되어 나중에 만 원을 챙겼다. 개꿈이었다.

2

다음 날 교습을 끝내고 시간에 맞추어 다방으로 내려가니 정식이 이미 가운데 자리에 앉아 있었다. 진우의 손에는 서류가방이 쥐어져 있었는데, 정식은 거기에 시나리오가 들어 있을 것이라고 추측했다.

"이 구석까지 찾아오느라 고생이 많았어."

"아니, 이제 막 온걸요."

두 사람은 마치 오랜 친구나 되듯이 반갑게 손을 잡았다. 마담이 오더니 커피 주문을 받으면서 진우는 거들떠보지도 않고 정식에게만 시선을 꽂았다.

허기야 이 다방에서는 이렇게 신선한 젊은 얼굴이 신기해 보일 만도 했다. 매일 후줄근한 영감들만 보다가 장국영 닮은 젊은이를 보게 되었으니. 정식은 아메리카노를, 진우는 믹스 커피를 주문했는데 마담은 탁자를 치우는 척하면서 정식을 뚫어질 듯이 살폈다.

"시나리오 작업은 다 끝내셨나요?"

"글쎄. 거기에 좀 문제가 있어. 이미 완성된 시나리오라도 주인공에 맞추어 손볼 수도 있고 해서."

"저를 본지 벌써 여러 날 지났잖아요."

"그렇지만 출연하겠다고 확답은 하지 않았지."

"아, 그렇군요."

"커피 좀 빨리 안 될까요?"

옆에서 얘기를 듣고 있는 마담이 신경 쓰여 진우가 재촉하자 못 이긴 듯이 여인이 자리를 떴다. 겉으로는 영화 얘기를 하고 있지만 속으로는 사기 행각을 벌이고 있다는 사실을 저 여인은 알고 있을 런지도 모른다고 진우는 생각했다. 여기가 원래 그런 사람들이 모이는 장소이니까.

"완성되지 않은 시나리오라도 보여 줄 수 없나요?"

"그럼 이렇게 하지. 출연 계약을 하면 시나리오를 보여 주기로."

사실 정식이 여기까지 제 발로 찾아온 것은 이미 자신의 의사가 결정되었음을 암시하고 있었다. 그냥 귀신에 홀린 듯이 정식은 서둘러 여기까지 왔다. 요양병원에서 아버지를 만난 이후 그를 돌봐 주어야 한다는 의무감이 생기면서 돈벌이를 해야 한다고 결심했던 것이다.

니체와 조르바에 관심을 가지게 되면서 삶의 의욕을 되찾았다고는 하지만 그것은 관념적인 인식에 지나지 않았다. 그런데 아버지를 보고 나서 그것이 현실 문제로 대두하게 된 것이다. 즉 다른 말할 것 없이 톡 까놓고 얘기하자면 지금 당장 돈이 필요했다.

전세금을 떼이고 쫓겨났을 때만 해도 속이 뒤집어지기는 했지만 생계의 걱정은 하지 않았다. 학원에서 코흘리개들을 가르치며 최소한의 생활비는 벌었고 소액이나마 저금도 남아 있었다. 그런데 소설을 쓴답시고 학원도 때려치우고 칩거한 지 몇 달 안 되어 저금을 다 까먹게 되었다. 거기다 애써 완성한 소설은 게재를 거부당했다. 그래서 그동안 거쳐 왔던 학원들을 돌아다녔지만 빈자리가 나지 않아 백수로 지낼 수밖에 없었다. 게다가 몇 푼 남지 않은 돈을 가상화폐에 투자했는데 그것도 거덜이 났다.

이렇게 호구지책이 막연하던 차에 낯선 사나이가 다가와서 장국영 닮았다며 영화에 출연해 달라니 그런 제안을 거절할 사람은 아무도 없을 것이다. 단지 조금 께름칙한 것은 시나리오 같은 구체적 물증이 없이 말만 오가고 있다는 사실이다.

"시나리오를 먼저 보고 그다음에 출연을 결정하는 게 순서가 아닐까요?"

"아니 그게 나 혼자 결정할 문제가 아니야. 이 영화를 기획하고 총괄하는 사람의 의견도 들어야 하거든."

"제작자를 말씀하시는군요."

"바로 그거야. 그 사람이 여기로 오기로 했어. 내가 주연 배우를 뽑았다고 하니까 얼굴 한번 보자고 하더라고."

"그럼 그 사람한테도 잘 보여야 하겠네요."

정식이 정색을 하며 자세를 고쳐 앉았다.

"혹시 〈스팅〉이라는 영화를 본 적이 있나?"

"본 것 같아요. 로버트 레드포드가 나오는 영화죠?"

"맞았어. 갱단의 비자금을 네다바이하는 영화지. 그거 보고 통쾌하지 않았어?"

"기억이 가물가물 하기는 한데 경마 도박장에 가짜 FBI를 보내 돈을 털어가죠."

"그래. 그 돈이 바로 갱단의 비자금이었지. 거기서 총을 맞고 죽는 척하는 배우가 그 유명한 폴 뉴먼이야. 레드포드의 스승이지."

"지금 쓰신다는 시나리오가 그 영화와 비슷한가요?"

"그거보다 더 신나지. 부동산 사기로 부정 축재한 돈을 몽땅 가로채는 거니까."

"그런 소재로 소설을 써도 재미있겠네요."

"영화로 먼저 찍고 뒤에 소설로 나오는 경우도 간혹 있기는 하지."

이렇게 두 사람은 한 시간쯤 수다를 떨었다. 한 사람은 영화에 대해 또 다른 한 사람은 소설에 대해 얘기했다. 그러다가 두 개가 합치되는 지점을 발견했는데 그것은 진우가 영화로 찍으려 했던 〈차라투스트라의 사랑〉이라는 소설에 관한 것이었다. 그런데 정작 차라투스트라가 누구인지 진우는 알지 못했다. 정식이 진우에게 그 이름에 대해 설명했다.

"차라투스트라는 고대 페르시아에서 새로운 종교를 창설한 실제 인물이에요. 그의 종교는 지금까지 인류가 신봉해온 모든 신을 부정하는데서 출발했어요. 그래서 여호와니 알라니 하는 유일신들의 이름을 땅에 파묻어 버렸죠. 그런 사람을 니체가 자신의 영웅으로 삼은 거죠."

"그래서 발음하기도 어려운 그 제목을 바꾸기로 했지. 그 소설의 주인공이 미셸이거든. 그래서 영화 제목을 〈미셸을 기다리며〉라고 바꾸려고 했어."

"아니 제가 볼 때는 원제목이 더 좋은데요. 철학에 좀 관심이 있는 사람이라면 그 이름을 다 알거든요."

"그래. 철학에 관심이 없어서 미안하구려."

진우가 농담으로 이렇게 말했으나 정식은 웃지도 않았다.

"지금도 그 소설을 가지고 있나요?"

"그럼. 그 영화를 찍는 게 내 소원이거든."

"그러니까 한국판 〈스팅〉을 먼저 찍고, 그다음에 그 영화를 찍으실 예정이군요."

"맞았어. 이 영화를 잘 찍으면 베니스나 칸에 가서 상을 받을 수도 있을 거야."

"그런데 이번에 쓰신다는 시나리오의 제목은 뭐죠?"

"아직 정해놓지 않았어. 제작자의 의견도 들어 보고 정식 씨의 의견도 참조해서 정해야지. 제목이 흥행의 반쯤 차지한다는 것이 영화계의 정설이지. 그러니 신중할 수밖에."

여기까지 이야기를 나눌 즈음 원장 박영준이 헛기침을 하며 다방 안으로 들어섰다. 진우가 일어서자 정식도 따라 일어서서 그를 맞았다. 오늘따라 그는 개량한복을 차려 입었는데, 질끈 묶어 뒤로 넘긴 머리와 함께 어울려 이제 막 산에서 내려오는 도사 같아 보였다. 이런 영준의 모습을 보고 정식은 너무나 낯이 익어서 고개를 갸우뚱했다. 언제 저 사람을 봤더라? 그렇다. 바로 이 얼굴은 꿈에서 조르바 대신에 보았던 바로 그 얼굴이었다.

"듣던 대로 미남이군. 송 감독에게서 당신 얘기 많이 들었어. 그런데 왜 이렇게 놀라지?"

정식과 악수를 나누며 영준이 대뜸 반말로 물었다.

"어디서 많이 뵌 것 같아서요."

"그런 소리를 많이 듣는 편이지. 아마 너무나 평범하게 생겨서 그런가 봐."

"어쩌면 저의 아버지와 인상이 너무 비슷하세요."

"그래? 나도 정식 씨가 남처럼 여겨지지 않는군. 조카라도 만난 것 같아."

영준이 점쟁이가 고객을 살피는 눈길로 정식을 훑어보았다. 정식은 그 눈길에 빨려 들어가는 듯한 강렬한 인상을 받고 몸을 움츠렸다. 아버지 만수 씨가 맨정신으로 몇 번 아들을 안아준 적이 있었는데 바로 그때 저런 얼굴이었던 것 같다. 불과 몇 번 되지 않기는 했지만 그때도 정식은 공포에 벌벌 떨었던 기억이 났다.

"소설을 쓰신다고?"

"네. 이제 막 문단에 이름 석 자를 들이밀었죠."

"참 외로운 영혼이 고달픈 여행에 지쳐 있군."

영준이 느닷없이 이런 말을 했다.

"처음 보는 친구에게 그게 무슨 말이에요?"

이제껏 말이 없던 진우가 대화에 끼어들었다.

"척 보면 알지. 작은 조각배에 가련한 영혼을 싣고 폭풍에 휘말려 힘겹게 살아왔어. 그래도 침몰하지 않고 살아남은 게 신기하군."

마치 신들린 무당이 말하듯 영준이 냉정한 진단을 내렸다.

"그것을 어떻게 아셨죠?"

이번에는 정식이 되물었다.

"소설을 쓴다면서? 요즘 젊은이들이 사업을 해서 돈을 벌 생각을 하지 누가 소설을 쓰겠어? 숨 막히게 고독한 영혼을 가진 사람이나 그런 일을 하려고 덤비는 법이지."

영준이 그냥 즉흥적으로 내뱉는 말에도 정식은 감추고 있는 치부가 드러나는 것 같아 가슴이 떨려왔다. 무심한 의사가 차분한 어조로 암 선고를 내릴 때 그것을 들어야 하는 환자의 심정이랄까. 사춘기 이후 20년이 가깝도록 죽음과 씨름하며 살아왔는데 정식의 그런 내면을 아무에게도 들키지 않았다. 남들의 눈에 정식은 말없이 공부만 열심히 하는 착한 학생이었고 얌전한 청년이었다.

그것을 이렇게 정확하게 짚어낸 사람은 이 도사 같은 사람이 처음이었다. 그러면서도 이 사람만이 그 치유법을 가르쳐 줄 수 있는 것처럼 여겨졌다. 원래 진단을 내리는 사람은 치료법도 잘 아는 법이니까. 생판 모르는 사람을 만나서 단 몇 초 동안에 이렇게 복잡 미묘한 감정을 느끼게 되다니 참 신기한 일이었다.

그래도 파도에 시달리는 조각배라는 비유는 다리 없는 새보다 훨씬 낫다는 생각이 들었다. 다리 없는 새는 죽어서야 땅에 내려올 수 있지만, 아무리 작은 조각배라도 운이 좋으면 난파하거나 침몰하지 않고 항구에 입항할 수 있지 않은가.

만약 그 조각배가 항구에 안착하게 된다면 그 배는 귀항할 운명을 지녔다고 믿게 될 것이고, 영겁회귀라는 새로운 긍정 논리를 이끌어 내게 될 것이다. 그가 겪었던 모든 풍랑과 태풍 같은 부정적 가치는 마지막 귀항이라는 긍정적 가치를 실현하기 위한 전제일 뿐이다. 즉 모든 부정은 마지막 단 하나의 긍정을 위한 존재 가치가 있는 것이다. 그러기에 '네가 가진 최대한의 자유는 네 운명을 사랑하는 것이다'라는 인식에 도달하게 되는데, 그것이 바로 아모르파티(Amor Fati)이다.

정식의 사유가 이렇게 비약하는 동안 영준은 진우가 건네준 명함판 사진을 들고 정식과 사진을 번갈아 쳐다보았다. 전에 진우도 그 사진을 들고 그와 닮은 사람을 찾아다닌다고 해서 별로 어색하게 느껴지지는 않았다. 영준이 고개를 끄덕이더니 그 사진을 도로 진우에게 주었다.

"도대체 그 사람이 누구죠?"

"미국에 살고 있는 사람인데 정민성이라고 하지. 송 감독이 이 친구와 비슷한 인물을 찾느라고 전국 방방곡곡을 다 뒤지고 다녔지."

"그래서 저를 뽑은 것입니까?"

정식이 의아스러운 눈초리로 영준과 진우를 번갈아 쳐다보았다. 정식이 보기에는 사진 속의 인물이 자기와 닮은 것 같기도 하고 아닌 것 같기도 했다.

"나와 송 감독은 일종의 행위 예술을 기획하고 연출하려 하는데 거기에 필요한 배우를 찾고 있었어. 카메라로 찍는 영화가 아니라 그냥 일회용 퍼포먼스로 상대방을 속여 넘기는 행사야. 이 불합리한 자본주의 체제에 한 방 먹여주어 목돈을 챙겨 보자는 거지."

영준은 담배에 불을 붙이지 않고 필터를 질겅질겅 씹으며 말을 이어갔다. 진우는 이 영감이 허튼 말을 해서 판을 깨어 버릴까봐 가슴이 조마조마했다. 혹시라도 정식이 이 자리를 박차고 나간다면 이만한 인물을 어디 가서 다시 구할 수 없다고 생각했기 때문이다. 그런데 다행히 정식이 일어설 기미는 보이지 않았다.

"그렇다면 영화배우를 캐스팅한 게 아니라……."

"영화 같은 내용을 현실에서 실현해보자는 거야. 나와 송 감독은 이 불합리한 세상에 복수할 방법을 연구하고 있었어. 그러다 멋진 방법을 하나 찾아냈지. 부정축재로 모은 돈을 가로채기로 했어. 그리고 거기에 나설 주인공으로 정식 씨를 초대한 거야. 당신은 그 퍼포먼스에 가면을 쓰고 딱 한 번 이 사람 역할을 맡아주면 되는 거야. 그러면 수백억의 돈이 하늘에서 쏟아져 내리게 되어 있어. 꿈같은 얘기지만 이것은 소설이 아니라 현실이야. 어때? 한번 모험을 걸어볼 만한 가치가 있겠지? 일생 동안 아무리 소설을 열심히 써도 이 정도의 돈을 벌 기회는 오지 않을 거야."

수백억의 돈이 하늘에서 쏟아진다는 소리에 정식의 눈에서 반짝 빛이 나는 것을 보고 진우는 이 친구가 이 사업에 관심을 가지고 있음을 알 수 있었다.

"그러니까 지금 추진하시는 일이 영화가 아니고……."

"그냥 〈스팅〉 같은 영화를 실제로 한번 벌여보자는 얘기야."

정식이 말을 끝내기도 전에 진우가 끼어들어 영준을 거들었다. 그러자 자본주의 사회에서의 진정한 자유는 현금에서 나온다는 말로 영준이 결론을 맺었다. 이 말은 진우를 설득할 때도 써먹은 말이었다. 그는 이 말을 하면서 마치 독립운동을 모의하는 애국지사 같은 엄숙한 표정을 지었다.

"그러면 나는 무슨 역할을 하는 거죠?"

정식이 두 사람을 번갈아 쳐다보았다.

"우리가 짜놓은 시나리오에 맞추어 연기만 하면 되는 거야. 그러면 할리우드의 일류배우가 받는 개런티를 보장하지."

"그래. 이런 일은 송 감독의 전문 분야니까 이분과 상의해서 연기하면 될 거야."

여기까지 얘기가 진행되고 나서 세 사람 사이에 잠시 침묵이 자리 잡았다. 다른 말은 몰라도 자본주의 사회에서의 진정한 자유는 돈에서 나온다는 영준의 말이 정식의 귀에 쏙 들어왔다. 40년이 가깝도록 정식은 진정한 자유를 느껴본 적이 단 한 번도 없었다. 너무나 가난하게 살아왔기에 이 말이 뼈저리게 가슴을 파고들었다. 오죽하면 국립대학교의 값싼 등록금을 내지 못해 복학을 포기하지 않았던가.

정식은 이들이 짜놓은 시나리오를 검토해 보고 실현 가능성이 보이면 이 퍼포먼스에 가담하기로 했다. 그러나 억만금이 생기더라도 헛된 꿈에 지나지 않는다면 거절해야 마땅하다. 돈에 눈이 멀어 환장할 만큼 자신이 어리석다고 생각하지는 않았다.

"그러면 이제 그 시나리오를 보여주시죠."

영준이 카운터에 가서 마담과 귓속말을 나누는 사이에 정식이 진우에게 요청했다. 진우가 고개를 끄덕이고는 가지고 온 서류가방에서 한 뭉치의 서류를 꺼냈다.

그 서류를 펼치기도 전에 영준이 바쁜 일이 있어 먼저 실례하겠다고 양해를 구하며 손을 한참 동안 움켜쥐고 최면을 걸려는 사람처럼 정식의 눈동자를 들여다보았다. 그런 시선을 회피하려고 해 보았지만 정식은 피할 수가 없었다. 영준은 정식의 눈동자를 들여다보며 그가 자신을 교주로 모시는 신도가 되었는지 확인해 보려는 것 같았다. 그가 주는 강렬한 첫 인상 때문에 정식은 그가 금방 달나라에서 내려왔다고 해도 믿을 수밖에 없을 것 같았다.

그가 등을 돌리고 다방을 나갈 때까지 정식은 그의 긴 머리채에서 눈을 떼지 못했다. 그리고 그는 자신이 진정한 한국인 조르바를 만났다는 것을 의심하지 않았다. 저 사람을 통해 자신이 구원받을 수 있으리라는 막연한 예감이 들었다. 이렇게 영준은 그를 교주로 떠받드는 또 한 명의 신도를 확보하게 된 것이다.

"왜 진즉 이런 얘기를 하지 않으셨어요?"

영준이 밖으로 사라진 것을 확인하자마자 정식이 진우에게 따지듯이 물었다.

"처음부터 사실대로 얘기했다면 정식 씨가 오늘 이 자리에 나타나겠어?"

"그것은 그렇네요. 이런 일인 줄 알았으면 안 왔을 거예요."

"그렇다면 이 일에 참여하지 않겠다는 거야?"

"그러니까 시나리오를 보자는 거 아니에요?"

"좋아. 잘 보라구."

진우가 서류를 펼치자 거기에는 미국에 거주한다는 정민성에 관한 온갖 증명서와 그가 소유한 땅의 문서들이 쏟아져 나왔다.

그로부터 한 시간이 채 되기도 전에 정식은 사건의 전모를 파악할 수 있었다. 세종시 인근에 부농 한 가구가 살고 있었는데 세종시가 들어서면서 땅의 가치가 천정부지로 뛰어 올랐다. 현재 땅의 공시지가만 해도 800억이 넘는 벼락부자가 되어버린 것이다. 그런데 불행하게도 10여 년 전 민성의 부친은 뇌경색인지 뇌졸중인지 하는 병으로 급사하고, 민성의 모친은 무슨 암으로 줄초상을 치르게 되었다.

그런데 이 땅을 상속받은 아들은 미국에 정착하여 돌아올 생각을 하지 않고 있다. 그가 바로 정민성인데 정식이 바로 그 사람을 가장하여 건설회사와 땅의 매매계약을 치루면 된다는 것이었다. 건설회사는 부재지주라는 약점을 이용해 싼값에 아파트 부지를 확보하게 되고, 정민성은 세금만 내던 골치 아픈 땅을 처분할 수 있어 누이 좋고 매부 좋은 거래라고 했다.

그렇다면 우리에게는 무슨 이익이 있느냐고 민성이 이의를 제기하자 진우가 더 부연 설명했다. 건설 회사의 회장이 이 시나리오 작업에 함께 참여했는데, 땅의 구입 자금은 그 회사의 돈이 아니라 차입금으로 충당할 예정이라 했다. 그리고 그 돈이 부정 축재로 조성된 자금이라 숨을 곳을 찾고 있어서 떼어먹기에 딱 좋은 조건을 갖추고 있다고 했다.

그러면 아무나 내세워 정민성의 배역을 맡기면 되지 꼭 자기를 선택할 이유가 없지 않느냐고 또 다른 이의를 제기하자, 진우는 거기에 대해서도 친절하게 설명해 주었다. 정민성이 대학을 다니다가 미국에 갔기 때문에 우리나라에는 아직 그를 아는 지인이 많다는 것이었다. 현금을 600억이나 투자하는 사람들이 정민성을 확인하는 절차를 거치지 않고 돈을 낼 리가 없으니 최대한 정민성을 닮은 대역을 써야만 한다는 것이다. 어떤 절차를 거치든 정민성이 확실하다는 확신이 서지 않으면 서류만 가지고는 믿지 않을 것이라 했다.

"아, 그래서 그렇게 애타게 정민성을 찾아 헤매셨군요."

"그래 바로 그거야. 그 역할을 맡을 사람은 대한민국에서 딱 한 사람밖에 없는데 그게 바로 정식 씨야."

진우는 숨 가쁘게 여기까지 말하고 나서 갑자기 서류의 한구석에 〈天地不仁〉이라는 한자를 쓰더니 그 뜻을 풀이해 보라고 했다.

정식이 그게 무슨 소리인지 모르겠다고 하자 이번에는 그 뜻에 대해 설명하기 시작했다. 그리고는 어제 영준으로부터 들었던 얘기를 녹음기 틀어 놓듯이 재생했다. 30분쯤 시간이 걸렸는데 정식은 이 사람이 도대체 왜 이런 강의를 하는지 알지도 못 하면서 조용히 듣기만 했다.

“작은 웅덩이에 살던 물고기가 가뭄에 말라 죽지 않으려고 큰 강을 찾는 것은 자연의 섭리이지 죄악이 아니야. 비록 그 물이 흙탕물일지라도.”

이 말을 끝으로 진우가 강의를 마감했는데 그제서야 정식은 진우의 의도를 파악할 수 있었다. 이 프로젝트의 목적은 부정한 돈을 중간에 가로채는 것이니 양심의 가책을 느낄 필요가 없다는 주제를 이렇게 장황하게 늘어놓은 것이다.

3

영준과 진우를 만나고 나서 그들이 무슨 일을 벌이려는지 알게 되자 정식은 고민을 하지 않을 수 없었다. 마음속으로는 이 세상 아니 온 우주를 박살내는 꿈을 수천수만 번 꾸었지만 실제로는 벌레 한 마리 죽이는 것도 망설이며 살아왔다.

마트에서 아르바이트 할 때 생활용품 몇 개 몰래 가져다 쓴 것이 그가 저지른 불법행위의 전부였다. 그런데 몇 백 억이나 되는 돈을 사취하는데 참여하라니 선뜻 응하기 어려운 제의였다.

행위 예술이니 퍼포먼스니 하는 뜻이 애매한 용어를 쓰기는 했지만 그들이 기획하고 있는 프로젝트는 범죄행위임이 자명했다. 더구나 송 감독은 자신도 잘 이해하지 못하는 듯한 노자의 《도덕경》을 인용해가며 정식을 설득하려 했다. 그런 의도가 부정 축재한 돈은 불법적 방법으로 편취해도 죄가 되지 않는다는 논리를 확립하려는데 있는 것 같았다.

그러나 그런 사탕발림에 넘어갈 만큼 정식이 어리석다고 생각했다면 그것은 그들의 오산이다. 그래도 수재 소리를 들으며 엘리트의 길을 걸어왔다고 자부하는 정식을 그런 급조된 논리로 설득할 수는 없다. 정작 정식의 마음을 뒤흔들어 놓은 것은 여태껏 들어본 적이 없는 어마어마한 성공 보수였다.

수백억이나 되는 돈을 벌 수 있다면 자신에게도 수십억 정도의 개런티가 돌아올 것을 예상할 수 있는데, 그것은 거부하기가 어려운 유혹이었다. 고작 1억을 잃고도 자살을 생각하며 살아왔다. 그러면서 사람의 목숨 값이 그 정도에 지나지 않을까하고 계산하고 있는데 그 수십 배의 소득을 올릴 수 있다니 침이 꼴깍 넘어가는 유혹을 느끼지 않을 수 없었다.

진우를 처음 만나서 영화의 주인공으로 뽑아 준다고 할 때부터 솔깃한 마음이 들기는 했다. 그런데 알고 보니 그게 영화가 아니고 사기단의 하수인으로 참여하라는 것이니 망설이는 것은 당연했다. 그래서 이 자리를 적당히 얼버무리고 나서 다시는 영화감독이라고 자칭하는 이 남자를 만날 일이 없다고 생각했다.

그런데 예상하지도 못했던 뜻밖의 인물이 등장하면서 정식의 마음을 돌려놓았다. 그 사람과 조우하게 되면서 정식은 자신이 이 프로젝트에서 빠져나올 길이 없음을 알게 되었다. 꿈에서 본 바로 그 얼굴을 가진 사람이 나타났기 때문이다. 그는 정식이 소설의 모델로서 애타게 찾던 바로 그 사람이었다. 그의 이름은 그리스인 조르바가 아니라 한국인 박영준이었다.

그는 정식을 처음 대면한 자리에서 정식의 주변에 죽음의 그림자가 어른거린다고 지적했다. 뿐만 아니라 힘겹게 살아온 정식의 삶을 가련한 영혼을 실은 조각배에 비유하면서 침몰하지 않고 운행 중인 것이 기적과 같은 일이라 했다. 이와 같이 죽음의 포로가 되어 유령같이 살아온 정식의 삶을 꿰뚫어 보는 눈을 가지고 있었던 것이다.

정식에게 이런 말을 해준 사람은 이 세상에 그 누구도 없었다. 워낙 속을 터놓고 사귄 친구도 없었고, 여자를 사귀어본 경험도 없어서 그의 내면세계를 이렇게 한눈에 파악한 사람은 있을 수가 없었다. 남들은 그저 수줍음을 잘 타는 얌전한 청년이 평범하게 살고 있노라고 알고 있었다. 그런데 이 도사 같은 영감이 불쑥 그의 인생에 뛰어들어 깊숙이 감추어둔 그의 내면세계를 백일하에 폭로해 버린 것이다.

온 세상을 포용하고 있는 듯한 인자한 미소에 사람의 마음을 안정시켜 주는 파장을 가진 나지막한 음성으로 영준은 단번에 이렇게 정식의 영혼을 낚아 버렸다. 그의 뒤에는 정식이 그렇게 갈망하던 아버지의 모습이 후광처럼 드리워져 있어서 침몰 직전의 조각배를 구해줄 유일한 사람처럼 여겨졌다. 그의 품으로 뛰어들기만 하면 그 조각배는 든든한 방파제가 있는 안전한 항구로 입항할 수 있을 것만 같았다.

더구나 그 사람은 젊은 시절에 잔혹한 훈련을 받은 특수부대원을 거쳐 감옥을 들락거린 깡패에다 산속에서 수행한 스님이라는 이력을 가지고 있다 했다. 정식이 쓰려고 하는 소설 《영겁회귀》에서 주인공 K를 살린 바로 그 인물의 캐릭터와 신기하게도 딱 맞아 떨어졌다.

이런 사람을 이렇게 우연히 만나게 된 것은 큰 행운이 아닐 수 없다. 장편소설을 완성하기 위해서라도 정식은 이 인물을 놓칠 수 없다고 생각했다. 그렇다면 이 시나리오에서 주어지는 배역을 거절할 수 없게 되는 것이다.

영준이 먼저 나가고 난 뒤 그에 대해 궁금한 것을 진우에게 물었더니 진우는 영화 〈실미도〉를 보았느냐고 먼저 물었다. 정식은 그 영화를 극장이 아닌 텔레비전에서 보았다.

실미도에서 훈련받던 특수부대원들이 반란을 일으켜 청와대로 향해 진격하다가 군경에 포위되어 자폭한다는 내용이었는데 설경구의 연기가 볼만했다. 설경구가 출연한 영화 중 〈오아시스〉에 이어 두 번째로 꼽을 수 있는 훌륭한 연기가 돋보이는 작품이었다. 더구나 이 작품은 픽션이 아니고 실화라는 점에서 거대한 국가권력이 한 개인의 인권을 얼마나 잔인하게 유린할 수 있는지 보여주는 영화였다. 그런데 영준이 바로 그와 비슷한 부대에서 군대 생활을 했다는 것이다.

"그거 참 놀라운 얘기네요. 그런데 그 양반의 온화한 얼굴에는 그런 기색을 선혀 찾아볼 수 없어요. 세상을 달관한 도사 같은 풍채를 가지고 있잖아요?"

진우는 거기에도 그만한 이유가 있다고 했다. 영준이 한때 몇 사람의 주먹들과 함께 부동산시행사를 운영한 적이 있었다고 했다. 그러면서 법에 저촉되는 일을 저질러 깊은 산속에 숨게 되었다고 한다. 그때 노자와 장자를 공부하면서 정신 수양을 하는 바람에 저렇게 도사처럼 변신했다는 것이다. 그래서 이제는 부처가 가르쳐 준 것과는 정반대의 삶을 살게 되었는데 그가 선택한 직업이 춤선생이라는 것이었다.

여기까지 얘기를 듣고 정식은 그야말로 소설 속에서 자신이 구현하고자 하는 바로 그 인물임을 직감했다. 주인공 K의 극단적 선택을 막아주고 영겁회귀라는 삶의 방식을 전수해 주는 스승으로 영준만큼 적합한 모델을 찾기가 어려울 것이라 생각했다. 마지막에 선택한 직업이 춤선생이라는 것이 조금 마음에 걸리기는 했지만, 그런 것은 소설에서 얼마든지 숨길 수 있으니 개의치 않았다. 그가 상상했던 인물이 실제로 이렇게 나타나 주었으니 그것만 해도 얼마나 고마운 일인가.

"감독님은 어떻게 그렇게 박 원장님을 잘 아시죠?"

"동업자라면 그 정도는 알고 있어야지. 특히 이런 일을 하려면 모르는 사람과는 손을 잡을 수 없지."

"저도 오늘 그분을 처음 뵈었지만 뭔가 인간적인 매력을 지니고 있는 게 분명해요. 소설 속에서 그런 인물을 그려보고 싶었거든요."

정식의 이런 말에 진우도 고개를 끄덕이며 동의했다.

"그럼 정식 씨도 우리와 손을 잡는 거지?"

"글쎄요. 조금만 더 시간을 주세요. 사흘쯤 말미를 주시면 가부간에 연락을 드리죠."

정식은 이들이 벌이는 소위 행위예술에 참가할 것임을 내심으로 확정해 놓고도 이렇게 한 발자국 뒤로 물러섰다.

그리고 정확하게 3일 뒤, 진우는 기원에서 바둑을 두다가 정식의 전화를 받았다. 감독님의 영화에 출연하기로 결심했다는 말을 듣고 진우는 그럴 줄 알았다고 화답했다. 그런데 정식이 전화를 끊지 않고 어려운 부탁이 있다며 말을 더듬었다.

진우가 몇 번이나 재촉해서야 그는 돈 이야기를 꺼냈다. 급히 쓸 돈이 있는데 선불금을 줄 수 있느냐고 물었다. 얼마나 필요하느냐고 묻자 500만 원이라고 했다. 500만 원? 마누라의 눈치를 보아가며 용돈을 타서 쓰다가 이제는 카드마저 빼앗긴 처지에서 보면 너무나 큰돈이었다. 그러나 억만금을 주는 한이 있더라도 정식을 놓쳐서는 안 된다는 강박관념이 앞서 그는 덜컥 내일 돈을 해

주겠노라고 약속했다.

통화가 끝나자 그는 기원을 둘러보았다. 가끔 도박판이 벌어지기도 하는 별실까지 뒤져 보았으나 보화당 주인은 보이지 않았다. 원장에게 물으니 그가 어제 다녀갔다고 했다. 진우는 마음이 다급하여 바둑을 두던 사람에게 양해도 구하지 않고 기원을 뛰쳐나왔다. 이제 막 포석을 벌이려는 찰나에 전화 한 통을 받더니 정신없이 횡설수설하고 오락가락하더니 말없이 사라지는 진우의 뒷모습을 보며 대국자가 욕설을 뱉어냈다. 그 소리도 듣지 못하고 진우는 계단을 겅중겅중 뛰어내렸다.

얼마 뒤 롤렉스 금통 시계를 안주머니에 간직한 진우가 보화당 앞에 나타났다. 그는 가게 앞에서 잠시 숨을 고르며 보화당이라는 복잡한 한자가 새겨진 간판을 보며 그 획수를 세어보려고 했다. 너무 복잡해서 중간에서 포기하고 가게의 문을 열고 들어섰다. 다행히 뚱보 사장은 자리를 지키고 있었다. 보화당의 금은보화는 오늘도 얼굴을 드러내지 않고 커튼 뒤에 몸을 숨기고 있었다.

"요즘은 기원에 잘 나오지 않더군요."

악수가 끝나자 보화당 주인이 자기가 기원에 있지 않은 것이 진우의 탓인 것처럼 말했다.

"오늘 사장님을 찾아뵈러 기원에 갔다가 안 계시길래 이리로 왔습니다."

"잘 오셨소. 그런데 무슨 일로?"

진우는 안주머니에서 안경집에 갇혀 있는 시계를 꺼내 진열대 위에 놓았다.

"왜? 처분하시려구요?"

진우가 고개를 끄덕이자 사장은 잠시 난감한 표정을 지었다. 그의 머릿속에서 오락가락하는 숫자가 보일 정도로 무엇인가 열심히 계산하고 있었다.

"얼마까지 주실 수 있습니까?"

이런 질문에는 아랑곳하지 않고 사장은 시계를 꺼내 외눈박이 확대경을 끼고 여기저기 살피기 시작했다.

"스크래치가 몇 군데 보이네요. 긁힌 자국 말이에요."

얘기를 꺼내는 품세가 값을 되게 후려칠 기세였다.

"전에 분명히 3천이 넘는 시계라고 하셨어요. 처분하려면 다른 데 가지 말고 이리로 오라고 하시면서."

"내가 그랬던가요?"

그는 시계에서 눈을 떼지 않고 금시초문이라는 듯이 시치미를 떼었다.

"보증서가 있고 제 케이스를 갖추었다면 그만한 값이 나간다는 얘기였죠. 그런데 이 시계는 그런 게 없지 않습니까? 거기다 긁힌 자국도 있고."

"그럼 얼마까지 줄 수 있습니까?'

주인은 선뜻 말하기 어렵다는 듯이 드럼을 치듯 손가락으로 진열대를 두드렸다. 그리고 선심을 쓰듯이 천만 원을 주겠다고 말했다. 그것은 말도 안 되는 소리라며 진우가 시계를 다시 안경집에 집어넣고는 발길을 돌려 밖으로 나가려는 시늉을 했다. 그러자 뒤에서 들려오는 다급한 소리가 그의 발걸음을 멈추게 했다.

"5백 더 드리리다."

걸음을 멈추고 진우는 잠시 망설였다. 여기서 조금 더 밀고 당기면 1~2백만 원은 더 받을 수도 있을 것 같았으나 더 이상 흥정하기가 싫었다.

"그럼 현금으로 주실 수 있습니까?"

"그렇게 하리다."

그러면서 사장이 진우의 손에 들려 있는 안경집을 잽싸게 낚아챘다.

"당장 은행으로 가십시다. 잠깐 기다리세요. 가게 문을 잠글 테니까."

그는 내실에 들어가 옷을 갈아입고 나오더니 가게에 자물쇠를 채우고 앞서서 걸었다. 사장의 가벼운 발걸음을 보고 진우는 이 거래가 공평하지 않다는 것을 알았다. 좀 더 버텼으면 그 두 배의 값도 받을 수 있으리라고 생각했으나 원가에 비하면 진우에게도 밑질 것 없는 장사였다.

다음 날 진우와 정식은 다시 성공다방에 마주 앉았다. 진우가 정확하게 50,000원짜리 100장을 꺼내 정식에게 건넸다.

"이거 그냥 받아도 됩니까?"

"그럼 그냥 받지 엎드려 받을 거야?"

"무슨 차용증이나 영수증 같은 거 필요하지 않으세요?"

그러자 진우가 핸드폰을 주머니에서 꺼내 탁자 위에 놓으며 말했다.

"그럼 이렇게 하자구. 자, 나를 따라서 해 봐."

진우가 오른 손을 들어 선서 자세를 취했다. 그러자 정식도 똑같이 따라서 흉내냈다.

"선서. 본인은 오늘부터 서정식이란 이름을 버리고 정민성으로 살아갈 것을 약속합니다."

얼떨결에 정식도 큰 소리로 복창했다.

"선서. 나는 오늘부터 정민성이 될 것을 선서합니다."

"그럼 이제 우리의 계약은 체결되었어. 구두 계약도 법적으로 유효한 거야."

"증거가 없는 데도 유효한가요?"

"그래서 내가 여기 녹음 버튼을 눌러 놓았지."

진우가 스위치를 누르자 지금 막 녹음된 두 사람의 음성이 재생되었다.

"자, 이제 이 사진은 나에게 필요 없으니 미스터 서가 가져. 이 사진을 보며 교감을 나눠서 완벽한 정민성으로 변신하라고."

정식이 사진을 받아 한참 들여다보고 나서 사진 뒷면에 침을 발라 자신의 이마에 붙였다.

"내 이름은 정민성. 나이는 마흔다섯. 세종시에 조상으로부터 물려받은 땅이 있는데, 그것을 팔려고 미국에서 방금 귀국했습니다. 어때요?"

"잘했어. 진짜 정민성 같아."

"그런데 내가 지금 미국 어디에서 누구와 살며 무슨 일을 하는지 아는 게 하나도 없잖아요."

"나중에 박 원장이 자세하게 가르쳐 줄 거야. 내가 알기로는 미국 시애틀이라는 도시에 살며 유명한 유통회사에 다닌다고 하던데. 무슨 강 이름 붙은 회사야."

"아마존이죠?"

"맞아. 그래. 미시시피는 아니었어."

"그 회사는 미국에서 엄청 잘나가는 회사에요. 제프 베이조스라는 신화적인 인물이 세운 회사죠."

"그래? 미국에 대해 잘 아는군. 바로 당신 같은 사람을 우리는 원했어."

"나이로 보면 결혼은 했겠죠?"

"글쎄. 그게 문제야. 아홉 살짜리 딸도 하나 있는데, 마누라가 노랑머리 서양 여자라더군."

"그러면 한국에 돌아오지는 못 하겠네요."

"그야 모르지. 당사자에게 물어보기 전에는."

"당사자가 바로 앞에 있지 않습니까. 어서 물어보세요. 600억을 가지고 한국에 살 것인지 아니면 미국에 눌러 앉을지."

두 사람이 이렇게 실없이 농담을 나누고 있을 때 영준이 바람같이 나타났다. 그는 카운터의 마담과 몇 마디 얘기를 주고받더니 두 사람에게로 왔다. 약속 시간보다 30분쯤 늦은 시각이었다.

"늦어서 미안해요. 얘기가 잘되고 있습니까?"

"예. 잘 풀리고 있습니다."

진우가 대답하며 자리에서 일어서자 정식도 덩달아 일어섰다. 그들의 행동은 마치 스승을 대접하는 제자들의 자세와 같았다.

"얘기 들어서 정식 씨가 정식으로 우리 팀에 합류했다는 소식을 알고 있어요. 팀장으로서 환영합니다."

누가 임명해주지 않았는 데도 영준이 팀장을 자처했다.

"이 친구는 이제 서정식이 아니라 정민성입니다. 오늘 개명식을 가졌어요."

진우가 핸드폰에 녹음된 두 사람의 선서를 들려주었다.

"벌써 진도가 이렇게 빨리 나갔군요. 역시 전문가 솜씨는 다르네요."

영준이 진우에게 이렇게 말하고는 고개를 돌려 정식에게는 다른 말을 했다.

"앞으로 두어 달만 정민성으로 사노라면 근사한 학원 하나 차릴 돈은 나올 거야."

영준은 이런 말을 하며 정식의 어깨를 가볍게 두들겼다. 정식은 나는 돈보다 당신이란 사람에게 관심이 있노라고 속으로 대답했다.

정식은 벌써 몇 번째 읽어 줄줄이 외울 만큼 익숙한《그리스인 조르바》에서 이 소설의 화자가 조르바를 처음 만나게 되었을 때의 기록을 돌이켜 보았다. 거기에는 다음과 같이 기록되어 있었다.

'그렇다. 나는 그제야 알아들었다. 조르바는 내가 오랫동안 찾아다녔으나 만날 수 없었던 바로 그 사람이었다. 그는 펄펄 뛰는 심장과 푸짐한 언어를 쏟아놓는 입과 위대한 야성의 영혼을 가진 사나이로서 모태인 대지와 탯줄이 이어진 바로 그 사나이였다.'

그 책의 기록을 상기하며 정식은 영준을 보았다. 그런데 영준이 가지고 있는 마력 중 조르바가 가지지 못한 그 무엇이 하나 더 있었다. 그 무엇이 무엇인지 알아내는 것이 앞으로 정식이 할 일이었다. 그 무엇을 찾아내 글로 기록하는 것이 자신의 작가로서의 의무라고 생각했다.

"자본주의 사회에서는 곧 돈이 자유요, 정의요, 진리다 이게 누구 말씀인줄 알아? 바로 이 박 원장님의 말씀이지."

진우가 시선은 정식을 향하면서 손가락으로 영준을 가리켰다. 그런데 정식은 그의 말에 동의하지 않았다. 그런 물신숭배 사상만 가진 사람이라면 자신의 영혼이 그렇게 그에게 매료될 리가 없다. 그 외에 그 무엇인가가 숨어 있는데 그것을 찾아내 장편소설《영겁회귀》를 완성해야 한다고 생각했다.

"자, 그럼 이제 정민성이라는 인간에 대해 본격적으로 탐구해 봅시다."

영준이 주머니에서 꺼낸 서류 뭉치에서 봉투 두 장을 꺼내 진우와 정식에게 건넸다. 거기에는 정민성의 이력서가 들어 있었다.

정민성은 1980년대 중반에 서울로 올라와 서대문에 있던 명문 고교를 다녔고, 신촌에 있는 유명대학에 다니다가 1990년대 중반에 미국 유학을 간 것으로 이력서에 기재되어 있었다.

"이 친구가 미남에다가 머리도 좋았나 봐요. 코넬대학이면 유명한 대학 아닌가요?"

"낸들 알리가 있나. 이름은 들어본 대학인데."

진우가 묻자 영준이 대답했다.

"맞아요. 미국 동부에 있는 아이비리그에 속하는 유서 깊은 명문대학이에요."

정식이 이렇게 밝혀 주어서야 두 사람은 고개를 끄덕였다.

"그 당시 아무리 부자라고 해도 이렇게 공부시키기는 쉽지 않았을 거야. 개천에서 용이 나온 꼴이지."

영준이 이렇게 독백처럼 중얼거리자 거기다 진우가 덧붙였다.

"거기다 백마까지 잡아타고 말이죠."

"말을 탔다구요? 승마 선수였나요? 여기에는 그런 기록이 없는데요."

영문을 모르는 정식이 이력서에서 눈을 떼지 않고 말하자 나머지 두 사람이 키득거리며 웃었다.

"그게 아니고 그 말은 백인 여자와 결혼했다는 뜻이야."

이 말을 듣고 이번에는 정식이 킥킥거리며 웃었다.

"하여간 백마 탄 왕자님은 맞네요."

"이번에는 우리가 무슨 일부터 해야 하는지 의논해 봅시다."

영준이 탁상 위에 펼쳐 놓은 서류를 한 장씩 넘기며 주의 사항을 나열했다. 그런 자세가 마치 작전회의를 이끄는 총사령관과 같은 포즈였다.

그는 땅의 지적도, 토지대장, 등기부등본 등을 나열하고 땅주인이 숙지해야 할 사항을 일러 주었다. 정식은 착실한 모범생이 되어 영준의 설명을 백지에 자세히 기록하며 공부했다. 그는 먼저 이 땅의 내력에 대해 설명했다.

금강 유역의 별 볼일 없는 땅에 세종시가 들어서면서 임야와 전답이었던 땅이 대지로 전환되면서 많은 건설 회사들이 눈독을 들이는 땅이라 했다. 현재 공시지가만 해도 800억 원 이상이고 시가는 천억 원가량 되는데 지주가 미국에 있는 연고로 아직 나대지로 남아 있다고 했다.

그래서 지주인 정민성을 국내로 불러들여 계약을 진행하는데 아마도 자본을 대는 쪽에서 정민성의 신분을 확인하려 할 것이다. 서류로 확인하는 것은 이쪽에서 대처 방법을 강구할 수 있지만 지인을 통해 확인하려 한다면 그를 닮은 대역을 쓸 수밖에 없다. 그래서 송 감독이 서정식을 찾아낸 것이다.

다행히도 미국에 나간 이후로 부모님의 장례를 치를 때만 귀국했었고, 고국과 인연이 끊긴 상태라 작업하기가 그리 어렵지는 않을 것이다. 또 지인을 통해 확인을 한다 해도 이해관계가 얽힌 친척보다는 학교 동창들을 동원할 가능성이 있으니 미리 거기에 대한 준비를 갖추어야 한다.

"그리고 마지막으로 이것도 알아야 해. 바로 여기에 정민성의 부모가 잠들고 있어. 그러니 친자식 대신에 성묘라도 한번 가보도록 해. 지형정찰을 겸하여. 가서 절이라도 하고 오면 하늘에서 우리의 사업을 도와줄 수도 있는 거 아냐."

영준이 지적도 상단의 한 지점을 콕 찍으며 말했다.

"그것을 음덕이라고 하던가?"

진우가 아는 척했다.

"맞아요. 조상이 도와주는 것을 음덕이라고 하는데, 우리가 그들의 자손은 아니잖아요?"

"그래도 멀리서 찾아오지도 않은 친자식보다 찾아와서 절하는 양자를 좋아하실걸."

영준이 말하자 정식이 이의를 제기했다.

"성씨가 다른데 자식이라고 할 수 있나요?"

"그러니까 직접 찾아뵙고 입양식을 하라는 거지. 제수를 좀 준비해서 고사라도 지내고 오면 우리를 도와주실 거야."

정식이 조금 찜찜한 표정을 보이자 진우가 거들었다.

"혼자 가기가 그렇다면 내가 동행해 주지. 당장 내일 가 보자."

정식이 마지못해 그러겠다고 했다.

"그래 주신다면 고맙죠."

생계비 500만 원을 챙겨 놓은 뒤라 정식은 진우의 제안을 무시할 수 없었다.

"자, 이제 회의를 끝냅시다. 이 서류들은 지주되시는 분이 챙기시고. 모르는 게 있으면 수시로 전화해서 물어보도록 하고."

정식이 서류의 제목을 일일이 확인하고는 손가방 안에 집어넣었다.

"신분증이나 비자 같은 것은 안 주시나요?"

"거기에는 변경 사항이 생길 수도 있으니 계약 전에 갖추어 드리지. 자 이상으로 1차 대책 회의를 마치겠습니다."

영준이 손바닥으로 탁자를 세 번 두드렸다.

"계약 날짜는 언제쯤으로 할까요?"

"저쪽도 서두르고 있으니 우리가 모든 준비를 갖추면 언제든 가능해. 대신 미스터 서가 완벽하게 정민성으로 변신할 수 있는 기간이 필요하겠지."

정식의 질문에 영준이 차분하게 답변했다.

"천지신명이시여. 이 사람 몸에 정민성의 영혼이 빙의되어 누가 보더라도 정민성이라고 믿도록 도와주소서."

진우가 치성을 드리는 할머니처럼 두 손을 싹싹 빌자 세 사람 모두 미소를 지었다.

"참, 그런데 제가 원장님께 한 가지 부탁이 있습니다."

"나한테?"

정식이 마음속에 품고 있던 말을 꺼내자 영준이 자기 자신을 손가락으로 가리켰다.

"원장님을 모델로 해서 장편소설을 하나 쓰려고 해요. 허락해 주시기 바랍니다."

"나를 잘 모르잖아."

"감독님한테 들어서 대충 알고는 있는데 더 자세히 알고 싶어서요."

"그러면 우리 작전이 백일하에 드러나게 되는데."

"물론 그 부분은 빼고 원장님 살아오신 과정을 듣고 싶어요. 파란만장한 인생을 살아오셨다고 들어서요."

"내가 생각해도 나는 좀 골치 아픈 사람이야. 그냥 제멋대로 살아왔지. 그렇지 않아도 죽기 전에 자서전이라도 남기려 했는데, 전문가가 대신 해준다면 대환영이지. 그럼 내가 어떻게 하면 되겠어?"

"일주일에 한두 번 인터뷰에 응해 주시면 됩니다."

"앞으로 수없이 만나게 될 테니 그것은 알아서 해."

여기까지 얘기를 나누고 영준이 또 먼저 일어설 채비를 했다.

"또 무슨 일이 있으십니까? 오늘 같은 날은 저녁이라도 같이해야죠."

진우가 불평 섞인 목소리를 내자 영준이 오리의 이야기를 하며 다독였다.

호수 위에 떠 있는 오리는 아무것도 하지 않고 가만히 있는 것 같지만 이렇게 떠 있기 위해서는 물속의 갈퀴를 쉴 새 없이 움직여야 한다고 했다. 자기도 그런 오리처럼 바쁘다고 했다.

진우는 그런 말의 의도가 무엇인지 이해가 되지 않았지만 정식은 그 말이 〈아비정전〉에 나오는 다리 없는 새의 얘기와 흡사하다고 생각했다. 그렇게 생각하니 먼저 등을 돌리고 나가는 영준의 뒷모습이 왠지 슬퍼 보였다.

시시껄렁한 신변잡기로 시간을 때우고 저녁때가 되자 정식이 주머니 속에 들어있는 돈 봉투를 두들기며 저녁을 사겠다고 했다. 일식집에 가서 회를 먹자고 했으나 진우가 술을 먹지 않겠노라고 고개를 가로저었다. 내일 아침 일찍 만나 세종시에 성묘를 가기로 했으니 식사만 하자고 했다. 그래서 두 사람은 골목에서 첫 번째 눈에 띄는 식당으로 가서 동태찌개를 먹었다.

이튿날 오후 진우와 정식은 세종시에 와 있었다. 차고 속에서 깊이 잠들어 있던 진우의 차가 모처럼 잠을 깨어 두 사람을 목적지에 부려 놓았다. 내비게이션에 주소를 집어넣고 가다보니 정확하게 정민성의 땅 앞에 멈추어 섰다.

그래도 혹시 몰라 주변에 있는 부동산 사무실에 물어보니 틀림이 없었다. 부동산 사무실에 앉아 컴퓨터를 두들기던 공인중개사가 그 땅을 왜 찾느냐고 물었다. 그냥 미국에 있는 사람이 확인을 좀 해달라고 해서 찾아왔다고 했더니 그 사람 주소를 가르쳐 달라고 했다. 땅을 찾는 사람이 제법 많다면서. 미국에 연락해서 허락이 떨어지면 가르쳐 주겠노라고 그를 따돌리고는 밖으로 나섰다.

지적도에 그려진 대로 따라 가보니 야산 밑으로 너른 논밭이 이어져 있었다. 도로 양옆으로는 대규모의 아파트 공사 현장이 보였는데 이제 막 지어지고 있는 수십 동의 아파트가 서로 키 자랑을 하듯 발돋움을 하고 있었다. 진우는 지적도를 들고 눈대중으로 땅의 경계를 살폈다.

"지금 저기부터 저 야산 위까지가 당신 땅이야. 지금 이 도로를 따라 올라가는 선을 따라 이렇게 빙 둘러서."

진우가 손가락으로 큰 원을 그리며 잘 아는 사람처럼 떠벌였다.

"저기 공사 현장이 죄다 논과 밭이었겠죠. 이런 걸 보고 상전벽해라고 해야 되겠네요."

정식이 이때다 하고 고등학교 시절 배운 사자성어를 써먹었다.

"여기서 농사짓던 사람들이 지금 어디에 사는 지 알아?"

"농사를 지을 수 없으니 이사 갔겠죠."

"그 사람들이 토지 보상금을 들고 모두 강남으로 몰려가서 아파트 값을 잔뜩 올려놓았지."

"그거 말이 되네요. 우리 부모님도 이런 데서 농사나 짓고 살았더라면 내 팔자가 피었을 텐데."

"부모님은 지금 어디 계신데?"

진우의 기습적인 질문에 정식은 잠시 말이 막혔다. 아버지는 요양원에서 죽어가고 있고, 어머니는 재가하여 어디 사는지 소식도 모른다는 말을 차마 할 수 없었다. 그러다 기가 막힌 아이디어가 하나 떠올랐다. 그는 진우가 들고 있던 지적도를 뺏어 들고 어느 한 지점을 콕 찍으며 말했다.

"지금 여기 누워 계셔서 인사 드리러 가는 중입니다."

이 말을 듣고 잠시 어리둥절한 표정을 짓던 진우가 '참 그렇구나'하며 웃어 넘겼다. 산 위쪽으로 잡목 사이를 뚫고 도로가 보이기는 했으나 진우는 차의 운행을 포기했다.

"지프차라면 올라가 보겠는데 이 차로는 무리야. 저기 한 번 올라갔다가 내려오면 폐차 처분해야 할 거야."

"맞아요. 등산하는 셈치고 걸어 올라가죠."

진우는 차 트렁크를 열고 미리 준비해둔 제수용품과 돗자리를 꺼내 큰 비닐봉지에 쑤셔 넣었다. 그러자 정식이 그것을 재빨리 챙겨들어 어깨에 매었다.

나지막한 야산이기는 했지만 산은 산이었다. 산의 중턱에 이르러 진우가 좀 쉬어 가자고 했다. 그리고 이런 이야기를 풀어 놓았다.

"감독님, 제가 재미있는 얘기를 하나 해 드릴까요?"

"무슨 얘기인데? 한 번 해 봐."

"여기서 보이는 저 옆 동네에 사잇골이라는 마을이 있었대요. 골짜기 사이에 있는 마을이라 그런 이름을 붙였어요."

"옛날에는 그런 지명이 많았지. 토끼골이니 싸릿골이니 하는 마을이 많았어."

"그 사잇골을 간단히 하면 샛골이 되거든요. 사잇길을 샛길이라고 하듯이."

"그래, 샛길이라고 하지."

"그런데 거기 마을 사람들이 마을 이름을 바꿔 달라고 당국에 민원을 넣었대요."

"왜 샛골이 어때서?"

"마을 이름을 여러 번 외워 보세요. 그럼 그 이유를 알 수 있어요."

"샛골, 샛골, 샛골, 샛골"

진우는 이렇게 웅얼거리면서도 그 이유를 알 수 없었다.

"색골 마을이라니, 어쩐지 옹녀나 변강쇠가 사는 마을 같지 않아요?"

그제서야 눈치를 챈 진우가 배꼽을 잡고 웃었다.

"그거 진짜야? 소설 쓴다고 막 지어낸 얘기지?"

"아니, 실화에요. 여기 오는 길을 검색하다가 얻은 정보에요."

"나도 그런 마을에 살고 싶네. 혹시 알아? 거기 살면 변강쇠가 될 수 있을지."

이렇게 웃고 떠들다 보니 금세 정상에 이르렀다. 아래로 이제 막 들어서고 있는 신도시가 내려다보이고 양쪽으로 산이 둘러싸여 바람을 막아 주고 있었다. 그리고 거기 버려진 듯이 놓인 무덤 하나가 자리 잡고 있었다. 우거진 잡초가 덮여 있어서 자세히 살피지 않으면 묘지로 보이지 않았다.

"여기 계시군요. 그런데 무덤이 하나밖에 없네요."

"합장해서 모셨겠지."

"참 경치가 좋네요. 세종시가 훤히 내려다보이니."

"그러면 뭐해? 비석 하나 없이 저렇게 버려져 있는데. 차라리 화장해서 납골당에 가는 게 낫지."

진우가 누런 황토가 들고 일어선 무덤 밑자락을 등산화로 밟아주었다. 정식도 무성하게 자라다가 말라버린 잡초들을 맨손으로 쥐어뜯었다. 그렇게 얼마가 지나자 무덤 하나가 빼꼼히 얼굴을 드러냈다.

"이발한 것처럼 훤해지셨네. 자, 이제 그만하고 제사나 지내자구."

진우가 무덤 앞에 돗자리를 깔고 전이며 포며 과일을 늘어놓았다. 정식은 술을 꺼내고 술잔을 배열했다.

"먼저 한 잔 올리시죠?"

"아니, 아드님이 먼저야."

"그렇네요. 그럼 제가 먼저 올리겠습니다."

정식이 술잔을 부어 올리고 두 차례 절을 했다. 이어 진우가 술잔을 올리고 절을 했다.

"이제 미국에 있는 아들일랑 잊어버리시고 여기 새 아들이 왔으니 기쁘게 맞아 주세요. 그리고 이 아들이 이번에 새로 벌이는 사업이 크게 성공하도록 도와주십시오."

무덤 위로 술을 흩뿌리며 진우가 능청스럽게 사설을 늘어놓았다. 그 소리를 들으며 정식의 콧등이 시큰하게 아려왔다. 한강을 내려다보며 나무 등걸 같은 아버지의 육신을 껴안고 눈물을 흘리던 생각이 났다. 만약 아버지가 돌아가시면 이렇게 멋진 곳에 모시고 매년 찾아오리라. 그래서 절대 외롭게 내버려 두지 않으리라고 다짐했다.

제5부

비극의 탄생

"정말이에요? 축하해요. 정식 씨의 인물 정도라면 진즉 영화의 주인공이 되었어야 해요."

"그 영화에서 주인공이 서양 여자와 부부로 나와야 하는데 리아 씨와 같이 나왔으면 해서요."

"연기 경험이 없는데 되겠어요?"

"대화도 거의 없고 딱 한 장면만 나오니 괜찮아요. 대신 출연료를 두둑히 챙겨 드리죠."

/ 비극의 탄생 /

1

"내 인생을 한마디로 줄여서 말해 보라구? 글쎄, 뭐라고 해야 하나?"

"그래. 방금 떠올랐다. 한마디로 하자면 내 멋대로 살아왔어. 내가 하고 싶은 대로 살아왔지. 공자는 사람이 나이가 먹으면 제가 하고 싶은 대로 살아도 세상에 걸리는 것이 없노라고 했는데, 나는 너무나 걸리적거리는 것이 많더라구. 그래서 한평생 그것과 싸우며 살았지. 뭐라구? 공자도 60이 넘어서야 그런 경지에 들어섰다구? 그래? 그럼 이제 벌써 그 나이를 넘어섰군. 어린 시절부터 차근차근히 말하라구? 그래. 그렇게 하지."

영준은 목이 타는지 엽차를 한입에 들이마셨다.

"내 인생은 사춘기 이후 꼬여 버렸지. 그 이전에는 그래도 말 잘 듣는 꼬맹이였는데 고추에 털이 나고 변성기가 오면서 변해 버렸어. 내 속에서 또 다른 내가 튀어나온 거야. 그 시절 나는 인생의 두 갈래 길을 보았어. 하나는 이 세상에 자기 자신을 맞추어 가는 순탄한 길이고, 다른 하나는 세상을 자기 자신에게 맞추기 위해 피투성이가 되어 싸워야 하는 길이야.

어른들의 말을 잘 듣고 거기에 따르기만 하면 살기가 편했겠지만 그것은 나의 인생이 아니었어. 다른 사람의 인생을 살아주는 거지. 즉 다시 말하면 하나는 길이 잘든 똥개가 가는 길이고, 다른 하나는 야생의 늑대가 가는 길이지. 똥개는 주인이 가라는 대로 가겠지만 늑대는 제가 가고 싶은 길로 가잖아. 어린 소년은 이런 결심을 했지. 절대로 똥개는 되지 말자고. 당장 내일 죽어도 늑대로 살다가 죽겠다고. 왜냐구? 그게 바로 내가 나의 주인이 되는 길이거든. 무슨 말인지 알겠어? 그렇게 살아야 내일 꼴깍 죽는다고 해도 웃으며 죽을 수 있을 것 같았어.

대신 배부르고 따스하게 사는 삶을 포기해야 했지. 그렇게 살면서 자신을 내팽개치는 똥개가 되지 않겠노라고 뼈에 새겨 놓았지. 그런 생각은 지금도 변함이 없어. 어떤 선택의 갈림길에 섰을 때 나는 스스로 이렇게 물어보는 거야. 너는 똥개냐 아니면 늑대냐. 그래 늑대라면 어떤 길을 가야겠느냐고.

그러다 보니 손해 보는 일만 계속 생기더라고. 그뿐만 아니라 주위 사람들은 나를 미친개처럼 취급하더라고. 그래서 나는 이 세상을 늘 혼자 살아왔어. 살아남으려면 세상에 적응해야 하는데,

그 반대로 살아왔으니 파멸의 골짜기로 스스로 걸어 들어간 셈이지. 그리고 이런 생각을 한 거야. 이렇게 살아남아야 진정 가치 있는 삶이라고.

그때부터 내 인생은 꼬여 버리고 말았어. 그러나 가만히 생각해 보면 내 인생이 이렇게 꼬일수록 자기실현의 길이 넓게 트이고 자신의 한계를 극복하는 희열을 맛볼 기회가 많아지는 거야. 생각해 봐. 히말라야의 꼭대기에 오르는 꿈을 꾸는 알피니스트는 결코 미친 게 아니야. 그가 산의 정상에 우뚝 섰을 때 느끼는 쾌감은 그의 목숨과 맞바꿀 수 있을 만큼 소중하거든.

남산이나 오르락내리락하는 인간들은 도저히 그런 사람을 이해하지 못하지. 그들의 눈에는 그런 사람이 미치광이로 보일 뿐이지. 그리하여 나는 기꺼이 미치광이로 살기로 했지. 그렇게 살다 죽어야 회한 없이 마음 편하게 눈을 감을 수 있다고 생각했거든. 그렇지. 흔히 말하기를 굵고 짧게 살다 가는 거지. 생각해 봐. 우주의 시간으로 보면 10년이나 100년이나 똑같은 거야. 무한 앞에서의 유한은 모두 똑같은 거 아니겠어? 그런데 참 나는 행운아야. 그렇게 살고도 환갑을 넘었으니 말이지."

잠시 말을 멈추고 숨을 가다듬더니 그는 계속 말을 이었다.

"신이 존재한다고 믿느냐구? 신이 존재한다고 믿지 않았지만, 만약 그런 존재가 있어도 나의 자유로운 영혼을 속박할 수 없다고 믿었어. 그래야 나도 신과 동격이 되는 존재가 되니까. 어째서 사춘기 시절의 어린 영혼에게 이런 인식이 찾아들었는지 모르겠지만 나는 그것이 저주가 아니라 축복이라고 생각해. 겉으로 보기에는 그런 삶이 비극처럼 보일지 몰라도 사실은 그게 아니야.

내 영혼은 구제받을 필요가 없었어. 이미 그때 구제 받았으니까. 학창 생활로 되돌아가자구? 이런 생각을 가진 학생이 모범생은 될 수 없었지. 한마디로 불량 학생이었지.

아침에 눈을 떠보고 기분이 내키지 않으면 학교에 가지 않았어. 그냥 거리를 떠돌거나 산속을 헤맸지. 어쩌다가 기분이 좋으면 학교에 가서 공부하는 척했지. 생각해 봐. 학교가 나를 위해 있는 것이지 내가 학교를 위해 있는 게 아니잖아. 나는 부모님이나 선생님들의 꼬임에 넘어갈 만큼 어리석지 않았어. 이 세상은 내가 사는 것인데 당신들이 감 놓아라 대추 놓아라 하면서 남의 인생에 끼어들어서는 안 된다고 항변했지.

왜냐면 학교에 가서 영어나 수학 같은 시시껄렁한 과목은 공부하기 싫었거든. 왜 사는지 어떻게 살아야 하는지 이런 것을 가르쳐 주는 학교는 그 어디에도 없더라고. 이렇게 살았으니 학교에서 왕따 당하는 것은 어쩌면 당연했지. 그리고 이렇게 집단에서 소외될수록 나는 인생을 제대로 산다고 믿었어. 외로운 늑대를 좋아할 사람은 이 세상에 없는 법이지.

그러다가 학교에서 주먹깨나 쓴다는 놈들하고 부딪치게 되었지. 녀석들은 개밥에 도토리 같은 처지에 있는 나를 희생양으로 삼아 저희들의 힘을 과시하려 했지. 그런데 녀석들은 사람을 잘못 보았던 거야. 내가 녀석들에게 걸려든 게 아니라 녀석들이 나에게 걸려들었지.

나는 녀석들에게 매일 집단구타를 당했어. 그렇지만 나는 결코 굴복하지 않았지. 매일 피투성이가 되도록 두들겨 맞고도 끝까지 덤볐지. 그때는 학교에 결석도 하지 않았어. 정말 살맛이 났거든. 나는 목숨을 걸고라도 그 녀석들을 이기고 싶었어. 삶의 목표가 세워진 거지.

그랬더니 나중에는 이 녀석들이 나를 슬슬 피하는 거야. 나중에 이 싸움이 학교에 알려지면서 나도 그들과 똑같이 무기정학이라는 처벌을 받게 되었지. 피해자와 가해자에게 똑같은 처벌을 내린 거야. 거기다 나는 이전에도 무기정학을 받은 전력이 있어서 가중처벌을 받게 되었지. 학교를 그만두라는 거야. 무기정학이 두 번 이상이면 퇴학이라는 규정이 있었나 봐. 자퇴하지 않으면 퇴학시킨다고 하길래 미련 없이 학교를 떠났지.

뭐? 슬펐냐구? 아니 그 정반대야. 그깟 학교를 진즉 그만두고 싶었는데 명분이 없었지. 부모님은 눈물을 흘리며 슬퍼했지만 나는 신이 났던 거야. 이제 내 마음대로 살게 되었으니까. 이제 아침에 눈을 뜨고 학교에 가야 하나 말아야 하나 고민할 필요가 없었지. 대신에 부모님과 약속했지. 검정고시를 보기로.

그래서 그 지긋지긋한 공부를 혼자 했어. 죽어라고 했더니 1년 만에 합격할 수 있었어. 아마 머리는 그렇게 나쁘지는 않았던가 봐. 그래도 대학에 갈 마음은 없었어. 집안 형편도 어려웠고. 그랬더니 딱 두 가지 길이 눈에 보이더만. 절에 찾아가 스님이 되느냐 아니면 군대에 가느냐 하는 거야. 그런데 스님이 되면 산속에 박혀 답답하게 살 것 같았어. 나는 여기저기 돌아다니는 것을 좋아했거든. 그래서 군대로 갔지. 열아홉 살짜리를 받아주는 군대는 해병대밖에 없더라고. 그래서 서울대나 고려대가 아닌 해병대를 갔지. 잠깐. 이제 좀 쉬었다 하자. 군대 얘기는 다음 시간에 하자구. 담배 한 대 피우고 올게."

화장실에다 살림을 차렸는지 한참 시간이 지나서야 영준이 진한 니코틴 냄새를 풍기며 돌아왔다.

"자, 다시 시작할까. 딱 30분만 더 하자구. 내가 서두에 자기에게 주어진 운명을 거부할 용기가 있어야 자기를 실현할 수 있다고 했는데 그것이야말로 자기 인생을 빛나게 하는 창조적 삶이야. 뭐라구? 운명을 사랑하라고 그랬다고? 아모르파티? 아모르가 어디에 있는 곳인데 거기서 파티를 한다는 거야?

니체라는 이름을 들어 보기는 했지. 그 사람이 운명을 사랑하라고 그랬다고? 에이, 그것은 잘못 해석한 거야. 너에게는 새로운 운명을 창조할 운명이 주어져 있다는 얘기일 거야. 요즘 말로 바꾸면 주어진 유전인자에 의지하지 말고 자기의 의지대로 살아가야 가치 있는 존재가 될 수 있다는 얘기이지.

생각해 봐. 내가 생물학은 잘 모르지만 생명의 발전 단계에 따라 세상에 적응하는 방식이 다른 것 같아. 이미 주어진 유전인자에 100프로 따라가는 것이 곤충이나 벌레이고 90프로쯤 따라가는 것이 짐승이라면 인간은 거기에 몇 프로쯤 따라가야 할까. 내가 존엄한 존재가 되기 위해서는 내 인생을 내가 디자인하고 프로그램해서 살아야 하지 않을까. 아무리 기성복이 좋아도 내 몸에 딱 맞는 옷은 내가 스스로 만들어 입자 이거야. 자신의 운명을 거부할 용기가 있는 자에게만 이런 창조적인 가치를 구현할 자격이 주어지는 거야.

그러니까 인간의 운명이란 주어진 운명을 벗어날 운명인 거야. 도가에서는 이런 사람을 도인이라고 부르는데 그것도 지인, 신인, 성인으로 등급을 나누지. 마지막 성인에 이르면 자신의 운명을 자기 의지대로 조종할 수 있다고 하는데 나는 아직 그 문턱에도 들어서지 못했어.

그런데 이렇게 살다 보니 한 가지 문제점이 발생하더라고. 남들은 돈 벌고 출세하려고 기를 쓰며 살아왔는데 나는 정반대로 살다 보니 비록 정신적 자유는 누리고 살았지만 물질적으로 남은 게 없는 거야.

그러다 보니 환갑 진갑이 지나도록 집 한 칸 장만하지 못하고 노숙자처럼 떠돌며 살았지. 젊었을 때는 그래도 상관없었지만 이제 나이가 들어 노쇠해 가는 육신을 보면서 생각이 좀 바뀌었어.

돈이나 물질로부터 자유롭게 살아왔지만 가진 것이 쥐뿔도 없으면서 그렇게 생각하는 것은 자기 최면에 불과하다는 생각이 드는 거야. 그렇다면 돈을 왕창 벌어서 그런 속박에서 벗어나자고 결심했지. 그래서 이번에 크게 한탕하기로 작정한 거야.

이 프로젝트가 성공하면 물질로부터 자유를 획득하려는 내 마지막 꿈이 이루어지는 거야. 야. 벌써 시간이 이렇게 되었네. 피곤하니까 오늘은 여기까지만 하자. 이제 녹음기 꺼버려. 말을 많이 하는 것도 굉장히 힘드네."

녹음은 여기서 끝나 있었다. 첫 번째 인터뷰는 이렇게 끝났다. 그의 말은 홍수에 터져버린 낡은 댐처럼 거침없이 쏟아졌다. 정제된 언어는 아니었지만 그래서인지 더욱 호소력이 있었다. 모르긴 몰라도 영준의 이런 고백을 들을 수 있었던 사람은 자신밖에 없었을 거라고 정식은 자신할 수 있었다.

정식은 이 녹음을 연거푸 세 번째 들었다. 그러면서 니체의 위버멘쉬에 대한 정의를 내려 보았다. 자기의 운명을 자기 손으로 개척하는 자가 바로 그이다. 그리고 그 사람이 바로 도가에서 말하는 도인과 같다. 바로 이 사람이야말로 자신이 애타게 만나기를 기원했던 바로 그 사람임을 확신하게 되었다. 그가 가는 곳이 지옥의 막장이라 해도 정식은 기꺼이 따라나설 각오가 되어 있었다.

진우는 박 원장이 인간적인 매력을 지닌 사람이라고 말했으나 정식에게는 그 이상의 존재로 여겨졌다. 다시 말하지만 카잔차키스가 조르바를 만났듯이 서정식은 박영준을 만난 것이다.

그를 따르다가 불행한 일을 겪게 되더라도 절대 후회하지 않을 것이다. 그는 운명을 지배하는 능력을 가졌기에 그것을 극복할 비책도 가르쳐 줄 것이다. 이번에 그가 벌이는 프로젝트에서 완벽하게 역할을 수행하여 그에게 물질적 속박에서 벗어나는 자유를 선사하고 싶었다. 그러다 보면 정식 자신도 아울러 그런 자유를 향유할 수 있게 될 테니까.

그가 언급했듯이 생물의 역사에서 돌연변이가 그 생물의 생명력을 강화해 주었다고 했다. 인류의 역사에서도 그런 과정을 필연적으로 거쳐야 한다. 이런 돌연변이의 영혼을 가진 사람이 존재해야만이 한 차원 높은 인류 역사의 단초가 열리는 것이다. 그런데 그런 영혼을 가진 당사자는 비극을 겪을 수밖에 없는 운명을 지니고 있다. 그런 비극을 통해 인류는 한 차원 더 높은 정신세계를 구축할 수 있는 것이다.

그것이 바로 니체가 말한 《비극의 탄생》이다. 니체는 단지 그것을 이론으로만 알고 있었지만 그리스인 조르바와 한국인 박영준은 그것을 온몸으로 실천하고 있다. 따라서 그런 사람을 만날 수 있었던 카잔차키스나 서정식은 행운아이다.

녹음을 연거푸 세 번째 듣고 나서 정식은 그동안 쓰지 못했던

《영겁회귀》의 집필을 시작했다. 전철역에서 K를 구해준 사람은 그림자조차 없다는 뜻의 무영 스님이었다.

그는 K를 구해준 뒤 멱살을 잡아 이끌 듯이 그가 거처하는 암자로 끌고 갔다. 거기서 그는 자신이 걸어왔던 험난한 삶의 과정을 하나씩 풀어서 얘기해 주었다. 오늘은 우선 학창 시절을 얘기해 주었고, 다음에는 군대 시절의 얘기를 해줄 작정이었다. 이런 설법을 통해 K의 주위에 어른거리는 죽음의 그림자를 지워 버리는 것이 무영 스님의 목표였다. 여기까지 쓰고 나서 정식은 잠을 청했다.

두 번째 인터뷰를 하기로 약속한 날, 이번에는 정식이 약속 시간보다 늦게 다방에 들어섰다. 오전에 진우와 함께 볼일이 있어 여기저기 다니느라 시간을 허비했기 때문이다. 두 사람이 함께 다방에 들어서자 영준은 제자리를 지키고 있었다.

"오늘 무슨 일이 있었습니까?"

두 사람이 동시에 들어서자 영준이 의아한 표정으로 물었다.

"서대문과 신촌에 다녀오느라 늦었습니다."

"거기는 왜?"

"정민성이 다니던 학교를 찾아보았어요."

이번에는 진우가 대답하자 정식이 덧붙였다.

"서대문에 있는 고등학교와 신촌에 있는 대학교에 가 보았어요. 그런 곳을 다녀보아야 민성이가 무슨 생각을 하고 어떻게 살아왔는지 알 수 있을 것 같아서요."

"헛다리 짚었군. 그 고등학교는 진즉에 강남으로 이사 갔고, 그 대학이라야 1년밖에 다니지 않았어. 수집할 정보가 없을 거야."

"그것을 다 알고 계셨군요."

"그럼. 졸업앨범에 실린 동창생들까지 다 조사했지. 현재 민성과 연락이 닿는 친구는 하나도 없어. 미국으로 사라진 뒤 편지 한 통 없다더군."

"차라리 잘되었네요. 그래야 우리가 일하는데 편할 것 같아요."

"누구를 통해 민성이를 확인할 것인지는 오 회장한테서 정보가 올 거야. 그는 전주 측과 긴밀하게 연결되어 있거든. 내가 추측하기로는 민성의 얼굴을 아는 동창이나 친척을 동원할 것 같은데 친척은 아니라고 봐. 땅을 싸게 판다고 문중에 소문이 나서 좋을 게 없거든. 만약 동창이 나온다고 해도 누가 올 것인지 사전에 알 수 있으니 그때 가서 준비해도 늦지 않아."

"공연히 우리가 서둘렀군요."

진우가 말했다.

"아니지. 이렇게 미리 준비해 두려는 정신은 칭찬해 주어야지. 그런데 참 어려운 과제가 하나 있어."

영준이 아주 심각한 표정으로 탁자 위에 놓인 담뱃갑을 만지작거렸다.

"그게 뭔데요?"

진우가 물었다.

"서양 여자 하나를 마누라라고 데리고 다니면 그들을 완벽하게 속여 넘길 수 있을 것 같은데. 그런 백마 한 마리 어디서 구할 수 없을까? 배우협회나 이런 데서 말야."

"글쎄요. 알아보기는 하겠지만 쉽지 않을 것 같아요."

진우가 영준을 따라 심각한 표정을 지었다.

"영어 선생이었다면서 그런 사람 하나 구할 수 없어? 그럴 수만 있다면 금상첨화가 될 터인데."

이번에는 영준의 시선이 정식을 향했다. 영준의 이런 말을 듣자마자 정식의 눈에 두어 명 미국 여인들의 얼굴이 오락가락했다. 이 학원 저 학원 옮겨 다니면서 얼굴을 익힌 원어민 강사들의 얼굴이었다.

"한번 알아보도록 하죠. 원어민 영어 강사 몇 사람을 알거든요."

"그렇게 해 봐. 말을 하지 않고 따라다니기만 하면 되니까. 액세서리처럼."

"히야. 알고 보니 이 친구도 백마를 탄 경험이 있는 것 같은데……."

이런 진우의 호들갑을 무시하고 정식은 손가방에서 손바닥 만한 녹음기를 꺼냈다. 진우가 정식의 눈치를 살피더니 인터뷰하는 동안 자기는 춤방으로 교습을 받으러 올라가겠다고 했다. 그러면서 인터뷰 시간이 얼마나 걸리느냐고 물었다. 두 시간쯤 걸린다고 했더니 시간 맞추어 내려오겠다면서 일어섰다. 그러자 정식이 녹음기 버튼을 눌렀다.

"오늘은 군대 시절 얘기를 하기로 했지. 그래 동창들이 막 학교를 졸업해 대학에 갈 때 나는 군대 가려고 시험을 봤지. 필기시험이고 체력검정이고 무난히 통과할 줄 알았는데 두 번이나 떨어진 거야. 이건 뭐 대학입시도 아니고 자존심이 무척 상하더라고. 그래서 무작정 모병 담당관이라는 사람을 찾아갔지.

계급이 상사였는데 내가 왜 시험에 떨어졌느냐고 따졌더니 국가 기밀이라며 피식 웃더군. 그래도 대차게 대들었더니 고등학교 시절에 무단결석이 많은 데다가 또 자퇴한 이유가 뭐냐고 묻더군. 그래서 대학에 빨리 가고 싶어 검정고시 준비를 했다고 했지. 제출한 서류에는 검정고시 합격증도 있었거든. 그 효과가 있었는지 그다음 시험에서는 합격했더라구.

군대에 들어가서야 나는 내 체질을 알게 되었어. 고통이 주어질 때 그것을 견디며 살아가는 것에서 살아가는 이유를 찾는다는 것을. 그 뭐라나 마조히스트(masochist)의 기질이 있었나 봐. 진짜 강한 사람은 사디스트(sadist)가 아니라 마조히스트인 거야. 닥치는 고통에 굴복하지 않고 그것을 이겨냈을 때 나는 자신이 위대해진다는 것을 깨달았지. 그런 자기 충족감이야말로 최고의 기쁨이었지. 그것은 섹스할 때 맛보다는 쾌감보다 수백 배 수천 배가 넘는 전율 같은 희열이었어.

혹시 러너스 하이(runner's high)라는 용어를 들어본 적이 있나?

없다면 조용히 들어 봐. 마라톤이나 철인 경기를 하는 사람들은 다 아는 얘기인데 말야. 인간의 육체가 극한에 이르게 되면 두 가지 반응이 나타나게 되어 있어. 하나는 정신을 잃고 쓰러지거나 다른 하나는 정신력으로 버티어 그 위기를 극복하는 거지. 이 기로를 러너스 하이라고 부르는데, 이 기로에서 쓰러지지 않고 버티면 육신의 내부에서 새로운 힘이 솟아나는 것을 느낄 수 있지.

특히 더운 여름날 완전 군장을 하고 구보를 하거나 100킬로그램이 넘는 고무보트를 머리에 얹고 백사장을 달릴 때 이런 현상을 맛볼 수 있지. 혼자서 어떻게 100킬로그램을 머리에 이겠어? 여섯에서 일곱 명이 한 팀이 되어 달리는 거지. 이때 체력이 한계점에 이르면 코와 입에서 하얀 거품이 뭉게구름처럼 일고 혀가 축 늘어지면서 온 세상이 하얗게 변색되는 순간이 찾아와. 이게 바로 러너스 하이의 순간이야.

여기서 정신줄을 놓아버리면 뒤에 따라오는 앰뷸런스에 실려 가게 되는 거야. 그러나 이를 악물고 그 순간만 고비를 넘기면 온몸에서 새로운 힘이 솟아나 슈퍼맨이 되는 경험을 할 수 있지. 그러면 이제 막 출발한 사람처럼 몸이 가벼워지게 되는데, 그때 내가 인간을 벗어나 신이라도 된 듯한 황홀경을 맛보는 거야.

왜 히말라야에 가서 사람들이 죽는 줄 알아? 바로 이런 쾌감을 맛보기 위해 목숨을 거는 거야. 이런 성취감을 한 번 겪어본 사람은 그것을 잊지 못해 자신의 생명을 걸고라도 도전하게 되는 거야. 평범한 사람들은 그들을 미쳤다고 손가락질하지만 그런 사람들은 슈퍼맨이 되어 하늘을 날아 본 경험이 없기에 결코 그들을 이해할 수 없지.

나는 그 짜릿한 맛을 잊지 못해 힘들다고 소문난 부대로만 돌아다녔지. 그랬더니 수색대를 거쳐 망치부대까지 가게 되었어.

남들처럼 조국을 위해 목숨을 바친다는 각오를 가진 것도 아니야. 나는 안중근 의사가 아니거든. 그저 내가 가지고 있는 인간의 한계를 뛰어 넘어보고 싶었을 뿐이야. 아니면 슈퍼맨을 꿈꾸는 소영웅주의자이거나. 그리고 솔직히 말하자면 이런 추상적 이유 말고도 현실적인 이유가 있기도 했지. 작대기 하나 달고 실무 부대에 가니까 내가 세상에서 제일 보잘것없는 존재임을 알게 되었지. 한 손에 빗자루 들고 다른 손에 걸레 들고 정신없이 뛰어다니다가 얻어터지기나 하고. 거기다 저녁마다 치르는 순검이라는 행사가 죽기보다 싫더라고.

별것도 아닌 인간들이 계급 뒤에 숨어서 들볶는데 거기서 제일 졸병인 나는 인간도 아니더라고. 그래도 훈련받을 때는 동기생이라도 있고 똑같은 대접을 받으니까 몸은 힘들어도 정신적으로는 여유가 있었거든.

그래서 작대기 두 개를 달자마자 수색 훈련을 지원했지. 물론 거기서 인간이 견딜 수 없는 고통을 겪기는 했지. 그 대신 러너스 하이를 본격적으로 맛보게 된 거야. 턱걸이 개수를 못 채웠다고 철봉대 위에서 밥을 먹기도 했고 선착순에 늦었다고 배 젓는 노에다가 밥을 퍼주어 짐승처럼 핥아먹기도 했고, 똥 덩어리와 죽은 쥐가 둥둥 떠 있는 하수구를 올챙이 포복으로 기어가기도 했고, 일주일 내내 잠을 재우지 않아 졸면서 노를 젓다가 바다로 풍덩 빠지기도 했어. 고무보트를 이고 산을 넘다가 머리에 피멍이 들기도 했지만, 실무 부대에서 막내 노릇하는 거보다 낫더라고.

내가 받은 훈련 중에서도 잊히지 않는 훈련이 있는데 물속에서 2분 이상을 견디는 훈련이야. 이 과정을 초과 호흡이라고 하는데 이 과정을 못 넘기면 탈락하는 거야. 그거 아주 쉬워 보이지?

그 훈련을 받으면서 박종철이가 얼마나 힘들게 죽었는지 알 수 있었어. 물속에서의 2분이 20년보다 길더라니까. 처음에 몇 번 시간을 못 채우고 솟구쳐 올라오자 조교가 소리치더군. 이 새끼야, 제주도에 가면 할머니들도 물속에서 5분을 놀다가 오는데 그것도 못 하느냐고.

이 말에 얼마나 자존심이 상했겠어? 이 말을 듣고 다음에는 거뜬히 통과했지. 물을 잔뜩 먹고 게워 내기는 했지만. 그런데 이렇게 두 달 반 훈련을 받고 수색대에 전입했는데 거기서도 내무생활은 똑같더라고. 졸병 딱지를 뗄 수 있는 방법이 없더라고. 바로 그때 부대 행정관이 솔깃한 제안을 하나 하는 거야. 해병대 안에 계급으로 인간 차별을 받지 않는 부대가 딱 한 군데 있다고. 거기가 망치부대였어. 그래서 망설임 없이 지원했지.

그랬더니 포항에서 백령도까지 머리 기른 민간인이 친절하게 길을 안내해 주더라고. 군대에 입대해서 처음으로 인간 대접을 받으니 눈물이 핑 돌더군. 그는 내가 죽으러 가는 사람처럼 정중하게 대접해 주었는데, 나중에 알고 보니 보안사에 근무하는 부사관이었어. 인간이 인간 대접을 받는다는 게 이렇게 감격스러울 때가 있더군.

부대 앞에 도착했더니 끔찍한 부대 마크가 눈에 확 들어왔어. 칼에 찔린 해골의 눈에서 뱀이 뚫고 나오는 그림이었는데 그게 이 부대의 상징이었어. 거기다 내무실 벽에는 빨간 페인트로 이런 글귀가 적혀 있었어.

'모조리 죽여라. 심판은 하느님께 맡기고.'

어때? 으스스한 한기가 돌지 않아? 도착하자 마자 팀장인 중사가 유서를 써내라고 하더군.

지금 그 내용은 세세하게 기억나지 않지만 무슨 임무를 수행하다 죽어도 찍소리 하나 내지 않겠다는 내용이었어. 일종의 불공정 계약이었지. 이 부대에서 근무했던 대원 중 일찍 간 사람이 굉장히 많아. 잔혹한 훈련의 후유증으로 인해 병사하거나 자살한 사람이 많은데, 그 유서대로 한 푼도 보상을 받지 못했어.

당국에서는 그런 부대가 있었다는 사실조차 공식적으로 인정하지 않고 있어. 하기야 죽어도 찍소리 하나 내지 않겠다고 서명했으니 할 말이 없지.

거기서 무슨 훈련 받았느냐구? 수색대에서 받은 훈련과 같았는데 오히려 여기서 받은 훈련이 더 쉬웠어. 그 대신 언제든 죽을 수 도 있다는 환경에서 훈련을 받았지. NLL 선상을 넘나들며 훈련을 했거든. 그게 뭐냐구? 물 위에 그어진 38선이야. 우리가 한 번 훈련 나가면 북한군 내부에서는 난리가 났지. 그들의 신경을 긁어 피곤하게 만드는 게 우리의 임무였거든.

작전을 나갈 때면 우리는 수류탄 두 발을 어깨에 늘어뜨린 탄띠에 매달고 출발했지. 그중 오른쪽 어깨에 매달린 수류탄은 자폭용이었어. 포로가 되어 고문을 받느니 고통 없이 죽는 게 낫다고 하더군. 나는 거기에 동의할 수 없었지만 말을 하지는 못했어. 나는 오른쪽 수류탄을 어루만지며 이렇게 속삭였지. 너는 영원히 불발탄으로 남아 있을 거라고. 아무튼 이렇게 그 부대에 잘 적응하며 군대 생활을 했어.

거기에는 사람의 피를 말리는 순검제도 같은 것이 없었어. 그저 인원 파악만 하면 그만이었지. 이렇게 언제 죽을지 모르는 상황에 놓이면 사람들이 좀 너그러워지는 것 같아. 그리고 무엇보다도 총기와 탄약을 마음대로 다룰 수 있는 환경에서는 사람을 함부로 대할 수는 없지. 언제 총부리를 뒤로 돌리게 될는지 알 수 없잖아.

실제로 영화 〈실미도〉에서는 그런 일이 벌어지기도 했잖아. 조국을 위해 죽겠다고 서약한 친구들이 총구를 청와대로 돌렸지. 그들은 국가로부터 배신당했다고 믿고 복수하겠다고 덤볐지. 그런 무모한 시도가 성공하리라고는 그들도 믿지 않았을 거야. 나는 그들이 느꼈던 배신감을 충분히 이해할 수 있어. 나라면 그렇게 행동하지 않겠어. 그런 고생을 하면서 살아온 세월이 억울하다면 그 보상을 받아내야지. 우리처럼 이렇게 머리를 써서 지능적으로 사회에 복수하는 방법을 연구해야 하는 거야.

내가 그들의 리더였다면 청와대로 향하지 않고 돈을 찍어내는 한국은행으로 향했을 거야. 자본주의 사회의 꽃은 현금인데 한국은행을 털어서 돈벼락이라도 맞고 죽었더라면 훨씬 덜 억울했을 거야."

여기까지 녹음하고 있을 때 댄스 교습이 끝난 진우가 기웃거리며 다가왔다.

"아직 인터뷰가 끝나지 않았습니까?"

"그래, 오늘은 이제 그만하지."

영준의 얼굴에 피곤한 기색이 역력했다.

"그럼 오늘은 여기서 끝내겠습니다."

정식은 녹음 작업을 마치고 녹음기를 가방에 넣었다.

"오늘은 무슨 얘기를 하셨나?"

진우가 물었다.

"군대 얘기요. 망치부대 얘기 들어 보셨어요?"

"그래. 나도 들었어. 참 믿어지지 않는 얘기지."

이렇게 진우와 정식이 주고받는 데도 당사자인 영준은 선을 하는 수행자처럼 가만히 눈을 감고 미동도 하지 않았다. 그리고 식사를 같이하자는 정식의 제의에도 응하지 않고 바쁜 일이 있다며 또 먼저 나가 버렸다.

2

세 번째 인터뷰가 있던 날 영준은 길게 기른 머리를 앞으로 돌려 고무줄을 칭칭 감으며 말문을 텄다.

"내가 왜 이렇게 머리를 기르고 있는지 알고 싶지 않아? 거기에는 깊은 사연이 있지."

"제가 그것을 어떻게 알겠어요?"

녹음기를 작동하며 정식이 이렇게 대답했다.

"저번 인터뷰에서도 내가 얘기했지. 어린 소년은 스님이 되고 싶었다고. 20대 초반에 나는 육신을 너무 혹사해서 지쳐 있었어. 그래서 이젠 조용히 쉬고 싶었어. 그러면서 인생에 대한 근본 문제를 해결하고 싶었어. 그래서 제대하고 스물넷의 나이에 오대산 월정사에 행자로 들어갔어.

절에 들어가면 가부좌 틀고 앉아 명상에 잠기던가 《불경》이나 연구할 줄 알았지. 그런데 기대와는 영 딴판이더라고. 거기도 군대와 똑같더군. 스님이 장교라면 사미계를 받은 예비 승려는 부사관이고 먼저 들어 온 행자는 고참 병사와 같았어. 작대기 4개 달고 제대한 지 얼마 되지도 않았는데 다시 작대기 1개 달고 재입대한 꼴이더라니까. 꼭두새벽에 일어나 공양간에서 불 때고, 설거지하다가 공양주에게 머퉁이나 먹고, 울력이라고 밭에 나가 김매다가 해우소에서 똥 퍼내고, 절집 주변에 먼지 한 톨이라도 있으면 스님들에게 야단맞고 살아야 하니 군대 생활과 다름이 없었지.

게다가 나보다 몇 달 앞서 들어온 행자 하나가 어찌나 텃세를 부리던지 못 견디겠더라고. 건장한 체구에다 부산에서 무슨 조직에 있었다고 거들먹거리는 놈인데 그런 행세가 절집에서도 통하더라니까. 행자들 모두 그놈의 눈치를 보느라 절절매더라고. 깡패 나부랭이가 절에 들어온 것부터 눈에 거슬리던 참이라 속으로 벼르고 있었지.

그런데 마침 기회가 찾아왔어. 어느 날 녀석이 요사채 주위에 있는 낙엽을 쓸라고 하기에 당신이 하라고 했더니 그냥 빰을 올려붙이는 거야. 녀석이 사람을 잘못 건드린 거지. 3년간 살인병기로 단련된 내 몸은 전부 쇳덩어리와 같았지. 다시 나를 때리려고 손을 치켜든 녀석의 낭심을 한 번 툭 걷어찼지. 그랬더니 벼락 맞은 고목처럼 맥없이 엎어지더라고. 그리고 숨도 제대로 못 쉬고 눈이 뒤집혀서 경련을 일으키길래 심폐소생술로 살려 놓았지.

그날 저녁 당장 원주 스님이 부르더군. 원주가 뭐냐 하면 절의 살림을 책임지는 스님이지. 그 양반이 당장 내일 새벽 보따리 싸서 나가라는 거야. 그러면서 너 같은 놈은 절대 머리를 깎아서는 안 된다는 거야. 속세에 남아서 머리를 길게 길러야 천수를 누릴 수 있다고 하더군. 내가 무릎 꿇고 손이 발이 되도록 빌었지만 용서해 주지 않더구만. 그리고 이런 말을 했어. 부처를 섬기려면 먼저 자기 자신을 버려야 하는데 운명적으로 그게 불가능한 사람이 있는데 바로 너 같은 놈이 그렇다고. 그러니 그 얼굴로 끝까지 속세에 남아 있어야 한다고.

그가 이렇게 저주를 퍼부은 순간 바로 그때 나는 깨달음을 얻었던 거야. 머리 깎고 행자 생활을 한 지 석 달 만에 도를 깨우친 거야. 내가 부처와는 다른 길을 가야 할 운명이라고.

다음 날 새벽 일주문을 나서면서 이렇게 중얼거렸지. 그래, 나에게는 부처나 예수가 필요 없다. 그저 박영준이면 된다. 그렇게 산에서 내려온 뒤 온전히 나 자신을 되찾은 거야. 그 뒤로는 나 외의 다른 신을 절대 믿지 않기로 했어. 지금도 거울을 볼 때마다 나는 이런 염불을 외우지. 지금 거울 저편에 계신 분이 네가 모셔야 할 유일신이다. 신이 너에게 내린 계율은 딱 한 가지이다. 너는 길들인 개가 아니라 야성을 잃지 않은 늑대이니 하루를 살다 가더라도 본성을 잃지 말아라. 그러면서 그 거울 속의 화상 앞에 합장배례하고 하루의 일과를 시작하지.

이렇게 남들은 수십 년 수행 정진해도 깨우치지 못하는 진리를 나는 딱 석 달 만에 깨우친 거야. 과대망상이 아니냐구? 무슨 말을 들어도 나는 개의 하지 않아. 글쎄, 극단적인 이기주의라고 해도 할 말은 없는데 내 한 몸의 무게가 이 우주 전체의 무게와 같다는 결론을 내릴 수밖에 없었어. 이런 이치를 깨달은 이후 그 증표로 머리를 자르지 않기로 한 거야.

불교 수행자들은 머리칼을 무명초라 하여 번뇌와 잡념의 상징물로 취급하고 그것을 밀어 없애야 부처의 길로 들어선다고 했는데, 나는 그 정반대의 길로 나아가기로 결심했어. 나에게 닥치는 번뇌와 망상을 다 받아들이고 주어진 인연 속에 뛰어들어 치열하게 살아가기로. 고독과 번뇌가 없는 인생은 살아갈 만한 가치도 없지. 그것을 피하지 말고 그 속에 뛰어들어 맞서 싸우기로 했어. 그래야 더욱 강인한 힘을 가진 위대한 인간이 될 수 있으니 그것을 축복으로 여겨야 한다고. 피할 수 없는 고통은 즐기라고 군대에서 배웠거든.

그렇게 살다 보면 육체의 극한 지점에서 찾아온 러너스 하이와 같은 구원의 불빛이 정신의 극한 지점에도 찾아오리라 믿었어. 인간의 한계를 극복하면 그게 신이 아니겠어? 그렇게 나는 내 정신력으로 온 우주를 감싸는 꿈을 꾸고 있어.

정신적 고뇌의 극단에 이르면 마치 태풍의 눈처럼 고요한 지점에 이를 수가 있다고 믿어. 바로 거기에 안착하는 사람만이 대자유인이 될 수 있고, 당장 내일 죽는다 해도 그는 영원히 살아남는 거야. 이런 자각에 이르니 머리를 함부로 깎을 수 없더라고. 내 몸이 전 우주라면 머리털 하나도 지구의 무게쯤 되지 않겠어?

즉 아무리 잘라내도 고통을 주지 않는 이 머리카락이야말로 나에게는 생명초로 여겨지게 되었지. 이런 자각에 이르니 머리를 함부로 잘라내지 않게 되었던 거야.

그런데 인연이라는 것이 참 묘하게 엮어지더군. 오랜 시간이 지난 뒤 나를 내친 그 스님을 찾게 되더라고. 물론 다시 불문에 들어서려는 것은 아니고, 잠시 숨어 지낼 필요가 있어서 다시 산으로 갔지. 수소문해보니 그 스님이 조그만 사찰의 주지로 있더라고. 그래서 찾아갔어. 왜 숨어 지내냐고? 그것은 본론에서 벗어난 얘기인데. 그래도 궁금하다면 얘기해 주지.

절에서 그렇게 쫓겨난 이후 먹고살려고 부동산 계통의 일을 했어. 아파트 부지를 확보하는 부동산시행사에 똘마니로 들어가 온갖 궂은일을 도맡아 처리했지.

맞아. 깡패라고 부르기보다 그렇게 말하는 것이 듣기 좋잖아. 그것을 우리는 진상 처리반이라고 불렀는데 하는 일이 뭐냐 하면 말을 잘 안 듣는 사람을 말을 잘 듣도록 타이르는 일이야. 배운 거라고는 살인 기술밖에 없는데 어쩌겠어.

좋아. 자세히 얘기해 주지. 건설회사에서 아파트를 지으려면 꼭 필요한 땅인데 시가보다 훨씬 높은 값을 준대도 팔지 않고 버티는

지주가 꼭 한두 명 있거든. 그 한 사람 때문에 거대한 공사가 중지될 수는 없잖아. 그것을 전문용어로 알박기라 하는데 나는 그런 사람을 다루는 일을 맡았어. 그런 알박기를 한 영감이 하나 있었는데 시가의 열 배를 요구하고 버티는 거야. 그래서 모텔에 감금해 놓고 사흘 만에 계약서를 받아냈는데, 그게 문제가 된 거야. 그 영감의 사촌동생인가 뭔가가 검찰청의 높은 사람이라며 나를 잡으러 왔더군. 용케 도망치기는 했는데 그 바람에 지명수배가 되어 숨을 데를 찾았던 거야.

그래서 스님이 계신 절로 찾아갔더니 15년이 지났는데도 나를 알아보더라고. 자기가 수백 명의 행자를 키웠는데 사람을 죽도록 패놓고 도망친 놈은 너 하나밖에 없다면서.

그 스님은 나이가 많아서 그런지 기억력이 좋지 않았어. 내가 도망친 것이 아니고 자기가 쫓아냈거든. 거기다 발길질 한 번 한 것을 가지고 죽도록 팼다고 하면 말이 안 되지. 그러면서도 내가 언제인가는 자기를 찾아올 줄 알았다고 마치 기다리고 있었던 것처럼 반겨 주더군. 글쎄, 그냥 한번 그렇게 해본 소리인지도 모르겠지만 무슨 이유로 왔느냐고 묻지 않아서 다행이었어. 아마 내가 쫓기는 몸이라는 것을 아는 눈치였어.

그런데 그 스님이 딱 한 가지 조건을 내걸더군. 부처님 앞에 하루에 108배만 하면 절에 머물도록 해주겠다고. 그거야 운동 삼아 얼마든지 할 수 있잖아. 그래서 2년이 조금 넘게 거기서 지냈어. 사람들은 나를 거사라고 불렀는데 말하자면 절에서 하숙을 한 거라고 보면 돼.

거기서 불교 공부를 좀 하려고 했는데, 스님은 네 체질에 불교는 맞지 않으니 이거나 공부하라고 하면서 노자와 장자에 관한 책을 한 보따리 안겨주더군. 한문투성이의 책이라 그 주지 스님한테 배울 수밖에 없었어.

스님은 자기가 그 유명한 탄허 스님의 제자라고 자랑하더군. 탄허 스님이 누구냐고? 그 양반은 불교를 공부하기 이전에 도교와 유교를 공부해서 유불선에 정통한 유명한 학승이야. 이렇게 해서 나는 머리를 깎지는 않았지만 탄허 스님의 학맥을 잇는 수제자가 되어버린 거야.

도교 공부를 하면서 내가 세상을 제대로 살아왔다는 것을 확인할 수 있었어. 내 스스로가 내 삶의 주인공이 되려고 노력했다는 점에서 내 인생은 성공한 거야.

노자와 장자가 내 등을 두드려 주며 자기들 옆에 한자리를 내주더군. 그런 인식에 도달하니 내 몸이 지상을 떠나 두둥실 하늘을 날아다니는 것 같더라고. 옛 도인들이 구름을 타고 다녔다는 말이 실감이 났지. 부처가 말한 '천상천하 유아독존'의 경지에 들어선 거야.

바로 이때가 내가 최초로 겪은 정신적 '러너스 하이'의 순간이었어. 나중에 곁에 있던 스님이 말하기를 내가 실성한 줄 알았다고 하더군.

세상에 이런 경지를 맛본 사람이 몇이나 되겠어? 그때 나는 깨달았어. 신선이 따로 없다고. 이제 이 자리에서 죽어도 여한이 없다고, 어때? 이만하면 성공한 인생이라고 할 수 있겠지?"

여기까지 말하고 나서 영준은 손짓으로 녹음을 멈추게 했다. 그는 양해도 없이 담배를 피워 물더니 진한 연기 속에 자신의 모습을 감추려 했다. 연신 길게 뿜어내는 담배 연기가 구름이 되어 그 위에 자신의 넋을 얹어 놓은 듯 황홀한 눈길로 허공을 응시했다. 신선이 되었던 그 당시를 회상하는지 그의 얼굴이 발갛게 달아올랐다. 이런 분위기를 깨지 않으려고 정식은 까치발을 하고 화장실로 향했다.

정식이 잠깐 화장실을 다녀온 사이에 사태가 돌변했다. 영준이 입에 수건을 대고 연신 기침을 해대는 것이었다. 자지러지는 기침 소리에 놀라 정식이 물었다.

"원장님. 괜찮으세요?"

영준은 기침을 계속하면서도 손으로는 괜찮다는 표시를 했다. 이렇게 한바탕 소란을 떨고서야 겨우 호흡을 가다듬으며 떠듬떠듬 말했다.

"이 지하의 공기는 저 하늘 높은 곳과는 너무 달라. 오염이 심해서 신선이 살기에는 적합하지 않아."

영준은 입에 댔던 손수건을 접어 얼른 주머니에 넣었다. 거기에 빨간 피가 배어 있는 것이 잠시 보였는데 정식은 가방을 챙기느라 그것을 보지 못했다.

세 번째 녹음을 마치고 고시원으로 돌아온 즉시 정식은 '러너스 하이'라는 말을 검색해 보았다. 그게 무슨 뜻인지 얼핏 들은 것 같기도 했지만, 그 뜻을 정확하게 알고 싶었다. 육신이 극한 상황에 이르면 그것이 찾아온다고 했는데 정신이 극한에 이르러도 찾아오는 현상인지 궁금했다. 그 단어를 두들기니 문자판에 다음과 같은 기록이 나왔다.

숨이 턱까지 차올라 무아지경으로 달리다 보면 어느 순간 몸이 가벼워지면서 상쾌한 행복을 맛볼 수 있게 되는데, 이때 느끼는 쾌감을 러너스 하이(runner's high)라고 한다. 1분에 120회 이상의 심장 박동으로 30분 이상 격렬히 달릴 때 느끼는 특이한 현상인데, '하늘을 나는 느낌' 또는 '꽃밭을 걷고 있는 기분'이라 표현된다. 이때의 의식 상태는 헤로인이나 모르핀을 투약했을 때 육체가 반응하는 것과 유사하고 때로는 성적인 오르가즘과 비교되기도 한다.

여기서 정식이 주목한 것은 이런 육체적 러너스 하이 현상보다 정식적 러너스 하이 현상에 관한 것이었다. 극단의 정신적 한계를 극복하면 얻어지는 경험이라고 했는데 컴퓨터에서 '정신의 러너스 하이'는 검색되지 않았다.

거기에 이르면 자신이 신의 경지에 도달한다고 영준이 애기했는데 정식은 바로 그 부분을 알고 싶었다. 그러나 체험이 아닌 이론으로는 이해할 수 없을 것 같았다. 그런데 영준은 그 부분을 이런 식으로 설명했다.

"우주가 내 안에 스며들더니 사라져 버려서 나의 시야는 우주의 바깥쪽까지 투시할 수 있었지. 부처가 말한 천상천하 유아독존의 경지를 실감할 수 있었던 거야. 그때 나는 구름을 타고 날아다녔지. 노자와 장자가 자기들 옆에 한자리를 내주더군."

이렇게 영준의 낮은 베이스의 음성이 공간을 울릴 때 정식은 또 다른 낯선 음성을 들었다. 괴테의 편지를 읽는 니체의 카랑카랑한 목소리였다.

〈건강하고 건전한 본성을 지닌 사람이 하나의 전체로서 활동할 때, 그가 세계 속에서 스스로를 장엄하고 아름답고 훌륭하고 가치 있는 전체로서 느낄 때, 이 조화로운 편안함이 그를 순수하게 하고 방해받지 않는 기쁨을 줄 때, 그럴 때 우주가 만일 자신을 자각할 수 있다면 그것은 자신의 고유한 본질과 진화의 절정에서 그것의 목표에 도달하고 경이로움을 획득했다며 기쁘게 외칠 것이다.

만일 한 행복한 인간이 자신도 모르는 사이에 자신의 실존을 기꺼워하지 않는다면 모든 태양들과 행성들, 별들과 은하수, 혜성과 성운 등 진화하고 쇠퇴하는 온 우주를 다 소비할지라도 그것이 무슨 목적에 이바지하겠는가.〉

이런 니체의 음성이 사라지자 이번에는 황야에서 들려오는 거친 목소리가 들렸다. 조르바의 음성이었다.

〈전능하신 하느님. 당신이 나를 어쩌겠다는 것이오. 잘해야 죽이기밖에 더 하겠소? 그래요, 죽여 보시오. 나는 살면서 하고 싶은 말을 다 쏟아 놓았고 이제 이렇게 춤을 추고 있다오. 나에게 더 이상 당신은 필요 없는 존재요.〉

이 세 사람의 발언이 끝나자 이번에는 하나의 묘비명이 눈에 보였다. 조르바의 친구 카잔차키스의 무덤에 있는 것이었다.

〈나는 아무것도 바라지 않는다. 나는 아무것도 두려워하지 않는다. 나는 자유다.〉

정식은 드러누운 채 슬러트머신처럼 돌아가는 여러 이름들을 반복하여 되뇌었다. 괴테, 니체, 차라투스트라, 위버멘쉬, 조르바, 카잔차키스, 부처, 노자, 장자, 신선, 그리고 박영준과 서정식. 밤새 그 이름들이 그의 머릿속에서 빙글빙글 돌아《영겁회귀》는 한 줄도 쓰지 못했다. 영준과의 인터뷰가 끝날 때까지 정식은 더 이상 소설에 손을 대지 않기로 했다. 그렇게 느긋하게 마음을 먹자 그제서야 가까스로 잠이 들 수 있었다.

애초에 정식은 영준과의 인터뷰를 4번 하기로 약속했다. 정식이 더 많은 기회를 원했으나 수시로 만날 기회가 있으니 그때 만나서 얘기하기로 하고 녹음을 병행하는 인터뷰는 오늘로 마지막이었다. 정식이 약속 시간에 성공다방을 찾았으나 역시 영준은 자리에 없었다.

그를 기다리는 동안 정식은 근래에 구입한 노자의 《도덕경》을 펼쳐 들었다. 영준을 이해하려면 먼저 그가 공부했다는 노자와 장자를 읽어야 할 것 같아서였다.

그는 특히 〈天地不仁(천지불인)〉이 나오는 구절을 몇 번이나 읽어 보았지만 무슨 뜻인지 도저히 이해가 되지 않았다. 진우가 자신을 이번 사업에 끌어들이면서 이 구절을 한자로 써 가면서 설득했는데, 그 뜻을 파악하고 싶었다. 정식은 시험 문제를 푸는 학생이 되어 한 글자씩 다시 되씹어 보았다.

〈천지는 어질지 않아 만물을 짚으로 엮은 강아지처럼 하찮게 여긴다.〉

그리고 여기에 덧붙여 물고기가 살기 위해 흙탕물에 뛰어드는 것은 자연의 섭리라고 진우가 힘주어 말했었다. 이 두 개의 문장을 합쳐서 그 속뜻을 풀이해 보았다. 그러자 다음과 같은 정답이 나왔다.

자연은 인간의 생존 자체에도 관심을 두지 않는데 인간이 만든 법과 제도에 절대적 가치를 부여할 이유가 없다. 즉 인간 세계의 가치를 천지의 질서로 오인할 필요가 없는 것이다.

만약 하느님이 계셔서 인간 세계를 내려다본다면 그냥 하루살이가 날아다니는 것처럼 어지럽게만 보일 것이다. 선악을 따져 그들을 심판한다는 것은 인간의 논리일 뿐이다. 즉 그들이 기획하고 있는 부동산 사기는 인간 세계에서는 범죄이지만 자연의 세계에서는 무죄일 수도 있는 것이다.

이렇게 해석하고 나서 정식은 책을 덮었다. 정식이 책에 정신을 팔고 있을 때, 그의 옆자리에 손님이 들었다. 처음에는 조용히 얘기를 나누던 영감 두 사람이 차차 언성을 높이더니 마구 소리를 질러대서 정신이 집중되지 않았다. 정식은 찬찬히 그들을 관찰하기 시작했다. 그 사람들은 이 다방에 들락거리며 몇 번 본듯한 낯익은 얼굴들이었다. 그들은 탁자 위에 온갖 서류들을 늘어놓고 언쟁을 벌이고 있었다. 이 다방에 단골로 출입하는 부동산 브로커로 보였는데 입으로는 수십억이나 수백억을 들먹이면서도 노숙자 차림을 한 노인들이었다.

"임대료가 이렇게 나오니 50억은 넘는 물건이야. 그 가격에는 절대 팔수가 없어."

모자를 깊이 눌러 써서 눈도 보이지 않는 영감이 맞은편에 앉은 백발의 노인에게 냅다 이렇게 소리를 질렀다.

"그래, 임대료가 얼마인데?"

백발도 모자에 지지 않으려는 듯 고함을 질렀다.

"응 그러니까 보증금이 1억 5천에다가 월 850만 원이 나온다구. 그러면 그게 1년에 얼마인지 알아?"

"그래, 그게 얼마인데?"

"그러니까 그게……."

모자가 양 손가락을 짚어가며 한참 셈을 했으나 금방 답이 나오지 않았다. 암산으로 계산을 마친 정식이 1억 200만 원이라는 정답을 일러 주려다가 입을 다물었다.

"은행에 가만히 넣어 두어도 그 돈은 나오겠다."

'자, 이거 보라구. 여기가 상업지역이어서 땅값만 해도 30억이야. 그러니까 50억도 싸다구."

모자가 백발에게 서류를 들이밀며 항변했다. 그래도 백발이 고개를 외로 꼬고 외면하자 모자는 모자를 벗었다. 그러자 번들거리는 민머리가 드러났고 거기서 김이 모락모락 피어오르는 것 같았다.

"그런 가격으로는 서울 어디에 내놓아도 살 사람이 없어. 요즘 같은 불경기에는 땅값만 줘도 고맙습니다, 하고 넘겨야 해."

"그럼 얼마면 되겠어?"

"35억이면 한번 말을 붙여보지."

"알았어. 그럼 얘기 끝났어. 없었던 일로 하자구."

모자가 탁자 위에 놓인 서류를 거칠게 모아서 집어들고는 자리를 박차고 일어섰다. 나가면서 찻값도 계산하지 않았는지 백발이 뭐라고 궁시렁거리면서 돈을 지불했다.

"노인네들이라 귀가 어두워 저렇게 소리를 지르니 젊은 양반이 이해해 줘요."

마담이 엽차를 따라 주며 정식에게 말을 붙였다. 정식이 씨익 웃으며 고개를 끄덕였다.

"저 할배들 여기 단골이죠?"

"그럼. 10년째 단골이지. 오늘은 그냥 싸구려 물건을 가져왔네. 전번만 해도 200억짜리를 들고 다니던데."

"히야. 대단한 어른들이네요."

"전부 사기꾼들이야. 몇 천 원 하는 찻값도 없어서 외상 달라는 사람들이지."

"그래도 억대의 꿈을 꾸고 살잖아요."

이렇게 말을 던져 놓고 보니 정식이 자신을 그렇게 표현한 것 같아 움찔했다. 자신이 저 노인들과 다른 게 무엇이 있는가 하고 생각하니 그들이 마치 동업자처럼 친근하게 여겨졌다.

"그런데 왜 늘 혼자 다녀요? 애인 없수?"

"네. 아직 미혼입니다."

"요즘 처녀들은 눈이 멀었어. 이런 미남을 혼자 내버려 두다니."

정식은 일부러 책을 들척이며 말대꾸를 하지 않았다. 잘못하다가는 이 여인의 말동무가 되어 시간을 허비할 것 같아서였다. 마담은 정식 앞에서 알짱거리더니 그가 반응을 보이지 않자 이내 카운터에 있는 제자리로 돌아갔다. 그로부터 30분이 지나서야 영준이 등장했다. 정식은 영준에게 들킬세라 얼른 책을 접어 가방에 집어넣고 녹음기를 꺼내 들었다.

"잠깐, 한숨 돌리고 시작하지."

늦어서 뛰어오기라도 한 듯이 영준은 잠시 숨을 고르느라 눈을 감았다. 그런 모습을 보면 이제 막 구름에서 내려온 도사 같아 보였다. 잠시 명상에 잠겼다가 영준이 입을 열었다.

"오늘이 마지막 인터뷰라는 것을 알지? 우리가 어디까지 했더라?"

"절에서 공부하다가 정신적 러너스 하이를 체험했다는 얘기까지 하셨어요."

"그래. 오늘도 거기서부터 시작하지. 말이 좋아 산속에서 수도하는 거지 적막강산에서 징역살이를 했지. 거기서 나야말로 지구라는 우리에 갇힌 사형수로구나 하는 인식이 들었어. 자꾸 우주 밖으로 튀어 달아나려는 정신줄을 잡느라고 애를 먹었지. 그럴 때마다 이 육신은 지랄 발광을 하며 나를 못 견디게 했어. 그러면 나는 깊은 산속에 들어가 온갖 욕설을 동원하여 이 세상을 저주했어. 이렇게라도 해서 고독과 번뇌를 탈피하려고 기를 썼지.

말하자면 스님들과는 정반대의 수행 방법을 선택한 거야. 그들은 나처럼 소리치고 날뛰는 수행 방식에 동의하지 못할 거야. 그들은 가부좌를 틀고 앉아 참선하거나 화두에 매달려 정신을 집중해야 생사를 초월하는 경지에 이를 수가 있다고 믿거든. 그래서 비우고 비우고 또 비우라고 하지. 그래야 참된 나를 만날 수 있다고 하는데 나는 그렇지 않았어. 가슴속에 미친 말이 한 마리 숨어 있어서 미친 듯이 날뛰어야 그놈의 성질을 가라앉힐 수 있었어.

그래서 나는 비우는 대신 채우기로 했지. 채우고 채우고 또 채우고 살았지. 한자리에 앉아 죽치고 참선한다거나 아무 말 없이 수행 정진하는 스님들이 시체놀이를 하는 어린애들 같았어. 이렇게 욕망을 버리라고 하는데 생각해 봐. 욕망이 스러진 인간은 인간이 아니라 인간 껍데기에 불과한 거야.

자신이 가진 욕망을 얼마나 채워 주느냐에 따라 인생의 성공과 실패가 결정되는 거 아니겠어? 욕망을 부정한다는 것은 곧 생명을 부정하는 거야? 한마디로 자기가 하고 싶은 대로 하다가 죽어야 제대로 눈을 감을 수 있다 이거야. 아, 물론 성현들의 말씀대로 물질적 욕망은 아무리 채워도 채울 수 없다는 것은 분명하지. 그래서 이제 마지막으로 그 욕망도 한번 채워보고 싶은 거야. 그래야 내 영혼이 이 지구를 벗어나 우주로 나아갈 때 차비라도 건질 수 있을 것 같아. 그러기 위해서는 100억쯤의 돈이 필요하다고 생각한 거야.

참 얘기가 엉뚱한 곳으로 빠져 버렸네. 다시 정신적 러너스 하이로 돌아와 보자고. 그런 경험을 하게 되면 이제 아무 때나 죽어도 좋다고 하는 인식이 생겨. 아무리 절망적인 상황이 닥쳐도 미소가 떠오르는 거야.

나는 부처와 정반대의 길로 달려와서 그가 소유한 미소를 얻게 된 거야. 왜냐하면 지구는 둥그니까 서로 반대의 길을 가더라도 끝없이 가면 만나게 되지. 만약 이번 프로젝트에 실패해서 감옥에 갇혀 여생을 마친다 해도 미소를 잃지 않고 죽을 수 있어. 아, 물론 미스터 서는 입장이 다른 걸 알지. 그러니 만약 일이 잘못되더라도 나한테 모두 뒤집어씌우라고. 영화 제작을 위해서 내가 하라는 대로 하다 보니 이렇게 되었노라고 둘러대란 말이야.

그렇게 내 욕망을 채우기 위해 살다보면 남에게 피해를 끼치게 된다는 것은 부정할 수 없지. 그렇게 살다 보니 어느 순간 전과자라는 낙인이 찍히더군. 그래 맞아. 전과가 몇 번 있기는 하지. 그래서 교도소도 몇 번 들락거렸어. 그런데 거기도 사람 사는 데라 견딜만하더라고. 산속에 틀어박혀 수도 생활하는 것보다 낫던데. 우리 같은 사람은 거기 가더라도 노란 명찰을 달아주지. 그게 뭐냐구? 조직 폭력배라는 표시지. 사형수는 빨간 명찰을 다는데, 그게 아닌 것만 해도 참 다행이었지. 참 군대에서는 빨강 명찰을 달고 교도소에서는 노랑 명찰을 달았으니 좀 남다른 삶을 살아왔네 그려. 물론 망치부대에서는 그런 명찰도 없었지만.

그래도 가장 핵심적인 것은 후회 없는 삶을 사는 거야. 감옥 안에 있다고 하더라도 후회하지 않는다면 그것도 보람이 있는 경험이지. 이렇게 노란 명찰을 달면 일반 죄수들이 그 옆에 오려고 하지 않아. 입소한 첫날부터 방장 옆에 있는 좋은 자리에서 잠을 잘 수 있는 특권을 누리지. 다른 신입들은 뺑끼통이라 부르는 냄새

나는 변기 옆에서 자야 되거든. 아무리 성질 사나운 방장이라도 우리 앞에서는 눈을 내리깔지. 잘못 건드렸다가는 무슨 꼴을 당할지 모르니까 주의하는 거지.

그런데 가끔 노란 명찰들끼리 부딪치는 일이 생기기도 해. 그래서 징벌방인 독거실에 몇 번 들락거리기도 했지. 그러다 보니 이제는 노랑 명찰을 단 놈들도 나를 피해 다니더라고. 하여간 교도소에서 독종이라고 소문이 나니까 생활하기가 편하더라고. 물론 망치부대에서는 그런 명찰도 없었지만.

교도소 얘기는 그만하고 다시 산에서 살던 얘기로 돌아가도록 하지. 교도소만 해도 대화를 나눌 사람이 있었는데 여기에는 그런 사람도 없어서 정말 미칠 뻔했어. 교도소에서는 독거실에 갇히더라도 한두 달이면 빼주는데 여기서는 그런 기약도 없으니 환장하겠더라고. 아, 절에도 두 사람의 수행승과 80 먹은 공양주 보살이 있기는 했어. 그런데 이 사람들은 무덤 앞에 서 있는 석상과 같은 존재였어.

주지 스님을 빼고는 모두 나를 징그러운 벌레처럼 여기더라고. 속세의 물이 하나도 빠지지 않은 사람이 절집 생활을 하려니 이렇게 힘들 수밖에. 구태여 비유하자면 물을 휘젓고 다니던 잉어가 땅 위에 올라 펄떡거리는 꼴이었지.

그러니 그렇게 하기 싫은 공부에 매달릴 수밖에 없었던 거야. 주지 스님이 가르쳐준다고는 했지만 선문답처럼 한마디 툭 던지고는 나 몰라라 했어. 그러니 순전히 혼자서 독학하다시피 공부했지. 부처나 공자에 의지하지 말고 네 스스로 네 삶의 주인공이 되어라 하는 게 도가 사상의 근본 메시지라고 내 나름대로 해석할 수 있었어. 그러고 보니 내가 잘못 살아온 게 아니더라고. 그러다 산에서 내려올 때쯤 되니까 몸이 너무나 가벼워졌어. 올라올 때는 한 짐을 잔뜩 지고 올라와서 훌훌 다 벗어 던지고 전혀 다른 사람이 되어 하산한 거야.

정신적 러너스 하이를 맛보고 나서 나는 아무것에도 속박 받지 않는 대자유인으로 변신한 거야. 산속에서의 극한의 고독을 체험하지 못했더라면 이런 경지에 쉽게 도달하지 못했겠지. 그런 면에서 나는 참 행운아라고 할 수 있어."

여기까지 말하고 나서 영준이 녹음기를 끄라고 손짓을 했다. 정식이 녹음을 멈추자 영준은 고추를 면회하고 오겠다면서 화장실로 향했다. 그사이 마담이 쪼르르 정식에게 달려오더니 말을 걸었다.

"지금 두 분이 뭐하시는 거예요?"

"보시면 몰라요? 인터뷰하고 있잖아요."

"그럼 신문에라도 나오나요?"

"아니요. 소설에 나올 겁니다. 신문 기사는 하루만 지나면 사라지지만 소설은 영원히 남거든요."

마담은 '아, 그렇군요' 라는 말을 남기고 영준이 돌아오기 전에 얼른 카운터로 되돌아갔다. 영준이 담배 냄새를 휘몰고 들어와 자리에 앉더니 그만하자고 말하고 싶은 눈치를 보였다.

"오늘이 마지막이니 하산 후의 얘기도 해주세요."

정식이 이렇게 요청하자 마지못해 그는 말을 이어갔다.

"그러지 뭐. 그 뒤로는 별로 할 얘기가 많지 않아. 문제가 해결되어 산에서 내려오니 고생 많았다면서, 회사에서 아파트 한 채를 명의 이전해 주더라고. 군대서 목숨 걸고 고생한 것은 보상받지 못했지만, 산에서 고독하게 지낸 것은 회사에서 보상해 주더군.

그래, 맞았어. 그 회사 이름이 에덴건설이고 바로 오 회장이 운영하던 회사였어. 그래 아파트를 얼른 팔아 치우고 3년 동안 놀고 먹었지. 그러면서 춤을 배운 거야. 가슴속에서 미쳐 날뛰는 말을 달래는 데는 춤만한 것이 없더군. 여기 사진을 봐. 턱시도에 나비넥타이 맨 사람이 바로 나야. 그리고 그 옆에 있는 여인이 지금 송 감독에게 춤을 가르치는 부원장이고. 이게 춤을 배운 지 3년 만에 전국 대회에서 준우승을 하고 찍은 사진이야.

춤을 잘 춘다고 소문이 나니까 주위에 여자들이 빙 둘러서서 나만 바라보는 거야. 그러니 한 여자에게 얽매어 사는 결혼은 꿈도 꾸지 않았어. 귀 좀 가까이 대 봐. 20년 동안 3천 궁녀를 거느린 의자왕처럼 살았다니까. 어때? 부럽지?

요즘은 나이 먹어서 자제하고 있지만 참 연애도 많이 하고 살았지. 눈을 크게 뜨고 잘 살펴보면 이 세상에는 외로움에 몸부림치는 여인들이 넘쳐나는 것을 볼 수 있어. 그런 여자들을 위로해 주느라고 힘을 다 쏟는 바람에 폭력 세계와는 거리가 멀어졌어. 산에서 내려오면서부터 평화주의자가 되었으니까 말이야.

뭐라구? 40이 다 되도록 변변한 연애도 한번 못했다고? 내가 장담하건대 그렇게 살다 죽으면 지옥의 아랫목을 예약해 놓은 거야. 생명을 받고 태어난 이상 생육하고 번성할 의무가 있는데, 그것처럼 큰 죄가 어디 있겠어? 《성경》의 창세기에도 그런 구절이 나오잖아. 십계명에는 그런 구절이 없다고? 그렇지만 창세기는 여호와의 말씀이고, 십계명은 모세의 생각이야. 창세기가 헌법이라면 십계명은 그저 조례나 시행령쯤으로 여기면 될 거야.

장자는 이렇게 자신의 욕망을 자연스럽게 실현하는 능력을 가진 사람을 신인이라고 불렀지. 그래 신과 같은 사람이라고. 자신의 욕망이 자연의 섭리와 합치하는 이런 사람을 공자 같은 성인보다 한 차원 더 높은 자리에 자리매김했어. 생성 변화하는 자연의 이치에 순응하며 무념무상의 상태로 살다가 삶과 죽음의 경계마저 허물고 가는 거야.

그래서 신인은 어떤 기존의 율법이나 제도에 구속되는 일이 없어. 강물에 떠서 흘러가는 나뭇잎처럼 세월의 흐름에 의탁할 뿐이지. 그 경지에 이르면 내가 삶의 주인공이라는 노력마저 소멸되고 가만히 있어도 그렇게 살아지는 거지. 그렇게 살면 내일 당장 죽는다고 해도 눈 하나 까딱하지 않을 수 있지. 따라서 신인에게는 죽음이 없는 거나 마찬가지야. 영원히 살 수 있는 거지. 내 말 알아듣겠어? 자 오늘 마지막 강의는 이것으로 끝내지."

말을 끝내고 영준은 이번에도 참선을 하듯 눈을 감고 고요히 앉아 있었다. 이런 영준의 모습이 물결을 타고 흘러내려가는 나뭇잎처럼 가벼워 보였다. 그 나뭇잎을 보고 한때는 삶의 흔적이었는데 생명의 끈을 놓고 사라진다고 서러워할 이유가 있을까? 저렇게 나무에 속박되지 않고 자유를 찾아 제 마음대로 유랑하는 저 존재의 가벼움이야말로 삶과 죽음을 넘어선 자의 유연한 처신이리라. 이런 생각을 하니 정식은 감히 영준에게 말을 걸지 못했다. 이렇게 둘 사이에 어색한 침묵이 지루하게 이어졌다.

이 침묵은 진우의 소란스러운 등장으로 깨어졌다. 댄스 교습을 마치고 허겁지겁 이리로 달려 내려온 참이다. 그의 머리와 어깨에서 흰 눈이 우수수 흩어져 내렸다.

"어머, 눈이 오시나 봐요."

마담이 호들갑을 떨며 수건으로 진우의 등에서 눈을 털어내 주었다.

"아직 인터뷰가 진행 중인가요?"

"어서 오세요. 지금 막 끝났어요."

정식이 대답했다. 그제서야 영준이 눈을 떴는데 꿈을 꾸다 깬 사람처럼 몽롱한 눈길로 두 사람을 쳐다보았다. 마치 딴 세계에서 이제 막 이 세상에 도착한 사람 같았다.

"나갑시다. 오늘은 제가 한잔 사겠습니다."

늘 바쁘다고 자리를 피하던 영준이 오늘은 웬일인지 자리를 지켰다. 진우의 말에 동의하는 뜻으로 고개를 주억거리기까지 했다.

"아니 오늘 저녁은 제가 사죠."

"누가 사던 얼른 나갑시다."

진우의 재촉에 정식이 가방을 챙기고 영준도 자리에서 일어섰다.

밖으로 나서니 목화같이 탐스러운 눈송이가 구멍 뚫린 하늘에서 쏟아져 내렸다. 도시는 눈안개에 몸을 숨기고는 추한 자신의 모습을 드러내지 않으려 했다. 세 사람은 곱창 굽는 냄새에 이끌려 골목 안쪽의 식당으로 들어갔다.

"이렇게 눈을 맞으니 어린 시절이 생각나네요. 철모르던 그 시절에는 눈만 오면 좋아서 뛰어다녔는데."

"글쎄. 눈을 보면 이상하게도 돌아가신 부모님이 생각이 나. 두 분 다 눈이 쌓인 겨울에 장례를 치렀거든. 나야말로 천하에 없는 불효자식이었지."

영준이 긴 머리에 스민 물기를 수건으로 닦아내며 진우의 말에 응대했다. 정식은 눈을 보아도 딱히 떠오르는 추억 같은 것이 없었다. 어릴 때부터 이 겨울을 어떻게 견뎌야 하나 하는 어른 같은 고민을 하며 살아왔다. 그러면서도 술을 한 잔도 못하는 체질에 소주 석 잔을 연거푸 마셨다. 쏟아지는 눈을 보고도 아무런 추억도 떠오르지 않는 자신의 처지가 서러워서 그랬을까. 그러더니 혼자 취해서 이런 제의를 했다.

"여기 계신 두 분을 형님으로 모시고 싶은데 그래도 될까요? 이상하게 남같이 여겨지지 않아요."

그동안 정말 외롭게 살아왔거든요, 라는 말을 덧붙이려다 말꼬리를 흐렸다.

"그거 좋은 생각인데. 나도 그런 생각을 한 적이 있어. 원장님은 어떻게 생각하세요?"

그러자 진우의 술잔을 채우던 영준이 말했다.

"아까 부모님 생각을 잠깐 했더니 하늘에서 두 아우를 보내주셨군."

그들은 다시 건배를 하고 즉석에서 결의형제를 맺었다. 《삼국지》에 나오는 도원결의처럼 흰 눈 속에서 맺어진 설중결의였다. 환갑이 넘은 영준이 맏형이고 50대 중반인 진우가 중형, 그리고 이제 40줄에 들어설 정식이 막내였다.

"이렇게 든든한 형님들을 모시게 되어 영광입니다."

"나도 이렇게 잘생긴 아우를 두어 기쁘네."

"이제 우리 삼형제는 큰 부자가 될 일만 남았어."

이렇게 각자 한마디씩 던지고는 다시 건배를 했다. 그리고 나서 영준이 장자에 나온다는 '도둑이 지켜야 하는 5가지 계율'에 대해 말을 꺼냈다.

도둑에게도 5가지 도리가 있는데, 값비싼 재물이 어디에 있는지 파악하는 성실함과, 동료보다 앞서 침입하는 용기와, 도망칠 때 맨 뒤에 서는 의리와, 도둑질에 알맞은 시기를 고르는 지혜와, 도둑질한 물건을 공평하게 나누는 어진 자세를 갖추어야 진정으로 큰 도둑이 된다고.

"큰 형님 이번의 우리 사업에서 특히 마지막 어진 자세를 잊으시면 안 됩니다."

정식이 혀 꼬부라진 소리를 냈는데 사실 이 말은 취해서 진심이 튀어나온 것이기도 했다. 이번 프로젝트에서 일이 끝나면 영준이 혼자 돈을 들고 튈 수도 있다는 우려를 떨칠 수가 없었기 때문이다.

"그것은 내가 막내에게 할 소리야. 돈은 결국 막내의 통장으로 입금이 될 거야. 그 돈을 보고 눈이 멀어 튀어 버리면 나와 송 감독은 닭 쫓던 개 지붕 쳐다보는 꼴이 되지."

"아 그건 그러네요. 제가 땅주인이니까."

"만약 그런 일이 생긴다면 우리나라의 모든 폭력조직을 동원해 자네를 찾아 박살을 낼 거야. 내가 웬만한 조직의 오야붕들과는 다 아는 사이이거든."

영준도 공평하게 나눈다는 마지막 계율에 신경 쓰고 있다는 것을 이렇게 나타냈다. 그리고 이렇게 말을 덧붙였다.

"이번 작전에서도 우리는 공평하게 삼등분하여 나누어 가진다.

동생들의 의견을 어때?"

진우와 정식이 동의한다는 뜻으로 고개를 끄덕였다.

"알겠습니다. 대신 이번 프로젝트에 작전명을 하나 붙여보았는데 들어보시겠어요?"

"그게 뭔데?"

"러너스 하이 작전이라구요. 어때요, 그럴듯하죠?"

"그게 무슨 귀신 씨나락 까먹는 소리야?"

정식이 말하자 진우가 어리둥절한 표정을 지었고, 영준은 씨익 웃고만 있었다.

"그 단어의 뜻은 나중에 설명을 드리죠."

"야. 그거 좋다. 그렇게 하자."

영준이 동의하자 진우가 박수를 쳤다. 그런데 정작 이런 제의를 한 정식은 혼절한 듯이 탁자에 엎어져 고개를 들지 못했다. 그래서 러너스 하이 작전을 위한 건배는 나머지 두 사람이 했다.

술자리가 끝나 뒤치닥거리는 진우의 몫이었다. 형님이 된 영준을 먼저 보내놓고 축 늘어져 정신을 차리지 못하는 막내를 부축하여 거리로 나섰다. 눈이 쌓인 거리에서는 택시 잡기도 수월치 않았다. 마침 모범택시가 눈에 띄어 가까스로 잡아탔는데 목적지에 이르기 직전 정식이 시트 위에 토사물을 게워 냈다. 냄새가 진동하자 운전기사는 차를 세우고 온갖 욕설을 내뱉으며 더 이상

가지 못한다고 했다. 진우가 사정을 하고 매달려 택시비 외에 10만 원짜리 수표 하나를 얹어 주어 그의 입을 막았다.

이렇게 호적에도 없는 동생을 챙기느라 진우는 곤욕을 치렀다. 그뿐만이 아니었다. 정식을 데려다주고 집에 돌아와서도 아내와 육박전을 벌이는 부부싸움을 벌였다. 아내가 뭐라고 하던 자리를 피해 왔는데 이번에는 술기운을 빌어 맞섰다가 일이 크게 벌어지고 말았다.

다음 날 아침 일어나서 세간살이가 박살이 나서 여기저기 흩어져 있는 것을 보고 나서야 진우는 자신이 간밤에 몹시 취했었다는 사실을 감지했다. 안방에서는 아내의 흐느끼는 소리가 밤새 들려왔지만 그는 일부러 자는 척했다.

/ 비극의 탄생 /

3

러너스 하이 작전은 순조롭게 진행되었다. 진우와 정식은 세종시에 두 번 더 내려가 작전 지역을 돌아보고 전기 송전탑과 버려진 축사 등의 위치를 확인했다. 열두 필지로 나뉜 땅의 지번과 면적을 숙지함은 물론 각 필지의 형세와 특징 등을 파악하여 기록했다. 아울러 각종 서류에 수록된 내용을 수학 공식 외우듯이 암기해 두었다.

미국에서 오래 살고 있기에 민성이 이런 세세한 내용까지는 모를 수도 있다고 진우가 말했으나 그래도 모르는 것보다 알아두는 편이 유리하다고 정식이 고집을 피웠다.

이렇게 진행되는 작전의 세부사항은 시시각각 큰형인 영준에게 전달되었다. 그것도 통화나 문자가 아닌 대면보고를 원칙으로 했다. 불가피할 경우 서면으로 하되 접수하는 대로 파기하도록 했다.

혹시나 일이 잘못되더라도 증거를 남기지 않기 위해서였다. 그렇게 일주일 동안 어울리다 보니 세 사람은 친형제 이상으로 친숙해져 형님이니 아우니 하는 호칭이 전혀 어색하지 않았다.

이처럼 작전의 기초 작업이 마무리될 지음 다 함께 문상을 갈 일이 있으니 차를 준비하라고 영준이 진우에게 지시했다. 누가 죽었느냐고 정식이 물었지만 거기서 꼭 만나야 할 사람이 있다면서 구체적으로 알려주지는 않았다.

당일 신촌 세브란스병원 영안실로 향하는 차 안에서 그동안 말로만 듣던 신비의 인물 오영환 회장을 만나러 간다는 사실을 밝혔다. 그의 아내가 죽었다는 것이다. 오 회장은 유명 인사가 많이 다니는 큰 교회의 장로를 지낸 적이 있는 크리스천이므로 절을 하지 말고 기도하는 자세로 묵념만 해도 된다고 했다. 언젠가는 만나야 할 인물이니 이런 기회에 자연스럽게 얼굴을 익히자고 했다. 그리고 덧붙이기를 그의 말은《성경》말씀 빼고는 하나도 믿어서는 안 된다고 강조했다.

영준은 이런 말을 참모들에게 일급비밀을 알려주는 사령관처럼 나직하고 단호하게 말했다. 그가 우리의 동업자이기는 하지만 언제 배신할지도 모르니 될 수 있는 대로 만나거나 통화하지 말고 자기를 중간에 꼭 끼어 달라고 당부했다. 진우와 정식은 동시에 '예, 알겠습니다'라고 명령을 하달받은 군인처럼 절도 있게 대답했다.

"이제 보면 알겠지만 오 회장은 진짜 프로야. 아마추어들은 그에게 빈틈을 보이면 안 돼."

이렇게 말하는 것으로 보아 영준은 오 회장과 자신을 프로로 진우와 정식을 아마추어로 분류하는 것 같았다.

장례식장에는 복도 끝까지 화환이 죽 늘어서 있었고, 시장통처럼 사람들로 북적거렸다. 그 사람들 거의 대부분이 오 장로네 문상객이었다. 영준의 말에 의하면 에덴 건설은 신도시 건설에 참여하여 재벌급으로 성장했었는데, 근래에 부동산 경기가 가라앉으면서 미분양 사태가 일어나 파산 직전이라 했다.

그런데 사람들은 그런 속사정을 모르고 예전의 에덴건설로 착각하여 장례식에도 이렇게 문전성시를 이룬다고 했다. 만약 이런 진상이 알려지면 화환이나 문상객이 반으로 줄어들 수도 있다고도 했다.

세 사람은 제법 잘생긴 중년 여인의 초상 앞에 헌화하고 묵념을 함으로써 조문을 끝냈다. 아들로 보이는 상주에게 오 장로를 찾아왔다고 했더니 작은 별실로 그들을 안내해 주었다. 그 방은 상주들이 밤에 잠을 잘 수 있도록 꾸민 방이어서 이부자리가 어지러이 널려 있었다. 거기 벽에 머리를 기대고 앉아 있는 노년의 신사가 있었다. 그의 앞에는 낡고 두터운 《성경》과 찬송가가 놓여 있었다. 70이 넘었다고 들었는데도 훤칠한 인물 덕에 그렇게 나이 들어 보이지는 않았다. 원로배우 남궁원과 서양의 배우 그레고리 펙을 섞은 듯한 중후한 인상이었다.

영준이 무릎 꿇고 절을 하자 나머지 두 사람도 얼떨결에 따라 했다. 오 장로가 이불을 밀치고 세 사람이 앉을 자리를 마련해 주었다. 정식은 영준이 이렇게 낮은 자세로 공손하게 사람을 대하는 것을 보고 놀랐다. 산속에서 도를 깨우치고 하산했다는 도사가 이렇게 겸손할 수 있다니. 영준은 오 장로를 스승을 모시듯 자세를 낮추었다.

"박 원장. 얼굴이 왜 그래? 많이 여위었네."

오 장로가 깜짝 놀라는 표정을 지으며 말했다.

"요즈음 다이어트하느라 그렇습니다."

"그 나이에 다이어트라니 미친 짓이야. 살면 얼마나 더 살겠다고."

오 장로가 쯧쯧 혀를 차며 말했다.

"그러나저러나 얼마나 애통하십니까. 편찮으시다는 소식 듣고도 찾아뵙지 못해 죄송합니다."

"집사람은 이제 모든 고통을 잊고 여호와의 곁에 있으니 슬퍼할 이유가 없지."

이렇게 담담하게 얘기하는 투가 오 장로는 아주 냉정한 사람인 것 같았다. 아니면 아주 신앙이 돈독하여 진짜로 천당과 지옥이 있다고 믿는 것 같기도 했다.

"함께 오신다고 해서 기다리고 있었소. 그런데 어떤 사람이 지주되시는 분인가?'

오 장로가 진우와 정식을 번갈아 훑어보았다.

"예. 접니다."

한참 시간이 지난 뒤에야 사태를 알아차린 정식이 손을 반쯤 들어 올리며 대답했다.

"그래, 한국에는 언제 들어오셨소?"

"며칠 되었습니다."

"미국 사람들은 그렇게 애매하게 대답하지 않아요. 사흘이면 사흘, 나흘이면 나흘 이렇게 딱 부러지게 대답하지."

"제 속에는 아직 한국 사람의 피가 흐르거든요."

"아, 그런가. 시차를 겪느라 몸도 고단할 텐데 여기까지 찾아와 줘서 정말 고맙소."

"박 원장님이 꼭 와야 한다고 그래서……."

"한국에는 무슨 일 때문에 들어오셨소?"

"충청도에 조상에게 물려받은 땅이 있는데, 어떤 건설회사에서 계약을 하자고 해서 왔습니다."

오 장로는 정식의 머리끝에서 발끝까지 찬찬히 살피며 이렇게 질문을 퍼부었다. 정식은 그 시선에 발가벗겨지는 듯한 기분이 들었으나 불쾌하기보다 시원한 기분이 들었다. 마치 그의 아버지 서만수 씨가 월남에서 고엽제를 맞을 때 그랬듯이. 자신의 내면 속에 이렇게 사기꾼 기질이 있는 줄 알게 되자 거기서 야릇한 쾌감을 맛보게 되었다.

"그럼 이쪽이 영화감독이겠군. 박 원장에게 얘기 많이 들었소. 정민성을 찾느라고 고생이 많았다고."

이번에는 오 장로가 시선을 진우에게 돌렸다. 진우는 그의 두툼하고 따스한 손을 쥐게 되자 긴장하던 마음이 조금 풀어지는 기분이 들었다. 왜 영준이 이런 사람을 경계하자고 하는지 의구심이 들 정도였다.

"아마 나중에 우리가 했던 일을 영화로 찍으면 크게 히트할 거요. 참, 이번에 영화 제작사를 하나 설립하도록 하세요. 그래서 땅값이 영화 제작비로 투자되는 것으로 합시다. 아무래도 개인 간에 거액이 왔다 갔다 하면 은행이나 세무서의 주목을 받게 되니까."

"그러면 땅값은 제가 못 받는 겁니까?"

정식이 정색을 하며 대들자 오 회장은 빙긋이 웃으며 해결책을 제시했다.

"법인을 설립할 때 영화감독과 함께 공동대표로 하던지, 아니면 대주주로 참여하면 되겠지. 자, 여기가 너무 답답하니 밖으로 나가서 얘기합시다."

오 회장이 일어서자 나머지 세 사람도 그 뒤를 따랐다. 그들은 문상객으로 가득 찬 식당에 들어서서 자리를 잡았다. 오 회장은 이 자리 저 자리로 떠돌며 인사를 나누기에 정신이 없었다.

"히야, 저 영감님, 정말 대단하네요."

음식이 도착하자 수저와 젓갈을 나누며 진우가 말했다.

"그래서, 내가 경계야 한다고 했지. 우리 막내한테 연락해서 돈을 둘이 나눠 먹고 중간에 있는 나와 박 감독을 빼돌리자고 할지도 몰라."

"그럼 영화가 또 자빠지겠네요."

진우가 허탈하게 웃자 정식이 다짐을 했다.

"절대 그럴 일이 없을 테니 안심하세요."

잠시 뒤 좌중을 한바탕 순회하고 돌아온 오 장로가 영준의 옆자리에 앉았다.

"자, 우리 식사하기 전에 기도부터 합시다."

얼떨결에 세 사람은 두 손을 마주잡고 눈을 감았다. 오 장로는 속사포 쏘듯이 재빠르게 말을 내뱉으며 기도를 진행했다.

기도의 내용은 딱 두 가지였는데, 하나는 망자의 영혼을 하나님의 나라에서 편히 쉬게 해달라는 것과 지금 이 세 사람이 벌이는 사업이 크게 성공하기를 기원하는 것이었다. 다만 이들이 벌이는 사업에 자신이 동참하고 있는가에 대해서는 하느님께 밝히지 않았다. 다만 '주여 우리를 긍휼히 여겨 주소서'란 말을 반복함으로써 자신도 이 사업에 참여하고 있음을 은연중에 드러내기는 했다.

기도가 끝나고 식사를 하면서 오 회장이 다시 정식에 대한 심사를 재개했다.

"그래, 미국에 간 지 얼마나 되었소?"

"군대에서 제대하고 복학하지 않고 곧장 갔으니 벌써 20년이 넘었습니다."

"미국 어디에 사는데?"

"미국 북서부에 있는 시애틀이라는 도시에 삽니다."

"그 유명한 갱들이 설치던 곳 아닌가?"

"지금은 그렇지 않습니다. 치안이 잘 유지되고 있어요."

"그 주소를 말해줄 수 있소?"

여기서 정식이 머뭇거리자 가만히 듣고 있던 영준이 끼어들었다.

"아직 정민성에 관한 서류는 주지 않았습니다."

"그래요? 빨리 줘서 술술 외우도록 조치하세요."

"예. 알겠습니다."

오 장로 앞에서는 박 원장도 착한 학생처럼 공손했다.

"민성 씨는 미국에서 뭐하고 살아요?"

"아마존이라는 물류 유통 회사에 다니고 있어요."

"거기서 무슨 일을 하나구?"

이렇게 질문을 마구 쏟아 놓는 오 회장을 지켜보며 영준과 진우의 마음이 조마조마했다. 정식이 혹시라도 실수할까 걱정이 되었다. 그래도 정식은 이런 거짓말 경진대회에서 조금도 주눅이 들지 않고 거침없이 대답했다. 그가 소설을 써서 크게 성공하리라고 기대할 수 있을 만큼 그는 거짓을 진실처럼 그럴듯하게 포장했다.

"아시아 쪽에 판매하는 부서에서 일합니다."

"그럼 한국에 자주 오겠네?"

"아시아 여러 나라로 출장을 가기는 하는데 한국보다 중국에 더 많이 갑니다."

"결혼은 하셨나?"

"예. 아홉 살짜리 딸이 있습니다."

"그럼 가족들이 같이 왔겠네."

"딸은 미국 외갓집에 맡기고 아내랑 둘이 왔습니다."

"미국에 외갓집이 있다고?"

"예. 아내가 미국 사람입니다."

"그럼 아내는 지금 어디 있소?"

"호텔에서 기다리고 있습니다."

"한번 모시고 나오세요. 식사 대접을 해 드릴 테니까."

"예. 그렇게 하죠."

정식은 아내의 이름을 묻게 되면 사만다나 올리비아 중 그 어느 이름을 댈 것인가 망설였는데, 그 이름은 학원에서 같이 근무했던 원어민 강사들의 이름이었다. 그런데 오 장로는 그런 질문을 하지 않았다. 그는 질문의 방향을 바꾸어 대화를 이끌었다.

"민성 씨의 땅에 우리 회사가 관심을 가지고 있다는 사실을 알고 있죠?"

"네. 박 원장님께 들어서 잘 알고 있습니다."

"가격 얘기도 나왔던가요?"

오 회장이 이번에는 영준에게 곁눈질을 하자 영준이 대답했다.

"공시지가가 800이 나오니 600 정도는 받을 수 있을 거라고 했어요."

"거기서 가격 조정이 가능합니까?"

오 회장이 다시 정식에게 시선을 주었는데, 정식은 이미 자신의 연기에 취해 있는 것 같았다. 민성의 영혼이 미국을 건너와 그에게 빙의된 분위기였다.

"글쎄요. 한국 사정을 잘 모르니 좀 더 알아보고 답변드리죠. 아내와도 상의해야 하고."

"계약 전에 당신이 진짜 정민성인지 확인하는 절차가 있을지도 몰라요. 아마 한국에 살고 있을 때 당신을 알던 동창이나 친구 중에 누가 나설 텐데 자신이 있습니까?"

"20년 만에 만나니 저도 반갑겠죠."

여기서 일단 사업 얘기는 막을 내렸는데, 에덴건설 오 회장은 아주 마음에 드는 신입사원을 뽑은 것처럼 흐뭇한 미소를 지었다. 정식도 이번 면접에서 자신이 우수한 성적으로 합격했음을 직감했다. 진우는 두 사람의 대화를 지켜보면서 이 장면을 영화로 찍으면 카메라 앵글을 어떻게 잡을 것인가 상상하고 있었다.

거짓을 진실처럼 늘어놓는 두 사람의 표정 연기가 실감이 났다. 특히 오 회장의 표정 연기를 클로즈업으로 잡을 때 어떤 그림이

나올까 궁금했다. 그런 다음 오 장로 역에는 남궁원보다 최불암이 더 적격이라고 판정했다. 거기에는 잘생긴 외모보다 평범한 할아버지 같은 인상이 더 어울릴 것 같았다. 또 민성의 배역에는 정우성과 이병헌 중에서 누구를 써야 할지 결정하지 못했다. 두 사람 중 표정 연기에 뛰어난 사람을 고르면 될 것이라는 생각을 했다.

이렇게 대화가 마무리되자 오 회장은 진우의 공을 치하하는 말을 했다.

"감독님이 정말 좋은 배우를 뽑았군요. 어디서 이런 인재를 찾아냈는지 모르겠지만 나도 꼬박 속아 넘어갔을 뻔했어요. 진짜 미국에서 온 정민성과 얘기하는 줄 알았다니까. 다만 아쉬운 점이 있다면 우리말을 너무 유창하게 구사한다는 점이오. 20년 동안 우리말을 쓰지 않고 살았다면 좀 어눌하게 말하는 연습도 해야 되겠소. 그리고 또 하나가 있는데 미국에서 왔다는 사람이 국산 옷에 국산 구두를 신고 나타나면 안 되겠지."

여기까지 얘기를 듣고 정식은 왜 영준이 이 사람을 경계하라고 하는지 이해할 수 있었다.

이때 한 떼의 문상객이 우르르 몰려드는 바람에 오 장로가 자리를 떴다. 식사를 끝내고 진우가 영준과 정식에게 술을 한 잔씩 권했다.

"형님, 한잔하세요. 저는 운전해야 하니까."

"글쎄. 젊었을 때부터 상갓집 술은 먹지 않았어. 사양할래요."

"그럼, 아우나 한잔 들지."

그러자 정식이 손사래를 치며 사양했다.

"저번에 술 마시고 죽다가 살아났어요. 그 다음 날 하루 종일 누워서 꼼짝도 못 했어요."

"그날은 나도 죽다가 살아났어. 택시 안에서 오바이트 한 거 기억 나?"

"죄송합니다. 10만 원 변상해 드리죠."

정식이 지갑을 꺼내는 척하자 진우가 만류했다.

"오늘의 연기는 참 훌륭했어. 엔지 한 번 안내고 한 번에 오케이 싸인 떨어졌으니. 10만 원은 개런티로 넣어 두라구."

"나도 오늘은 막내가 서정식이 아니라 정민싱이라고 착각했어. 오 회장도 만족한 것 같아."

두 형님의 칭찬에 막내는 술잔에 따른 물을 들이켰다. 캬, 소리를 내면서.

돌아오는 차 안에서 정식이 영준에게 따지듯이 물었다.

"형님. 저 오 장로란 사람 너무하지 않아요?"

"뭐가?"

"마누라가 죽었다는데 저렇게 태연하게 있어도 되는 거예요?"

"그럼 뭐 통곡이라도 하고 실신이라도 해야 하나?"

아내와의 싸움에 아직 앙금이 남아 있는 진우가 영준 대신 대답했다.

"그래도 그런 시늉이라도 해야 되는 거 아니에요?"

이렇게 정식이 씩씩거리자 영준이 말을 받았다.

"오 회장처럼 경지에 이른 사람은 사고방식이 남과는 달라. 자기 마누라가 천당에 갔다는데 뭐가 슬프겠어?"

"그렇다고 그 말을 진짜 믿어요?"

"나는 저 사람을 잘 알아. 꿈을 꾸는 능력이 우리와는 차원이 다르지. 우리는 고작 억대의 꿈에 사로잡혀 있지만, 저 영감은 조대의 꿈을 꾸는 사람이야. 억이 만 개가 있어야 조가 되는 거야. 대한민국 그 어느 지역에도 에덴아파트 단지가 자리 잡고 있잖아. 저 영감은 그만한 돈을 주물렀던 경험이 있는 사람이야."

"조대로 놀았다니 욕설같이 들리네요."

이런 진우의 농담을 무시하고 정식이 계속 말을 이었다.

"그래도 그렇지 일생을 같이 지낸 배우자가 죽었는데 저래서는 안 되는 거 아니에요?"

그러자 영준이 장자에 나오는 이야기를 들려주었다.

장자의 아내가 죽어서 그의 친구인 혜자가 조문을 갔다. 장자가 동이를 두드리며 노래를 부르고 있기에 혜자가 슬프지 않으냐고 물었다. 그러자 장자의 대답이 이러했다. 삶이란 한 조각 구름이 일어남이요, 죽음이란 그 구름이 흩어지는 것이오. 구름은 본래 실체가 없는 것이니 거기에 무슨 슬픔과 기쁨이 있겠소. 아내는 사계절이 변하는 자연의 이치에 따라갔으니 이는 천명에 순응한 것이오. 그런데 여기서 내가 슬프게 울며 눈물을 흘리면 내 스스로 천명을 거역하는 것이니 노래 부르지 않고 어찌하란 말이오.

장자의 얘기를 끝내고 영준이 정식에게 말을 걸었다.

"자네와 나는 이렇게 노래 부를 일이 없으니 이게 다행인지 불행인지 모르겠네."

"그래서 죽어도 장가갈 생각이 없어요."

그러자 유일한 기혼자인 진우가 끼어들었다.

"장자는 뭘 그렇게 길게 얘기했을까요? 그저 한마디면 되는데. 마누라 죽은 날 남 몰래 화장실 가서 웃는다고."

"그러세 후회할 짓을 뭐하러 하는 기야. 나는 이 나이가 되도록 결혼하지 않은 것을 후회해 본 적이 없어. 결혼은 새에게서 날개를 떼어내는 것과 같이 야만적인 행위야."

"저도 큰 형님 의견에 동의합니다."

정식이 이렇게 동의해 놓고도 '날개 없는 새'와 '다리 없는 새'에 관해 잠시 생각이 멈추었다. '다리 없는 새'보다는 그래도 '날개 없는 새'가 낫다고 생각했지만, 날개가 없다면 아예 새라고 부를 수도 없다는 결론에 이르자 마음이 편해졌다.

문상을 다녀온 뒤 갑자기 정식의 일정이 바빠졌다. 제일 먼저 해결해야 하는 일이 미국 여자를 아내로 맞이하는 것이었다. 오 장로가 곧 식사 대접을 한다고 했으니 그 말은 조속한 시일 내에 이 문제를 해결하라는 명령과 같았다. 정식이 알고 있는 미국 여인은 사만다와 올리비아 딱 두 명이었다. 풀 네임은 모르겠고 사람들이 그렇게 불러서 알고 있는 이름들이었는데, 정식이 여러 군데 학원을 거치면서 알게 된 원어민 강사들이었다.

제일 먼저 생각해둔 인물이 사만다였는데 전형적인 서구적 외모에 금발이어서 금방 눈에 띄는 타입이었다. 게다가 한국에 온 지 얼마 되지 않아 우리말을 잘 알아듣지 못해 이런 일을 맡기기에 아주 적합한 인물이었다. 그래서 그녀와 함께 일했던 강남 쪽의 학원에 알아봤더니 몇 달 전에 귀국해 버려 여기에 없다는 답변이 돌아왔다.

이제 어쩔 수 없이 올리비아에게 연락해야 했는데, 다행히 그녀의 전화번호는 정식의 전화기에 입력되어 있었다. 그러나 정식은 그녀에게 전화하기에 앞서 한참 망설여야 했다. 그녀가 우리나라에서 너무 오래 살아와서 우리말을 웬만한 한국인보다 더 잘한다는 게 문제였다.

그리되면 정식의 일당이 벌이고자 하는 사기행각이 백일하에 들통이 날 우려가 있다. 거기다 그녀의 인상이 코가 좀 오똑한 한국 여인처럼 느껴져 외국인 냄새가 나지 않았다. 글쎄 그녀의 조상 중에 인디언의 피가 섞여 있는지 모르겠지만 미국인 아내로 가장

하기에 적합한 인물은 아니었다. 그러나 달리 방법이 없어서 전화를 걸기로 했다. 다음에 생길 문제는 그때 가서 대처하기로 했다.

엄밀히 말하자면 올리비아는 외국인이 아니었다. 미국에서 귀화한 대한민국 국민이었다. 20대 초반에 한국에 들어와 학교와 학원에서 강의했는데, 그때만 해도 원어민 강사가 드문 시절이라 꽤 인기가 있었다 한다. 그래서 여기에 정착하기로 마음먹고 한국인 남자와 결혼하여 국적을 바꾸었다. 그런데 그 결혼생활은 몇 년 못 가서 파경을 맞았다.

정식이 듣기로는 남편이 어느 대학의 교수라고 했는데 미국에 있는 대학에 교수로 초빙되어서 갔다고 했다. 즉 미국과 한국 사이에서 두 남녀의 운명이 바뀌어 버린 것이다. 그래서 올리비아는 12살짜리 딸과 함께 한국인으로 남게 된 것이다.

작년에 정식이 학원을 그만두기 전까지만 해도 정식과 올리비아는 친근한 동료 사이로 지냈다. 학원 선생님들과 어울려 회식도 하고 영화 관람도 하면서 대화도 많이 나누었지만 단둘이 따로 만난 적은 없었다. 이따금 올리비아가 정식에게 관심을 표명하는 듯한 표정이나 제스처를 보이기도 했으나 정식은 애써 그런 사인을 무시해 버렸다.

그도 내심으로는 그녀에게 호감을 가지고 있었지만, 연상인 데다가 자식이 딸려 있는 이혼녀라는 사실이 마음에 걸렸다. 한국 여인을 감당하기에도 부담스러운데 거기다 하물며 외국 여인을 어떻게 다루어야 할지 몰라 엄두가 나지 않기도 했다. 그래서 둘 사이는 연인 관계로 발전할 수 없었다. 시쳇말로 그렇게 썸을 타다가 정식이 학원을 그만두면서 두 사람 사이도 자연스럽게 멀어졌다.

서양 사람들은 자신의 감정을 숨기는 법을 배우지 못하고 자라는 것같다. 기쁜 일이 있더라도 그것을 감추어 두고 조용히 즐기지 못하고 반드시 겉으로 표현해야 직성이 풀리지 않나 싶다. 올리비아가 괴성을 지르며 반갑게 전화를 받아주어 전화를 걸기 전에 느꼈던 찜찜한 부담감을 덜어 주었다.

"정식 씨, 맞능교? 세상에 이게 웬일이라예. 진짜로 반갑심더."

처음에 경상도 지방의 학교에 근무한 탓인지 평소에는 서울말을 쓰다가도 흥분하기만 하면 올리비아는 이렇게 사투리를 쓰는 버릇이 있었다. 정식의 눈에는 이렇게 소리를 지르며 펄쩍펄쩍 뛰는 올리비아의 모습이 선하게 비쳤다.

올리비아의 환대에 정식은 자기도 모르게 '아이 미스 유'라는 말을 썼다. 이 말을 뱉고 나서 아차 싶었는데 이번에도 올리비아는 정식의 마음을 달래 주었다. 잠시 망설이는 기척도 없이 '미 투'라고 응답했다. 거기다 '보고 싶었어요'라는 말을 덧붙였다. 그러더니 당장 내일 만나자고 했다. 오늘은 학원 강의 때문에 빠져나갈 수 없으니 내일 오후에 시간을 내겠다고 했다. 이렇게 두 사람은 헤어졌던 애인들이 만나듯이 자연스럽게 만나게 되었다.

이튿날 그들은 경복궁 앞에서 만났다. 서울의 야경을 즐기기에 딱 알맞은 장소이기도 했지만, 무엇보다도 올리비아는 이런 고궁 나들이를 좋아했다. 그래서 예전에도 학원 강사들 여럿이 어울려 고궁을 여러 번 찾기도 했다. 언제인가는 모두 한복을 빌려 입고 나들이를 한 적도 있는데 정식은 정승의 옷을 입고 올리비아는 왕비가 되어 함께 사진을 찍기도 했다. 왕비가 왕도 아닌 신하의 팔짱을 끼고 사진을 찍자 일행 중의 한 사람이 왕비가 바람둥이라고 해서 모두 깔깔 웃었던 기억이 났다. 전철로 오면서 정식은 핸드폰에 저장해 두었던 그때의 사진들을 한 장씩 넘겨보다가 경복궁역에서 내렸다.

역에서 내려 지하도를 한참 거슬러 올라가다 보면 불로문이란 이름이 붙은 돌로 된 문이 나오는데, 이 문을 지나면 늙지 않는다고 하자 올리비아는 여러 번 들락거렸다. 그러더니 지금 자기가 몇 살로 보이느냐고 묻자 학원 원장이 그래도 할머니로 보인다고 답해서 그녀를 삐지게 한 기억도 났다.

매표구 앞에 이르니 먼발치에 이미 올리비아가 기다리고 있었다. 정식이 뛰어가자 올리비아가 가벼운 포옹으로 맞아 주었다. 그녀의 몸집이 좀 커진 듯이 여겨지기는 했지만 여전히 아름다웠다.

"여전하시네요. 요즘도 소설 써요?"

만나자마자 그녀는 대뜸 이런 질문을 했다.

"예. 장편소설을 하나 쓰고 있어요."

"참 부러워요. 나도 글이나 쓰면서 사는 게 꿈이거든요."

흥례문으로 들어서면서 정식은 지금 그가 쓰고 있는 소설의 개요를 설명했다. 죽으려고 여러 가지 방법을 생각하던 한 젊은이가 우연히 무영 스님이란 스승을 만나게 되어 삶의 의미를 깨우치게 된다는 줄거리를 듣자 올리비아는 이런 질문을 던졌다.

"조나단 리빙스턴이라는 이름을 아세요?"

추운 날씨에 급히 달려오느라 그랬는지 올리비아의 볼이 발갛게 상기되었다. 아울러 안경 뒤에 숨겨진 큰 눈이 반짝 빛나는 것 같았다. 그리고 그 위에 반달형의 자연스러운 눈썹이 그 큰 눈을 감싸고 있었다. 그것은 대부분의 한국 여성들과는 달리 억지로 그려 넣은 눈썹이 아니었다. 정식은 그녀가 이렇게 예쁜 줄 예전에는 미처 몰랐다는 사실을 깨달았다. 무엇이든지 자세히 보아야 예쁘다는 어느 시인의 시 구절이 떠올랐다.

"아다마다요. 《갈매기의 꿈》에 나오는 이름 아니에요? 학창 시절에 누구나 한 번씩 읽어 본 소설이에요."

두 사람은 나란히 서 있는 품계석을 지나쳐 근정전 앞의 돌바닥에 수건을 펴 놓고 앉았다. 근정전 안으로 해와 달, 그리고 다섯 개의 산이 그려진 그림이 보였다.

"조나단은 먹고사는 문제보다 하늘 높이 나는 것에 더 관심이 많았죠. 그것이 바로 비극의 탄생이죠."

"그것은 당연한 거 아니에요?"

올리비아가 반문했는데 서양 여성이 이런 철학적인 문제에 관심을 가지는 것이 자연스러워 보이지는 않았다.

"서양 사람들은 자기들이 모르는 신비한 사상이 동양에 숨겨져 있을 거라고 상상했던가 봐요. 치앙이라는 스승을 만나 하늘 높이 나는 법을 배우죠. 그 이름에서 중국 냄새가 나지 않아요?"

"아까 그 스승 이름이 무영 스님이라고 했나요? 그렇다면 없을 무(無)자에 그림자 영(影)자를 썼겠네요. 치앙보다는 무영 스님의 이름이 더 좋네요."

올리비아가 동문서답을 했다.

"올리비아는 한국 사람보다 더 한국말을 잘 아시니 놀라워요."

"이거 왜 이러세요? 나는 미국 사람 올리비아 화이트가 아니라 한국 사람 백리아예요."

"두 이름 다 예쁘지만 나는 올리비아 화이트가 더 좋네요."

"부르고 싶은 대로 부르세요. 그 대신 외국 사람 취급은 하지 마세요."

돌에서 찬 기운이 올라와서인지 올리비아가 몸을 부르르 떨었다. 정식이 그녀를 일으켜 세워 경회루 쪽으로 길을 안내했다. 도심에서는 눈이 녹아 질척거렸지만 여기서는 하얀 눈이 잔디 위에 소복이 쌓여 반짝이고 있었다. 날씨가 차가운 탓인지 데이트하는 몇 쌍의 남녀가 보일 뿐 세상은 텅 비어 고즈넉했다. 어느 사이엔가 누가 먼저라고도 할 것 없이 두 사람은 손을 잡고 있었다.

"고등학교 시절에 《갈매기의 꿈》을 읽고 멀리 날아가고 싶었어요. 그러다 보니 여기까지 와 있네요."

"미국으로 되돌아가고 싶은 생각은 없나요?"

"여기가 내 딸 주리의 조국이에요. 그리고 나는 이젠 미국보다 여기에 아는 사람이 더 많구요."

"주리는 많이 컸죠?"

"초등학교 5학년인데 키가 나보다 커요."

정식은 하마터면 주리의 성이 무엇인지 물어볼 뻔했다. 아마 김씨나 이씨 같은 한국 성씨를 가졌을 텐데 공연히 그런 것을 물어 올리비아의 상처를 건드리고 싶지 않았다.

"고향 생각이 나거든 언제라도 좋으니 나를 불러주세요. 어디든지 뛰어가서 친구가 되어 드릴게요."

올리비아의 큰 눈동자가 정식을 빨아들일 듯이 안경 뒤에서 크게 확대되었다. 그렇게 보아서 그런지 거기에 물기가 스며드는 것처럼 보이기도 했다.

"나는 이 나라가 참 좋아요. 한국 사람들의 따스한 정이 무엇인지 알게 되었으니까요. 그리고 나 정도의 영어 실력으로 밥벌이를 할 수 있는 나라로는 대한민국이 세계에서 최고예요. 이제 나도 한국어를 열심히 공부해서 소설을 써보고 싶어요."

"리아 씨가 지금 가지고 있는 국어 실력만으로도 충분히 좋은 글을 쓸 수 있어요."

"《갈매기의 꿈》 같은 소설을 쓰고 싶어요."

"리아 씨가 쓴 소설을 내가 영어로 번역해 드리죠."

두 사람은 소리 내어 웃으며 연못가를 걸었다. 그러다 호수 위에 놀고 있는 오리가 잘 보이는 벤치에 자리 잡았다.

"정식 씨가 내가 좋아하는 소설과 비슷한 주제를 가진 소설을 쓴다는 게 신기해요. 이런 우리의 만남도 인연일까요?"

"시장에서 옷깃만 스쳐도 인연이라고 하는데 우리는 보통 인연이 아니죠. 그렇게 멀리 떨어진 공간을 뛰어넘어 이렇게 만났으니."

"진짜 그렇네요. 전생에 우리는 무슨 사이였을까요?"

올리비아의 이런 질문에 정식이 핸드폰을 꺼내 사진을 보여주었다. 거기에서 올리비아는 왕비였고, 정식은 그녀의 신하였다.

"이 사진이 전생에 우리가 맺었던 관계에요."

이렇게 말하면서 정식은 사진을 들여다보는 그녀의 어깨를 슬그머니 감싸 안았다. 그러자 기다렸다는 듯이 그 손길을 따라 그녀가 정식의 어깨에 머리를 기댔다. 정식은 자신의 용기에 한 번 놀라고 올리비아의 이런 반응에 한 번 더 놀랐다. 호수 위에서 오리 세 쌍이 옹기종기 모여 앉아 이들의 수작을 지켜보고 있었다. 이렇게 잠시 공백이 흐른 뒤 정식이 내심에 감추어 둔 말을 꺼냈다.

"참 리아 씨에게 부탁할 일이 하나 있어요."

"무슨 일인데요?"

"제가 요즈음 영화에 출연해 달라는 제의를 받았는데 아직 마음을 결정하지 못하고 있어요."

"정말이에요? 축하해요. 정식 씨의 인물 정도라면 진즉 영화의 주인공이 되었어야 해요."

"그 영화에서 주인공이 서양 여자와 부부로 나와야 하는데, 리아 씨와 같이 나왔으면 해서요."

"연기 경험이 없는데 되겠어요?"

"대화도 거의 없고 딱 한 장면만 나오니 괜찮아요. 대신 출연료를 두둑히 챙겨 드리죠."

올리비아가 웃으며 대답하려는 순간, 정식의 입술이 그녀의 입을 막았다.

다음 날 아침 잠에서 깨자 정식은 소스라치게 놀랐다. 한 번만 굴러도 바닥으로 굴러 떨어지는 고시원의 좁디좁은 침대가 아니라 운동장처럼 넓은 더블베드에 자신이 누워 있었기 때문이다. 거기에 벌거벗은 여인이 지남철처럼 달라붙어 있었으니 어리둥절할 수밖에 없었다. 세상에서 도저히 일어날 수 없는 일이 일어나고 말았음을 그는 깨달았다. 정식은 정신을 추스러 보려고 눈을 크게 떴다. 세상에 태어나서 이렇게 따뜻한 암흑을 겪어본 적이 없으니 놀라는 것은 당연했다.

올리비아는 샴푸 냄새가 나는 머리를 정식의 가슴에 들이밀고 가볍게 코를 골며 잠이 들어있었다. 그녀의 한 손이 점령군처럼 정식의 하복부를 점령하고 있었다. 어젯밤 치렀던 격렬한 두 번의 정사가 그 손길을 통해 전류처럼 전해져서 정식은 몸을 부르르 떨었다. 그때 진저리를 치며 뭐라고 비명을 지른 것 같기는 한데 뭐라고 했는지 기억이 나지 않았다. 아니면 아무런 의미도 없는 단순한 외침일 수도 있었을 것이다. 그 강렬한 여운이 아직 남아 있었던지 그녀의 포로가 된 그 물건은 아직도 하늘을 향해 기립하고 있었다.

영준이 말한 러너스 하이가 바로 이런 순간을 일컫는 것은 아닐까. 장자가 하늘을 날아다니는 나비가 된 것처럼 지금 그린 경지에서 노닐고 있는 게 아닐까. 어쨌든 정식은 지금 산 정상에 우뚝 서서 하늘을 향해 주먹을 휘두르는 차라투스트라가 된 기분이었다.

정말 어젯밤 정식은 신이라도 된 듯한 강렬한 환희에 도취되어 있었다. 그도 그럴 수밖에 없었던 이유는 올리비아가 정식을 올려다보며 연신 '오 마이 갓'을 수없이 부르짖었기 때문이다. 그리고 격렬한 동작이 끝나고 정식의 몸에서 원기가 다 소진했을 때 올리비아가 정식의 귓불에 대고 이런 말을 했다.

"아이 엠 오버 더 문 위드 유(I am over the moon with you)."

여인으로부터 이런 말을 들은 경험이 있는 남자라면 정식이 구름을 타고 다니는 신선이 되었다는 것을 이해해줄 수 있으리라. 정식은 그녀의 갈색 머리에 입을 맞추고 이 머리가 금발이었더라면 더 황홀하지 않았을까 하는 생각을 잠시 했다. 이제 영준과 진우를 만나면 나도 백마를 탔노라고 자랑할 수 있으리라.

사람들은 흔히 이렇게 말한다. 천당과 지옥이 따로 있는 게 아니라 한 인간의 내면 속에 공존한다고. 그와 마찬가지로 무릉도원이 따로 존재하는 것이 아니다. 행복을 향유한 자가 머무르는 곳이 바로 무릉도원이다.

그리고 이처럼 무릉도원으로 향하는 이정표를 가르쳐 준 영준과 조르바에게 무릎이라도 꿇고 감사한 마음을 전하고 싶었다. 이제 앞으로 어떤 불행이 닥쳐오더라도 그것을 이겨 나갈 수 있는 용기가 생길 것 같기도 했다. 그럴수록 죽음의 그림자는 서서히 그의 인생에서 걷혀 버리게 될 것이다.

정식은 올리비아가 깰까 봐 미동도 하지 않고 시체처럼 누워서 이런 여러 가지 상념에 사로잡혀 버렸다. 그의 분석적인 두뇌는 자신이 어젯밤 누렸던 충만한 희열과 영준이 겪었다는 러너스 하이의 상관관계를 따지고 있었다.

영준은 혹독한 훈련을 받는 중에 그것을 느꼈다고 했는데 정식은 그와 정반대로 쾌감의 강도가 높아지다가 오르가즘에 이르렀다. 이것을 과학적으로 분석해 보면 인간의 몸에서 똑같은 호르몬이 분비되는 현상이 서로 다른 과정을 거칠 수 있음을 보여주는 것이 아닐까. 극심한 고통을 지워주는 호르몬과 쾌락을 완성시켜 주는 호르몬은 서로 다른 성분을 가진 것일까.

그렇다면 영준이 산중 생활의 고독을 이겨내기 위해 터득했다는 러너스 하이는 또 무엇이란 말인가. 그것은 아마도 이런 복잡한 과정을 거치지 않고도 자유자재로 정신적 만족을 유도해 내는 능력이라고 볼 수도 있을 것이다. 일정한 경지에 이른 사람들은 일정한 의도만 가져도 자신의 육체와 정신을 지배하는 도파민이나 세로토닌 같은 호르몬을 억제하거나 분비하는 능력을 가질 수 있을까. 만약 그것이 가능하다면 우리는 신선이나 도사가 구름을 타고 노닐었다는 옛이야기를 부정할 수 없는 것이다.

정식은 요즈음 제대로 쓰지 못하고 있는《영겁회귀》에도 생각이 미쳤다. 그 소설에서 무영 스님의 덕분에 살아난 K는 그를 은사로 모시고 행자 생활을 하는 것으로 이야기가 전개되고 있었다. 다음에는 무영 스님을 그림자처럼 따라다니며 그의 언행을 기록하는 것으로 소설 내용을 채워갈 예정이었다.

그런데 이 두 남자 주인공만으로는 소설의 구조가 너무나 단순할 것 같아 고민이었다. 그러다 번뜩 새로운 착상이 떠올랐는데 무영 스님이 불가에 들어서기 전 속세에서 가졌던 딸이 성장하여 스님을 찾아오는 삽화를 넣기로 했다. 그리고 K와 그녀에게서 사랑의 싹이 트도록 한다면 이야기를 더욱 흥미진진하게 이끌 자신이 있었다. 이 여주인공의 이름을 백리아로 결정했다.

정식이 여기까지 궁리하고 있을 때 올리비아가 눈을 떴다. 그리고는 깜짝 놀라 정식의 몸에서 손을 뗐다. 그녀도 잠시 어리둥절하다 제정신을 차렸다.

"지금 몇 시예요?"

"8시가 조금 넘었네요."

정식이 침대 곁에 놓인 탁자 위에서 시계를 집어 올리비아에게 보여주었다.

"내 정신 좀 봐. 주리가 학교에 갈 시간인데."

그녀는 벌거벗은 채 일어나 옷장 속에 넣어 둔 외투에서 전화기를 꺼내 들었다. 뿌옇게 솟아오르는 새벽 햇살의 조명을 받은 그녀의 엉덩이가 탐스럽게 씰룩거렸다.

전화를 받은 주리는 제시간에 일어나 학교에 갈 채비가 다 되었다고 말했다. 아침을 먹었느냐는 질문에 우유와 시리얼로 때웠다고 말하는 주리의 음성이 들렸다. 이어서 엄마는 아침을 먹었느냐고 되물었다. 바쁜 일로 지방에 와 있어서 아직 먹지 못했노라고 하자 아침을 꼭 챙겨 먹으라는 당부를 하기도 했다.

"내가 지금 딸과 사는 게 아니라 엄마랑 살고 있다니까요."

전화를 끊고 나서 올리비아가 이렇게 말했다.

"요즘 애들은 성장이 빨라서 그래요. 초등학교 때 사춘기가 온다면서요?"

"특히 주리는 너무 일찍 철이 들었어요. 엄마가 외국 사람이라 그런지 눈치가 백 단이에요."

그러면서 올리비아가 핸드폰의 배경화면을 보여주었다. 거기에 깜찍하게 예쁜 소녀 아이가 손가락으로 브이 자를 그리고 있었다.

"참 한 가지 물어볼 게 있는데 백리아라는 이름을 내 소설에서 써도 될까요?"

"그거야 작가의 마음이죠. 이름으로 특허를 낸 것도 아니고."

"《갈매기의 꿈》에는 여성이 나오지 않죠?"

"글쎄. 그렇네요. 조나단, 치앙, 설리반, 플레처 등 모두 남자뿐이에요."

"그것은 공평하지 않아요. 그래서 내 소설에서는 백리아라는 여성 캐릭터를 넣으려고 해요."

"영광이네요. 내 이름이 소설에 등장하다니."

"이 소설에서 리아는 사랑의 묘약으로 한 남자의 영혼을 구제해 주는 역할을 맡을 거예요."

"구제받는 그 남자는 정식 씨 아닌가요?"

정식은 그저 미소만 지은 채 아무 대답도 하지 않았다. 그러자 올리비아가 다시 말을 걸었다.

"《갈매기의 꿈》에서 치앙이 조나단을 떠나면서 마지막으로 남긴 말이 무엇인지 아세요?"

"거기까지는 기억이 나지 않아요."

"그럼 따라 해보세요. Jonathan, keep working on love."

정식이 올리비아의 발음을 그대로 흉내냈다.

"조나단, 키프 워킹 온 러브."

이 말이 끝남과 동시에 잠시 분리되었던 두 사람의 몸이 다시 한 덩어리가 되었다.

제6부

갈매기의 꿈

"내 병을 치료할 수 있는 것은 영화가 아니라 사랑이야. 그것이 유일한 처방이지. 그리고 드디어 나는 그 약을 찾아냈어."

이렇게 분위기가 반전되는 말을 듣고 정식이 자리에서 벌떡 일어나 진우의 어깨를 두 손으로 잡았다.

"그래요? 축하합니다. 형님. 사랑의 묘약을 찾으셨군요"

정식의 이런 호들갑에도 진우는 전혀 반응을 보이지 않았다.

"그런데 사실은 그 약이 독약이었어."

/ 갈매기의 꿈 /

1

어떤 사람이 천국을 다녀왔다면 반드시 지옥을 경험하는 사람도 있게 마련이다. 이 세상은 그렇게 균형을 맞추어 돌아가게 되어 있다. 그 재수 없는 사나이가 바로 진우였는데, 그 사건은 그의 친구인 선규의 전화 한 통에서 시작되었다.

진우가 춤을 배운지 두 달이 넘어서자 선규가 전화로 무엇을 어디까지 배웠냐고 물었다. 진우가 아는 대로 대충 설명을 하자 이제 실습에 나가도 되겠다면서 춤방으로 방문하겠다고 했다. 자기가 잘 아는 캬바레가 있다며 거기 가서 그동안 배운 실력을 테스트해 보자는 것이었다. 연말이라 여자들도 많을 거라며 운이 좋으면 뜨거운 밤을 함께 보낼 상대를 만날 수도 있다고 했다. 그러더니 교습이 끝나기도 전에 춤방으로 들이닥쳤다.

근래에 들어 진우는 부원장의 도움이 없이 혼자 기본 스텝을 밟을 수 있게 되었다. 이렇게 진우의 실력이 늘어나는 데 비해 명희가 가르치는 시간을 점차 줄여나갔다. 또 그렇게 보아서 그런지는 모르지만 그녀의 표정에 수심이 가득 찬 것처럼 보였다. 수강생이 적어 춤방 운영이 어렵다거나 원장이 학원에 붙어 있지 않아 혼자 강습을 떠맡는 것이 힘겹다거나 하는 이유가 있을 것이다. 선규가 찾아온 날도 부원장은 심드렁한 표정으로 그를 맞더니 사무실로 쏙 들어가 버렸다.

"부원장 표정이 왜 저래?"

선규가 나비넥타이를 풀며 진우에게 물었다.

"낸들 알겠어? 갱년기 증상인가 보지 뭐."

"허기야 생리증후군은 아니겠지. 멘스는 예전에 끝냈을 테니까."

선규는 넥타이를 주머니에 쑤셔 넣으며 말했다. 다른 때 같으면 선규와 명희는 다른 수강생들 앞에서 멋진 라틴 댄스로 시범을 보여 플로어를 뜨겁게 달구었는데, 오늘은 전혀 그런 분위기가 아니었다. 그렇게 잘 웃던 부원장의 얼굴이 석고 마스크처럼 굳어 있었다. 아마도 원장과의 사이에 무슨 문제가 있었던 것이 분명해 보였다. 선규가 눈치를 보더니 진우에게 빨리 나가자는 눈짓 사인을 보냈다. 그리고 두 사람은 인사도 하는 둥 마는 둥 춤방을 빠져나왔다.

선규가 영등포에 잘 아는 캬바레가 있다며 그리로 가자고 했다. 진우는 선규를 따라 영등포로 가는 일호선 전철을 탔다. 전철 안이 붐비기는 했지만 경로석은 비어 있었다. 진우가 한사코 사양했으나 선규가 우리도 이제 이 자리에 앉을 나이라며 끌어당겼다. 진우는 경로석 근처에는 얼씬도 하지 않았는데 친구 덕분에 갑자기 노인이 되어버리고 말았다.

"내가 보기에 박 원장 신상에 무슨 일이 생긴 것 같아. 예전과는 다른 사람이 되어 버렸어. 가끔 엉뚱한 얘기를 늘어놓더라구."

"무슨 얘기를 하는데?"

"자네의 신상에 대해 꼬치꼬치 캐묻더라고. 특히 자네의 여자관계에 대해. 그래서 이렇게 대답했지."

"어떻게?"

"100명의 여자가 벌거벗고 춤을 추고 있어도 땅만 내려다보는 놈이라고."

"그것이 왜 궁금했을까?"

"자네 부원장을 좋아하지?"

"그거야 춤을 배우다 보니 그렇게 보일 수도 있겠지."

"아니야. 원장이 눈치챈 것 같아."

"우리 사이에 아무 일도 없었어."

"이거 봐. 우리 사이라는 거 보니까 썸싱이 있네. 사랑과 기침은 숨길 수 없다는 말이 있지."

"그 사람은 밖으로만 나돌아 학원 운영에 관심이 없어. 부원장 혼자 애쓰는 것을 보면 안타깝기는 해."

“박 원장이 몇 달 뒤에 외국으로 떠난다는 얘기를 하더라구.”

“여행이라도 가려는 모양이지?”

“아니, 영원히 떠날 것처럼 얘기하던데. 부원장 몰래 이민이라도 갈 사람처럼.”

“그런데 두 사람은 도대체 무슨 관계야? 부부 사이가 아닌 것만은 확실한 것 같은데.”

“젊은 시절 연인 사이였다가 여자가 다른 사람에게 시집을 가게 되었어. 그런데 몇 년 살지도 못하고 되돌아왔지. 아마 속궁합이 원장과 잘 맞았던 모양이야.”

진우도 언제인가 영준에게서 이와 비슷한 얘기를 들은 적이 있는데 그 당사자가 부원장인 줄은 몰랐다.

“그런 얘기는 들어본 적이 있어.”

“둘이 천생연분이라고 봐야지. 그런데 이제 자기가 떠나 버리면 여자 혼자 남게 되니 그게 마음에 걸렸나 봐. 그래서 자네와 자연스럽게 엮어 주려고 하는 것 같아.”

“내가 왜 그런 역할을 맡지? 가정도 있는데.”

“내가 대충 자네의 가정 형편을 얘기했어. 그리고 무엇보다도 자네가 부원장을 좋아하잖아.”

“여자가 인수인계하는 물건도 아닌데, 그게 마음대로 되나?”

이렇게 말하면서도 진우는 속으로 짚이는 게 있었다. 영준이 춤방에 왔다가도 부원장이 진우를 가르치고 있으면 슬그머니 자리를 피해 주는 낌새를 알아챌 수 있었다. 또 교습이 끝나고 세 사람이 저녁 식사를 하게 된 자리에서도 바쁜 일이 있다며 두 사람을 남기고 사라진 적도 있었다. 그런 영준의 행동을 진우는 도무지 이해할 수가 없었다.

"글쎄. 어쩐지 요즈음 부원장의 태도도 많이 달라졌어. 열심히 가르칠 생각도 없는 것 같아. 유령처럼 떠도는 느낌이 들어."

"걱정 붙들어 매. 내가 철저하게 실습을 시켜줄 테니까. 현장에서 실습을 해야 실력이 늘어."

그러면서 선규는 이제 막 춤의 세계에 들어선 후배에게 여러 가지 조언을 해주었다. 특히 남자들에게서 돈을 울궈내려는 속칭 꽃뱀을 조심하라고 일러 주었다. 그러면서 자기 친구가 당한 얘기를 해주었다. 춤을 추다가 만나기는 했지만 믿을 만하다고 여겨져서 연락처를 주었더니 집이나 직장으로 만나 달라고 매일 전화가 왔단다. 나중에 눈치를 채고 10만 원짜리 10장이 든 봉투를 건네고 연락하지 말라고 했더니, 다방 안에서 수표를 흩날려 버리면서 사랑을 버릴 수 없다고 눈물 바람을 하더란다.

이런 친구의 사정 얘기를 듣고 선규가 그 여자의 자존심을 채워 주려면 그 열 배의 돈을 줘야 한다고 충고했다고 한다. 그래서 이번에는 100만 원짜리 10장이 든 봉투를 주었더니 그제서야 조용히 사라지고 말았다는 것이다.

"그러니까 아무에게나 전화번호를 알려 주어서는 안 되는 거야. 아니 믿을 만하다고 해도 마찬가지야."

"네. 알겠습니다."

고참병의 지시사항을 받아들이는 신병처럼 진우가 부동자세를 취하며 대답했다.

전철에서 내려 막 지하도를 나서려는 순간, 선규가 이제 막 생각났다는 듯이 물었다.

"혹시 이런 얘기 들어본 적 있어? 나도 박 원장에게 들은 얘기인데 우리 몽고족은 귀한 손님이 오면 자기 마누라와 자게 해주는 풍습이 있다더군."

"글쎄 에스키모족이 그런다는 얘기를 들어 봤어."

"에스키모족도 몽고족의 일파니까."

"그럼 박 원장에게는 내가 귀한 손님으로 보였나?"

"그럴 수도 있지."

"그래도 그렇지. 현대인의 입장에서는 그런 태도를 이해할 수 없어."

"그 사람은 시공을 초월해 살아가는 사람이니까."

두 사람은 이렇게 두런거리며 번잡한 거리로 나섰다. 그러자 길가의 가게에서 틀어놓은 크리스마스 캐럴이 귀를 때렸다.

캬바레에 들어서자 꽃돼지라는 명찰을 단 뚱뚱한 여자 웨이터가 그들을 맞았다. 입구에서 선규가 오늘은 물이 좋으냐고 묻자 웨이터는 싱싱한 조개가 바닥에 널려 있어 줍는 사람이 임자라고 너스레를 떨었다. 진우가 선규에게 그게 무슨 말이냐고 묻자 젊은 여자 손님이 많이 있다는 뜻이라고 풀이해 주었다.

초저녁이었는데도 정말 홀 안은 손님들로 가득 차 있었다. 눈이 어둠에 익숙해지자 플로어에서 춤추는 사람들의 움직임이 물결이 흐르는 것처럼 보였고 타악기 소리가 고막을 파열시킬 것처럼 귀를 파고들었다. 무대에서는 무명가수임이 분명한 여자 가수가 오래전에 유행했던 노래를 목쉰 소리로 부르고 있었다.

"오늘 부킹은 책임져야 해."

선규가 쥐어 주는 지폐 몇 장에 웨이터가 90도로 허리를 굽혔다.

"만약 잘 안 되면 너라도 잡아먹을 거야."

이런 말을 알아들었는지 어쩐지 모르겠지만 웨이터는 방실방실 웃으며 맥주와 안주를 날라 왔다. 그리고 돈값을 하려는 일념으로 여러 여자들을 선규 앞에 대령했다. 이렇게 두 번째 플로어에 나갔다가 들어온 선규가 꽃돼지를 불러 세웠다. 그녀는 죄라도 지은 사람처럼 두 손을 앞으로 모으고 테이블 앞에 섰다.

"춤을 못 추면 얼굴이라도 받쳐 주어야 할 거 아냐."

"예. 다시 초이스하겠습니다."

"그리고 이 친구도 부킹 좀 해줘."

"알았습니다."

이후로 새끼에게 벌레를 물어다 주는 어미 새처럼 꽃돼지는 열심히 여인들을 날라다 주었다. 진우에게도 이렇게 두 번의 기회가 주어졌는데 유감스럽게도 두 번 다 여인들에게 퇴자를 맞았다.

첫 번째 여인은 하도 요란하게 화장을 해서 아주 천박해 보이는 중년 여인이었는데 진우가 춤이 서툰 것을 확인하고는 한 곡이 끝나자마자 손을 놓아 버렸다. 두 번째 여자 역시 아줌마와 할머니의 중간쯤 되는 여자였는데 춤이 서툴러서 두 사람은 서로 상대방의 발만 밟다가 들어왔다.

그렇게 맥없이 자리로 돌아오니 처음에는 다 그런 거라면서 선규가 등을 두들겨 주었다. 그러면서 자신은 젊고 날씬한 아가씨를 꿰차고 나가더니 정작 돌아올 생각을 하지 않고 있었다.

정식은 홀로 쓸쓸히 남겨져 안주로 나온 오징어 다리만 속절없이 질겅질겅 씹어대고 있었다. 이 많은 사람 속에 섞여 있어도 홀로 남은 섬처럼 외롭기만 했다. 그는 이 외로움을 달래기 위해 영화 속에서 본 두 개의 장면을 그려보았다. 영화 〈왕과 나〉에서 율 브린너와 데보라 카가 넓은 연회장에서 폴카를 추는 장면과 〈여인의 향기〉에서 눈 먼 퇴역 장교인 알 파치노가 탱고를 추는 장면이었다. 거기서 그들은 이 세상의 주인공이었다.

이런 광경을 그려보다가 진우는 자신이 율 브린너나 알 파치노가 아니라는 사실을 깨달아야 했다. 우리 주위에서 흔하게 볼 수 있는 아줌마들한테도 자신이 얼마나 매력 없는 존재로 보이는지 인정할 수밖에 없었다. 그래서 더 이상 춤추러 나가지 않고 퍼질러 앉아서 술이나 마시자고 작정하고는 눈을 지려 감았다.

그렇게 무료하게 자리를 지키고 있는데 꽃돼지가 다가와서 뭐라고 씨부렁거렸다. 음악 소리 때문에 안 들린다고 하자 귀에다 대고 돼지 멱따는 소리를 냈다.

"저기 숙녀분이 춤을 신청했어요."

웨이터가 건너편 자리를 손가락질했다. 정식은 그쪽을 쳐다보지도 않고 춤을 못 춘다고 했는데도 웨이터는 손가락질을 멈추지 않았다. 그제서야 시선을 돌리니 서너 테이블 건너에 여자 손님 하나가 외로이 앉아 있는 게 보였다. 이 시끌벅적한 분위기와는 달리 깊은 사색에 빠진 사람처럼 조용히 이쪽을 주시하고 있었다.

모시고 오라고 했더니 웨이터는 굳이 진우를 이끌어 여인의 테이블로 데리고 갔다. 턱을 바치고 이쪽을 주시하고 있던 여인이 기다렸다는 듯이 자리를 털고 일어섰다. 두 사람은 간단한 목례를 하고는 플로어로 나아가 손을 잡았다.

춤을 추면서 한동안은 스텝에만 신경을 쓰느라 앞에 있는 여인을 제대로 살필 여유가 없었다. 그런데 의외로 상대방이 발을 잘 맞추어 주어 그럭저럭 리듬을 탈 수 있게 되었다. 블루스에서 스텝이 엉켜 버렸는데도 여인은 당황하지 않고 정식의 발놀림에 자신의 스텝을 맞추어 주었다.

"죄송해요. 춤을 배운 지 얼마 되지 않아서……."

"별말씀을 다 하시네요. 누구는 처음부터 잘하나요? 너무 잘하셔도 매력 없어요. 이 바닥에서 오래 굴렀다는 증거이니까요."

이 바닥에서 오래 굴렀던 사람은 그만큼 여자 경험이 많아 매력이 없다는 얘기 같았다. 이 여인에게 진우는 어수룩한 숫총각처럼 보였던 모양이다. 그런 면에서 그녀의 판단은 옳았다. 진우야말로 이 바닥에 처음으로 데뷔한 신인이었으니까.

파트너가 이렇게 안심을 시켜주니 진우는 춤방에서 배웠던 실력을 제대로 발휘할 수 있었다. 동작이 부드러워져서 실수도 하지 않고 춤을 리드했다. 아니 여인이 그를 그렇게 춤의 도사처럼 변신시켜 주었다. 그렇게 30분쯤 열 곡 이상의 춤을 추고 이마에 땀방울이 송글송글 맺혀서야 그들은 테이블로 돌아왔다.

돌아와 보니 자리에 선규가 없었다. 나도 예쁘고 춤도 잘 추는 여자를 구했노라고 자랑하려고 했는데 자리가 텅 비어 있었다. 꽃돼지가 오더니 선규가 계산을 마치고 파트너와 함께 자리를 떴다고 알려 주었다.

의리가 없는 것인지 아니면 눈치가 빠른 것인지 모르겠지만 계산을 하고 나갔다니 그나마 다행이었다. 운이 좋으면 뜨거운 밤을 같이 보낼 상대를 구할 수 있을 거라더니 아마도 선규는 운이 좋았던 모양이다. 그런 운은 비단 선규에게만 찾아오리라는 법은 없을 것이다. 진우도 오늘 자신의 운을 시험해 볼 작정을 했다.

선규에 이어 진우도 곧 캬바레를 빠져나왔다. 식사를 같이하자는 진우의 청에 여인이 쉽게 따라나섰다. 진우는 격식을 갖추어 비싼 음식이라도 대접하려 했으나 주변이 시장통이라서 대중음식점만 눈에 띄었다. 감자탕에 소주라도 드시겠느냐고 했더니 고맙게도 여인은 아무거나 좋다고 했다.

참 사람의 마음을 편하게 해주는 너그러운 성품을 가진 여인이었다. 조금 전 춤을 출 때도 스텝이 엉킬 때마다 여인은 웃으며 자세를 바로잡아 주었다. 그 전에 만났던 여인들은 진우가 실수할 때마다 신경질을 내다가 손을 놓고 나가 버렸는데 그런 여인들과 너무나 대비되었다.

환하게 불을 밝힌 식당에 들어서야 진우는 여인의 얼굴을 뚜렷이 볼 수 있었다. 어두운 데서는 보이지 않던 눈가의 주름으로 보아 예상했던 나이보다 10년쯤 위로 보이기는 했지만 짙은 화장을 감안한다 해도 미인 축에 속하는 얼굴이었다. 어디인가 자연스럽지 못한 구석이 있어 성형한 흔적이 보였지만 구태여 그런 것을 따질 이유는 없었다.

"아까 얼핏 들었는데 유 여사라고 하셨죠?"

"예, 유정숙이라고 해요. 이름이 촌스럽죠?"

"저는 그렇게 평범한 이름이 좋아요. 제 이름도 그러니까요. 송진우라고 합니다."

"영화감독이라고 하셨죠? 지금 찍고 있는 영화가 있나요?"

"예. 지금 준비 중인데 곧 촬영에 들어갈 예정입니다."

"그러시군요. 이거 영광이네요. 저도 어릴 때의 꿈이 영화배우였는데……."

"그럼 우리는 진작 만나야 했네요. 내가 캐스팅해서 성공한 여배우도 있거든요."

이런 말을 하며 진우는 지금쯤 가게에서 주방장과 히히덕거리고 있을 아내 수정을 생각했다. 그런데 기이하게도 질투심이 하나도 일어나지 않았다.

"그런데 처녀 시절 한 남자가 죽자사자 매달렸어요. 그래서 결혼하게 되었는데, 그날로 내 인생은 종을 쳐 버렸어요."

"남편은 뭐하시는 분인데요?"

"잘 나가는 대기업의 이사에요. 1년이면 반 이상 해외에 나가 있어요. 지금도 중동 지방으로 나간 지 한 달이 넘었어요."

"그래도 1년에 반은 한국에 있잖아요."

"그게 문제에요. 차라리 집에 없으면 이렇게 바람이라도 쐬러 나올 수 있지만, 집에 있는 날은 숨도 크게 못 쉬게 해요."

그러면서 그녀는 한참 동안 자신의 불행한 결혼생활에 관해 불평을 늘어놓았다. 술이 몇 잔 들어가자 눈물이 그렁그렁하게 눈망울에 맺힌 채 하소연을 했다. 이렇게 살아서 뭐하나 하는 비관적인 생각이 하루 24시간 꼬리표처럼 붙어 다닌다고 했다. 그럴 때면 가끔 이렇게 춤을 추러 나와서 스트레스를 푼다고 했다.

유 여사의 얘기가 끝나자 이번에는 진우가 자신의 불행한 결혼생활에 대해 말을 꺼냈다. 유 여사가 동병상련의 심정으로 고개를 끄덕이며 들어 주었다. 진우는 유 여사의 매정한 남편을 욕했고, 유 여사는 지조 없는 수정을 저주하면서 두 사람의 사이는 더욱 가까워졌다. 그러면서 서로 외로움을 달래기 위해 하룻밤을 같이 보내자는 묵시적인 합의가 이루어졌다.

참 운수가 좋은 날이었다. 돈 한 푼 안 들이고 술을 실컷 마셨고 —식당에서의 식대도 유 여사가 지불했다— 이렇게 매너 좋은 여자와 하룻밤을 보내게 되었으니 정말 운수가 대통한 날이었다. 오늘처럼 이렇게 마음먹은 대로 일이 풀려 가면 인생은 참 아름다운 것이라고 진우는 속으로 쾌재를 부르짖었다. 드디어 날씬하고 예쁘고 춤도 잘 추고 매너도 좋은 여자와 뜨거운 밤을 맞을 기회가 생긴 것이다.

카바레 근처의 뒷골목에는 모텔들이 즐비하게 늘어서 있었는데, 그래도 그중에서 좀 더 좋은 곳을 골라 보려고 여기저기 기웃거리다 한 곳을 선택했다. 아니 골목을 휘돌아 나오는 차가운 바람이 그들의 등짝을 그곳으로 밀어 넣었다. 그들은 이 차가운 거리에서 조그맣고 따뜻한 공간이 필요한 사람들이었다. 거기서 새로운 역사가 펼쳐지게 될 것이다.

숙박비를 계산하는 동안 진우는 자신이 이 여인을 유혹했는지 아니면 그 반대인지 가늠해 보려 했다. 어쨌거나 두 사람의 고독한 영혼이 우연히 도시의 한구석에서 조우하여 잠시 따뜻한 입김을 나누는 것이 큰 죄는 아닐 것이라 생각했다. 진우가 계산을 마칠 때까지 뒤에서 마후라로 얼굴을 가리고 서 있던 여인이 진우가 돌아서자 얼른 팔짱을 꼈다.

엘리베이터에서 5층으로 올라가는 단추를 누르고 문이 닫히자마자 진우는 여인을 와락 껴안았다. 그리고 입술로 그녀의 입술을 찾으려 했다. 그런데 그녀가 입을 꼭 다물고 고개를 돌렸다. 의외의 반응에 놀라 진우가 멈칫하며 그녀의 몸에서 손을 뗐다. 그녀가 손가락으로 엘리베이터의 천정을 가리켰다.

"저기 카메라가 있어요. 우리가 찍힐 수도 있어요."

"미안해요."

머쓱해진 진우가 한 발 뒤로 물러섰다.

그러던 여인의 태도가 방 안에 들어서자 돌변했다. 진우의 가슴을 파고들더니 이번에는 그녀의 입술이 남자의 입술을 더듬었다. 그리고 자기의 옷을 벗기도 전에 남자의 옷을 벗기려 했다. 아까 식당에서 털어놓은 것처럼 오랫동안 남자의 품을 그리워하고 있는 외로운 여인임이 분명했다. 그녀가 진우의 맨몸을 손으로 더듬더니 이렇게 말했다.

"땀을 많이 흘리셨네요. 어서 먼저 씻으세요."

"아까 춤 추느라고……."

진우가 변명처럼 말하고는 옷을 벗어 침대에 걸쳐 놓았다. 그리고는 벌거벗은 몸으로 욕실로 뛰어 들어갔다. 이런 때일수록 침착해야 한다고 진우는 자신을 설득하려 했지만, 그의 몸은 그와 정반대로 반응했다.

"욕조에 물 받으시고 몸을 푹 담그세요."

여인이 욕실의 문을 살짝 열고 말하자 진우는 본능적으로 두 손으로 앞을 가렸다

"들어와서 같이 씻지 그래요?"

자신의 말이 씨도 먹히지 않을 거라는 것을 잘 알면서도 진우가 말을 툭 던져 보았다.

"다음에 친해진 뒤에 그렇게 해요."

여인이 부끄러운 듯 얼굴이 벌개지며 얼른 욕실의 문을 닫았다.

진우는 속으로 서두를 이유가 없노라고 연신 자신을 타일렀다. 마음을 급히 먹다가 조루 증세라도 나타나 일이 금세 끝나 버리면 이 무슨 망신이란 말인가.

여자와 잠자리를 해본 기억이 가물가물해서 쉽게 그렇게 될 수도 있다는 생각에 그는 벌렁거리는 심장을 가라앉히기 위해 무진 애를 썼다. 그래서 그녀가 하라는 대로 욕조에 물을 가득 받아 놓고 거기에 파묻혀 눈을 감아 버렸다. 아니 따스한 물에 몸이 녹아 버리면서 눈이 스르르 감겼다.

얼마나 시간이 지났을까, 그는 콧노래를 부르며 욕조에서 빠져 나왔다. 그리고 젖은 머리를 드라이로 대강 말리고는 긴 타월로 몸을 감싸고 룸으로 들어섰다. 바로 그 순간 정식은 무엇인가 일이 잘못되었음을 직감했다. 방 안의 싸늘한 냉기가 그의 몸을 덮치면서 알 수 없는 공허감이 그를 사로잡았다.

방 안에 있어야 할 사람이 어디론가 사라져 버리고 없었다. 이게 무슨 경우지? 정식은 타월을 집어던지고 맨몸으로 옷장을 열어보고 침대 밑을 들여다보았다. 그리고는 0번을 돌려 카운터에 인터폰을 연결했다.

"조금 전에 술과 안주를 산다고 나갔소."

접수구를 지키는 중국 동포 같은 50대의 여자가 아무런 감정이 섞이지 않은 목소리로 얘기했다. 그런데도 뭔가 이상했다. 아까 식당에서 여인은 너무 많이 마셨다며 술을 사양했었다. 그렇다면? 그는 침대에 걸쳐 놓은 양복의 안주머니를 뒤져 보았다. 예상은 적중했다. 지갑이 없어져 버렸다. 거기다 그 옆에 던져 놓은 핸드폰마저 행방불명이었다. 신문의 가십란에서나 볼 수 있는 사건이 지금 여기서 막 벌어진 것이다.

진우는 한참 동안 멍하니 서 있었다. 술이 확 깨면서 온몸이 부들부들 떨렸다. 뜨거운 밤을 기대했는데 지금 그는 북극에 와 있었다. 이 여자는 선규가 말한 꽃뱀도 아니고 그냥 도둑이었다.

그런데 선규는 꽃뱀을 피하는 방법만 일러주었지 도둑을 막는 방법은 알려주지 않았다. 처음 보는 여자와 같이 있을 때는 지갑과 핸드폰은 따로 챙겨야 한다는 말까지 해주었어야 옳았다. 아니 거기까지 생각하지 못한 내가 바보 천치다. 정식은 이렇게 가슴을 치다가 이내 정신을 수습하고 부리나케 옷을 걸쳐 입고 뛰어나갔다. 모텔 밖으로 뛰쳐나가는 진우의 등 뒤에서 카운터의 여인이 소리쳤다.

"그러니까 조심해야지. 신고하실라우?"

진우는 모텔을 둘러싼 골목길을 샅샅이 다 뒤져 보았다. 골목이 많기도 했거니와 거기서 몇 발자국 나가면 대로변인데 거기에는 빈 택시들이 머리에 등을 이고 줄을 서 있었다. 여인이 택시를 잡아탔다면 영등포의 동쪽이라는 영동까지도 갔을 거라고 생각하니 어깨에서 힘이 쭉 빠져 버렸다. 그래 모든 것을 포기하고 집으로 가려 했으나 주머니에 교통카드는 물론 동전 한 푼도 없음을 깨닫고는 하릴없이 모텔로 돌아왔다.

집까지 걸어가려면 아마 두 시간은 넘게 걸릴 것 같아 그냥 여기서 날을 새기로 했다. 모텔로 들어서는 진우의 등 뒤에서 쯧쯧 혀를 차는 소리가 들렸다.

진우는 지갑 속에 들어 있는 내용물을 머릿속으로 점검해 보았다. 현금은 120만 원 가량이 들어 있었다. 춤방에 등록할 때가 되어 아침에 현금을 찾아 놓았는데 선규가 찾아오는 바람에 등록을 미루었던 것이다. 거기다 선규와 만나기로 해서 술값까지 준비해 두느라 평소보다 많은 돈을 지니고 있었다.

그런데 문제는 현금이 아니라 주민등록증을 비롯한 운전면허증에다 각종 카드 등이 동시에 사라졌다는 데 있었다. 주민센터나 은행, 그리고 운전면허시험장을 들락거리며 분실 신고를 하고 재발급을 받으려면 며칠 동안 눈코 뜰 새 없이 바쁘게 보내야 할 것이다.

그래도 그것들은 번거롭기는 하지만 시간이 지나면 해결될 문제였다. 더 큰 문제는 핸드폰에 저장된 숱한 연락처와 사진과 기록 정보들이 몽땅 날아가 버렸다는 것이다. 이것들을 모두 복원하려면 또 얼마나 아득한 세월이 흘러야 할지 생각하니 정말 눈앞이 캄캄했다.

이왕 이렇게 된 거 모든 것을 체념해 버리자고 자꾸만 자신을 달래면서 심지어 이런 생각까지 했다. 병원에서 의사에게 암 선고를 받은 사람보다는 충격이 덜하지 않겠는가 하고 비교도 되지 않는 사례와 견주면서 마음을 가라앉혔다. 과연 그런 방법이 효과가 있었는지 아니면 아직 남아 있는 술기운 때문인지 진우는 그냥 침대에 엎어져 잠이 들어 버렸다.

아침에 눈을 떠 보니 벽시계가 두 팔로 만세를 부르고 있었다. 10시 10분이었다. 이제 집까지 터덜터덜 걸어가야 하느냐 아니면 카운터에 구걸해서 버스비라도 빌려야 하느냐 둘 중에 하나를 선택해야 하는 처지였다.

이때 웬걸 낯익은 음악 소리가 들려왔다. 프랭크 시나트라의 〈마이웨이〉였는데 그것은 진우의 전화 벨소리였다. 그는 잠시 두리번거리다가 신발장 위쪽의 서랍에서 자신의 전화를 찾았다. 정말 눈물이 나게 고맙도록 유 여사는 신고하지 못하도록 전화기를 감추어 두었을 뿐 들고 가지는 않았던 것이다. 그뿐만이 아니었다. 전화기 밑에는 큰 머리를 얹은 신사임당 한 분이 가련한 눈길로 진우를 올려다보고 있었다. 그분의 눈길이 모나리자의 미소만큼 신비해 보였다.

진우는 이 지폐가 주는 의미를 헤아려 보려고 신사임당과 눈을 맞추느라 전화에는 신경도 쓰지 않았다. 이것이 아마도 유 여사의 마지막 배려였으리라. 차비도 없이 쩔쩔매는 상대방의 처지를 생각해서 이렇게 지폐 한 장을 흘리고 갔으리라.

진우의 얼굴에 쓸쓸한 미소가 떠올랐고, 다음에 이 여자를 맞닥뜨리더라도 용서해 주리라는 관대한 아량까지 생기게 되었다. 전화는 제풀에 지쳐 음악 소리가 끊겼는데 발신인을 확인해 보니 아내 수정이었다. 보나 마나 어제 외박한 것에 대해 추궁할 것이 뻔한데 전화를 받을 이유가 없었다. 그래도 이번에는 그녀가 마누라 역할을 제대로 한 번 해주었다. 그녀가 전화를 걸어주지 않았더라면 핸드폰을 찾지 못해 진우의 인생에 큰 공백이 생겼을 테니까 말이다.

진우는 뒷골목에서 해장국 한 그릇을 사 먹고 거스름돈을 받았다. 그리고 택시를 잡아탔는데 어디로 모실까요, 라는 택시 기사의 질문에 잠시 멈칫하고 대답을 하지 못했다. 이 세상 그 어디에도 그가 가야 할 곳이 없는 것 같았다.

/ 갈매기의 꿈 /

2

오 장로가 영준, 진우, 정식 등 세 의형제와 올리비아를 저녁 식사에 초대한 것은 문상을 다녀온지 일주일이 지나서였는데 그날은 공교롭게 크리스마스였다.

종로에 있는 유명한 중식당에 예약을 잡아 놓았노라고 일방적으로 영준을 통해 전갈이 왔다. 이 소식을 듣고 제일 바빠진 사람은 정식이었다. 올리비아에게 영화에 스카우트 되었다는 얘기만 했지 구체적인 계획은 얘기한 바가 아직 없었다. 이제 그녀에게 자신의 아내 역을 맡겨 연기를 펼쳐야 하는데 시간이 너무 촉박했다.

올리비아와 경복궁에서 만난 이후 정식은 그녀의 주위를 하루도 떠난 적이 없었다. 그녀에게 자신이 얼마나 소중한 존재인가를 인식시켜주기 위해 최선을 다했다. 이번 연극에서 대화도 한마디

없이 살짝 얼굴만 비치는 단역이기는 하지만 그녀의 역할이 가지는 비중이 너무나 컸다. 특히 한국말과 정서에 익숙한 그녀가 조그만 실수라도 하게 되면 다 된 밥에 재 뿌리는 격이니 정식으로서는 여간 신경이 쓰이는 일이 아닐 수 없었다.

오 장로의 말에 의하면 돈을 투자하려는 쪽에서 정민성과 그의 아내를 꼭 확인하고 싶다고 하니 거기에 맞추어 연기를 펼칠 수밖에 없었다. 그러려면 미리 예행연습을 철저히 해 두어야 했기에 마음이 조급해졌다.

올리비아는 석촌호수가 내려다보이는 잠실의 30평대의 아파트에서 살고 있었다. 고작 서너 평짜리 고시원에서 비비적거리며 삶을 꾸려왔던 정식의 눈에는 이 아파트가 대궐보다 넓어 보였다. 처음 한두 번은 딸 주리의 눈치를 살피느라 쭈뼛거리며 드나들었으나 다행히 주리는 친아빠라도 맞은 듯이 다정하게 그를 대했다. 아빠 없이 자라 정에 굶주렸던 아이인지라 따뜻한 말 몇 마디에 금세 친해질 수 있었던 것 같았다.

올리비아는 한국의 고가구에 정신이 홀려서 이 아파트의 빈 공간을 온통 고가구로 가득 채웠다. 거실의 벽면형 텔레비전 옆에는 떡하니 오래된 뒤주 하나가 버티고 앉아 있었다. 영조의 노여움을 산 사도세자가 여기서 숨을 거두었다고 해도 믿어질 만큼 큼직한 뒤주였다. 그 주위로는 놋 장식이 달린 문갑이 빙 둘러서 있고, 그 사이사이로 도기와 자기들이 배치되어 있었다.

뿐만 아니라 안방에 있는 장롱도 요란한 자개 무늬로 장식되어 있어서 제 스스로 빛을 내는 것처럼 번쩍거렸다.

그리고 빈방에도 낡은 병풍이나 고서화가 어지럽게 널려 있었다. 그 방 입구에는 사람 키만한 두 개의 장승이 자리잡고 있어서 으스스한 분위기를 조성하고 있었다. 정식은 그것들을 모두 거두어 뒤주 속에 넣어 버리고 그곳을 자신의 서재로 꾸미는 상상을 해보았다. 그러면 여기에 자신의 몸만 들이밀어도 단란한 하나의 가정이 꾸려질 것만 같았다.

이제는 10억이 훌쩍 넘는 가격을 부르는 이 아파트를 순전히 자기 혼자만의 힘으로 장만했노라고 올리비아는 은근히 자랑했다. 이혼할 때 딸의 양육권을 가지는 조건으로 위자료를 한 푼도 받지 않았노라고 강조했는데, 거기에는 이혼 위자료로 이 아파트를 얻었을 것이라는 사람들의 억측을 깨려는 의도가 숨어 있는 듯했다. 먼 이국땅에서 홀로 삶을 개척하면서도 이처럼 재테크에도 성공할 수 있었다니 참 믿기 어려운 일이었다. 이 여자와 결혼하게 되면 집 장만하느라 아등바등 애를 쓸 일은 없을 거라는 얄팍한 계산이 정식의 머리를 어지럽혔다.

요즘 정식의 일과는 오전에 종로의 성공다방에 들렀다가 오후에는 잠실에 들르는 것이었다. 종로에서는 영준, 진우와 함께 올리비아를 러너스 하이 작전에 자연스럽게 참여시킬 방법을 논의하고 잠실에서는 주리에게 영어를 가르쳐 주었다. 아무리 전문가라고 해도 제 자식을 제대로 가르치지 못하는 것은 서양인도 마찬가지인 것 같았다.

주리가 일상적인 영어 회화에는 문제가 없었으나 문법이나 독해력 습득에는 선생님의 도움이 필요했다. 정식이 그런 일을 자청하고 나섰으니 올리비아가 얼마나 흐뭇하게 여겼을지는 물어보나 마나였다.

성탄절을 앞두고 정식은 이 아파트의 거실에 크리스마스트리를 들여놓기로 했다. 학원 강의로 바쁜 올리비아 대신에 주리와 함께 작업을 했다. 주리는 트리 위에 솜뭉치를 흩뿌려 눈이 내리게 했고, 정식은 수십 개의 색등을 연결하여 불이 반짝이도록 했다.

"아저씨. 이 나무는 진짜 나무가 아니죠?"

하얀 눈이 소복히 쌓여가는 트리를 보며 주리가 말했다.

"그래. 모조품이야. 나무가 아니라 플라스틱이지."

"크리스마스가 지나면 버려질 거 아니에요? 플라스틱이라면 썩지도 않아 공해를 일으키는 쓰레기가 되겠죠?"

주리가 눈을 치뜨며 정식을 올려다보았다. 제 엄마와는 달리 째진 눈매를 가지고 있어서 동양인의 피가 섞여 있음을 보여주는 얼굴이었다. 그래 여느 한국의 아동과 별반 다르게 느껴지지는 않았다. 다만 오똑 솟은 콧마루에서 그나마 서양 냄새를 풍기는 얼굴이었다.

"그렇다고 생나무를 잘라서 크리스마스트리로 쓰면 우리나라의 산은 모두 민둥산이 되어버릴걸."

"민둥산이 뭔데요?"

"나무가 없어 흙이 드러나는 벌거숭이산이란 뜻이야."

"머리털이 없는 대머리 아저씨처럼 말이죠?"

"그래. 그러면 얼마나 보기 싫을까?"

"그러면 이것을 버리지 말고 내년에 다시 써야 되겠네요."

"그래. 그렇게 쓰다가 시집갈 때 혼수로 가져가도 되겠다."

이런 정식의 농담에 주리가 정색을 하며 대답했다.

"나는 절대로 시집가지 않을 거예요. 외로운 엄마를 지켜 주어야 되거든요."

"좋아하는 남자가 생기면 마음이 달라질걸."

"마미가 나 때문에 미국에 돌아가지도 못하잖아요. 그러니까 시집 안 가고 엄마와 영원히 살 거예요."

이런 얘기를 하는 것을 보면 영락없는 어린애였는데 말하는 어조는 제법 어른의 흉내를 냈다. 정식은 속으로 네 엄마를 이 아저씨가 지켜주면 네가 자유로워질 수 있을 거라는 생각을 했으나 말로 표현하지는 않았다. 아무래도 이런 문제는 사춘기에 막 들어선 아이에게는 너무나 민감한 주제일 수밖에 없을 것이다.

저녁 늦게 돌아온 올리비아는 뒤주 앞에서 번쩍이는 크리스마스트리를 보며 뷰티풀을 연발했다. 그러면서 저녁을 차리려는 올리비아에게 정식이 외식을 하자고 제안했다. 그러다가 두 모녀가 단골로 주문해 먹는 식당이 있다며 배달해 먹기로 결정했다. 중국집에서 새우덮밥 두 그릇에 짬짜면을 주문했는데, 정식이 주리에게 짬짜면이 뭐냐고 묻자 짬뽕과 짜장이 반씩 담긴 새로운 메뉴로 주리가 제일 좋아하는 요리라고 올리비아가 대신 대답해 주었다.

저녁을 먹으면서 정식은 식구라는 말의 의미를 되새겨 보았다. 함께 식사를 하는 사람들이야말로 핏줄을 나눈 것만큼 친밀한 사이임을 알려주는 단어라고 생각하면서 밥을 먹었다. 저녁을 먹다 말고 주리가 핸드폰만 만지작거리고 있자 올리비아가 주의를 주었다. 주리가 핸드폰에서 손을 떼면서 입술을 삐쭉 내미는 꼴이 웃음을 자아내게 했다. 주리는 후닥닥 식사를 마치고는 핸드폰을 들고 자리에서 일어났다.

"이따가 학원 숙제 했나 검사할 거야."

이런 올리비아의 말이나 태도가 전형적인 한국 엄마와 다를 바가 없었다. 주리가 대답 대신 제 방의 문을 소리 나게 닫고는 들어가 버렸다. 그런 모습을 보며 정식과 올리비아가 눈을 마주치며 웃었다.

"요즘은 하루가 다르게 주리가 변하고 있어요. 예전에는 중학교에 들어가야 저랬다는데 요즘 애들은 너무나 일찍 사춘기를 맞나 봐요."

올리비아가 마치 예전에 아이를 키운 경험이 있는 엄마처럼 말했다.

저녁 식사 후, 두 사람은 식탁에 마주 앉아 커피를 마셨다. 오후 늦게 커피를 마시면 잠을 설치는 체질이라 이렇게 늦게 커피를 마신 적이 없었는데도 정식은 올리비아에게 커피를 주문했다. 그동안 진우와 함께 짠 시나리오를 펼칠 기회가 지금이라고 라고 판단했기 때문이다. 올리비아는 커피포트에서 두 잔을 내려받아 탁자 위에 받침대까지 갖추어 대령했다.

"크리스마스 날 특별한 스케줄이 있나요?"

"미국에 있는 부모님과 화상 통화를 할 예정이에요. 공휴일이라 학원에 수업도 없고."

"전에 내가 영화에 캐스팅이 된 적이 있다고 말한 적이 있죠?"

"이제 마음을 결정하셨나요?"

"예. 출연하기로 했습니다."

"잘하셨어요, 이제 막 바빠지겠네요."

"아마 그렇게 될 겁니다. 그래서 크리스마스날 리허설을 하기로 했는데 올리비아도 참석해주셔야 해요,"

"정식 씨가 그렇게 결정하셨다면 만사 제치고 가야죠. 거기 가면 제가 할 역할이 뭐죠?"

"저녁 식사 하면서 얘기가 나올 겁니다. 어떤 사람들이 우리를 저녁 식사에 초대했거든요."

"나도 아는 사람인가요?"

"전혀 모르는 사람들이에요. 영화 제작자와 감독인데《갈매기의 꿈》에 나오는 치앙이나 설리반같은 사람들이죠."

그런 이름들을 듣자 올리비아의 눈에 반짝 빛이 비치면서 호기심에 가득찬 눈초리로 정식을 응시했다.

그러자 정식은 그동안 영준과 진우와 같이 준비해둔 시나리오를 서서히 풀어 놓기로 했다.

올리비아를 순조롭게 러너스 하이 작전에 끌어들이기 위해 그들이 내린 결론은 올리비아가 영화에 출연하는 것처럼 꾸며 그녀를 속이자는 것이었다. 그리고 오 회장의 양해를 구해 저녁 식사 자리에서 리허설을 하기로 했다. 그렇게 되면 오 회장 역시 영화의 등장인물이 되는 셈인데 그로부터 흔쾌히 허락을 받았다. 이렇게 준비하면서 송 감독은 등장인물의 대화 내용까지 미리 스크랩으로 작성해서 출력해 두었다. 그는 이 스크립트를 기본으로 해서 영상 콘티뉴이티(continuity) 작업까지 마쳐 놓은 상태였다.

이런 준비를 하면서 진우는 두 형제에게 이탈리아 영화 〈인생은 아름다워〉를 보았느냐고 물었다. 두 사람 다 생뚱맞은 표정으로 모른다고 하자 그는 영화에 대해 설명하기 시작했다.

유태인을 가둔 죽음의 수용소에 한 아버지와 어린 아들이 수용되었다. 그러자 아버지는 아들을 살리기 위해 이 모든 현실이 장난이라고 속여 이 고비를 넘기면 큰 상을 받을 거라고 속인다. 그 말을 믿은 아들은 아버지의 말을 따라 열심히 게임에 참가하여 결국 살아남게 된다는 줄거리를 얘기해 주었다. 그러면서 지금 자기가 그 영화의 연출과 주연을 맡은 로베르토 베니니와 같은 심정이라고 했는데, 영준과 정식은 그가 말하려는 의도를 전혀 눈치채지 못하고 그저 조용히 듣기만 했다.

이렇게 완성된 스크립트를 검토하던 중 영준이 올리비아의 대사가 하나도 없다는 것이 이상하지 않느냐고 이의를 제기했지만, 진우는 정식이 그렇게 하라고 해서 그랬다고 변명을 늘어놓았다. 거기서 올리비아는 그저 웃는 얼굴로 정식의 옆에 앉아 있기만 하면 되는 배역으로 설정되어 있었다.

거기에 대해 각본상 올리비아는 한국말을 전혀 모르는 것으로 되어 있기 때문에 그럴 수밖에 없노라고 정식이 설명했다. 그제서야 영준이 고개를 끄덕이며 대사 한마디 없는 올리비아의 연기가 제일 힘들 것 같다고 말했다. 이런 우여곡절을 겪은 뒤에 대본이 완성되었고, 크리스마스의 저녁 식사 자리에서 예행연습을 하기로 했던 것이다.

정식은 올리비아에게 자기가 출연할 영화의 줄거리를 둘러대었다. 내용인즉슨, 미국에 정착한 한국 유학생이 영주권을 얻고 현지 여성과 결혼하여 눌러살게 되었는데 한국의 부모님이 돌아가셔서 막대한 유산을 물려받게 되자 그 돈으로 영화를 제작하여

세계적으로 흥행에 성공한다는 것이었다. 그 유산은 대대로 물려받은 땅이었는데 올리비아는 그 땅의 매매계약을 체결하는 첫 장면에만 아무 대사도 없이 출연하면 되니까 아주 쉬운 일이라 했다.

"아무 대사도 없이 가만히 앉아 있기만 해도 출연료는 나오나요?"

올리비아가 물었다.

"물론이죠. 대사 없이 표정으로만 연기하는 것이 더 어렵다고 하던데요. 더구나 올리비아는 남들이 하는 말을 다 알아들으면서도 모른 척하고 앉아 있어야 하니 더 힘들 거예요."

"그냥 웃기만 하면 된다면서요?"

"맞아요. 그냥 백치처럼."

"백치가 무슨 뜻이에요?"

한국어에 능통한 올리비아지만 가끔 이렇게 막힐 때도 있었다.

"아무것도 모르는 바보 천치를 백치라고 해요."

"정말 그런 연기가 쉽지는 않겠네요."

두 사람은 이렇게 식탁에 마주 앉아 주리의 방에 불이 꺼질 때까지 두런두런 이야기를 나누었다. 그리고 그날 밤 정식은 최초로 올리비아네 집 안방에서 잠을 청했다. 번쩍이는 자개장이 눈에 어른거려 깊은 잠을 못 이루기는 했지만.

정식이 이렇게 주리와 크리스마스트리를 꾸미고 올리비아의 안방을 접수하던 날, 진우도 평생에 잊지 못할 경험을 하게 되었다.

그 짜릿한 경험은 지갑을 도둑맞고 의기소침하던 그를 다시 일으켜 세워주는 계기가 되었다. 마치 영원히 풀이 죽어 일어나지 못할 것만 같았던 그의 아랫도리가 다시 불끈 솟아오른 것처럼.

연말이어서인지 몇 명 되지 않는 춤방의 수강생들도 나오지 않아 진우 혼자 넓은 홀을 독차지하고 연습을 했다. 이젠 부원장이 거들지 않아도 틀리지 않고 제법 스텝을 제대로 밟았다. 그래도 실전에 나아가 여인들에게 퇴짜 맞지 않으려면 아직도 많이 부족하다는 것을 알기에 진우는 땀이 나도록 연습에 몰두했다. 이렇게라도 해야 머릿속에 자꾸 떠오르는 각종 카드며 주민등록증이나 운전면허증을 지울 수 있었다.

오늘은 진우 말고는 여기에 올 사람이 아무도 없다는 명희의 말을 들었을 때 진우는 묘한 흥분을 맛보았다. 마치 이 세상이 자기와 명희 단 두 사람만이 남아 있는 것처럼 여겨졌다.

이윽고 명희가 진우의 자세를 교정해 준다면서 손을 마주 잡았을 때 다시 진우의 마음이 설레기 시작했다. 음악 소리만 가득 찬 이 텅 빈 공간에서 한 쌍의 남녀가 부여잡고 춤을 춘다는 것이 무슨 의미일까. 한 쌍의 새나 곤충이 교미를 하기 전에 치르는 의식과 다른 것이 무엇일까. 여기에 생각이 미치자 암컷이 발산하는 호르몬의 냄새에 얼이 빠진 수컷 벌레처럼 진우의 발걸음이 흐느적거렸다. 그런데 의외로 명희는 진우의 스텝이 훨씬 부드러워졌다며 칭찬을 쏟아냈다.

이렇게 몸이 붙어 있으면 마음도 가까워지는 것은 아닐까. 세상에 모든 것이 다 증발해 없어져 버리고 오롯이 이렇게 둘만 남게 된다면 이 여자를 와락 껴안는다고 해도 아마 반항하지 않을 것이다. 이런 상상에 이르자 그녀의 허리를 잡은 손에 힘이 들어가는 것이 느껴졌다. 리듬이고 뭐고 무시해 버리고 그녀를 이 자리에 자빠뜨려서 겁탈이라도 하고 싶은 강렬한 충동이 솟구쳤다. 그렇게 그녀에게서는 동물의 암컷이 풍긴다는 페르몬의 냄새가 진동했다.

"마음을 비우세요. 머릿속에 잡념이 있으면 박자를 놓쳐요."

명희의 따끔한 말 한마디에 얼른 진우는 놓쳐버린 박자를 따라잡았다. 여자들은 귀신같이 남자의 마음을 들여다보는 능력이 있는 것 같았다. 자기의 드러나지 않은 육체적으로 욕망을 눈치챘을까 봐 진우는 얼른 자세를 바로잡았다.

저녁 어스름해서야 강습이 끝났다. 집으로 돌아가기가 아쉬워 멈칫거리고 있는데 느닷없이 명희가 말을 건넸다.

"송 감독님, 오늘 술 한잔 사 주실래요?"

손목에 동여맨 손수건으로 이마의 땀을 찍어내며 명희가 이런 말을 했다. 그냥 무심하게 툭 던질 말 같아 보이지만 오랫동안 가슴에 담아 두었다가 조심스럽게 꺼낸 말이 분명했다. 그도 그럴 것이 그녀를 만난지 석 달째 접어들었지만 이런 제안은 처음이었다. 오히려 진우가 그런 자리를 만들려고 해도 피하는 눈치였는데 오늘은 영 달랐다. 더구나 그녀는 술을 즐기지도 않는 타입이어서 진우는 그런 말을 건넨 그녀의 심중을 헤아리느라 잠시 뜸을 들였다.

명희의 눈매는 〈메디슨 카운티의 다리〉에 나오는 메릴 스트립과 닮아 보였다. 그녀는 사진사로 나오는 클린트 이스트우드에게 눈으로 이런 말을 건넸다.

'나를 세상 반대편 어디론가 데려가 주세요.'

진우가 멈칫하고 대답을 하지 않자 명희가 등을 돌렸다. 그제서야 진우가 제 딴에는 재치 있는 답변이랍시고 이렇게 말했다.

"한 잔이 아니라 열 잔이라도 사 드리죠."

그 망할 놈의 영화가 자꾸만 눈앞에 어른거려서 그럴까, 술 한 잔 사달라는 얘기가 자꾸 '외로우니 안아주세요'라는 말로 들렸다. 그 영화에서 메릴은 클린트를 유혹하기 위해 다리 위에 다음과 같은 쪽지를 붙여 놓았다.

'저녁 드시고 싶으면 흰 나방이 날개짓할 때 오세요.'

이것은 예이츠의 시에 나오는 한 구절인데, 지금 진우는 그런 쪽지를 본 클린트의 표정을 흉내내고 있었다. 겉으로 드러내지는 않았지만 속으로 회심의 미소를 지으며.

두 사람은 스산한 바람이 부는 거리로 나섰다. 동장군이 심술을 부려 거리에는 사람의 발길이 뜸했다. 진우는 좀 분위기가 갖추어진 술집을 찾느라고 여기저기 기웃거렸다. 그러다 이제 막 간판에 불이 켜진 단란주점이 눈에 띄어 그리로 들어섰다. 부원장 명희는 고삐를 잡힌 암소처럼 조용히 그의 뒤를 따랐다.

휘황찬란한 간판과는 달리 실내는 적당히 어두웠는데 그래서 더욱 진우의 마음에 들었다. 정면으로 무대가 보였고 그 앞으로는 춤을 출 수 있는 플로어까지 갖추어져 더욱 마음에 들었다. 홀 안은 텅 비어 있었는데 인기척이 들리자 내실에서 더벅머리 웨이터가 나비넥타이를 추스르며 뛰쳐나왔다.

"영업하나요?"

"네. 지금 막 열었습니다. 선생님이 오늘의 첫 손님이십니다."

진우가 묻자 90도로 허리를 굽혀 웨이터가 인사를 했다. 더벅머리는 두 사람을 무대에서 가장 가까운 자리로 안내했다.

진우는 위스키 한 병에다 과일과 오징어 안주를 주문했다. 나중에 명희가 맥주를 마시겠다고 해서 추가로 맥주 두 병을 주문했다. 술이 도착하자 진우는 폭탄주를 제조하는 방식을 명희에게 가르쳐 주었다. 큰 맥주잔에 작은 위스키 잔이 퐁당 빠져드는 모습을 보며 명희가 자기도 그렇게 마시고 싶다고 했다.

"금방 취할 텐데요."

"오늘은 금방 취하고 싶어요."

명희의 이런 대답이 흰 나방이 날갯짓을 하고 있다는 메릴 스트립의 말처럼 달콤하게 들려왔다. 그런데 그 영화에서 다리 난간에 붙어 있는 쪽지를 본 클린트의 표정은 기억나는데, 그날 밤 그들이 몸을 섞었는지 어쩐지는 기억이 나지 않았다. 하여간 오늘은 새 역사를 써보겠노라고 다짐하자 진우의 목울대로 꿀꺽 침이 넘어갔다. 맛있는 음식을 눈앞에 둔 짐승처럼.

두 사람이 한 차례 건배를 하고 진우가 다시 폭탄주를 말고 있을 때 악사들이 등장했다. 반짝이는 은색 장식을 단 옷을 입은 세 명의 악사가 섹소폰과 아코디언과 기타를 들고 등장했다. 그들이 음을 고르는 동안 더벅머리가 뛰어와서 듣고 싶은 노래가 있으면 적어 달라고 쪽지와 볼펜을 건넸다.

명희가 무엇인가 한참 끄적거리는 동안 악사들은 악기를 조율하느라 불협화음을 냈다. 어둠에 눈이 익어서 악사들의 얼굴이 보였는데 모두 한물간 노인장들이었다. 아마도 은퇴한 악사들을 싼값에 고용한 것 같았다.

명희가 더벅머리에게 쪽지를 건낼 때 진우가 악사들의 팁을 거기에 얹어 주었다. 더벅머리가 쪽지를 악사들에게 주자 악기들이 요란한 빵파레를 울리면서 악사들이 객석의 두 사람에게 인사를 했다. 그리고는 춤방에서 수십 번씩 들은 노래들이 쏟아져 나왔다. 비록 뽕짝 일색일망정 두 사람만을 위한 연주회가 열렸다.

진우와 명희는 말없이 눈짓만 교환하고는 손을 맞잡고 무대로 나섰다. 손님이 없어 할 일이 없는 웨이터들이 관객이 되어 춤추는 두 사람을 우두커니 지켜보고 있었다. 템포가 빠른 음악이 연이어 흐르고 나자 이제 좀 쉬어도 된다는 듯이 블루스가 낮은 섹

소폰 소리와 함께 흘러나왔다.

그때 진우가 명희의 상체를 지그시 끌어당겼다. 그러자 기다렸다는 듯이 명희의 몸이 반응을 보였다. 지남철에 쇠가 달라붙듯이 두 몸이 밀착되어 뺨이 서로 닿을 정도였다. 의식적으로 거리를 두고 춤을 배우던 춤방에서의 분위기와는 너무 달랐다. 제삼자의 눈으로 보았다면 그 두 사람은 아주 오래된 연인처럼 보였을 것이다. 오늘따라 진우는 한 번도 실수하지 않고 춤을 리드했다. 아니면 진우의 서툰 리드에도 명희가 잘 따라주었던가.

그들은 그렇게 쉬지 않고 열댓 곡의 노래를 춤으로 소화했다. 그러는 동안 진우는 서서히 무아지경의 경지로 빠져들어 갔다. 두 개의 육신이 이렇게 리듬을 맞추게 되면 그 어느 순간에 두 개의 영혼도 하나로 합치는 황홀경이 찾아올 것만 같았다.

그것은 그 뭐랄까 머릿속이 텅 비어 공백 상태가 된 채 몸이 저절로 반응하는 경지에 이르는 것과 같았다. 춤을 가르치기 전에 박 원장이 멋진 신세계로 안내해 주겠다고 했는데, 그것이 바로 이런 상황을 염두에 두고 한 말인지도 모르겠다고 진우는 상상했다.

그는 하마터면 춤을 추다가 명희에게 사랑한다고 속삭일 뻔했다. 신세계의 문을 여는 열쇠에는 당연히 사랑이라는 이름의 꼬리표가 붙어 있어야 한다고 믿었기 때문일까. 그런데 아무리 취했더라도 차마 그런 말을 꺼내지는 못했다. 이 여자는 엄연히 임자가 있는 사람이 아닌가. 그래도 신세계로 손을 잡아 이끌어준 것은 바로 이 여인이었다. 이 여인에게서 풍겨 온 여인의 향기가 길잡이가 되어 그를 여기까지 이끌어주었다.

그때 마침 탱고 음악이 연주되었는데 진우는 눈먼 장교인 알파치노가 되어 유연하게 명희를 리드했다. 그러면서 자신이 이 세상의 주인공이 될 수 있음을 확실하게 인식할 수 있었다. 그런 인식은 그에게 닥쳐왔던 모든 불운과 고민을 허공으로 스러져 버리게 했다. 이 충만한 감정에 비하면 무능한 중년 가장이라는 비애와 끈질기게 그를 괴롭히는 아내와의 불화는 견줄 것이 못 되었다. 하물며 잃어버린 지갑 따위는 아무런 문제가 되지 않았다. 이런 짜릿한 경험을 통해 그는 신세계로 들어섰다.

춤이 막바지에 이르자 느린 템포의 블루스가 다시 흘러나왔다. 그러자 두 사람의 몸이 한데 합쳐져 원래 하나의 몸인 것처럼 움직이며 리듬을 탔다. 그러다가 어느 순간 하나의 석상처럼 우뚝 멈추어 서버리고 말았다. 두 사람은 굳게 포옹을 한 채 전혀 움직이지 않으면서도 온몸으로 음악을 받아들였다.

바로 그 순간 두 사람의 입술이 맞닿았고 놀랍게도 남자의 입 속으로 여인의 혀가 불쑥 튀어 들어왔다. 폭탄주에 마비된 따뜻하고 축축한 혀가 남자의 넋을 휘젓고 다녀 그의 심장을 폭발 직전의 상태로 몰아넣었다.

그날 밤 진우는 천사들의 나팔소리를 들으며 천국으로 진입했다. 지옥을 다녀온 사람이라야 진정 이런 천국의 맛을 아는 법이다. 진우와 명희 두 사람은 술집 바로 앞에 있는 모텔로 뛰어들어 한 덩어리의 뜨거운 불꽃으로 합쳐졌다. 입에 닿기도 전에 활짝 몸을 여는 잘 익은 홍시처럼 그녀의 몸이 열렸다. 진우는 개선장군처럼 의기양양하게 성문을 열어젖히고 입성했다. 성 안에 사는 모든 주민들이 눈물을 흘리고 울부짖으며 그를 맞아들였다. 그들은 오랫동안 닫혀 있던 성문이 열리자 질식해 죽어가던 사람이 숨통이 트인 것처럼 비명을 지르며 날뛰었다.

이렇게 격렬한 정사가 끝나자 침대 위의 시트는 두 남녀의 땀과 체액으로 흥건히 젖어 버렸다. 이렇게 큰일을 저지르고서도 진우는 술김이어서인지 죽음보다 깊은 잠에 빠져들었다. 정말 오랜만에 이루는 단잠이었다.

아침에 잠에서 깨어보니 명희가 침대 한 모퉁이에 쭈그리고 앉아 흐느끼고 있었다. 그녀는 어깨를 들썩이며 울고 있었는데 아마 밤새 그런 자세로 있었던 것 같았다. 처음에는 그녀가 어젯밤의 그 격렬한 정사 때문에 감격해서 그러는 줄 알았다. 어젯밤 그녀가 지르는 동물적인 울부짖음을 막기 위해 진우는 그녀의 입을 손으로 틀어막고 일을 치러야 했기 때문이다.

그러나 정신을 차려 가만히 살펴보니 그게 아니었다. 그녀는 서러움에 북받쳐 울고 있었다. 진우가 그녀를 달래 주려고 가까이

다가들자 명희가 가만히 그의 몸을 밀어냈다. 그리고 조용히 충격적인 말을 한마디 내뱉었다.

"감독님. 그이가 죽어가고 있어요, 폐암 말기래요."

도저히 알아들을 수 없는 말이어서 처음에는 어리둥절했지만 이내 뿌옇게 보였던 화면이 점차 선명해지듯이 사태 파악이 되었다. 이내 박 원장을 처음 만났을 때 그로부터 들었던 말이 뚜렷이 들려왔다.

'사람은 모두 하루씩 죽어가고 있는 거예요. 내 말이 맞죠?'

그러면서 하루가 다르게 점차 야위어 가고 있는 박 원장의 얼굴이 두 사람 사이에 끼어들었다. 이렇게 진실을 알게 되자 아직 몸에 남아 있던 알코올 기운이 싹 달아나고 진우는 침대 맡에 있는 탁자를 더듬어 무엇을 찾으려 했다.

담배였다. 물론 10년 전에 끊었던 담배가 거기 있을 리 없었다. 그리고 두 사람은 정말 말 한마디 나누지 않고 옷을 챙겨 입고 모텔을 빠져나왔다. 우중충한 안개가 도시 전체를 휩싸고 있었다. 아득한 슬픔이 그를 뒤덮어 진우의 발걸음이 휘청거렸다. 두 사람은 큰길에 이르러 각자 자기의 길을 갔다.

진우는 다음 날 느지막하게 춤방에 들렀다. 내키지 않는 걸음이었지만 달리 할 일이 없었다. 방에는 불이 꺼져 있었고 음악 소리도 나지 않았다. 아무도 없는 것 같아 번호키를 누르고 들어서니 명희가 소파 위에 유령처럼 앉아 있었다. 하루 전만 해도 세상에서 가장 가까운 거리에 있던 두 사람이 오늘은 지구의 끝인 남극과 북극에 마주 앉은 사람처럼 어색했다.

"너무 술에 취해서 내가 무슨 짓을 했는지 기억이 나지 않네요."

진우가 변명처럼 어눌하게 말하자 명희가 그의 말을 가로챘다.

"아니에요. 내가 감독님을 유혹했던 거예요. 게다가 원장님도 내가 감독님과 친해지기를 원했어요."

그러자 문득 선규가 해준 말이 떠올랐다. 박 원장이 자네가 어떤 사람인가 캐묻더군. 특히 여자관계에 대해서 말이야. 먼 외국으로 떠나 돌아오지 않을 것처럼 말하면서 부원장을 돌봐 줄 남자를 고르는 것 같았어. 거기에 자네가 당첨된 거야. 나 같은 사람은 거들떠보지도 않더라고. 그러면서 몽고족의 오랜 전통 중에 귀한 손님이 오면 자기 아내를 내주는 관습이 있다는 얘기까지 했다.

"원장님의 상태는 어떤가요?"

"의사의 말대로라면 두세 달 남았다고 하더군요."

이렇게 진우가 묻자 명희가 모든 것을 체념한 사람이나 낼 수 있는 담담한 어조로 말을 받았다.

"그러면 병원에 있어야 하지 않아요?"

"그이가 한사코 반대했어요. 병원의 침대에 누워 죽지 않겠다고. 걷다가 길거리에 쓰러져 죽겠대요. 그 사람의 고집은 아무도 말리지 못해요."

"그래서 담배도 끊지 않았군요."

아메리칸 인디언이 종교의식을 치르는 것처럼 경건한 자세로 담배를 피우는 영준의 모습이 창가에 어른거렸다.

"요즘은 다리에 힘이 없어 계단을 오르는 것도 힘겨워했어요. 그래서 여기에 잘 나타나지도 않은 겁니다."

진우는 이제 모든 사정을 이해했다는 듯이 고개를 끄덕였다. 진우가 여기 처음 춤을 배우러 왔을 때 몇 번 손을 잡아주고는 부원장에게 넘겼는데, 그때 이미 그에게는 춤을 가르칠만한 기력이 남아 있지 않았던 것이다.

그리고 지하에 있는 다방에 칩거하듯이 들어앉아 있었던 것도 5층에 있는 춤방에 올라오는 것이 힘겨웠던 탓이라 이해가 되었다. 한때는 특수부대의 특급전사였던 사람이었지만 병마가 그를 이렇게 죽음을 목전에 둔 환자로 둔갑시켜 버리고 말았던 것이다.

그렇지만 이해가 되지 않는 사실이 하나 있었다. 곧 죽을 사람이 이런 사기극을 연출하려는 의도를 납득할 수 없었다. 그런 입장이라면 누구나 그런 무모한 짓을 벌이려 하지 않을 것이다. 곧 죽을 사람에게 억만금이 무슨 소용이란 말인가.

그러나 그의 의도는 명희가 이어서 해주는 말을 듣고서야 어느 정도 파악할 수 있었다. 그는 혼자 남겨질 이 여인을 위해 막대한 유산을 남겨주고 싶었던 것이다.

이어서 명희는 박 원장과 지내온 이야기를 해주었다. 그중에는 진우가 영준으로부터 이미 들어서 알고 있는 얘기도 있었다. 명희의 말을 그대로 옮기면 7명의 깡패들이 자기를 희롱하는데 영준이 끼어들어 칼에 찔려 가면서 그녀를 구해냈다고 했다. 깡패의 숫자가 다섯에서 일곱으로 늘어나고 칼에 찔린 것이 아니라 자해를 했다는 줄거리가 각색되기는 했지만 아마 동일한 사건이었을 것이다.

이런 스토리는 생명을 지니고 있어 시간이 지나면 이처럼 제멋대로 변형되기 마련이니까. 또 다른 얘기 하나는 선규로부터 들어서 알고 있는 사연이었다. 명희가 다른 사람에게 시집갔다가 이혼하고 영준에게 뒤돌아 왔다는 내용이었다.

그는 그 이유를 속궁합이 잘 맞아서일 거라고 추측했는데, 그렇게 단순하게 진단하는 것은 오류일 수밖에 없다. 명희 같은 여자는 어떤 남자와도 속궁합을 잘 맞추어 줄 능력을 가진 여자였으니까. 아마도 둘 사이에는 남들은 알 수 없는 끊을래야 끊을 수 없는 인연이 연결되어 있는 것 같았다. 우리가 흔히 천생연분이라고 일컫는 그런 것 말이다.

두 시간가량 명희는 영준과의 관계를 남의 얘기하듯이 차분하게 얘기해주었다. 그녀는 더 이상 눈물을 흘리지 않았는데 그래서인지 더 가슴에 와 닿는 호소력을 지니고 있었다. 이 여인은 일생동안 박영준이라는 남자의 그늘에서 벗어나지 못하는 기구한 운명을 가지고 살아왔다. 다른 남자에게 시집갔다가도 도망쳐 나와

이 남자의 품으로 돌아왔다는 얘기만으로도 그것을 알 수 있다.

그래서 다른 남자와 잠자리를 같이하면서도 죽어가는 그 남자를 생각하면서 눈물짓고 있었던 것이다. 다른 남자들은 그녀의 육신을 점령할 수 있지만, 그녀의 정신을 소유할 수 없었다. 아니 그 정반대로 해석할 수도 있었다. 일생 동안 영준은 수많은 여자를 거쳐 왔겠지만 처음이자 마지막으로 그의 곁에 남은 여자는 오직 이 여자뿐이었다.

그는 일생 동안 이 여자에게서 벗어날 수 없었다. 그랬기에 죽어가면서도 막대한 유산을 남겨줄 작업에 착수했다. 거기다 착하고 어수룩한 남자를 골라 이 여인과 짝을 맺어주려는 에스키모의 흉내를 내고 있는 것 같았다.

이들의 순애보에 자신의 이름이 적히게 된 것이 저주인지 축복인지 진우는 판단할 능력을 잃고 말았다. 단지 어젯밤 천국을 다녀왔다는 것만은 부정할 수 없는 진실이었다. 그것이 그저 일시적인 환각이었더라도. 자신은 두 사람이 주연하는 영화의 말미에 우연히 끼어든 엑스트라에 불과했는지도 모른다. 지나가는 행인처럼 있어도 그만이고, 없어도 그만인 그런 단역의 연기를 하고 쥐꼬리만한 개런티를 받은 기분이었다.

그렇더라도 그 단역배우는 멋진 연기를 펼치면서 행복을 맛보았다. 이렇게 행복은 지옥을 다녀온 자만이 맛볼 수 있는 특권이다. 천국에 상주하는 자들은 진정 행복이 무엇인지 모르는 법이다. 이것은 영생을 누리는 자가 삶이 얼마나 소중한지 알 수가 없는 이치와 같다.

명희의 기나긴 얘기가 끝나자 진우는 이 자리에 머무르기가 멋적게 느껴졌다. 그래서 춤을 배우기를 포기하고 바쁜 일이 있다며 자리를 뜨려고 했다. 그가 발길을 돌리려는 순간 단말마의 비명이 들렸다.

"송 감독님. 제발 저를 혼자 있게 내버려 두지 마세요."

이 소리에 퍼뜩 놀란 진우가 다시 뒤로 돌아섰다. 그러자 명희가 진우의 가슴에 뛰어들었다.

/ 갈매기의 꿈 /

3

온 도시가 크리스마스 캐럴로 뒤덮여 2,000년 전 중동의 한 외진 곳에서 외롭게 죽어간 한 사나이의 생일을 축하하고 있었다. 온 인류가 2,000년 동안 이렇게 떠들썩하게 그의 생일을 축하해 주었지만 십자가에서 홀로 죽어가야 했던 그의 고독의 무게는 조금도 덜어질 수 없을 것이다.

이런 생각을 하며 정식은 진우가 오라는 대로 세종로 근처에 있는 한 호텔의 커피숍을 찾았다 거기에 오 회장을 비롯한 영준, 진우, 정식 등 네 명의 토지사기단이 모여들었다. 근처의 중국식 식당에서 식사를 하기 전에 미리 의논할 일이 있다며 영준이 소집한 자리였다. 특히 정식에게는 올리비아를 동반하지 말고 혼자 오라고 해서 그녀와는 2시간 뒤에 덕수궁 앞에서 만나기로 하고 서둘러 나오는 길이었다.

호텔 로비에 자리잡은 커피숍 중간에는 천정의 샹들리에에 닿을 만큼 우람한 크리스마스트리가 자리잡고 있었다. 올리비아네 거실에 있는 그것의 열 배는 됨직한 큼직한 원목이었다. 그 위에 뿌려진 솜뭉치만 해도 이불 몇 채는 꾸밀 수 있을 것 같았다. 인간의 허욕에 밑동이 잘린 이런 나무를 보면 아마 주리는 눈물이 글썽해서 이렇게 말할 것이다.

'예수님은 이런 야만적인 짓을 용서하지 않을 거예요.'

모든 사람이 거리로 쏟아져 나가서인지 호텔 로비 안은 아주 한산했다. 정식이 들어서자 이미 자리잡고 있던 세 사람이 반갑게 그를 맞았다.

"그 미국 여자는 언제 오기로 했나?"

오 회장이 묻자 정식 대신 영준이 대답했다.

"예. 이따가 식당으로 오기로 했어요."

그러자 이번에는 정식이 시계를 들여다보며 말을 바꾸었다.

"한 시간 뒤에 덕수궁 앞에서 만나기로 했어요."

"그래야지. 여자 혼자서 오게 하면 안 되지."

오 회장이 고개를 끄덕이더니 주머니 속에서 사진 두 장을 꺼내 탁자 위에 놓고 사진 속의 인물들에 대해 설명했다. 한 사람은 변호사이고, 다른 한 사람은 군인이라 했다. 그중 변호사는 이번에 에덴건설의 이사로 등재된 사람으로 정체를 알 수 없는 목돈의 관리자라 했다. 땅을 거래하는 당사자는 에덴건설의 회장인 자기와 지주인 정민성이지만 실질적으로 돈을 움직이는 실권을 가진 자가 바로 이 사람이라고 하며 사진 속의 얼굴을 손가락으로 콕콕 찔렀다.

즉 박광천이라는 이름을 가진 이 변호사는 전주 측의 대리인으로 영준은 지주 측의 대리인으로 이 계약에 참여하게 된다는 것이었다.

그러면 이 군인이라는 사람은 누구냐고 진우가 묻자 오 회장이 즉답을 회피하고 한숨을 휴 내쉬었다. 그러자 이번에도 영준이 오 회장을 대신해서 말했는데 진우는 영준의 눈을 피해 군인이라는 자의 사진만 만지작거렸다. 사진을 보니 넥타이를 맨 신사복 차림이었지만 짧은 머리에서 군인 티가 나기는 했다.

"이 박광천이라는 작자가 지주 정민성을 확인하기 위해 수소문하여 이 친구를 찾아냈어. 자 여기 사진을 보라구. 여기 있잖아."

이번에는 서류봉투에서 꺼낸 고등학교 졸업앨범을 펼쳐 들고 정민성과 박광천을 영준이 손가락으로 가리켰다. 머리는 똑같은 스포츠머리로 쌍둥이처럼 닮아 보이는 두 소년의 사진이 거기에 나란히 실려 있었다.

"그러니까 바로 얘가 이 사진 속의 인물이로군요."

진우가 앨범 속의 사진 위에 그 사진을 얹어 놓고 비교해 보았다. 그 학생의 사진 밑으로는 진오성이라는 이름이 붙어 있었다.

"우리가 아는 것이라고는 이 진오성이라는 친구가 육사에 진학하여 지금 대령 계급장을 달고 전방에 근무하는 군인이라는 사실밖에 아는 것이 없어. 계급은 대령이라는데 군인이라 돈으로 매수할 수도 없고, 아우가 연기를 잘해서 속여 넘기는 수밖에 없어."

"내가 이 친구를 속여 넘기라구요?"

정식이 정색을 하며 외마디 비명을 질렀다.

"그렇게 하지 못하면 이 계약은 성립될 수 없지. 다행히 고등학교 졸업 후 이 두 사람은 한 번도 만난 적이 없어. 한 사람은 군인으로 전방에 근무했고, 또 한 사람은 미국에 가 버렸으니까. 벌써 25년이 지났으니 얼마든지 속여 넘길 수 있을 거야."

영준이 평소와 다르게 언성을 높였다. 그리고 그렇게 말하는 것이 힘겨운 듯 잠시 숨을 고르고 있었다.

오 회장과 정식이 얼굴이 벌개진 영준의 얼굴을 쳐다보았으나 진우는 그와 눈이 마주치는 것을 애써 피하려 했다. 형수를 겁탈한 시동생이 형과 마주친 것처럼 그는 잔뜩 겁을 집어먹고 있었다. 전에 없이 영준이 소리를 높여 떠드는 것도 그와 부원장 간의 관계를 눈치채고 있기 때문일지도 모른다는 자괴감이 들어 가슴이 떨렸다. 아니 자신이 이 세상에서 사라지고 나서 외롭게 남아 있을 애인에게 짝을 구해주려 한다는 선규의 말이 백번 옳다고 해도 영준과 눈이 마주치는 것이 두렵기는 마찬가지였다.

"자, 이제 이 앨범을 아우에게 줄 테니 이 친구를 어떻게 속여 넘길 것인지 연기해 보라구. 그리고 여기 김봉주라는 담임선생님과 친구들 이름을 몇 개 기억해서 진오성에게 정민성이 맞다는 것을 증명해 보여주어야 해."

영준이 앨범을 정식에게 건네주고는 자기는 할 일을 다했다는 듯이 입을 닫았다.

"그러면 시나리오를 다시 고쳐 써야 하겠는데…. 안 그래요? 송 감독."

이런 오 회장의 얘기를 들으면서 진우도 난감한 표정을 지었다.

"아무래도 앞부분을 고쳐 써야 되겠네요."

"그 시나리오는 지금 보여줄 수 없소?"

"이따가 식당에서 리허설을 할 때 나누어 드리겠습니다. 올리비아에게 자연스럽게 보여야 하니까요.

"그 미국 여자의 이름이 올리비아로군. 이름이 아주 예쁜데……."

"얼굴도 이름만큼 예쁩니다."

정식이 두 사람 사이의 대화에 끼어들었으나 이런 정식의 말을 귓등으로 흘리고 오 회장이 진우에게 다시 질문을 했다.

"법인을 설립하는 계획은 제대로 되어 갑니까?"

"예. 설립할 예정입니다. 그러기 위해서는 이사를 선임할 예정인데 오 회장님도 거기 들어가야 되겠죠?"

"나는 빠야지. 그렇게 되면 내 돈을 나에게 주는 꼴이니까 말이 안 되지. 우선 여기 있는 세 사람 이름으로 이사회를 만들고 법인

통장을 발급받아 놓으세요."

오 회장이 법인 통장을 만들라는 데는 나름대로의 이유가 있었다. 600억 원이라는 거액이 개인의 계좌로 입금되면 세무서나 수사 당국의 주목을 받게 되니 그것을 피하자는 것이었다. 그래서 내용상으로는 땅을 거래하는 것이지만 형식상으로는 에덴건설이 영화사에 투자하는 것처럼 위장하는 꼼수를 쓰기로 했다. 정식은 나중에 진우로부터 이런 얘기를 듣게 되었는데 오 회장이라는 사람의 용의주도한 면모에 그만 혀를 내두르고 말았다.

"영화사 이름은 에덴이라고 하면 어떨까요?"

"글쎄. 그것도 좋은 아이디어 같은데. 두 회사의 이름이 같으면 방계 회사처럼 보여서 거액이 오간다 해도 별 의심을 사지 않을 수도 있겠네."

이렇게 오 회장이 중얼거리자 그 자리에서 당장 영화사의 이름이 지어졌다. 이제 곧 에덴영화사나 에덴인터테인먼트 같은 이름의 회사가 설립 등기를 마치게 될 것이었다.

"그런데 그 변호사에게 계약식을 촬영한다는 데 동의는 구하셨습니까?"

"그렇게 하기로 양해를 구했어요. 미국에서는 이렇게 큰 거래를 할 때 증거로 남기기 위해 촬영을 하는 것이 관례라고 했더니 쉽게 수긍을 하더군. 원래 법을 따지는 사람들이 증거란 말을 좋아하잖아. 이제 그 미국 여자만 우리가 영화를 찍는 거라고 믿게 하면 일이 끝나는 거야."

이런 오 회장의 말을 받아 진우가 정식에게 되물었다.

"그렇게 할 자신이 있지?"

"올리비아는 속일 수 있겠는데, 그 군인이라는 친구는 어떻게 속여 넘기죠?"

정식의 이런 대답을 듣고 진우가 그의 힘을 북돋아 주려고 하는 말이 어찌 보면 비아냥처럼 들렸다.

"그러니까 소설을 써야지. 내가 연기를 잘하도록 도와줄게."

오 회장과 진우, 정식 이렇게 세 사람이 이렇게 떠들고 있는 동안 영준은 팔짱을 낀 채 조용히 눈을 감고 듣기만 했다. 그런 그의 자세가 정식의 눈에는 모든 난관을 극복한 초인처럼 보였고, 진우의 눈에는 모든 것을 체념하고 절망의 벼랑 끝에 서 있는 사춘기 소년처럼 위태롭게 보였다. 이처럼 사람들은 자기의 눈으로만 이 세상을 바라보기 때문에 엄밀한 의미로 객관적 판단이란 존재할 수 없는 것이다.

정식은 올리비아를 데려오기 위해 먼저 자리를 떴다. 그가 덕수궁 앞에 도착하니 대한문 앞에는 구름 떼같이 인파가 몰려 있었다. 거기서는 지금 막 왕궁 수문장 교대식이 끝나 노란 옷을 입고 패랭이를 쓴 취타대가 북을 치고 피리를 불며 궁 안으로 들어서고 있었다.

그들을 향해 외국에서 온 관광객들이 박수를 치고 휘파람을 불었다. 교대 의식이 끝나고 포토 타임이 주어지자 수비대 장수와 관객이 어울려 사진을 찍었다. 인파를 비집고 들어서니 올리비아가 수문장의 팔짱을 끼고 셀카를 찍는 것이 보였다. 그녀는 사진 찍기에 정신이 팔려 바로 눈앞에 나타난 정식을 보지 못했다.

빨갛고 노란색이 어울린 군복에 푸른 도포를 두른 수문장은 웃지 않으려고 애써 엄숙한 표정을 지으려 했는데, 그게 잘되지 않아서 입꼬리가 약간 올라간 채 사진을 찍히고 있었다. 잘생긴 얼굴에 만들어 붙인 턱수염이 그런대로 어울렸다. 셀카를 찍고 난 올리비아가 웃으며 인사하자 조선 시대의 군관이 땡큐라고 영어로 대답했다. 그렇게 사진을 찍고 나서야 정식을 발견한 올리비아가 그의 품으로 뛰어들었다.

"참 잘 어울리는 한 쌍이더군."

약간의 질투심이 섞여 비아냥거리는 말투가 나오자 올리비아가 더욱 약을 올렸다.

"어쩌면 저 수문장이 전생의 내 남편인지도 모르죠."

그러자 정식이 그녀를 돌려세워 수문장을 보게 했다. 어느새 그 장수는 대여섯 명의 여성 관광객에 둘러 싸여 사진을 찍고 있었다.

"저거 봐. 저 사람은 바람둥이야."

그것을 보며 올리비아가 손뼉을 치며 웃었다. 그녀는 이제 막 찍은 사진을 정식에게 보여주었다. 동양과 서양, 중세와 현대, 여자와 남자가 묘한 조화를 이루는 그림이 나타났다. 예전에 경복궁에서 왕비와 신하가 되어 찍은 사진보다 훨씬 자연스러워 보였다. 그리고 이처럼 사소한 것에 질투를 느끼는 감정은 자신에게 올리비아를 사랑하는 감정이 생겼기 때문이라는 분석적 판단이 잠시 정식의 뇌리를 스쳤다.

예약이 잡힌 중국 식당과는 좀 먼 거리였지만 시간이 남아 두 사람은 그냥 걸어가기로 했다. 그래야 남은 세 사람이 어떻게 올리비아를 감쪽같이 속여 넘길까 하는 문제를 해결할 시간을 줄 수 있을 것이다.

이제 막 수문장 교대식을 관람하던 사람들이 거리로 흩어져서 두 사람은 인파에 파묻혀 보이지 않게 되었다. 시청 앞 광장에는 호텔에서 본 것보다도 더 높은 크리스마스트리가 서 있었고, 거기에 매달린 수천 개의 전등에서 캐럴이 쏟아져 나오듯이 소란스럽게 반짝였다. 아마 주리가 이 자리에 있었다면 저 나무가 생목인지 모조품인지 보러 가자고 떼를 썼을 거라고 상상하면서도 정식은 엉뚱한 말을 꺼냈다.

"리아 씨. 이 덕수궁 돌담길을 걷는 연인들은 언제인가 헤어지게 된다는 말을 들어본 적이 있나요?"

"아니요. 그럼 이 많은 사람들이 모두 헤어지게요?"

리아가 주위를 둘러보며 정식의 팔을 놓치지 않으려는 듯 꼭 부여잡았다.

"회자정리라는 말이 있는데……."

"네. 얼마 전에 배운 말이에요. 이 세상에서 만난 사람은 꼭 헤어진다는 말이죠?"

"아무리 금슬 좋은 부부라도 죽음이 갈라놓으니까. 그래서 결론은 딱 하나밖에 없어요."

"그게 뭔데요?"

"까르페 디엠."

정식이 철학자처럼 엄숙하게 선언했다.

"그 말도 알아요. 〈죽은 시인의 사회〉에서 키팅 선생이 유일한 진리라며 가르쳐 준 말이에요."

"키팅 선생으로 나온 로빈 윌리암스가 우울증으로 목을 맸다는 사실도 알아요?"

"우리 그런 끔찍한 얘기는 그만해요. 정식 씨가 나온다는 영화 얘기나 해 주세요."

올리비아가 몸서리를 치며 정식의 손을 움켜쥐었다. 전체적인 줄거리는 얘기해준 적이 있어 이번에는 오늘 만나서 리허설을 할 배우들만 소개해 주겠다면서 정식이 물었다.

"그레고리 펙이라는 이름을 들어보았죠?"

"그를 모르는 미국 사람들은 한 명도 없을걸요. 〈로마의 휴일〉에서 공주님과 사랑을 나누었죠."

"맞아요. 그 배우를 닮은 노배우가 나의 상대역으로 나와요, 내가 조상에게 물려받은 땅을 사서 거기에 아파트를 지으려는 건설 회사의 회장이죠. 올리비아는 이 장면에서 내 아내로 나오게 되는데 그냥 가만히 자리만 지키면 되는 겁니다."

"그래도 개런티가 나와요?"

"물론이죠."

"얼마나 줄까요?"

"리아 씨가 생각하는 금액에 동그라미를 하나 더 붙여 주도록 할게요."

이 말을 들은 올리비아가 아주 심각한 얼굴로 무엇인가 열심히 계산을 하고 있었다. 안경 뒤에서 그녀의 큰 눈이 약간 세모꼴로 일그러지는 것처럼 보였는데 아마 그녀는 자신이 받는 강의료를 기준으로 보수를 가늠해 보는 것 같았다.

"정말 아무 말도 하지 않고 가만히 있어도 되는 거예요?"

"영화에서는 한국에 처음 온 미국 여자처럼 연기해야 되니까 카메라가 다가오면 그냥 살짝 웃기만 하세요."

"정식 씨는 얼마나 받기로 했어요?"

"나야 주인공이니까 많이 받죠. 런닝 개런티라고 해서 관객이 많이 들면 억대도 받을 수 있어요."

"그럼 나도 많이 달라고 해야 되겠네요."

"글쎄, 얼마쯤?"

"30만 원 아니 40만 원?"

올리비아가 큰 욕심이라도 내듯 이렇게 말하자 정식이 그 뒤에 동그라미를 하나 더 붙이라고 했다.

"그럼 300만 원이나 400만 원?"

올리비아의 눈이 다시 세모꼴로 이그러졌다.

"그렇게 받도록 감독에게 부탁할게요."

그러자 올리비아가 귀신에 홀린 사람처럼 신이 나서 춤을 추었다. 발뒤꿈치를 한껏 치켜든 발레 동작이었다. 주위 사람들이 나비처럼 날아가는 그녀의 모습을 보고 모두 웃었다. 이렇게 정신 나간 외국 여자를 보고 미소를 지을 수 있었던 것은 오늘이 바로 크리스마스였기에 그랬을 것이다.

덕수궁 돌담길이 끝나는 지점에서 그녀는 춤을 멈추었고, 다시 한 번 정식의 품으로 뛰어들었다. 남들의 시선을 의식하여 정식은 그녀의 입술 대신 뺨에 뽀뽀를 해주었다.

"그러면 그레고리 펙과 감독을 만나러 가는 거죠?"

"아니, 한 사람이 더 있어요. 머리를 길게 늘어뜨린 치앙 같은 사람이죠."

치앙은 갈매기 조나단의 스승이었는데 치앙이 인간이었다면 아마 박 원장처럼 머리를 길렀을 거라고 정식은 상상했다.

"그럼 그 사람은 하늘을 날아다니나요?"

"아마, 그럴 걸요. 이따가 만나면 물어보세요."

"치앙은 무슨 역을 맡았어요?"

"내가 물려받은 땅을 건설회사 회장에게 소개하는 중개인 역할을 맡았어요."

"그레고리와 치앙을 만나다니 어떤 사람들인지 얼른 보고 싶네요."

정식과 올리비아가 예약이 된 중국식당에 이르자 머리를 길게 두 갈래로 땋고 울긋불긋한 비단 치파오를 입은 젊은 여자가 두 사람을 2층에 있는 연회실로 안내했다.

"저 아가씨는 정말 중국 여자 같아요."

올리비아가 손으로 입을 가리며 속삭였다.

"아마 저 사람은 리아 씨를 가짜 미국인으로 볼 것 같은데요."

정식이 올리비아를 흉내내며 귓속말을 했다.

여인이 안내한 소연회장에는 10명쯤 둘러앉을 수 있는 둥근 테이블이 놓여 있었다. 이 테이블을 둘러싸고 남자 셋이 머쓱하게 앉아 있다가 정식의 팔짱을 끼고 들어서는 올리비아를 보고는 모두 안색이 환하게 바뀌었다. 그중 송 감독이 먼저 자리에서 일어나 빈 의자를 끌어당겨 여자의 자리를 마련해 주었다.

"안녕하세요. 백리아라고 해요. 미국식 이름은 올리비아 화이트이구요."

올리비아가 양팔을 벌리고 무릎을 굽히는 무대식 인사를 했다.

"환영합니다. 이 자리에 앉으세요."

송 감독이 신사답게 그녀가 앉기를 기다렸다가 자기 자리에 착석했다.

나는 어디에 앉아야 하느냐고 정식이 묻자 송 감독이 아무 데나 골라 앉으라고 퉁명스럽게 대꾸해서 좌중이 온통 웃음바다가 되었다.

"두 사람은 부부니까 붙어 앉아 있어야지."

오 회장이 거들자 정식이 의자를 끌어당겨 올리비아 옆으로 다가갔다.

"정식 씨가 한국말을 모르는 사람처럼 연기하라고 했는데, 그만 말을 하고 말았네요."

올리비아가 이제야 생각났다는 듯이 말했다.

"이따가 리허설을 할 때 그렇게 하면 됩니다."

진우가 이렇게 말하자 올리비아가 물었다.

"감독님이시군요. 맞죠?"

"그래요. 이 영화를 찍을 감독이에요."

"잘 부탁합니다."

올리비아가 손을 내밀자 두 사람을 악수를 했다. 올리비아는 고개를 돌려 다른 두 사람을 쳐다보았는데 주름살이 가득한 그레고리 펙과 뒷머리를 질끈 끈으로 묶은 치앙을 한눈에 알아보았다.

"자, 그럼 이제 식사를 시작합시다."

오 회장이 두 손을 맞잡고 문 앞에 서 있던 치파오에게 손짓을 하자 그녀가 쪼르르 달려나갔다. 그리고는 이윽고 나비넥타이를 맨 청년들이 김이 모락모락 나는 음식들을 연신 날라왔다. 그들이 테이블 중앙에 있는 돌림판 위에 요리를 놓고 나가면 모두 한 점씩 맛을 보았다. 이름도 모를 여러 가지 음식이 나왔는데 이런 자리에 익숙한 듯 오 회장이 음식에 대해 한마디씩 말을 덧붙였다. 그 유명한 샥스핀 요리가 나오자 누구나 한 점씩 먹어보려고 젓갈을 올렸으나 올리비아는 먹지 않았다. 그리고는 나직하게 정식에게 말했다.

"이거 아주 야만적인 요리에요. 이거 때문에 매년 2천만 마리 이상의 상어가 죽어 나가요."

"그래도 원숭이 골을 파먹는다는 요리보다 낫지요."

이러면서 맛있게 먹고 있는 정식의 넙적다리를 올리비아의 손이 테이블 밑에서 꼬집어 비틀었다. 그래서 아무도 정식이 샥스핀 요리를 먹다가 제대로 삼키지 못하고 목이 메어 켁켁거리는 이유를 알지 못했다.

이렇게 풀코스 중국요리를 먹는데 한 시간이 훨씬 넘게 소요되었다. 마지막 코스로 깐쇼새우와 짬뽕이 나오고 매실차가 나와 식사가 끝났음을 알려 주었다. 그러자 송 감독이 종이 한 장씩을 돌리고 읽어 보라고 했다.

"자, 이게 우리가 찍을 영화에서 올리비아가 나오는 장면입니다. 우선 자기의 대사를 읽어 보시고 제가 큐싸인을 보내면 대화하듯이 얘기를 나누면 됩니다."

모두 그것을 눈으로 훑어 내리기 시작했다. 대사가 한마디도 나오지 않는 올리비아도 처음부터 끝까지 다 훑어보았다.

S#10 공인중개사 사무실(낮)

사무실 안의 탁자 한쪽에 오 회장과 그 비서, 맞은편에는 정민성과 그의 미국인 아내 올리비아가 앉아 있다. 그들 사이에 앉은 중개인이 서류를 한 장씩 넘기며 오 회장에게 무엇인가를 설명하자 그가 고개를 끄덕인다. 그리고는 이내 고개를 돌려 정민성에게 말을 건다.

오 회장 : "미국에 들어가신 지는 얼마나 되었습니까?"

민성 : "대학 졸업 후 바로 들어갔으니 벌써 20년이 넘었네요."

오 회장 : "이제 조상의 음덕으로 큰 부자가 되셨습니다. 한국에 정착할 의사는 없습니까?"

민성 : (올리비아를 돌아보며) "아직 아내와 상의해 본 적이 없습니다. 이 사람만 동의한다면 그럴 의향도 없지 않습니다만……."

오 회장 : "5천만 달러면 미국에서도 큰 부자로 살 수 있을 겁니다."

민성 : "이 돈을 미국으로 가져가지 않고 여기에 다시 투자하기로 했습니다. 법적인 문제도 있고, 세금 관계도 복잡해서……."

오 회장 : "어디에 쓰시게요?"

민성 : "요즈음 잘 나가는 케이팝이나 영화 제작에 투자하기로 했습니다. 그래서 회사의 대표이신 이분을 모시고 왔습니다."

오 회장 : "그러니까 이분이…?"

송 감독 : "예, 제가 에덴인터테인먼트의 대표입니다. (명함을 오 회장에게 건네며) 민성 씨가 우리 회사에 투자하기로 해서 날개를 단 기분입니다. 이 돈이면 방탄소년단 같은 그룹도 만들고, 천만 관객을 동원할 영화도 몇 편 찍을 수 있죠."

오 회장 : (다시 민성을 보며) "저희는 그 돈을 어디에 투자하는지에 대해서는 관심이 없습니다. 그렇지만 꼭 성공하시기를 바랍니다."

민성 : "회장님의 아파트 사업도 크게 성공하실 겁니다."

오 회장 : "아내분도 거기에 동의하셨나요?"

민성 : "이 사람은 그런 거액이 오가는 것을 알지 못합니다."

(일동의 시선이 올리비아에게 향하자 그녀는 웃으며 어깨를 으쓱해 보인다.)

중개인 : "자 이제 계약서 작성이 끝났습니다. 이제 계약금 100억은 오늘 입금되고, 나머지 500은 에덴건설로 등기가 이전되면 즉시 이 법인통장으로 입금하겠습니다. 이제 여기에 도장을 찍으시면 됩니다."

민성 : "나는 도장이 없는데요."

중개인 : "아, 참 그렇죠. 본인을 확인했으니 그냥 사인만 하셔

도 됩니다."

(화면으로 계약서에 날인을 하고 사인하는 두 사람의 모습이 클로즈업이 되면서 600억 원이라는 숫자의 행렬이 늘어서서 빙글빙글 돌아간다.)

시나리오를 다 읽고 나서 오 회장이 송 감독에게 궁금한 점이 있다며 질문을 했다.

"이게 1번이 아니고 10번 신이라고 적혔는데 거기에 이유가 있나요?"

"거기에는 사정이 있는데 정식 씨가 얘기해 봐요."

그러자 정식이 말을 받아 대답했다.

"그것은 올리비아 사정 때문에 그래요. 지금 학원에서 강의 중인데 방학이라 바빠져서 올리비아가 나오는 신을 제일 먼저 찍기로 한 겁니다."

그들은 올리비아가 들으라고 미리 짜둔 질문에 미리 준비한 대답을 했다. 이것은 각본에 나오지도 않는 연기였다.

"카메라가 돌아가지 않으니 실감이 나지 않아."

여태 조용히 있던 박 원장이 각본에도 없는 말을 중얼거리자 송 감독이 대답했다.

"오늘은 리허설만 하기로 했잖아요?"

"빈 카메라라도 돌려야 실감이 나지."

무엇이 못마땅한지 박 원장이 투덜거렸다.

"자. 그럼 제가 한번 읽어 보겠습니다"

송 감독이 시나리오를 읽으며 대사의 어조와 연기의 동작 등을 설명해 주었다. 특히 민성에게 한국말을 너무 유창하게 하지 말라고 당부했다. 20년 동안 모국어를 쓰지 않은 사람답게 어눌한 말투를 쓰라고 일렀다. 그렇게 세 번의 독회를 마치고 리허설을 끝냈다. 송 감독은 마지막으로 다음과 같은 당부를 했다.

"이 신은 커트 없이 한 번에 끝낼 예정이니 모두 자기의 대사를 외워 주시기 바랍니다. 될 수 있으면 동작이나 표현이 제대로 나오도록 거울을 보고 수십 번 연습해 주세요, 자, 그동안 수고하셨습니다."

이렇게 말을 마치고 감독은 혼자 박수를 쳤다.

이렇게 모임을 끝내고 나올 때 오 회장이 심각한 표정으로 박 원장에게 무엇인가 주문을 했다. 옆에서 정식이 얼핏 들으니 그 머리가 영화에 어울리지 않으니 자르고 오라고 하는 것이었다. 박영준의 얼굴이 일그러지다 못해 파랗게 질리는 것을 정식은 두 눈으로 똑똑히 보았다. 이로 미루어 이 영화의 실질적인 연출자는 송 감독이 아니라 오 회장임이 분명해졌다.

언제인가 박 원장은 정식에게 자기가 머리를 기르는 이유를 설명해 주었다. 산속의 스님들이 번뇌를 지우기 위해 머리를 깎는데 자기는 그와 정반대로 살기로 했기에 머리를 기르기로 했다는 것이었다.

그에게 닥치는 번뇌와 인연을 뿌리치지 않고 거기에 뛰어들어 그것을 극복해 내는 데서 삶의 가치를 구현한다고 했다. 머리를 기르는 데는 그런 상징적 의미가 있다고 했다. 그런 사람에게 머리를 자르라고 했으니 본인을 당혹하게 만드는 것은 당연한 일이었다.

그러더니 오 회장은 정식을 한 켠으로 불러 세워 올리비아가 금발로 염색하면 어떻겠느냐고 제의했다. 아니 제의라기보다는 명령이었다. 그의 말에는 거역할 수 없는 카리스마가 숨겨져 있어서 정식은 고개를 끄덕이며 한번 상의해 보겠노라고 대답했다.

정식이 생각하기에도 그의 제안은 설득력이 있었다. 오랫동안 한국문화에 익숙하게 살아온 탓인지 올리비아는 좀 특이하게 생긴 한국 사람같이 느껴져서 그것을 지울 필요가 있기는 했다.

잠실에 있는 올리비아의 아파트로 돌아오면서 정식이 올리비아에게 이런 오 회장의 의견을 송 감독의 생각인 것처럼 바꾸어 전했다. 그러면서 염색 비용을 개런티에 포함시켜 줄 거라고 하자 올리비아가 얼마나 더 줄 거냐고 물었다. 아까 말한 금액에 동그라미 하나를 더 붙여줄 거라고 하니 그녀의 큰 눈동자가 더 확대되면서 반짝 빛을 냈다. 염색만 하고 가만히 자리에 앉아 있기만 하면 수천만 원을 준다는 말을 믿지는 않았지만 기꺼이 그러겠노라고 했다. 정식은 금발의 올리비아를 눈앞에 그려보았다. 여전히 예쁘기는 마찬가지였다.

이렇게 리허설이 끝난 다음 날에도 러너스 하이 작전은 계속 진행되어야 했다. 그도 그럴 것이 느닷없이 동창생이란 자가 나타나 정민성이 맞는지 확인하겠다고 나섰다니 거기에 대비하지 않을 수 없었다. 그래도 어느 정도 안심할 수 있었던 것은 정식이 민성을 빼다 박은 듯이 닮았다는 것과 두 사람이 학교를 졸업하고는 한 번도 만난 적이 없다는 점이었다. 10년이면 강산도 변한다는데 20년이 넘었으니 서로 알아보기도 쉽지 않을 것이 분명했다.

아니 그 반대일 수도 있다. 출석 번호가 나란히 매겨져 있는 것으로 보아 서로 짝이거나 가까이서 어울렸을 확률이 높다. 그렇다면 두 사람 사이에 얽힌 개인적인 사연이 있을 수도 있고, 특유한 습관이나 말버릇을 선명히 기억할 수도 있을 것이다. 따라서 아주 사소한 실수로도 이 거대한 프로젝트가 무산될 가능성도 존재한다. 그것을 막기 위해 러너스 하이 작전 계획은 더욱 세밀하고 완벽하게 준비되어야 했다.

거기다 또 하나의 문제점이 발생했다. 이 팀의 주장인 박영준이 친척 누구인가가 죽어서 시골로 문상을 다녀온다고 자취를 감추어 버린 것이다. 그래서 진우과 정식 두 사람이 남아 세부 계획을 완성해야 했다.

오 회장이나 박 원장 같은 프로가 빠지고 진우나 정식 같은 아마추어만이 남아 일을 하자니 조금 불안하기도 했다. 그나마 다행인 것은 남은 두 사람이 다 허구의 세계에 익숙한 영화감독과 소설가라는 점에서 어느 정도 프로를 흉내낼 자질은 가지고 있다고 볼 수 있었다.

이 세계의 프로가 되려면 자신부터 설득하여 거짓을 참이라고 믿을 수 있어야 한다고 영준이 여러 번 언급한 적이 있었다. 밀가루를 빚어 소화제라고 팔려면 자신이 그 약을 먹고 소화가 잘되어야 한다는 것이다. 그런 면에서 보면 진우와 정식은 이제 어느 정도 프로의 냄새를 풍겼다. 진우는 자신이 오스카상을 받을 영화감독이라고 믿었고, 정식은 막대한 재산을 물려받은 행운의 사나이라고 매일 자기 암시를 걸었다.

이번 일이 성공하려면 우선 올리비아에게 이것이 영화의 한 장면이라는 것을 믿게 해야 했다. 이제 그 작전은 성공을 거두기 직전이었는데 또 하나의 고비가 들이닥쳤다. 느닷없이 나타난 육군 대령에게 학교 동창생임을 증명해야 하는 과제가 주어졌다.

그냥 눈앞에 어슴프레하게 보여 진우와 정식을 불안하게 했던 그 정체가 들어났는데, 그것은 에베레스트 높이의 험악한 산봉우리였다. 아마추어 등산가인 두 사람이 힘을 합쳐 이제 이 산을 넘어야 한다. 헌데 시간은 없고 주어진 정보도 없어 어쩔 줄 몰라 하면서 산밑을 서성거리고 있는 형국이었다.

리허설을 마치고 정식은 신림동 고시원이 아닌 잠실의 아파트로 갔다. 그리고 거기서는 고가구가 가득 찬 빈방에서 자는 것처럼 이부자리를 펼쳐 주리를 속이는 꼼수를 썼다. 그리고는 자정이 넘어 살짝 올리비아가 자는 안방에 다녀왔다. 거기서 숨죽이고 은밀히 볼일을 본 다음 새벽녘에 빈방으로 돌아와 잠이 들었다. 글쎄 사춘기에 들어선 주리가 그런 속임수에 넘어갔을런지는 잘 모르겠지만, 그렇게라도 하는 것이 주리에 대한 예의라 생각했다.

아침에 늦게 일어나니 올리비아는 벌써 출근하고 없어서 주리와 함께 아침을 먹었다. 주리는 제법 익숙하게 토스터에 빵을 굽고 스프를 끓여 주었다. 식사를 빵으로 해결하는 것이 낯설기는 했지만 정식은 맛있게 먹는 흉내를 냈다.

"아저씨. 혹시 무서운 꿈을 꾸지 않았어요?"

주리가 식탁을 떠나지 않고 해맑은 눈으로 정식을 올려다보았다.

"그것을 어떻게 알았지?"

"나는 대낮에도 저 방에 들어가지 않아요."

"장승 때문에 그러는구나."

"마미한테 치워달라고 했는데 그게 우리를 지켜준다면서 들은 척도 하지 않아요."

"그래, 맞아. 저 장승이 이 집에 들어오는 나쁜 귀신을 막아주지."

이렇게 말하면서도 정식은 자신이 그 나쁜 귀신에 해당될지도 모른다는 생각을 잠깐 했다. 그러면서 올리비아가 먼 이국땅에서 겪어온 고독과 불안을 이해할 수 있었다. 이혼하고 나서 혼자 딸을 키우면서 얼마나 세상이 두렵고 살기가 힘이 들었을까. 오죽하면 집 안에 장승을 들여놓고 저 흉측한 몰골의 나무 조각이 자신을 보호해준다고 믿게 되었을까. 그런데도 겉으로 보기에 올리비아는 당차고 강인한 한국 아줌마로 보였다.

"아저씨는 정말 귀신이 있다고 믿으세요?"

주리는 식탁에 턱을 받치고 앉아 정식의 대답을 기다렸다.

"귀신이 있다고 믿는 사람에게는 귀신이 있고, 없다고 믿는 사람에게는 없는 법이지."

"에이, 그런 말이 어디 있어요?"

"너도 조금 더 크면 아저씨의 말을 이해하게 될 거야."

"그럼 아저씨는 어느 편이에요?"

"여태까지는 없다고 믿었는데, 있었으면 좋겠어."

"에이. 이 세상에 귀신같은 것은 없어요."

이런 말을 들으며 정식은 이 꼬마의 외로움도 이해할 수 있을 것 같았다. 아버지도 없는 환경에서 남과는 좀 다른 얼굴로 친구들과 어울리기가 쉽지 않았으리라. 그래서 이렇게 낯선 아저씨에게 아빠 역할을 기대하고 있는지도 모른다.

"그럼 왜 저 장승을 무서워하지? 그냥 나무조각에 불과한데."

주리는 대답을 못하고 멈칫거렸다. 이 아이는 한 인간의 내부에 얼마나 많은 귀신들이 숨어 살고 있는지 이해하기에는 너무나 어리다. 그러나 이제 곧 어른이 되면 그것을 알게 될 것이다. 한 인간의 무의식 속에는 온갖 유령들이 깃들어 있다는 것을.

자신은 그 유령들을 지우기 위해 죽음까지 생각했는데 그것은 해결책이 되지 못했다. 자신이 죽어서 다른 하나의 유령이 되어 또 누군가의 가슴속에 숨어 살게 된다는 사실을 알았기 때문이다.

"아저씨도 교회에 다녀보세요. 그럼 귀신이 하나도 무섭지 않을 거에요."

"그렇다면 귀신이 있다는 얘기인데?"

녀석은 이렇게 간단한 해결책을 제시하고는 대답하기 곤란하다는 듯이 식탁에서 일어섰다.

"그냥 나가면 어떻게 해? 오늘 너에게 영어 단어 외우는 법을 가르쳐준다고 약속했는데."

"알아요. 8층에 사는 서영이와 햄버거 먹으러 가기로 했어요. 점심 먹고 들어올 거에요."

"그러면 세 시까지 들어와야 해"

"알았어요."

주리가 팔짝팔짝 뛰며 거실을 가로질러 현관으로 나가다가 다시 되돌아섰다.

"아저씨도 점심 잡수셔야 되잖아요?"

"글쎄. 배가 고프지 않은데…."

"저기 냉장고에 중국집 스티커 붙어 있어요. 돈은 아저씨가 내구요."

녀석은 뭐가 우스운지 킥킥거리며 밖으로 사라졌다.

저 아이를 내 딸로 키우면 어떨까? 석촌호수가 내려다 보이는 전망 좋은 거실에 앉아 정식은 나른한 생각에 빠져들었다. 올리비아와 주리 사이에 자신이 끼어드는 것이 퍼즐 조각을 맞추는 것처럼 딱 맞아 떨어지는 것 같았다. 바로 이 집을 찾기 위하여 40년 동안 거리를 헤맸는지도 모른다. 가족의 의미가 꼭 핏줄로 얽혀지지 않더라도 이렇게 자연스럽게 이어질 수도 있지 않은가. 그는 모처럼 편안한 마음으로 석촌호수를 내려다보았다. 거기에 조그만 장난감 인형 같은 인간들이 모여 오글거리고 있었다.

주리는 약속한 대로 시간에 맞추어 돌아왔다. 정식은 주리에게 단어장 만드는 법과 단어 외우는 법을 가르쳐 주었다. 어원이 되는 단어를 중심으로 거기서 파생되는 단어들을 그룹으로 엮어 정리하고 그것을 외우면 매우 효과적으로 단어를 기억할 수 있었다. 이런 방법은 정식이 학원에서 중학생이나 고등학생에게 가르치는 방식이었는데 초등학생인 주리에게도 통했다. 공부를 하는 동안은 주리는 정식을 아저씨가 아닌 선생님으로 불렀다.

이렇게 영어공부가 끝날 지음 현관문이 열리고 올리비아가 등장했다. 연극의 주인공이 무대에 등장하듯이 그런 자세로 올리비아가 들어섰다. 갑자기 세상이 환해지는 분위기를 풍기며. 그녀의 단발머리가 가을의 은행잎처럼 노랗게 물들어 있는 것이 보였다.

정식보다 주리가 더 놀라 눈을 동그랗게 뜨고 입을 다물지 못했다.

"어때요? 어울려요?"

올리비아가 패션쇼를 하는 모델처럼 현관에서 한 바퀴 빙 돌았다.

"정말 멋지네요."

이것은 빈말이 아니었다. 금발로 변한 올리비아는 정식이 상상한 것보다 더 예뻤다.

"마미, 지금 정상이에요?"

주리가 머리 위에 동그라미를 그려 보였다. 주리는 눈썹까지 노랗게 물들인 제 엄마를 보고 입을 다물지 못했다.

"엄마가 말야, 이 아저씨랑 영화에 출연하기로 했단다. 거기에 이 머리가 어울리거든."

"정말? 영화 제목이 뭔데?"

"《아모르파티》."

올리비아가 이렇게 노래하듯 대답하고 정식이 그 뜻을 설명해 주었다. 주어진 네 운명을 사랑하라는 뜻이라고. 그제서야 주리가 제 엄마의 변신을 이해할 수 있다는 듯이 얼굴의 표정이 바뀌었다.

"출연료도 듬뿍 받기로 했단다. 딱 한 컷만 찍는데 한 달 월급이 생겨."

"마미. 그 영화에 예쁜 딸은 나오지 않아요? 출연료는 안 받아도 좋은데."

새침한 표정으로 주리가 말했다.

"내가 감독에게 얘기해 보마. 개런티도 많이 받는 조건으로."

그러자 주리의 표정이 금세 변하며 정식과 올리비아의 팔짱을 끼고 거실에서 빙글빙글 돌았다. 올리비아가 핸드폰을 꺼내 이렇게 활짝 웃고 있는 세 사람의 모습을 셀카로 찍었다. 주리가 손가락으로 하트 모양을 그렸고, 정식은 한 눈을 찡그리며 윙크를 보냈다. 아주 행복한 한 가정의 영상이 이렇게 남게 되었다.

"이 아저씨가 말야. 그 영화에 주연으로 출연할 거야."

올리비아가 주리에게 자랑스럽게 알려주었다.

"그럼 마미는 엑스트라에요?"

"엑스트라가 뭐야? 단역이라는 우리말을 써야지."

정식이 올리비아 대신 대답했다.

"그게 그거지 뭐에요?"

"그래도 듣기에 좋잖아."

한참 이렇게 웃고 떠드는 중에 정식에게 전화가 걸려왔다. 송 감독의 전화였다.

"쉿. 영화감독에게서 전화가 왔어."

정식은 길게 얘기하지 않고 한 시간 뒤에 잠실역에서 보자 해 놓고 통화를 끝냈다. 왜 거기까지 가야 하느냐고 투덜대는 진우의 말이 채 끝나기도 전에 전화를 끊었다. 공연히 이런 자리에서 통화를 길게 끌 이유가 없었다.

정식이 이렇게 즐거운 시간을 보내는 동안 진우는 눈코 뜰 새 없이 바쁘게 보냈다. 등기소와 은행을 들락날락하며 법인 설립 등기와 법인 명의의 통장을 발급받았다. 상호는 〈에덴인터테인먼트〉로 결정하고 사업장 주소는 〈영준춤방〉의 주소로 등록했다. 법인의 대표는 자신이 맡았고 영준과 정식이 이사로 등재되었다.

마지막 단계인 사업자등록은 시간이 없어 다음으로 미루었다. 사업자등록을 하려면 법인 등기부등본과 정관, 주주명부, 법인통장, 인감증명서, 등록 신청서 등을 갖추어야 했기에 앞으로도 며칠 발바닥에서 불이 나도록 뛰어야 할 판이었다.

계약 날짜가 말일로 잡혀 있어서 이 모든 일을 닷새 안에 처리해야 하는데 영준이 병원에 입원했노라고 명희에게서 전갈이 왔고 백면서생인 정식은 옆에 있어도 도움이 되지 않아 홀로 뛰어다닐 수밖에 없는 형편이었다.

거기다 전혀 예상하지 못했던 동창생의 등장으로 인해 시나리오의 앞부분을 고쳐 쓰고 예행연습을 해야 했기에 더욱 정신이 없었다. 더구나 철없는 동생은 이렇게 바쁜 형님을 먼 강남까지 오라 가라 하니 신경질이 날 수밖에 없었다. 그래도 이 작전의 주인공은 그 친구인지라 그의 말을 들어주어야 했다.

진우가 오후 늦게 잠실 전철역에서 내려 씩씩거리며 계단을 오르자 계단 위에서 정식의 주먹만한 얼굴이 그를 굽어보고 있었다. 염병할 자식. 이런 욕설이 튀어나올 뻔했으나 진우는 애써 마음을 바꾸어 먹었다. 그래도 저런 인물을 찾아냈기 망정이지 그렇지 않았다면 이번 프로젝트는 여기서 끝날 뻔했다. 고등학교 동창생을 동원하여 본인임을 확인하겠다니 그런 시험을 통과할 수 없을 테니까 말이다. 이렇게 생각하자 멱살이라도 잡고 싶은 마음도 누그러졌다.

"고생 많으십니다. 형님."

의형제를 맺고도 별로 쓰지 않던 형님이라는 말을 듣고 진우는 헤벌쭉 웃을 수밖에 없었다. 저렇게 장국영을 빼다 박은 얼굴 앞에서는 묘한 동정심이 우러나온다. 그래서 그를 미워할래야 미워할 수가 없다.

"고생은 무슨. 해야 할 일을 한 거지."

이렇게 마음과는 정반대의 언사가 저절로 튀어나왔다.

호수를 향해 내려가는 계단에서 정식이 영준에 대해 물었다. 어제 그는 영준으로부터 시골에 있는 친척의 장례식에 참석하겠다는 통보를 받았다.

"이 바쁜 중에 큰 형님은 지방에 가셨다면서요?"

"아우한테는 그렇게 말하던가?"

"그럼 그게 아닌가요?"

진우는 대답하지 않고 그저 말없이 계단을 내려갔다. 그가 죽어가고 있다는 말을 해야 할지 말아야 할지 판단이 서지 않았다.

진우는 어제 명희로부터 박 원장이 병원에 입원하게 되었다는 말을 들었다. 그런 사실을 정식에게 알려 주어야 하는 게 옳다고 판단하는 데는 긴 시간이 소요되었다.

호수 위에는 중세풍의 고딕 건축물이 자리잡고 있었다. 그 건물이 마주 보이는 벤치에 그들은 나란히 앉아 말없이 호수를 내려다보았다. 갑자기 심각한 표정을 짓고 침묵을 지키는 진우를 보고 무엇인가 불길한 예감을 느낀 정식도 아무 말을 건네지 않았다.

대신 그는 한강변에 두고 온 아버지를 생각했다. 식물인간이 되어 의식이 반쯤 소멸된 인간도 고독을 느낄 수 있을까. 또 죽음을 두려워할까. 호수 위에는 겨울에 운항을 중지한 오리 배들의 목에 쇠사슬이 걸려 묶여 있었는데, 그로 인해 요양병원에 갇힌 아버지 생각이 났던 것 같다. 아버지의 무의식 속에는 얼마나 많은 유령들이 살고 있을까. 낯선 이국의 전쟁터에서 죽어간 수많은 유령들이 거기서 아버지의 영혼을 갉아먹고 있을지도 모른다.

각자 자기 생각에 빠져 있다가 사람들의 비명 소리에 놀라 두 사람은 거기서 빠져나왔다. 롯데월드의 놀이터에서 높이 솟아올랐던 자이로드롭이 순식간에 땅으로 내리꽂히자 거기 탔던 사람들이 일제히 비명을 질렀다.

정식은 정신을 가다듬고 건너편에 보이는 롯데몰을 올려다보았다. 인간의 욕망만큼이나 높이 치솟은 그 건물을 올려다보며 몇 층이나 되는지 세어보려 했다. 그렇게 먼 하늘을 올려다보았지만 공연히 목만 아플 뿐 헤아려지지 않았다. 어때 진우가 한마디 말을 툭 내뱉었다.

"죽을 날이 얼마 남지 않았대."

"누가요?"

"박 원장 말야. 폐암이래."

"누가 그래요? 본인이 그러던가요?"

"아니. 그렇지만 정통한 소식통이야."

굳이 밝히지 않는다 해도 그 소식통이 부원장 명희라는 것은 명백했다.

"그럼 우리 러너스 하이 작전은 무산됩니까?"

"두어 달 남았다니까 그건 아니겠지."

"나한테는 지방에 다녀온다고 했는데……."

"아마 병원에 입원한 것 같아."

위급한 상황은 넘겼다는 전갈을 받기는 했지만 그가 계약 장소에 나올 수 있을런지는 의문이었다.

"그럼 병문안이라도 가야 되겠네요."

"비밀로 해달라니까 그냥 모른 척하자구."

대화는 여기까지 이어지고 두 사람은 또 침묵을 지켰다. 그동안 새까맣게 잊고 있었던 '죽음'이란 단어가 비수처럼 정식의 심장을 찔렀다.

정식은 그냥 묶여 있는 오리 배의 숫자만 여러 번 세어보았다.

배는 모두 아홉 척이었는데 날씨가 풀리면 목줄을 풀고 호수 위에서 연인들의 추억거리를 만들어 주는 작업에 착수하리라. 하나의 정신이 잠시 묶여 있다가 저처럼 다시 생명을 얻을 수 있다면 죽음도 두려워할 대상은 아닐 것이다.

하나의 의식이 완전히 소멸해 버리는 것이 죽음이라는 사실이 너무나 명백하기에 고대인들은 환생이니 극락이니 하는 환상을 지어낸 것이리라. 정식의 눈에 비친 호수 위에는 요양병원에서 죽어가는 아버지와 긴 머리를 출렁이는 영준의 모습이 어른거렸다.

두 사람이 다시 제정신을 차린 것은 근처의 식당에서 설렁탕 한 그릇씩을 비우고 나서였다. 거기서 정식은 온몸에 두드러기가 나는 것을 각오하고 소주 석 잔을 받아 마셨는데 얼굴만 빨개졌지 두드러기는 나지 않았다. 대신 다리와 혀가 꼬이는 현상이 벌어졌다.

"그렇다면 돈을 왕창 벌어 큰형님의 장례식을 근사하게 치루어 줍시다. 아니 피라미드라도 하나 세워주든지."

술김에 정식이 큰소리를 쳤다.

그들이 식당을 나와 호숫가에 이르자 이미 날이 어두워져 온갖 조명 빛이 호수를 물들이고 있었다. 호수 아래로 지상과 똑같은 중세풍의 건물이 지어져서 일렁이고 있었다.

밤이 되자 저녁때보다 더 많은 사람들이 쏟아져 나와 호수 주위를 돌며 운동을 하고 있었다. 그들은 한결같이 호수를 끼고 왼쪽으로만 돌고 있어서 마치 군대가 행진하는 것처럼 보였다.

"왜 사람들은 저렇게 한쪽으로만 돌아가지?"

"글쎄요. 모르기는 하겠지만 저 속에도 반대 방향으로 걷는 사람이 한두 명은 있을걸요."

이렇게 대답하면서 정식은 이제 막 다시 쓰기 시작한 장편소설 《영겁회귀》를 생각했다. 거기서 주인공 K는 군중과는 정반대의 길로 걷는 삶을 선택했다. 그는 죽음의 그늘에서 벗어나지 못하고 자살할 궁리만 하다가 전철역에서 한 스님을 만나게 된다. 그 스님은 K의 멱살을 잡고 그가 가는 길의 방향을 바꾸어 준다. 이렇게 주인공 K는 그의 제자가 되면서 새로운 삶의 의미를 깨우치게 된다.

이것이 그 소설의 줄거리인데 이제 그 스님의 모델로 설정한 영준이 사라지면 소설이 나아갈 방향도 길을 잃게 된다. K의 생명을 유지하기 위한 원동력을 어디서 찾을 것인가. 아니 과연 이 소설을 완성할 수나 있을까 걱정이 되었다.

그들은 아까 앉았던 자리로 다시 되돌아왔다. 그들이 앉았던 벤치에는 고등학생 쯤으로 보이는 두 소녀가 손뼉을 치고 재잘대며 떠들고 있었다.

그래서 진우과 정식은 그 옆 벤치에 앉아 호수에 떠 있는 건물을 들여다보았다. 롤러코스터와 자이로드롭이 운행을 멈추었는지 더 이상 사람들의 비명 소리는 들리지 않았다.

"자. 이거 받아."

진우는 주머니에서 서류 한 뭉치를 꺼내 정식에게 건냈다.

"이게 뭡니까?"

"정민성의 여권과 운전면허증 또 사회보장카드야. 이번에 몽땅 새로 만들었어."

"비자만 있으면 되는 거 아닙니까?"

"혹시 모르니 모두 갖추어 놓기로 했지."

"이런 서류는 도대체 어디서 만듭니까?"

"그거야 낸들 알 수 있나, 오 회장이나 박 원장이 알고 있겠지."

정식은 자신의 사진이 박힌 서류를 대충 훑어보고는 지갑의 가운데 끼어 넣었다. 어두워서 잔글씨는 보이지 않았지만 사진은 분명히 자신의 얼굴이었다.

"그러면 이제 무엇을 어떻게 할까요?"

"프리 토킹을 하는 거야. 내가 진 대령이 되고, 아우는 정민성이 되어 자유롭게 얘기해 보는 거야."

"그럼 먼저 하세요."

그러자 진우가 헛기침을 몇 번 하더니 말을 이었다.

"아니, 이게 누구야? 자네가 미국에서 온 민성인가?"

진우가 목소리의 톤을 바꾸고는 말을 걸었다.

"반갑다. 친구야. 아직 내 이름을 기억하네."

이에 질세라 정식도 민성의 흉내를 냈다.

"그럼. 내 이름과 비슷해서 기억하고 있지. 성자 돌림의 형제간 이름이잖아."

"귀국하자마자 학교에 찾아갔더니 거기에 빌딩이 들어서 있더만."

두 사람은 진짜 오랜만에 만난 친구처럼 악수를 하고 서로 등을 두들겼다.

"우리가 졸업하고 몇 년 지나지 않아 강남으로 이사 갔지."

"네가 육사에 갔다는 소식 듣고 20년 안에 장군이 되리라고 믿었어. 이름에 별이 다섯 개 들었잖아."

"내 이름은 나 오자에 이룰 성자야."

"그래도 그런 이름은 흔하지 않지."

"내년부터 진급 심사에 통과하면 별을 달지."

"히야. 그래도 대령이면 연대장 아냐. 군대 시절에는 감히 눈도 마주치지 못하는 높은 사람인데……."

"미국물이 좋기는 좋은가 보다. 너는 얼굴이 학창시절 그대로구나."

"정신없이 살다 보니 늙을 틈도 없었어."

"미국에서 대학을 나왔지?"

"코넬대학에서 경제학을 공부했어."

"그럼 지금은 뭐하고 살아?"

"아마존닷컴에서 한 파트를 맡고 있어."

"알아. 그 유명한 베이조스가 창업한 회사지."

"군인이 별 걸 다 아는구나."

"그거야 전 세계인이 다 아는 건데 뭘."

"참 담임이었던 김봉주 선생님 근황을 알아?"

"교직에서 은퇴하셨지. 지금은 소식을 몰라. 2000년대 중반 동창회에 한 번 참석한 적이 있었는데 그때는 나오셨더라구."

"동창들 소식을 가끔 듣겠지? 내 앞 번호였던 기영이 소식을 듣고 싶은데. 학교 다닐 때 제일 친했는데……."

"그랬던가? 나도 전방에서만 돌고 돌아서 애들 소식을 잘 몰라. 지금도 가끔 소식을 주고받는 친구는 영진이와 민우 밖에 없어."

"그 친구들은 뭐하는데?"

"영진이는 중학교 선생이고, 민우는 대기업 임원이 되었지."

"잘되었군 그래. 그 밖의 다른 친구들은?"

진우와 정식은 졸업앨범에 나온 동창들의 이름을 들먹이며 이렇게 되는 대로 주워 섬겼다. 이들의 수작이 아무래도 정상으로 보이지 않았는지 옆 벤치에 앉아 있던 소녀 두 명이 슬그머니 자리를 떴다. 그래서 그들은 더 큰 소리로 떠들었다.

고등학교 졸업 후 20여 년이 지나서 처음 만난 동창생들이 나눌 법한 화제를 골라 머리에 떠오르는 대로 지껄였다. 이런 점에서 그들은 궁합이 잘 맞았다. 그도 그럴 것이 한 사람은 소설가이고, 다른 한 사람은 영화감독이 아닌가. 거기에 술기운이 더해 그들은 지치지도 않고 떠들어댔다.

이렇게 한 시간쯤 떠들고 나니 상상력도 고갈되고 추위가 엄습했다. 술이 깨는 징조였다. 정식이 그만하자고 제의했는데 진우는 무엇이 부족한지 내일 한 번 더 이런 자리를 마련하겠다고 했다. 정식이 부르르 몸을 떨며 자리에서 일어섰다. 환상 속에서 현실로 돌아오니 뭔가 너무 허전했다. 우선 이 자리를 끝내고 싶어 진우의 말에 따르기로 했다. 그렇지 않으면 더 붙들어 맬 자세여서 동의할 수밖에 없었다.

다음 날 같은 시간에 같은 자리에서 두 사람은 또다시 만났다. 똑같은 식당에서 똑같은 설렁탕을 먹고 소주 두 병에서 정식은 딱 석 잔을 받아 마셨다. 그리고 어제 앉았던 벤치로 돌아와 대화를 나누었다. 25년 만에 만난 고등학교 동창생들이 나눌만한 화제를 선택하다 보니 시시껄렁한 신변잡기부터 급변하는 세계정세까지 모두가 대화의 주제가 되었다.

진우가 충무로에서 지내던 시절에 소품 하나를 잘못 챙기던가 심지어 배우의 복장이나 분장이 잘못되어도 감독은 조감독에게 불호령을 내렸다. 그래서 철저하게 빈틈없이 사전 준비를 갖추어야 하는 것이 습성이 되었다.

이번 회합에서도 민성과 오성의 대화 하나에서라도 잘못 오류가 생기면 프로젝트 전부가 자빠질 수 있다는 생각에 진우는 여간 신경을 쓰는 게 아니었다. 그는 밤새 꼼꼼히 생각해서 수첩에 적어온 온갖 화제를 동원하여 정식과 입을 맞추었다.

이제 마지막 화제인 미국의 대외정책에 -특히 북한의 핵문제- 관한 논의까지 끝낸 다음 진우는 〈쇼생크 탈출〉이라는 영화 얘기까지 덧붙였다.

오성이 군인이고 민성이 미국에서 왔기에 북한 핵문제가 논의의 대상이 될 수도 있다고 진우는 우겼다. 북한이 제대로 숨을 못 쉬도록 옥죄는 봉쇄정책을 써서 두 손을 들게 만들어야 한다고 진우는 말하고 만족한 듯 미소를 지었다.

이제 그들이 상상할 수 있는 모든 화제를 다루고 나서 진우는 뜬금없이 〈쇼생크 탈출〉이라는 영화를 본 적이 있느냐고 정식에게 물었다.

"글쎄요. 본 것도 같고 아닌 것도 같고 기억이 희미하네요."

그러자 진우는 영화의 줄거리를 길게 늘어놓았다. 영화의 주인공 엔디는 아내의 애인을 죽였다는 누명을 쓰고 악명 높은 교도소에 수감되는데 거기서 레드라는 무기수를 만나게 된다. 엔디는 끝까지 희망을 잃지 않고 탈출 계획을 세우는데 레드는 그런 희망을 버리고 교도소 생활에 적응하는 것이 최선이라고 주장한다.

반면에 엔디는 신일지라도 인간에게서 희망을 뺏을 수 없다며 희망을 잃은 인간은 존재 가치가 없다고 말한다. 레드는 인간이 가슴에 희망을 품는 순간 절망이 따라와 불행하게 된다면서 현재에 만족하라고 한다. 천국과 지옥은 마음먹기에 달려 있다는 것이다.

이 두 사람 중 누구의 태도가 옳은지 정식에게 물었다.

"글쎄요. 제 생각에는 엔디처럼 살아야만 해요."

정식은 이렇게 상식적인 대답을 했다. 죽기 위해 살아왔던 자신의 지난날을 되돌아보면 그렇게 대답할 수밖에 없었다. 운이 좋아 영준을 만나게 되면서 그 어두운 세계에 삶의 햇살이 비치게 되었고, 올리비아가 손을 잡아 새로운 삶을 안내해 주었다. 영준이 가르쳐 준 삶의 방식을 배워 죽어가는 아버지를 가슴에 품는 일이 그의 인생에서 가장 중차대한 과제가 되었다. 그래서 이번 사기극에 기꺼이 참여하게 되지 않았는가.

따라서 이번 프로젝트가 성공하든 실패하든 그것은 다음 문제였다. 설령 그 시도가 실패하여 감옥에 가는 한이 있더라도 후회하지 않을 자신이 있었다. 거기 가더라도 엔디처럼 희망을 잃지 않고 또 탈옥의 꿈을 꿀 것이다.

이런 확신에 찬 정식의 대답을 듣고는 진우가 서서히 고개를 가로저었다. 자신은 레드의 생각이 더 옳다고 확신한다고 했다. 인간이 희망을 품게 되면 그 희망의 크기만큼 고통과 희생이 따르는 법이라고 했다.

그러면서 누구에게도 말하지 못했던 자신의 가정사를 털어놓았다. 아내의 외도를 무기력하게 지켜볼 수밖에 없는 무능력한 중년 남자의 슬픔에 대해서. 비에 젖어 땅바닥에 들러붙어 떨어지지 않으려고 안간힘을 쓰는 낙엽과 같은 자신의 처지를 적나라하게 까발렸다. 그렇게라도 살아남는 것이 죽는 것보다 낫겠느냐고 정식에게 되물었다.

"그래도 형님에게는 영화라는 꿈이 있잖아요. 그런 꿈이 남아 있는 한 대지에 발을 붙이고 있어야 해요."

그를 위로하려는 뜻으로 이렇게 말해주었으나 진우는 거기에 동의하지 않았다.

"내 병을 치료할 수 있는 것은 영화가 아니라 사랑이야. 그것이 유일한 처방이지. 그리고 드디어 나는 그 약을 찾아냈어."

이렇게 분위기가 반전되는 말을 듣고 정식이 자리에서 벌떡 일어나 진우의 어깨를 두 손으로 잡았다.

"그래요? 축하합니다. 형님. 사랑의 묘약을 찾으셨군요?"

정식의 이런 호들갑에도 진우는 전혀 반응을 보이지 않았다.

"그런데 사실은 그 약이 독약이었어."

이 말을 듣고 정식은 다시 제자리에 풀썩 주저앉았다. 그는 돌아가는 사태를 대충 짐작할 수 있었다. 드물기는 하지만 진우를 만나러 춤방에 올라갈 때가 있었는데, 그때 부원장을 쳐다보는 그의 눈동자가 소년처럼 반짝이는 것을 보았기 때문이다. 간혹 그녀와 춤을 추는 장면을 보기도 했는데, 그때 진우의 얼굴은 이 세상 사람이 아닌 것처럼 황홀경에 도취되어 있었다.

"그 사람의 가슴속에는 다른 남자가 들어 있어. 레드의 말처럼 희망을 발견한 순간 절망이 함께 찾아온 거야. 차라리 그 희망을 찾지 않았더라면 이런 고통도 없었겠지."

그렇게 보아서 그런지 진우의 뺨 위로 물기가 어리는 것 같았다. 그 액체가 조명을 받아 번들거리고 있었다. 중년이 넘어선 사나이가 사랑 타령에 눈물 바람이라니 흔히 볼 수 있는 광경은 아니었다.

"그런 사랑이라도 없는 것보다는 낫지 않을까요?"

"아니야. 아우는 그 절망의 깊이를 몰라서 그래. 그 고통이 죽음보다 나를 더 힘들게 해."

진우가 쥐어짜듯 두 손으로 가슴을 어루만졌다. 거기서 그가 느끼는 고통의 깊이를 잴 수 있었고, 어째서 〈쇼생크 탈출〉의 레드 얘기를 하는지 이해할 수 있었다.

이런 사람에게는 어떤 말도 위로가 될 수 없다는 사실을 정식은 잘 알고 있었다. 그저 곁에 가만히 있어 주는 것이 최선이다. 이것이 구원의 길이려니 믿고 따라온 길에 더욱 견고한 장벽이 버티고 있다면 그 길을 떠나지 않는 것이 옳을지도 모른다.

정식은 헛갈려서 엔디나 레드 중 그 누구의 손을 들어줄 수가 없었다. 그저 진우의 시선을 따라 검푸른 호수 속에 숨은 중세풍의 건물만 응시했다. 그러다가 서로 말없이 자리에서 일어났는데 그때 정식의 머리에 번쩍 한 인물이 떠올랐다. 부원장의 가슴속에 들어 있다는 그 사람이 바로 그 사람이었다. 지금 죽어가고 있다는 박영준이었다. 참 기묘한 삼각관계였는데 그렇다고 그것을 진우에게서 확인할 수는 없었다.

이 해의 마지막 날 드디어 진우는 〈에덴인터테인먼트〉의 사업자 등록증을 발급받았다. 사업 영역에는 연예사업 외에 영화 제작까지 포함시켜 놓아서 따로 영화사를 설립할 필요가 없었다. 이제 이 회사 이름으로 영화를 제작하면 진우는 제작자 겸 감독을 맡을 수 있게 된다. 그렇게 되면 제작자의 횡포를 벗어나 정말 만들고 싶은 영화를 만들 수 있을 것이다. 흥행 여부는 따지지 말고 정말 아름다운 영화를 한 편 남기리라. 그깟 종이 한 장을 받아 들고도 소원이 반쯤 이루어진 것 같이 가슴이 떨렸다.

그는 이 서류를 가슴 깊이 간직하고 충무로로 향했다. 거기서 그는 예전 조감독 시절에 알고 지내던 카메라맨 최씨를 만나기로 했다. 예전에 그와 영화 한 편을 같이 찍은 적이 있었는데, 앵글의 각도를 잘못 잡는다고 감독으로부터 꽤나 머퉁이를 먹던 사람이었다. 전화를 해보니 지금 놀고 있다고 해서 일당 30만 원을 주기로 하고 고용한 참이었다. 영화사에 들러 어깨에 메고 찍는 구형 카메라 한 대를 빌려 오라고 했다.

대한극장을 낀 골목으로 한참 들어가야 나오는 그 찻집은 성공다방처럼 고풍을 띤 옛날식 다방이었는데 몇 년 만에 와보니 현대식 커피 전문점으로 바뀌어 있었다. 거기에 카메라 가방을 지참한 최씨가 어리둥절한 표정으로 앉아 있었다. 인사를 나누자마자 카메라맨이 물었다.

"영화를 찍는다면서요?"

"다 찍었는데 딱 한 컷이 부족해서 채우려구요."

"그럼 그쪽 촬영팀이 찍어야 하잖아요?"

"사정이 있어서 그러니 최 기사가 하루만 고생해 주세요."

"그거야 어렵지 않지만……."

"자. 그럼. 출발합시다."

"조명팀이나 음향팀은 같이 가지 않나요?"

"사실은 영화가 아니고 법정에서 쓰게 될 증거 영상이 필요해서요."

"그것은 핸드폰으로 찍어도 될 텐데……."

"그래도 격식을 갖추어 달라고 해서……."

이렇게 얼버무리며 길을 재촉했다. 최 기사는 커피도 다 마시지 못하고 고개를 갸우뚱하며 진우를 따라나섰다. 바로 이때 오 회장에게서 문자가 왔다.

'박 원장과 대화 중이니 계약 시간에 늦지 않기 바람. 진 대령은 부대에 비상이 걸려 참석하지 못하고 화상 통화할 예정임.'

그와 동시에 정식에게도 이 문자가 도착했다. 정식은 이 문자를 받고 안도의 한숨을 내쉬었다. 그는 오늘 연기를 하다가 실수를 할까 봐 불안해서 뜬눈으로 밤을 새웠다. 밤새 '천하대장군'과 '지하여장군'이라는 이름표를 단 두 장승이 눈앞에서 어른거렸다. 아무리 준비를 철저히 했기로서니 허점이 드러날 가능성은 얼마든지 있었다. 그런데 화상 통화로 대화한다면 그럴 가능성은 훨씬 줄어들 것이다. 그런 면에서 이 소식은 행운의 징조로 여겨졌다.

또 하나 그들이 걱정한 것은 박 원장의 참석 여부였다. 박 원장은 이 계약에 부동산 중개인으로 참석하기로 했는데 병원에서 퇴원하지 못한다면 낭패가 아닐 수 없었다. 그렇다고 대역을 쓰자니 준비할 시간이 남아 있지 않아 그를 빼고라도 일을 진행하자고 오 회장과 약속했었는데 어제 병원에서 퇴원했다는 소식을 오늘 아침에서야 들었다. 그리고 누구보다도 먼저 그 자리에 가 있다니 참 다행이었다.

정식은 시간에 맞추어 가기 위해 올리비아와 함께 택시를 탔는데 길이 막혀 10분쯤 늦게 도착했다. 정식이 택시 안에서 올리비아에게 여러 번 말을 걸어보았는데, 그녀는 무슨 말인지 모르겠다는 듯이 어깨를 으쓱해 보였다. 그녀가 입을 닫은 것은 이번 촬영에서 한국말을 전혀 모르는 사람처럼 행세하기로 약속했기 때문이다. 만약 무심코라도 말을 하면 벌금을 내기로 했는데 이런 정식의 얄팍한 시험에 한 번도 넘어가지 않았다.

그들이 엘리베이터에서 내려 변호사 사무실에 들어서자 이태리제라는 라벨이 박힌 고급 소파 한 켠에 처음 보는 남자와 오 회장, 그리고 또 다른 낯선 남자가 앉아 있었고, 맞은편에 진우가 앉아 있었다. 그 처음 보는 남자가 이 사무실의 주인공인 박광천이었고, 또 다른 낯선 얼굴은 머리를 깎은 박 원장이었다. 그리고 맨 나중에 문가에 카메라를 둘러맨 청년 하나가 얼쩡거리고 있는 것이 눈에 들어왔다. 사무실에 들어서자마자 정식이 올리비아를 소개하고 그녀는 목례를 보냈다. 영화 속에 처음 등장하는 여주인공처럼 도도한 자세로.

"제 아내인 올리비아입니다."

그러자 누군가인가의 입에서 '하우 두우 유 두우'란 서양말이 튀어나왔다. 오 회장이었다. 그는 올리비아의 빛나는 금발 머리를 보고 흐뭇한 미소를 지었다. 올리비아가 그를 향해 한 번 더 고개를 까딱했다. 실내에 있는 모든 사나이들의 시선을 받으며 올리비아는 우아한 자세로 착석했다.

정식은 신사답게 올리비아를 앉히고 진우 옆에 앉았다. 그의 맞은편에는 전혀 존재감이 없이 정물처럼 앉아 있는 중년 사나이가 앉아 있었는데, 그가 바로 이 사무실의 주인공 박광천이었다. 이리저리 눈치만 살피는 뱁새눈에 눈가에 보이는 잔주름이 변호사라는 직업과는 눈곱만치도 어울리지 않았다. 그래서 부정 축재한 돈이나 맡아 운용하면서 사무실을 운영하는 것 같았다. 오 회장의 말에 의하면 그가 관리하는 돈만 해도 수천억이라 했다.

그리고 그 바로 옆의 인물을 보고 정식은 소스라치게 놀랐다. 머리를 단정히 깎고 신사복에 넥타이를 맨 영준이 얌전하게 앉아 있었기 때문이다. 개량한복에 긴 머리를 늘어뜨려 산속의 도사처럼 보이던 인물이 회사의 부장님 같은 포즈로 앉아 있으니 그런 변신에 놀랄 수밖에.

이처럼 동일한 인물에서 정반대가 되는 두 개의 캐릭터를 보게 되는 것은 참 드문 일이었다. 그런 영준의 모습을 본 올리비아도 놀랐던지 짤막한 감탄사를 내뱉었다.

그녀의 입에서 '오우, 치앙'이라는 말이 튀어나왔는데, 깜짝 놀란 정식이 그녀의 손을 움켜쥐었다. 그녀는 오늘 한국말을 하나도 알아듣지 못하는 벙어리가 되어 이 자리에 참석하기로 했는데 약속을 어긴 것이었다. 허기야 '치앙'이라는 말은 중국말에 가까웠고, 그 뜻을 알아들을 수 있는 사람은 정식밖에 없었으니 약속을 어긴 것이라고 보기도 어려웠다.

정식은 머리를 깎은 영준을 보자마자 《성경》에 나오는 삼손과 데릴라에 관한 전설이 문득 떠올랐다. 데릴라에게 머리를 깎인 삼손의 비극적 일생에 대해서 들은 바가 있었는데 영준이 바로 그 꼴이었다. 머리카락에서 나오던 힘을 잃어버린 삼손은 결국 노예로 팔려 갔다고 했는데, 영준이 시장에 팔려나온 노예처럼 무표정하게 앉아 있었다.

이렇게 모일 사람이 모두 모이자 변호사가 어디로 전화를 걸더니 그 전화를 오 회장에게 건네주었다. 오 회장은 전화에 비치는 영상을 확인하고는 다시 정식에게 전화를 주면서 말했다.

"정민성 씨, 동창생이 면회 왔군."

드디어 올 게 왔구나. 정식은 마음을 다잡고 전화기를 받았다. 그는 스스로 자기가 정민성이라고 되뇌며 최면을 걸었다. 전화기에는 검은 베레모가 비치고 중년의 군인 한 사람이 호기심에 가득 찬 눈으로 정면을 바라보고 있었다. 무궁화 받침 위에 말똥 세 개의 계급장이 매달려 베레모를 끌어 내리고 있었다. 그의 시선은 무시하고 정식이 먼저 큰 소리로 말을 걸었다.

"반갑다. 친구야. 나 민성이야."

전화기 속의 인물이 잠깐 멈칫하는 듯 싶더니 이내 군인답게 활기찬 목소리로 화답했다.

"그래. 얘기 들었어. 미국에서 왔다면서?"

"맞아. 비즈니스가 있어서 들어 왔어."

"얘기 들었다. 부모님 재산을 물려받아 떼부자가 되었다는 소문을."

"조상의 음덕을 조금 입었지. 네가 육사에 진학했다는 소리를 듣고 지금쯤 별을 달았으리라고 생각했는데."

"내년쯤이면 진급 심사를 통과할 것 같아. 지금 이 계급을 다는 데도 20년이 넘어 걸렸어."

"그건 그렇지. 대령이면 연대장인데 군대 시절에는 함부로 쳐다보지도 못했지."

"학교 다닐 때에도 충청도 부잣집 아들로 소문이 났었는데, 미국에서도 잘살고 있지?"

미리 준비한 대사는 아니었지만 오성이 자신을 믿어주자 정식은 어느덧 자신의 연기에 취해 있었다.

"응. 최상류층은 못 되지만 그럭저럭 잘살아."

"그런데 자네는 얼굴이 옛날 그대로이군."

"이국땅에서 바쁘게 살다 보니 늙을 새도 없더라."

이번 멘트는 사전에 준비한 것이어서 더욱 자신이 있었다.

"연말연시가 지나면 서울에 한번 올라갈 거야. 미국에는 언제 들어가?"

"비즈니스가 끝나는 대로. 한 달 안에 갈 것 같아. 아무리 바빠도 진 대령 얼굴은 한번 보고 가야지."

정식은 마음에도 없는 소리를 진정어린 목소리로 발음했다. 옆에서 올리비아가 말은 못하고 궁금해 죽겠다는 듯이 정식의 얼굴을 기웃거렸다. 왜냐하면 지금 시나리오에도 없는 장면이 연출되고 있기 때문이다.

"그러자구. 내 전화번호를 변호사님이 알고 있으니 한번 연락해."

"그래. 잘 있어."

이렇게 통화는 간단하게 끝났다. 이틀간 준비한 것에 비해서는 너무 싱거웠다. 정식은 전화를 변호사에게 돌려주었고, 변호사는 진 대령으로부터 본인이 확실하다는 말을 듣고서야 전화기를 주머니에 집어넣었다.

그다음은 시나리오에 있는 그대로 일사천리로 일이 진행되었다. 송 감독의 지시를 받은 카메라맨이 사무실 안을 빙글빙글 돌며 촬영을 시작했고, 중개인은 잔뜩 쌓아 놓은 서류를 검토하며 오 회장과 귓속말을 주고받았다.

이윽고 오 회장이 민성에게 고개를 돌려 말을 걸었고, 민성이 이 돈을 미국에 보내지 않고 한국에서 영화를 찍는 데 쓰겠다고 하며 송 감독을 오 회장에게 소개했다. 그러자 계약서 작성이 끝난 중개인이 오 회장에게는 날인하라고 하고, 민성에게 사인하라고 하면서 계약은 끝났다.

미국에서 오랜만에 돌아온 민성이 한국말을 너무 유창하게 발음한 것 빼고는 완벽하게 하나의 신이 촬영되었다. 이런 모든 과정을 넋이 나간 듯이 쳐다보고 있는 변호사 옆에는 카메라가 얼씬도 하지 않고 주로 올리비아의 주위만 맴돌았다. 그래서 올리비아는 카메라가 도는 동안 마냥 웃고 있어야 했다.

이렇게 계약이 끝나고 서둘러 송 감독이 카메라맨을 데리고 자리를 떴다. 다음으로 정식과 올리비아가 약속이 있다는 핑계를 대고 빠져나왔다.

무대에 섰던 배우들이 이렇게 퇴장하는 순서도 시나리오에 나와 있었다. 따라서 이제 사무실에는 오 회장과 박 원장, 그리고 변호사만이 남게 되었는데, 두 명의 사기꾼이 그 사람을 어떻게 구워삶았는지는 하늘만이 알고 있었다.

강남에서 잠실로 돌아올 때는 전철을 탔는데 카드를 충전시키면서 정식이 올리비아에게 만 원을 받아냈다. 빚을 졌으니 돈을 내라고 하자 그녀는 그런 적이 없다고 했다. 분명히 치앙이 어쩌구 하는 말을 들었다고 하자 올리비아는 그것은 독백이지 대사가 아니라 했다. 그냥 혼자 생각한 것이니 약속을 위반한 것은 아니라고 했다. 그래도 분명히 내 귀에 들렸으니 그것은 입 밖으로 나온 대사라고 주장하는 정식에게 올리비아는 마지못해 지갑에서 돈을 꺼내 주었다. 그리고 의미심장한 말을 한마디 내뱉었다.

"치앙의 얼굴이 왜 그래요? 우리 집에 모셔놓은 장승의 얼굴 같아 보였어요."

"머리를 깎아서 그렇겠죠."

"하여간 살아 있는 사람의 얼굴이 아니었어요."

제7부

영겁회귀

"그리고 마지막 부탁이 하나 더 있네."

"뭔데요?"

"그 소설 말야, 제목이 뭐였더라?"

"《영겁회귀》라는 제목을 붙였는데 아직 반도 쓰지 못했어요."

"그거 없애 버리게."

"왜요?"

"어디에고 내 삶의 흔적을 남기고 싶지 않아."

1

러너스 하이 작전은 종반전을 향해 달려갔다. 계약금 100억 원은 새해의 연휴가 끝나자마자 입금되었고, 나머지 잔금 500억 원도 열흘 뒤에 들어왔는데 아마 그 기간에 땅의 소유권이 정민성에서 에덴건설로 넘어간 것 같았다.

그 자세한 내막은 모르겠지만 등기부 자체를 위조했던가 아니면 등기소 직원을 매수해서 그 변호사를 속였을 것이다. 그런 일은 오 회장이나 박 원장의 전문 분야여서 정식에게는 관심 밖의 일이었지만 법인 통장의 출자금으로 600억 원이 입금된 것을 보고, 그 동그라미가 몇 개인지 여러 번 세어 보았다.

6이란 숫자 뒤에 붙은 동그라미는 아무리 세어 보아도 10개가 틀림없었다. 이렇게 돈을 헤아려 보면서 정식은 이 돈을 들고 잠적해 버리는 상상을 해 보았으나 그것은 어림도 없는 일이었다. 법인 인감이 오 회장의 손에 쥐어져 있어서 그의 동의가 없으면 통장은 그저 천문학적 숫자가 찍힌 서류에 지나지 않았다.

설령 그런 일이 가능하게 될지라도 나머지 세 사람이 지구 끝까지라도 정식을 추적해서 쥐도 새도 모르게 자기를 없앨 거라고 생각하고 정식은 몸을 부르르 떨었다. 그러면서도 이 통장을 들고 저 먼 별나라로 도망치는 자신의 모습이 자꾸 떠올랐다. 아마 그러면 송 감독은 몰라도 오 회장이나 박 원장은 안드로메다 성좌까지라도 쫓아올 것이 분명했다.

잔금이 치러진 그 다음 날, 오 회장은 법인 인감이 찍힌 지출결의서를 제출하고 300억을 여러 개의 다른 계좌로 옮기고는 홀연히 사라져 버렸다. 그냥 잘 있으라는 인사말 한마디도 없이 증발해 버렸다. 잠시 화장실에라도 간 것처럼 그렇게.

이제 다시는 그를 이 땅에서는 볼 수 없을 거라고 영준이 말해주었다. 동남아의 어느 나라에서 골프나 치며 여생을 보낼 거라고 했는데, 그 나라가 어느 나라인지는 자신도 모른다고 했다.

우리도 그래야 하는 것 아니냐고 진우가 물었지만 이 많은 돈을 환전해서 국외로 반출하는 방법을 모르기 때문에 그럴 수가 없노라고 영준이 대답했다. 허기야 국외로 사라진다고 해서 그의 수명이 늘어날 리도 없으니 어쩌면 그것은 당연한 결론일지도 몰랐다. 세계에서 우리나라보다 의료 기술이 발달한 나라는 찾아내기가 쉽지 않으니까 말이다. 더구나 동남아에서는.

법인 인감을 회사의 대표이사로 등재된 진우의 손으로 넘기고 오 회장은 이렇게 바람과 같이 사라졌다. 얼마만큼 시간이 흐르면 나머지 세 사람은 그를 꿈속에서나 본 인물처럼 희미하게 기억하다가 곧 잊혀질 것이다.

얼굴 가득히 주름으로 덮이기는 했지만 젊은 시절에는 뛰어난 인물로 한세상을 주름잡던 그의 행적은 아득한 신화로 남게 될 것이다. 그리고 동남아에 있다는 그 나라는 저 먼 별나라로 옮겨 갈지도 모른다.

나머지 세 사람은 매일 성공다방에 모여 남은 돈을 어떻게 관리할 것인가 의논했다. 그래서 급히 필요한 돈을 빼고는 모두 가상화폐인 비트코인에 투자하기로 합의했다. 소위 돈세탁을 하기 위해서인데 가상화폐의 값이 워낙 들쑥날쑥이라 큰 손해를 볼 각오를 해야 했다. 이 임무는 이런 거래를 해본 경험이 있는 정식에게 맡겨졌다.

정식은 오피스텔 분양 사기에 휘말려 1억 가까운 돈을 날리고 그것을 벌충하기 위해 남은 돈 3천만 원으로 가상화폐에 투자한 경험이 있었다. 그런데 재수에 옴이 붙었는지 3개월 만에 그것도 반토막이 나서 보증금도 없는 고시원으로 입주하게 되었다.

이런 사정을 두 형님에게 솔직히 털어놓았지만 불안한 100억보다 안전한 50억이 낫다는 결론을 내리고 가상화폐에 투자하는 것에 모두 동의했다. 그런데 이번에는 운이 따라주어 연일 상한가를 기록하더니 한 달 만에 20프로가 넘는 수익을 거두게 되었다. 재수 없는 놈은 뒤로 자빠져도 코가 깨지고, 운이 좋은 놈은 주저앉아 땅을 짚어도 돈을 줍는다더니 바로 그 꼴이었다. 한 달 뒤에 정산해 보니 한 사람 앞에 120억이 조금 넘는 돈이 분배되었다.

이렇게 정산하기까지 이 세 사람은 거의 매일 성공다방에 모여 머리를 맞대고 가상화폐의 가격을 체크하느라 정신이 없었다. 영준은 거의 매일 정식을 보자고 했는데 거기에는 정식이 딴마음을 먹을까봐 감시하려는 의도도 숨어 있는 듯했다.

그래서 그런 의심을 사지 않으려고 영준이 부르면 정식은 만사를 제치고 성공다방으로 뛰어갔다. 나중에 돈을 정산하고 나자 영준은 더 이상 정식을 부르지 않았다. 아니 그를 부르기는커녕 정식이 전화를 해도 받지 않고 어디론가 숨어버렸다.

정식은 올리비아에게 영화 출연료로 2천만 원을 지불했다. 500만 원짜리 명품 백에 현금 2천만 원을 담아 안겨주니 올리비아는 돈을 세다 말고 거실에서 한바탕 춤을 추었다. 작년 크리스마스 때 덕수궁 앞에서 추던 바로 그 춤이었다. 그렇게 거실을 한 바퀴 돌더니 정식의 품에 뛰어들어 뽀뽀 세례를 퍼부었다.

이번 일에서 올리비아가 세운 공을 따진다면 이보다 열 배가 넘는 돈을 지불해도 모자랄 판이었다. 그래도 그런 내색을 하지 않고 송 감독에게 떼를 써서 이만한 개런티를 받아냈노라고 생색을 냈다. 하기야 올리비아의 입장에서는 한자리에 앉아 잠깐 미소를 지은 대가로 이만한 돈을 벌게 되었으니 복권에라도 당첨된 기분이었을 것이다. 하여간 며칠 동안 올리비아의 입이 함지박만큼 벌어져 닫힐 줄을 몰랐다. 이런 올리비아를 보게 되면서 정식은 온 천하를 모두 소유한 것처럼 행복감에 젖어 지냈다.

이런 기분은 진우도 마찬가지였다. 그는 우선 낡은 차를 없애고 중고이기는 하지만 벤츠 한 대를 사고는 그 차를 몰고 충무로로 나섰다. 그리고 예전에 자빠져 버리고 말았던 〈차라투스트라의 사랑〉을 다시 일으켜 세우기로 했다.

예전에 함께 영화 일을 했던 동료들은 처음에는 그의 말을 믿지 않았다. 그의 사정을 뻔히 알고 있었기 때문이다. 그깟 식당 하나 운영해서 영화 제작비를 벌었다는 잠꼬대 같은 말을 누가 믿겠는가.

그러나 얼마 지나지 않아 예전에 해체되었던 팀들이 하나씩 그의 주위로 몰려들기 시작했다. 외제 차를 몰고 다니는 진우의 돈 씀씀이가 눈에 띄게 달라진 것을 보고 그런 소문이 진짜일지도 모른다고 믿게 되었다.

그런 사실을 증명이라도 하려는 듯이 진우는 이렇게 모여든 사람들에게 매일 술과 고기를 대접했을 뿐 아니라 일거리가 없어 쉬고 있는 동료들에게는 아낌없이 금일봉이 든 봉투를 돌리기도 했다. 그러자 한 달 만에 대한민국의 영화인들이 그를 포위하듯 둘러싸게 되었다.

그러자 진우는 종로의 춤방 대신 충무로로 출근을 하게 되었고, 부원장 명희의 숨결을 느끼고 싶을 때만 가뭄에 콩 나듯 종로에 얼굴을 디밀었다.

일시에 경제적인 문제가 해결되자 정식은 이제 소설 쓰기에만 전념하기로 마음먹었다. 신림동 근처에 새로 지은 오피스텔을 구입하여 짐을 옮겼지만 이렇게 변화된 환경이 그의 정신 집중을 방해하고 있었다.

그래서 이제 막 도입부를 끝낸 소설은 더 이상 앞으로 나아가지 못했다. 침대 밑에 처박아 두었던 컴퓨터를 챙겨 들고 신림역이 보이는 커피 전문점에 하루 종일 앉아 있어도 영감이 떠오르지 않아 자판을 두들기지 못했다.

아마 러너스 하이 작전에 신경을 쓰다 보니 영혼까지 탈진해 버린 모양이었다. 아니면 갑자기 큰돈이 생겨 소설 따위에 매달릴 이유가 없어졌다는 생각이 들었는지도 모르겠다. 머리에 플라스틱 꽃을 꽂고 이 일대를 돌아다니고 있을 실성한 여인이라도 창밖에 보였더라면 조금 위안이 되었을 텐데 요즈음은 그녀도 보이지 않았다.

아니 무엇보다도 영준을 만나 그가 살아왔던 과거 이야기를 듣노라면 다시 영감이 되살아날 수 있을지도 모른다. 그동안 몇 번의 인터뷰를 통해 글이 나아갈 방향을 가늠할 수 있었는데, 지금은 짙은 안개 속에서 앞으로 나아가지 못하고 허우적거리고 있는 형국이었다.

이 소설은 그와의 대화를 통해 동력을 공급받지 못하면 더 이상 앞으로 나아가기가 힘들 것 같았다. 그럴 때마다 영준의 전화번호를 눌렀는데 지금은 전화를 받을 수 없다는 아나운서의 차가운 목소리만 반복되었다. 그런 응답이 나올 때면 머리를 깎은 낯선 영준의 얼굴이 맷돌처럼 눈앞에서 맴돌았고, 그의 얼굴에 죽음의 그림자가 보인다는 올리비아의 언급이 귓가에 다시 살아났다. 이렇게 며칠 시간이 흐르자 실제로 정말 그가 죽어 버렸을지도 모른다는 불길한 예감이 들기도 했다.

바로 그 지음에 영준으로부터 전화가 걸려왔다. 여전히 상대방의 기분을 차분하게 진정시켜 주는 낮은 베이스의 음성이었다. 지금 성공다방으로 오면 자기를 볼 수 있다고 했다.

정식은 녹음기를 챙겨 들고 한달음에 종로로 달려 나갔다. 거기에 등산용 모자를 깊게 눌러 쓴 영준이 기다리고 있었다. 그의 비쩍 마른 몸매가 의자에 접착제로 붙여 놓은 것처럼 늘어붙어 있었다. 며칠 보지 않았는 데도 눈에 띄게 핼쑥해진 얼굴이었다. 그래도 표정만은 밝아져서 머리를 자른 뒤 의기소침한 상태에서 벗어났음을 알려 주었다.

"전화를 받지 않으셔서 걱정을 많이 했습니다."

"잠시 먼 곳에 다녀왔지. 전파가 닿지 않는 곳까지."

"외국 여행이라도 하셨나요?"

"거기보다 더 먼 곳에."

"그럼 별나라에라도 다녀오셨나요?"

"거기보다 더 먼 곳에……."

"도대체 어디를 다녀오셨나요?"

"저승 근처까지 갔다 왔지."

이렇게 선문답을 할 수 있을 정도로 영준은 본래의 자기로 되돌아와 있었다.

"거기가 어딘 데요?"

"공명도 없고 이름도 없고 자기도 없는 곳."

이쯤 되면 정식은 더 이상 말을 이을 수가 없었다. 선문답의 비유나 상징은 논리적 화법에 익숙한 정식에게는 도저히 이해할 수 없는 말놀음이었다.

정식이 할 말을 잃고 침묵을 지키는 사이로 김광석의 노래가 스며들어왔다. 영준이 카운터에 앉아서 손톱 손질을 하고 있는 마담에게 노래가 듣기 좋으니 볼륨을 올려 달라고 했다.

'작은 가슴 모두 모두어 시를 써 봐도 모자란 당신, 먼지가 되어 날아가야지. 바람에 날려, 당신 곁으로'

이렇게 김광석의 절규를 듣고 있다가 영준이 불쑥 한마디 내뱉었다.

"내가 곧 죽을 거라는 얘기를 송 감독에게서 들었지?"

"그게 무슨 말씀이십니까?"

적지 않게 당황하여 정식이 반문했다.

"원래 비밀이라는 게 밝혀지기 위해 존재하는 거야. 밝혀지지 않으면 비밀이 아니라 없는 일이지."

영준이 이미 다 알고 있다는 듯이 말했다.

진우에게 그런 말을 듣기는 했지만, 비밀로 해달라고 해서 올리비아에게도 그런 얘기를 하지 않고 있었는데 영준은 이미 그런 사실까지 훤히 내다보고 있었다.

정식이 대답을 하지 못하고 우물쭈물하자 영준은 대답을 하지 않아도 좋다고 하면서 말을 이어갔다.

"내 몸에서 세포들이 반란을 일으켰지. 저마다 영생하겠다는 환각에 빠져서 영원히 증식하는 병에 걸렸어. 그게 암이라는 병이지. 처음에는 허파에서 시작해서 이제 온몸으로 퍼졌어. 이젠 내가 그 녀석들에게 그런 환상에서 벗어나게 해줄 차례가 된 거야."

그리고는 폐암 말기라는 사람이 자연스럽게 담배를 빼어 물었다. 밭은기침을 내뱉으면서.

"그렇다고 담배를 피워 죽음을 재촉할 필요는 없지 않아요?"

정식이 불편한 심기를 노골적으로 드러냈다.

"그거 봐. 얘기를 듣기는 들었군. 이거 봐. 곧 죽을 사람에게는 무슨 일이든지 허락되는 법이야. 게다가 나는 담배에 많은 신세를 졌지."

그러더니 그는 담배에 얽힌 일화들을 길게 늘어놓았다.

스무 살 신병 시절에 선임들에게 줄빠따를 맞으면서 그들을 모두 사살해 버리고 싶은 유혹을 잊게 해준 것도 바로 요놈이라고 하면서 재떨이에 담배를 비벼 껐다. 사방이 담벽으로 둘러싸여 질식할 것 같은 감옥에서도 이것을 얻어 피우며 그의 넋은 자유롭게 하늘을 날아다닐 수 있었다고 했고, 본의 아니게 깊은 산속에서 고독한 수도 생활을 할 때도 이것이 유일한 친구였다고 했다. 그러나 지금도 이것 때문에 죽음의 공포에서 벗어날 수 있다는 말은 덧붙이지 않았다.

요즈음 들어 영준이 이렇게 길게 얘기를 늘어놓은 적이 없었는지라 정식은 이때다 싶어 녹음기의 버튼을 눌렀다. 그리고 그동안 가장 궁금하게 여겼던 〈천지불인(天地不仁)〉에 대한 해석을 물어보았다.

언제인가 러너스 하이 작전에 착수하기 전 진우는 노자의 《도덕경》에 나오는 이 구절을 들먹이며 자신의 행동을 합리화하려 했다. 그때 이미 정식은 그런 이론이 진우의 머릿속에서 나왔음을 간파했다. 진우도 아마 영준에게서 들은 얘기를 옮긴 것 같기에 이번에 본인의 의사를 확인해 보려는 것이다.

영준은 그 네 글자에 대한 해석을 장황하게 30분쯤 늘어놓았는데 요지는 다음과 같았다.

인간은 인간의 잣대로 천지 만물과 우주 전체를 해석하는 오류를 저지르고 있다는 것이다. 이 우주 그 어느 곳에도 그것이 존재하지 않는데 존재하는 것처럼 착각해서 나온 것이 신이라는 개념이다.

따라서 이 우주의 본질을 파악하려면 인간의 굴레를 집어던져 버려야만 한다. 살아 숨 쉬면서 이렇게 인간의 한계를 벗어난 사람을 우리는 도사라고 부르는 것이다. 거기에 덧붙여 유교에서 최고의 인격적 가치로 여기는 인(仁)이라는 개념을 쓰레기처럼 버려야 그런 경지에 이를 수 있다고 했다. 그리고 이 우주 안에 영원히 존재하리라는 인류의 망상이야말로 자기 몸속에서 영생을 꿈꾸는 암세포와 같다고 했다. 인류도 언제인가 흔적도 없이 사라져 버릴 대상일 뿐이다. 한때 지구를 지배했던 맘모스와 같이. 만약 천지만물을 움직이게 하는 근본적인 기운이 있다 해도 인간의 존재 여부에는 전혀 관심이 없는데, 인간은 하늘에서 누가 내려다보는 것처럼 착각하며 살아왔다는 것이다. 즉 우리가 휴머니즘이라고 일컫는 인간 중심주의에서 탈피해야 자연의 질서가 바로잡힌다는 것이다.

무슨 말인지 이해가 되지 않아 정식이 질문을 던졌다.

"그러니까 천지불안은 극단적인 허무주의의 선포라고 할 수 있군요."

"그럴 수도 있고 아닐 수도 있지. 인격적 신이 존재하지 않는 세상에서는 모든 인간에게 신으로 나아가는 길이 열려 있다고 해석할 수도 있으니까. 그래서 장자는 자기 자신을 죽여서 장사 지낸 뒤라야 그 경지에 이를 수 있다고 했어."

"자기 자신을 죽이다뇨?"

"즉 다시 말해서 살아서 숨 쉬면서도 나무나 돌의 마음을 가지게 되는 것이라고나 할까."

이쯤에서 이 두 사람의 대화는 단절되었다. 정식은 죽어서 넋이라도 있고 없고 간에 인간 중심주의의 사고방식을 벗어날 수 없는 사람이었고, 영준은 살아 숨 쉬면서도 그것을 벗어날 수 있다고 믿는 사람이니 더 이상 대화가 지속될 수 없었다. 게다가 이렇게 장시간의 대화가 힘에 겨웠는지 영준이 녹음기를 꺼달라는 시늉을 했다. 정식도 더 이상 녹음할 필요성을 느끼지 않아 그것을 가방에 챙겨 넣었다.

담배 한 대를 더 피운 뒤 영준이 정식이 쓰는 소설에 대해 얘기를 꺼냈다. 여태까지 그래 본 적이 없는데 자신을 모델로 해서 글을 쓰고 있다는 얘기를 그냥 흘려듣지는 않았던 모양이다.

소설이 완성될 때까지 형님에게 자문을 구해야 한다고 하자 그는 대답 대신 미소를 지어 보였다. 그것이 씁쓸한 분위기를 풍긴다기보다는 어린 아이의 해맑은 웃음처럼 보여 도사의 면모를 돋보이게 했다. 비록 타의에 의해 머리를 깎였을망정 정식에게 그는 삼손과 같이 인간의 능력을 벗어난 힘을 가진 존재로 보였다.

"좋아. 저세상으로 가기 전에 몇 번 더 만나 볼 기회를 주지. 그 대신 아무에게도 나의 거처를 알려서는 안 돼."

정식이 약속하자 영준은 종이와 볼펜을 달라고 하더니 거기에 자신이 마지막 머무를 곳의 주소와 약도를 그려 주었다. 한눈에 보기에도 너무 깊은 산골짜기여서 찾기도 쉽지 않아 보이는 곳이었다.

"퇴원할 때 의사가 호스피스 병동에 입원하라고 하더군. 그런데 내 자존심은 그것을 허락하지 않았어. 남의 도움이 없이 얼마든지 혼자서 죽음을 맞을 준비가 되었거든. 그러다 마침 여기에 후배 하나가 홀로 살고 있다는 소식을 듣고 찾아가서 허락을 받았지. 여기서 내가 들어갈 무덤 자리까지 보아 두었지."

"그런 친구가 있었어요?"

"이 친구 아주 유명해. 〈내가 자연인이다〉라는 프로에 한 번 나가 인기를 끌었다더군. 내가 잘 알던 친구야."

정식은 그 약도를 접어서 주머니에 집어넣었다.

그의 머릿속에는 아까부터 딴생각이 맴돌고 있었다. 인기의 절정에서 김광석은 왜 자살했을까 하는 의문이었다. 그래서 내친김에 영준에게 한 가지 질문을 더 던져 보았다.

"한 사람이 죽는다는 것이 무슨 의미일까요?"

그러자 지체하지 않고 다음과 같은 답이 나왔다.

"그것은 하나의 우주가 사라져 버리는 것이지."

2

정식과 이렇게 헤어진 뒤 영준은 소리 소문도 없이 서울 바닥을 떴다. 영준이 사라지기 전 정식을 마지막으로 만났다는 소식이 전해지자 송 감독이나 부원장이 그가 간 곳을 다그쳐 물었다. 그러나 정식은 입을 열 수가 없었다. 그저 깊은 산속으로 들어갔는데 자신도 모른다는 말 밖에는.

부원장 명희가 거기가 어디냐고 눈물 바람이 되어 캐어 물었지만 사실대로 일러줄 수가 없었다. 그냥 강원도 깊은 산골짜기라는 말만 반복했다. 모든 재산을 그녀에게 남긴다는 유언장을 남기고 사라졌다며 명희가 구슬프게 흐느껴 울었지만 그렇다고 알려줄 수는 없었다. 특히 그녀에게 자신의 거처를 알리면 안 된다고 영준이 신신당부했기 때문이다.

영준이 사라지고 나서 열흘쯤 지나 주위가 조금 잔잔해지는 기미가 보이자 정식은 영준을 찾아가기로 했다. 그가 호스피스 병동 대신 선택했다는 그 강원도 산골짜기로. 핸드폰으로 주소를 찍어 보니 강원도 한구석의 산등성이를 찍어 주고 있었다. 그래서 등산 장비를 제대로 갖추고 꼭두새벽에 길을 떠났다. 인터뷰를 예상해서 녹음기를 챙기기는 했지만, 그것보다는 그가 어떤 곳에 죽을 자리를 마련했는가가 더욱 궁금했다.

거기에 가기 위해서는 동서울터미널에서 버스를 타고 강원도 진부에서 내려 한 시간에 한 번 오는 시외버스를 갈아타야 했다. 겨울철이라 등산객은 없었고, 마을 주민 대여섯 명이 탄 한가롭기 짝이 없는 버스였다. 그 버스로 30분쯤 간 뒤 버스 정류장도 아닌 곳에서 내려 산으로 오르는 비포장도로를 한 시간쯤 걸어야 했다. 스파이크가 박힌 등산화를 신었기 망정이지 그냥 운동화 바람으로 왔더라면 눈에 덮인 산등성이에서 몇 번쯤 고꾸라질 뻔했다.

약도에 그려진 목표 지점에 가까이 다가오자 벌써 해가 중천에 떠 점심때가 지났음을 알려 주었다. 계곡에는 얼음 잡힌 물이 소리 없이 흐르고 앙상한 나뭇가지 사이로는 그 흔한 까치조차 보이지 않는 적막강산이었다. 산을 한참 오르니 차 한 대가 겨우 지나갈 수 있는 콘크리트 도로가 끝나는 지점에 화전민이 살다가 버려진 듯한 집이 세 채 보였다.

정식은 미리 준비해둔 초콜릿을 우걱우걱 씹으며 마을로 들어섰다. 계곡 가까이 붙어 있는 두 채의 집은 마당에 잡초가 무성한 데다 문이 뜯겨져 방이 훤히 들여가 보이는 것으로 보아 빈집이 분명했다. 그래서 대낮인 데도 귀신이 나올 것 같은 음산한 분위기를 연출하고 있었다.

그곳을 지나 조금 위로 올라가니 그나마 사람의 손이 닿아 집다운 꼴을 갖춘 집이 나타났다. 함석을 얹은 데다가 빨간 흙벽이 드러나기는 했지만 그래도 인적이 느껴지기는 했다. 대문도 없는 집의 마당 한가운데 큰 소나무 한 그루가 우뚝 버티고 서 있는 것이 볼만했다. 그 소나무 옆으로 낡은 1톤 트럭이 서 있는 것으로 보아 사람이 살고 있는 집이 분명했다.

정식이 마당으로 들어서며 '아무도 안 계십니까'라고 말하려는 순간 소나무 뒤편에서 목줄도 매지 않은 진돗개 한 마리가 어슬렁거리며 나타났다.

정식이 깜짝 놀라 뒤로 한 발짝 물러서며 낮은 비명을 질렀다. 이런 깊은 산속에서 큰 개를 보니 늑대를 만난 것처럼 머리털이 쭈뼛 솟아올랐다. 진돗개는 덩치가 제법 큰 흰둥이었다. 그 녀석은 그런 정식의 동작을 물끄러미 바라보더니 관심이 없다는 듯이 뒤돌아 집 쪽으로 향했다. 그러더니 발톱으로 비닐로 뒤덮인 문짝을 긁었다. 그러자 안쪽에서 퉁명스러운 남자의 소리가 들려왔다.

"왜 지랄이야?"

그와 동시에 문이 벌컥 열리고 한 중년 사나이가 문밖으로 나섰다. 그를 보고 정식은 또 한 번 놀라 뒷걸음질 쳤다. 정말 이렇게 흉악한 인상을 가진 사람을 만난 것은 난생처음이었다.

눈이 퉁방울 같이 튀어나왔고, 납작한 코는 옆으로 퍼져 있었으며, 입술은 썰어 놓으면 몇 접시 나올 것처럼 두터웠다. 그런 얼굴에다 큰 키와 근육질의 몸매를 가진 사나이였다. 그래서 절을 지킨다는 사천왕 중에 한 명이 튀어나온 듯한 착각을 일으킬 정도였다. 그는 분명히 웃고 있었는데 그래서 표정이 더욱 흉측하게 일그러졌다. 그런데 목소리는 매우 다정했다.

"소설 쓴다는 바로 그 사람이로군요. 맞죠?"

정식은 겁에 질려 대답은 못하고 고개만 끄덕였다. 그러자 그는 문 안쪽을 향해 소리를 질렀다.

"형님. 기다리던 그분이 찾아왔어요."

안에서 무슨 소리가 들리자 그는 정식을 집 안으로 맞아들였다. 대낮인데도 침침한 방 안에는 영준이 안락의자에 파묻혀 앉아 있었다. 수십 년 전에 유행하던 등나무로 짠 의자였는데 담요로 뒤덮여 있었고, 거기에 여전히 등산모를 깊게 눌러 써서 눈만 빼꼼히 보이는 얼굴이 숨겨져 있었다.

"어서 오시게나."

"그동안 별일 없으셨죠?"

"별일이 있으면 여기에 없겠지."

정식은 영준의 얼굴에 요양병원에 누워 있는 아버지의 얼굴이 어른거리다가 사라지는 것을 보았다. 영준이 문 앞에 버티고 선 사천왕에게 정식을 소개하면서 중국의 배우 장국영의 동생이라고 농담을 했다.

"형님에게서 말씀 많이 들었습니다. 형님에 대한 소설을 쓰신다구요? 이철우라고 합니다."

그가 정식의 손을 덥석 잡았는데 손바닥에 단단히 못이 박힌 것으로 미루어 노동이나 운동으로 단련된 손임을 단박에 알 수 있었다.

"이 아우는 나와 한때 종로에서 한솥밥을 먹던 친구야."

철우라는 이름의 사천왕은 연신 미소를 띠려고 애를 쓰고 있었다. 정식은 그가 벽장에서 꺼내 준 꽃무늬 방석에 앉아서 영준을 올려다보았다. 방바닥에서 따끈한 열기가 치솟아 산을 오르느라 뭉쳤던 다리의 근육을 녹작지근하게 풀어 주었다.

"그럼 얘기 나누세요. 읍내에 볼일이 있어서 나갔다 오겠습니다."

"어서 다녀오시게."

영준의 허락이 떨어지자 철우는 90도로 허리를 꺾어 절을 하고는 방을 나섰다.

그제서야 정식은 영준이 말한 한솥밥의 의미를 깨우쳤다. 조직폭력배의 세계에서 저런 인사법이 통한다는 것을 영화에서 여러 번 보았기 때문이다.

그런 눈치를 챘는지 영준이 생김새는 저래도 마음이 여린 친구라고 둘러대었다. 그는 죄를 짓고 감옥살이를 한 뒤에 조직으로 돌아가지 않고 곧장 산속으로 들어와 자연인이 되었다고 한다. 그리고 작년에 이런 사연이 텔레비전에 나온 뒤 팬레터까지 받는 유명인이 되었다고 했다.

"그랬군요. 그래서 이리로 오셨군요."

"둘러보니 죽기에 딱 좋은 장소더라구. 어때? 아우가 보기에도 그렇지?"

영준이 동의를 구했으나 정식은 아무 대꾸도 하지 않았다. 연이어 영준은 자신이 호스피스 병동으로 가지 않은 이유를 설명했다. 하얀 시트가 깔린 침대에 누워 온갖 사람들의 시선 아래 서서히 죽어가는 모습을 보여주기 싫었다고 했다. 그냥 자연 속에 내던져서 독수리 같은 날짐승이 그의 시신을 뜯어 먹도록 놔두고 싶다고도 했다. 아니면 늑대 같은 들짐승에게라도.

"이제 떠날 장소를 찾았으니 떠날 시간만 정하면 돼."

이렇게 말하면서 그는 의자에서 몸을 일으켰다.

"어디 가시려구요?"

"밖으로 나가자구. 춥지 않지?"

그러면서도 영준은 모포를 둘러메었다.

"별로 추운 날씨는 아니에요."

"햇볕을 쬐고 싶어."

정식이 얼른 자리에서 일어나 그를 부축하려 했지만 영준은 손사래를 쳤다.

"아직은 혼자 움질일 수 있어."

영준이 비칠거리며 앞서 나갔고 정식이 그 뒤를 따라 마당으로 나섰다. 두 사람은 잠시 소나무 밑에 서서 주위를 둘러보았다.

눈으로 뒤덮인 산허리에는 벌거벗은 잡목들이 도열해 있었는데 아래로 보이는 두 채의 폐가가 그런 자연의 풍경을 망쳐 놓고 있었다. 소나무 밑에는 두 개의 앉은뱅이 의자가 놓여 있어서 두 사람은 자연스럽게 거기에 걸터앉았다. 산봉우리에 걸린 태양이 햇살을 내리쏟아 보지만 차가운 대기를 녹이지는 못했다.

"내가 어떻게 살고 싶었는지 아나?"

정식이 그것을 알 리가 없다는 것을 알면서도 영준이 물었다. 정식이 어깨를 으쓱하고 두 손을 벌리는 올리비아의 흉내를 냈다. 대답하기 곤란할 때면 올리비아는 늘 그런 동작을 취했다.

"한때는 불같이 사는 것이 정답이라고 여겼지만, 지금은 생각이 달라졌네. 바람같이 살다가 구름처럼 스러져야 하는 게 정답이야."

이런 말을 들으면서 정식은 방에 놓아둔 배낭에서 녹음기를 꺼내올까 망설이다가 그만두었다. 공연히 영준의 말을 끊고 싶지 않아서였다.

"군대서 배우기를 물같이 침투하고, 불같이 타격하고, 바람처럼 사라지라고 했어. 그것을 내 인생에 적용해 보려고 했지. 물같이 태어나서 불같이 살다가 바람처럼 죽겠다고. 그래서 한때는 길들이지 않은 늑대처럼 치열하게 살아왔어. 그러다 산속에서 장자를 만나면서 생각이 바뀌게 되었어. 나머지 인생은 바람같이 살다가 구름처럼 흩어지겠노라고."

"그게 무슨 말씀이십니까?"

대충 짐작이 가면서도 정식이 되물었다.

"이 세상에 태어나지도 않은 것처럼 살다가 아무 흔적도 남기지 않고 사라지는 것이지."

"과연 그게 가능할까요?"

"고뇌와 번민을 피하려고 머리를 깎은 스님들과는 정반대로 나는 머리를 잔뜩 기르고 그것들과 맞서 싸웠어. 운명의 멱살을 잡고 피투성이가 되도록 세상과 맞서 싸웠지. 그것이 나를 실현하는 가치 있는 삶이라고 믿었어. 그렇게 상처투성이가 되어 죽음을 맞는 비극의 주인공이 되고 싶었던 거야. 인생은 어차피 패배하는 전쟁을 치르는 것이라고 생각했거든."

"제가 늘 입에 달고 다니던 조르바가 바로 그런 삶을 살았죠."

이번에는 신이 나서 정식이 조르바의 죽음에 대해서 입을 떼었다.

"조르바가 어떻게 죽었는지 말씀드리죠. 그는 이런 유언을 남겼어요. 자기가 죽을 때 신부 나부랭이가 종부성사를 하러 오거든 당장 내쫓으라고. 평생에 별짓을 다 저지르고 살았지만 용서받을 마음이 눈곱만치도 없다고. 자기는 천년을 살아야 하는데 백년도 못 살아 억울하기 짝이 없다고. 이렇게 유언을 끝내고 창문가로

가서 창틀을 거머쥐고 먼 산을 바라보면서 껄껄 웃다가는 다시 말처럼 큰 소리로 울었답니다. 이렇게 창틀에 손톱을 박고 서 있는 동안 죽음이 그를 찾아왔대요. 그리고 그야말로 고목이 쓰러지듯 그렇게 가라앉았죠. 이거야말로 영웅의 죽음이 아닐까요?"

정식의 말에 동의하지 않는 듯 영준은 먼 산을 내다보면서 아무 반응이 없었다. 그러더니 방에 들어가서 탁자 위에 있는 담배와 라이터를 가져다 달라고 부탁했다. 정식이 담배를 가져다주자 불을 붙이지 않고 담배를 만지작거리기만 했다.

"나도 나 자신을 뛰어넘는 삶을 살고자 했어. 그것이 불가능하다는 것을 알면 알수록 그 한계를 극복하려 했지. 물의 흐름을 역류하여 고향으로 돌아가는 연어처럼. 높은 폭포를 만나도 두려워하지 않고 그것을 뛰어넘으려 했지. 그럴 때마다 진저리가 처지는 희열을 맛보기도 했어. 그러다 뒤늦게서야 그것보다 한 차원 더 높은 삶의 방식이 있다는 것을 깨달았어."

"그것을 정신적 러너스 하이라고 하셨죠."

"그래. 바로 그거야. 고독의 극한에 이르면 보이는 새로운 세계이지. 그게 어찌 보면 바보 천치와 같은 삶의 방식으로 보이기도 해."

"그게 이해가 되지 않아요."

"인간이 마지막으로 터득할 수 있는 최고의 지혜는 우주와 하나가 되는 거야. 다시 말하면 우주의 운행이나 자연의 섭리에 그냥 자신을 던져 버리는 거야. 아주 무책임하게. 자신의 의식마저 소멸시켜 저 바위처럼 무심한 존재로 남는 거야."

영준은 눈 속에 검은 얼굴을 드러낸 바위를 가리키며 말했다.

"그게 과연 가능할까요?"

"그렇게 되지 못하면 조르바처럼 창틀에 매달려 삶을 구걸하는 거지가 되지."

이렇게 한마디로 영준은 정식의 우상인 조르바를 매도해 버렸다. 그런데도 별로 기분이 상하지 않는 자신이 정식은 낯설게 여겨졌다. 이런 말이 죽음을 앞둔 사람의 입에서 나오니 아마 설득력이 있었던가 보다. 아마 그런 말이 영준이 아닌 다른 사람의 입에서 나왔더라면 정식은 그의 멱살이라도 잡고 싶었을 것이다.

정식이 입을 다물자 영준이 담배를 피워 물었다. 그리고 연기를 허공에 뿜어냈는데 그것은 순식간에 대기 속으로 빨려 들어가 사라져 버렸다. 그 순간 아주 진지해 보이는 영준의 얼굴을 보면서 정식은 이게 단순한 흡연 행위가 아님을 알 수 있었다.

이것은 영준이 치르는 하나의 경건한 의식이었다. 그의 입에서 뿜어져 나오는 연기는 그의 영혼을 하늘로 실어 나르는 매개체였다. 그래서 정식은 그가 담배 한 대를 다 태우도록 말을 걸지 않았다. 이런 침묵이 그들의 대화에 더욱 깊은 의미를 주는 역할을 했다.

그 공백 동안 정식은 인간에게 영혼이 있다면 그 무게가 얼마나 나갈까 하는 쓰잘데기없는 망상에 빠져 있었다. 아마 그런 질문을 영준에게 던졌다면 영준은 망설이지 않고 그 무게는 우주 전체의 무게와 같다고 대답할 것이다. 그래서 묻지 않았다.

"장자의 호접몽(胡蝶夢)에 대해서 들어본 적이 있지?"

흡연 의식을 마친 영준이 침묵을 깨고 들어왔다.

"장자가 나비의 꿈을 꾸었다는 얘기 말입니까?"

"아는군. 그것은 아주 유명한 얘기니까."

"장자가 나비의 꿈을 꾸는지 나비가 장자의 꿈을 꾸는지 모르겠다고 했죠."

"그와 똑같이 이런 생각을 해볼 수도 있지. 이 박영준이란 사람이 60년을 살아온 것이 한낱 꿈이라면 이 꿈을 꾼 주체는 과연 누구일까?"

"어려운 질문이네요."

"이제 나는 곧 그 정체를 알 수 있을 거야. 그것을 안다고 해도 자네에게 가르쳐 줄 수는 없겠지만."

"그냥 뜬구름이 아닐까요?"

선문답을 하듯이 무심코 내뱉은 답변에 영준의 눈이 동그래지며 놀라는 표정을 지었다.

"바로 그거야. 이젠 자네도 진리의 문을 여는 열쇠를 쥐고 있어."

"그러니까 가르쳐 주시지 않으셔도 돼요."

"전혀 알지 못하는 세계로 나아갈 때 인간이 가지는 감정은 첫째가 두려움이고, 둘째가 호기심이지. 대부분 호기심보다는 두려움이 앞서서 거기로 나아가지 못하고 익숙한 세계에 집착하게 마련이야. 그런데 나는 두려움보다 호기심이 앞서는 것 같아. 진정한 박영준은 자네의 말대로 뜬구름일지도 몰라. 그렇다고 해도 이렇게 호젓한 자연 속에서 홀로 죽어가는 것처럼 유쾌한 일도 없을 거야."

이 말을 듣고 정식은 먼저 자신의 귀를 의심하였다. 정신병자가 아니고서야 어떻게 그런 말을 거침없이 할 수 있단 말인가? 산속에 버려져 고독사하는 사람에게서 저런 말을 듣게 될 줄이야.

죽어가는 것이 유쾌하다니. 정식이 생각하는 이상적인 죽음은 사랑하는 사람들에게 둘러싸인 가운데 용서와 사랑을 통해 마음의 짐을 덜어내고 고요히 눈을 감는 것이었다. 더욱이 죽어가는 사람이 신앙을 가지고 있어서 천국이나 극락이 있다고 믿는다면 금상첨화일 것이다. 요양병원에 고려장하듯이 버려져 있는 서만수 씨나 지금 이 자리의 박영준 씨는 그런 죽음과는 거리가 멀었다.

정식은 요양병원에 있는 아버지 얘기를 영준에게 들려주었다. 불행한 가정사와 전쟁의 트라우마에 시달려 나락으로 굴러 떨어진 한 가련한 영혼에 대한 이야기를. 그런 말을 한참 듣고 나서 영준이 말했다.

"나는 그렇게 생각하지 않아. 예상과는 달리 아버지의 마음은 의외로 평안할 수도 있어. 자네가 그렇지 않다고 상상할 뿐이지."

"과연 그럴까요?"

"사람들은 자기 눈에 보이는 것만큼만 받아들이지. 시야를 벗어난 것은 존재하지 않거나 이해할 수 없지. 이렇게 자기의 가치관으로 세상을 해석하는 버릇은 죽어서나 고칠 수 있는 고질병이지. 자네 아버지의 마음은 잔잔한 물결처럼 평화로울 수도 있어. 지금의 나처럼."

이렇게 위로를 해야 할 사람이 위로를 받을 사람에게서 위로를 받는 일이 연출되었다. 이어서 정식은 자신이 생각하는 바람직한 죽음에 대해서 얘기했는데 영준은 거기에도 반론을 제기했다.

"사랑과 용서가 죽기 직전에 이루어진다는 것은 실패한 인생을 자인하는 꼴이지. 그거야 건강한 시절에 다 해결되었어야 할 문제야. 그래서 죽기 직전에는 한 오라기의 회한이나 원망도 없어야 해. 지금 나에게는 용서를 빌 사람도 또 용서를 해줄 사람 그 아무도 없어."

"그래도 사랑하는 사람들 품 안에서 임종하는 것이……."

"사랑도 마찬가지야. 나는 카사노바가 질투할 만큼 많은 여인들은 안아 보았고, 그들로부터 충분한 사랑도 받아 보았어. 그랬기에 지금 당장 눈을 감는다고 해도 아무런 여한이 없다네."

담담하게 얘기를 하는 것 같았지만 영준의 너무나 자신만만한 태도에 정식은 은근히 화가 치밀어 올랐다. 이쯤 되면 더 살고 싶다고 아무나 붙잡고 매달린다던가 자신의 인생을 되돌아보고 회한의 눈물을 쏟아야 정상이 아닐까. 조르바처럼.

도대체 이 사나이는 어떻게 이렇게 비인간적일 수 있는가. 그러나 정식의 감정을 솔직히 말하자면 분노라고 하기보다는 차라리 질투라고 불러야 옳을 것이다. 앉은뱅이 의자에 담요를 뒤집어쓰고 있는 그의 자세가 임종을 앞둔 말기 환자의 모습이 아니라 소나무를 배경으로 한 든든한 바위처럼 보였기 때문이다. 영원히 그 자리를 지키는 바위처럼 듬직해 보였기 때문이다.

찬바람이 산허리를 타고 한 바퀴 휘돌아나갈 지음 어디론가 사라져서 보이지 않던 흰둥이가 바람을 타고 나타난 듯 두 사람 앞에 나타났다. 그러더니 마치 초대라도 받은 것처럼 능청스럽게 두 사람 사이에 쭈그리고 앉았다. 영준이 허리를 굽혀 그 녀석의 머리를 쓰다듬어 주었지만 흰둥이는 아무 반응도 없이 무심하게 엎드려 있었다.

"이 개 이름이 뭐죠?"

"순돌이."

"아주 순한가 봐요."

"이 개의 옛 이름이 뭔지 아나?"

"뭔데요?"

"악돌이."

정식이 마치 놀림을 받는 기분이 들어 뜨악한 표정으로 쳐다보자 영준이 지그시 웃으며 이 개가 여기에 살게 된 내력을 얘기해 주었다.

원래 이 개는 이곳에 사는 철우의 소유가 아니라 했다. 그의 친구가 기르던 것이었는데 혈통 증명서까지 있는 족보 있는 진돗개라 했다. 그런데 이 녀석이 얼마나 사나웠는지 입마개를 하지 않으면 바깥나들이를 못할 정도였다고 한다. 그래서 그 이름을 악돌이라고 지었는데, 주위 사람들이 모두 한 번씩은 물리는 바람에 안락사시킬 대책까지 세웠다 한다.

그러다 철우가 산속에 홀로 산다고 하자 그에게 이 개를 떠넘겼다 하는데, 산에 들어온 지 5년 만에 저렇게 돌변했다는 것이다. 그래서 이름까지 순돌이로 바꾸었다고 했다.

"이제 순돌이는 무는 것은 물론 짖는 것조차 잊어버리고 말았어. 자 이 친구의 눈을 들여다보게. 모든 욕망에서 해탈한 도인의 눈을 볼 수 있으니."

정식이 순돌이의 목덜미를 어루만지며 녀석의 눈을 들여다보았다. 그런 말을 듣고 보아서 그런지 순돌이의 눈은 온 세상을 다 보면서도 아무것도 보지 않는 것처럼 투명했다. 세상사에 무관심한 채 머나먼 꿈의 세계를 탐색하는 눈길이었다. 신림역 커피 전문점 창밖에 보이던 머리에 꽃을 꽂은 여인의 눈이 저랬다. 순돌이의 눈에 비치는 것은 저 먼 하늘 위로 보이는 한 조각 구름일지도 모른다. 그래서 그를 쓰다듬어 주는 사람의 손길도 의식하지 않는 듯했다.

"이 개가 혹시 치매에 걸린 게 아닐까요?"

"늙기는 했지만 그렇지는 않을걸. 순돌이는 이 산에서 도를 닦아 신선의 경지에 이른 거야. 이처럼 자기 존재의 의미마저 잊어버려야 삶은 완성되는 거지. 나도 이놈을 만난 지 며칠 되지 않았지만 내 스승처럼 숭배하게 되었지."

그런 얘기를 듣고 있기가 쑥스러웠는지 순돌이가 귀를 쫑긋하고 몸을 일으키더니 천천히 계곡 쪽으로 걸어 내려갔다. 하나도 서두르지 않는 한가한 걸음걸이였다.

바로 그때 산모퉁이를 돌아 내려오는 자동차 엔진 소리가 들렸다. 아까 보았던 낡은 트럭이었다. 순돌이가 예인선이 큰 배를 끌고 오듯이 트럭 앞에서 길을 안내했다. 트럭이 멈추더니 사천왕이 짐을 한 보따리 안고 차에서 내렸다. 깊은 산속이라 벌써 해가 산을 넘어 어두워지기 시작했다.

"이렇게 추운데 나와 계시면 어떻게 합니까."

"아니. 그냥 바람이 좀 쬐고 싶었어."

"어서 들어갑시다."

철우가 재촉하여 영준을 방으로 끌어들였다. 그리고 뒤에 머쓱하게 서 있는 정식에게 물었다.

"오늘 여기에서 잘 생각이에요?"

그의 말에서 어서 여기서 꺼져 달라는 의사가 전해졌다. 정식이 보기에도 방이 넓기는 했지만 그래도 세 사람이 자기에는 옹색해 보였다.

"아니, 서울로 올라갈 겁니다."

"그럼 차로 진부까지 바래다 드리죠."

정식이 영식에게 곧 다시 들르겠다고 인사하고 나와 트럭의 조수석에 올라탔다. 무슨 일이 남아 있었는지 모르겠지만 한참 시간이 지나서야 철우가 나와 운전석에 앉더니 시동을 걸었다.

힘겹게 시동이 걸린 차가 숨넘어가는 소리를 냈다. 페인트가 다 벗겨지고 좌석은 구멍이 나서 스프링이 튀어나오는 폐차 직전의 수명이 다한 트럭이었다. 이곳은 사천왕 한 사람만 빼고 시한부 생명들만 기거하는 곳 같았다. 박 원장을 비롯해 순돌이라는 개와 이 낡은 트럭까지.

"내가 어디 다녀왔는지 아시오?"

차를 출발시키며 철우가 물었다.

"그걸 제가 어떻게 알겠습니까?"

"병원에서 빼돌린 모르핀을 구해 왔습니다."

"그거 마약 아닌가요?"

"그래요. 그렇지만 죽어가는 사람들의 고통을 덜어 주는 유일한 처방이기도 해요."

"형님이 그렇게 아프지는 않은 것 같던데요."

"잘못 보았어요. 이를 악물고 고통을 참고 있는 겁니다. 아까 왜 늦었는지 알아요? 모르핀을 한 대 놓아주느라고 늦었어요."

정식의 뇌리에 이런 영준의 말이 스쳐 지나갔다. 육체적 고통과

정신적 고뇌와 허망한 죽음이 없다면 인생은 살아볼 만한 가치도 없을 거라는 말이.

"아. 그랬군요."

"날짜를 잘 골라 온 겁니다. 오늘은 그래도 컨디션이 좋은 상태에요. 며칠 전에는 온몸이 가렵다고 난리를 치는 통에 효자손이 다 닳도록 긁어 주었고, 또 이틀 전에는 딸꾹질이 멈추지 않아 냉수를 몇 대접이나 들이킨 적도 있어요. 조용히 죽어가는 것이 쉬운 일은 아니에요."

그런데 조금 전에 영준은 이렇게 호젓한 산속에서 홀로 죽어가는 것이 아주 유쾌한 일이라고 했다. 과연 누구의 말이 옳은가. 아마 철우의 말도 옳고 영준의 말도 거짓은 아닐 것이다.

진부에 이르기까지 철우는 영준과의 인연에 대해 얘기해 주었다. 영준이 부동산 계통의 일을 할 때 자기는 종로 바닥에서 꽤 번듯한 술집을 운영했다고 한다. 그런데 어떤 날 진상을 부리는 손님을 만나 손을 좀 보아 주었는데, 그만 그가 넘어지며 뇌진탕을 일으켜 식물인간이 되었다 한다. 그 바람에 가게고 뭐고 다 말아먹고 징역을 살게 되었노라고 했다.

형기를 마치고 감옥에서 나와 보니 무일푼에 갈 곳이 없어 여기 들어와 살게 되어 본의 아니게 자연인으로 소문이 났단다. 그런데 느닷없이 영준이 나타나 여기가 내가 죽을 자리이니 이곳을 자신에게 넘기라며 거액의 돈을 손에 쥐어주었다고 한다.

그 금액이 얼마인지 밝히지는 않았지만 사회에 나아가 새 출발을 할 만큼 넉넉한 돈이라 했다. 대신 자기가 죽을 때까지 돌보아 달라고 해서 아직 머무르고 있다고 했다.

이제 형님이 죽으면 자신도 여기를 뜰 예정이라고 하면서 말을 맺었다. 이렇게 그의 말을 듣는 동안 차가 진부 버스터미널에 이르렀다.

3

강원도에서 돌아와 정식은 한동안 정신없이 바쁘게 보냈다. 자신이 일을 벌이기도 했지만 감당하고 처리해야 할 일이 너무나 많이 발생했다. 그는 우선 올리비아가 근무하는 영어학원을 억대의 프리미엄을 주고 인수했다.

강남에서 원어민 강사로 이름이 꽤나 알려진 올리비아를 원장으로 내세우기는 했으나 모든 실무적인 일들은 자신이 처리해야 했다. 팸플릿을 돌리고 인터넷 광고를 올리고 학부모 간담회를 여는 등 눈코 뜰 새 없이 바쁘게 지냈다.

학부모 간담회에서는 대표 강사인 정식이 나서 왜 유아 시절부터 영어를 배워야 하는지 젊은 엄마들을 설득했다.

하나의 언어는 하나의 세계관이자 사고 체계이다. 그 많은 언어 중 영어야말로 근대 과학의 합리성을 포괄하고 창출한 언어이므로 유아 시절부터 익혀 체득이 되어야 한다고 강조했다.

그런 내용이 설득력이 있었는지 학부모들의 박수를 받았다. 그럴듯한 논리 전개였지만, 그런 과정에서 모국어가 가진 가치관과 충돌을 일으켜 유아들의 의식 형성에 혼란을 초래한다는 부작용은 슬쩍 빼버렸다는 점에서 반쯤은 진실이고, 반쯤은 사기에 해당하는 논리였다. 영어가 국어보다 훨씬 뛰어난 언어라고 믿는 사람들의 입맛에 딱 맞는 논리이기도 했다.

이렇게 세 번의 간담회를 치르자 수강 인원이 갑자기 늘어나 강사를 새로 채용해야 했고, 통학 버스를 추가 운행해야 했다. 돈이 한 푼도 없는 백수일 때는 한가하게 인생을 즐겼는데 돈이 쏟아져 들어오자 이렇게 일도 함께 잔뜩 늘어났다.

이렇게 분주한 시간을 보내면서도 정식은 강원도에서 칩거하고 있는 영준을 잊은 적은 없었다. 거기에 다녀온지 열흘 만에 그는 다시 진부행 버스에 몸을 실었다. 버스에 오르면서 잡다하게 벌인 일은 일단 머리에서 지워 버리기로 했다. 오로지 수명을 다해 가는 두 남자에 대해서만 생각하기로 했다. 그 이름은 서만수와 박영준이었다.

정식은 집에서 출발할 때 오래전에 읽었던 《모리와 함께 한 화요일》이라는 책을 배낭 안에 챙겨 넣었다. 대신 늘 지니고 다니던

《그리스인 조르바》는 책장 안에 집어넣었다. 아마도 영준을 만난 이후 조르바에 대한 열정이 조금 식지 않았나 싶다. 특히 조르바가 죽어가면서 창틀에 매달려 삶을 구걸했다는 영준의 말에 공감한 바가 있었다.

그는 마땅히 미소를 지으며 저승사자를 맞아들여야 했다. 그래야 정식에게 영웅으로 영원히 남을 자격이 있었다. 갈 때가 되어 모르핀으로 그 고통을 감수하면서도 그 과정을 즐기는 영준이 새로운 영웅으로 등장한 것이다.

버스에 타자마자 정식은 책을 펼쳐 들었다. 죽음을 앞둔 모리 교수는 제자 미치에게 여러 가지 삶의 교훈을 가르쳐준다. 사람은 죽음을 두려워할 것이 아니라 남은 사람들에게 잊혀지는 것을 두려워해야 한다고 했다. 죽고 나서 사람들에게 잊혀지는 것이 두 번째 죽음이라 했다. 사람은 죽어도 그가 남긴 사랑만은 남은 사람들의 기억 속에 남아 그의 생명을 연장시켜 준다고 했다. 죽음은 생명이 끝나는 것이지 관계가 끝나는 것이 아니기 때문이다.

모리 교수가 남긴 이런 얘기를 영준에게 하면 그가 어떤 반응을 보일지 궁금해졌다.

아마 영준은 또 콧방귀를 뀌며 삶에 집착하는 가련한 영혼이라고 매도해버릴 것이다. 영원히 살고 싶다는 욕망을 집어던져야 인간의 굴레를 벗는 초인이 될 수 있노라고 딱 잘라 말할 것이다. 인류가 멸종하는 참사가 벌어져도 눈 하나 까딱 않을 천지와 자연 앞에서 그런 너절한 사랑 타령이 무슨 가치가 있느냐고 힐난할 것이 분명했다.

죽은 뒤 사람들의 기억 속에서나마 남아 보려고 발버둥 치는 꼴이 아마 한심해 보였을 것이다. 그래서 죽어서도 아무도 기억해 주지 않는 사람이라야 인생을 제대로 산 사람이라고 말해줄 것 같았다. 위대한 영혼은 이 세상에 흔적 따위를 남기지 않는 법이라고.

그에게 죽기 전에 꼭 해야 한다는 버킷 리스트 같은 것을 들이대면 죽기 직전에 왜 그런 지랄 발광을 해야 하느냐고 큰 소리로 야단을 칠 것만 같았다.

여기에 생각이 이르자 정식은 책을 읽다 말고 다시 배낭 안에 집어넣었다. 머릿속에 엉켜서 돌아가는 복잡한 사념들을 털어내 보려고 머리를 좌우로 흔들어 보기도 하고 관자놀이를 두 손으로 꾹꾹 눌러 보기도 했다.

그런데도 실타래처럼 얽힌 사념들을 쉽사리 털어 버릴 수 없었다. 진정한 자유를 맛볼 수 있으려면 이것들을 한꺼번에 몰아내야 하는데 정식은 그 방법을 알지 못했다. 무념무상의 경지. 바로 이것을 영준에게서 배워야 했다. 대자유인의 머릿속에는 아무것도 담겨 있지 않다는 것을 그에게서 확인했기 때문이다.

이번 방문에서도 순돌이는 소나무 옆에 엎드려 정식을 본체만체했다. 사람을 만나면 꼬리를 흔들던가 짖던가 하다못해 으르렁

거리기라도 해야 하는데 순돌이는 전혀 반응을 보이지 않았다. 그래서 소나무 옆에 심어진 또 다른 식물로 보였다. 순돌이는 이미 개의 영역을 넘어선 정신세계에 들어서 있거나 아니면 너무 늙어서 치매에 걸려 정상적인 판단 능력을 잃었는지도 모른다.

이번에도 사천왕 철우는 두 사람의 대화에 방해가 되지 않도록 자리를 피해 주었다. 또 읍내에 볼 일이 있다며 고물 차를 끌고 나갔다. 영준의 말에 의하면 읍내에 있는 수퍼마켓을 인수하기 위해 흥정하러 나갔다고 했다.

글쎄, 저렇게 흉악한 인상을 가진 가게 주인이 버티고 있으면 고객들이 늘어날 것 같지 않았다. 게다가 버릇없는 손님을 만나면 또 손찌검을 할 수도 있지 않을까. 하여간 자연인으로 알려진 철우는 이렇게 세속을 넘나들고 있었다.

"이젠 식사를 거부하시네요."

차에 올라타며 철우가 영준의 상태에 관한 최신 정보를 알려주었다.

방에 들어서 영준을 보고 정식은 자기가 화요일마다 모리 교수를 방문한 미치와 같은 행운을 누리지 못할 것임을 즉각 알아차렸다. 영준은 불과 열흘 전에 보았던 그 사람이 아니었다. 해골에 가죽을 뒤집어씌운 몰골이었다. 미치는 열네 번이나 화요일마다 스승인 모리를 만났지만 정식은 영준을 볼 기회가 이제 한두 번

밖에 남지 않았다는 예감을 얻게 되었다.

"이거 봐. 숨을 한 번 쉬기가 지구를 들어 올리는 것만큼 힘들어."

거친 숨을 내뱉으며 영준이 인사 대신 이런 말을 내뱉었다. 영준의 목울대에서는 가래가 끓어오르는 소리가 들렸다.

"이제 갈 준비가 다 되었어. 그런데 가는 것도 쉽지 않네."

"가시기 전에 가족들을 불러야 하지 않을까요?"

그렇지 않아도 정식은 영준의 가족 관계에 대해 알고 싶었다. 마지막 가는 길에 꼭 만나야 할 가족이 있을 것 같은데 영준은 거기에 일언반구 말이 없었다.

"지금 내 곁에 있는 두 아우가 나의 가족이지."

이런 말을 하고 영준은 눈을 지그시 감아 버려 더 이상 말을 붙이지 못하게 했다. 정식은 부원장 명희가 얼마나 혈안이 되어 그의 행방을 찾고 있는지 말해 주려다 그만두었다.

전 재산을 물려준다는 유언장을 남기고 이렇게 숨어 버리려는 의도를 도저히 이해할 수 없었다. 모리 교수처럼 누군가의 가슴 속에서 영원히 살아남고 싶어 그러는 것일까? 아니면 송 감독과 명희의 관계를 눈치채고 질투의 감정이 생겨서 그럴까? 그 두 가지 이유가 아니라면 도대체 무엇일까? 정식이 그 이유를 물었다면 영준은 그냥 흔적 없이 사라지고 싶다고 대답할 것이 뻔했다.

한참 시간이 흐르자 목에서 가래 끓는 소리도 가라앉고 숨결도 고르게 되면서 영준이 눈을 떴다.

"놀랐지? 하루에도 몇 번씩 이런다네. 옛날 도인들은 자기 스스로 숨을 멈추어 생을 마감했다는데 나는 아직 그런 경지에 이르지 못했어."

몸은 시든 나무와 같이 비쩍 말랐고 정신은 불 꺼진 재와 같이 식어버린 상태였으나 그의 눈은 평화로워 보였다. 한때는 인간병기로 땅과 바다를 거침없이 누볐으며, 그 이후로는 주먹 하나에 의지하여 종로통을 접수했고, 말년에는 춤으로 외로운 여인들을 즐겁게 해주던 화려한 이력을 지닌 육신이 저기 저렇게 쓰러진 고목처럼 버려져 있는 것이다. 그런데 그 당사자는 아주 태연한 표정으로 누워서 휴식을 즐기는 것 같았다.

"저기 저 거울 좀 가져다 내 얼굴에 비추어 줄래?"

영준이 턱으로 문을 가리켰고 문간에는 한 사람의 얼굴이 들어갈 만한 거울이 걸려 있었다. 정식이 거울을 들고 그의 앞에 서자 그는 거울 속으로 빠져 들어갈 듯 노려보았다. 언제인가 그는 이렇게 말한 적이 있었다. 매일 아침 일어나서 그가 모시는 유일신을 거울 속에서 확인한다고. 그리고 그가 명령하는 대로 하루를 사노라면 후회 없는 인생을 살게 된다고. 그런데 이제 그는 거울 속에서 누구를 보려고 하는 것일까?

"무엇이 보입니까?"

정식이 긴 한숨을 내쉬더니 이렇게 대답했다.

"아무것도 보이지 않아야 하는데 왜 거기 사람이 있는 거야?"

"그거야 당연한 일이 아니에요?"

"아니지. 60년 동안 꿈을 꾸어 왔으니 이제 누가 그 꿈을 꾸었는지 알고 싶어. 이제 나는 꿈에서 깨고 싶거든."

영준은 거울 속에 사람이 나타난다고 짜증을 부렸다.

"그럼 무엇이 보이기를 바랐어요?"

"아무것도 보이지 말아야지. 그렇지 않으면 이제 곧 흩어질 구름 한 조각이 보이던가."

이제 갈 때가 되니 제정신이 아닌가 보다 하고 정식은 거울을 도로 제자리에 걸었다. 그리고 이번에는 자신이 눈을 감아버렸다. 그런데도 영준이 집요하게 말을 걸어왔다. 그는 낮은 소리로 집을 마셔버린 술꾼의 이야기를 했다.

옛날에 모주꾼 하나가 살았는데 매일 술을 마시다가 빚에 몰려 집을 팔게 되었다. 집을 술값으로 날려 버리고 그 집을 떠나면서 그는 이렇게 외쳤다. 여태껏 내가 네 속에 들어가서 살아왔지만 이제부터는 네가 내 속에 들어와 살게 되었다고.

"내가 60년 동안 이 땅에 깃들어 살았지만 그동안 이 지구의 공기를 다 들이마셔 이 세상이 내 뱃속에 들어와 있지. 이제 이만하면 여기를 뜰 자격이 있지 않겠나?"

"개똥밭에 굴러도 이승이 저승보다 낫다는 옛말이 있지 않습니까? 그렇게 많은 돈을 벌어놓았으니 다 쓰기나 하고 돌아가셔야죠. 나 같으면 억울해서 눈을 못 감을 것 같아요."

"그래. 우리는 참 멋진 꿈을 꾸었지. 이 세상에 한 방 제대로 먹여 주었지. 나는 그것으로 만족해. 삶은 그저 일상의 반복일진대 이제 나는 거기서 벗어나야 해."

여기까지 힘겹게 말을 잇고 영준이 탁자를 가리켰다. 거기에는 플라스틱 빨대가 꽂힌 컵이 놓여 있었다. 그것을 가져다주자 영준은 한 모금 물을 빨아 마시고는 혀로 바짝 말라버린 입술을 축였다. 그사이에 정식은 살그머니 일어나 배낭에서 녹음기를 꺼내 스위치를 눌렀다. 한동안 침묵이 이어졌다.

영준이 다시 숨을 고르고 안정을 되찾을 기미가 보이자 이때다 싶어 정식이 질문을 던졌다.

"형님. 내세가 있다고 믿습니까?"

이것은 녹음기를 챙기면서 정식이 미리 준비해둔 질문이었다. 그런데 영준은 그의 말을 못 들은 척했다. 고개를 뒤로 젖혀 천정만 올려다보았다.

"저승에 갔다가 되돌아 왔다는 사람도 있대요."

"……."

"불을 건너거나 빛이 보이는 터널을 지나갔다고 하더군요."

"……."

"거기서 조상의 영혼을 만났다고 그래요."

"……."

"영계에 머물던 영혼이 다른 생물로 태어난다고 믿는 사람도 있구요.”

그런데 이 말이 떨어진 바로 그 순간 영준이 정식을 노려보며 버럭 소리를 질렀다. 역정이 뚜렷이 드러나는 목소리였다.

“그게 도대체 나와 무슨 상관이 있다는 거야? 또 다른 삶이 주어지더라도 나는 내가 살아온 것과 똑같이 살 거야. 그러니 내게는 내세나 윤회가 있어도 그만, 없어도 그만이야.”

갑자기 격정적으로 돌변하는 영준의 태도를 정식은 이해할 수가 없었다. 그래서 조용히 입을 다물고 그가 진정되기를 기다렸다. 그러면서 니체가 도입한 영겁회귀의 개념을 다시 한 번 머릿속에서 떠올려 보았다. 영준이 소리 높여 외치는 말이 바로 그런 의미를 지닌 것 같았다.

“나는 내 인생의 주인공이었어. 내가 쓴 문장의 주어는 항상 나 자신이었지. 한 번도 타인을 내 인생에 개입시킨 적이 없었어. 그런데 이제 나는 그 주어마저 지워 버리려고 하는 거야. 그런 영혼에게는 내세나 윤회가 아무 의미가 없지.”

이렇게 덧붙이는 영준의 말을 듣고 바로 그 순간 정식의 머릿속에서 불꽃이 작열하는 기분이 들었다. 이 말이 곧 오랫동안 숙제처럼 의문을 품고 있던 영겁회귀의 진수를 밝혀주는 해답이라는 확신을 주었다. 자신의 삶을 주인공으로 살았던 사람은 또 다른 삶이 주어진다 하더라도 똑같이 살게 될 것이니 그것이 바로 영겁회귀이다.

한 번의 시험에서 100점을 맞은 학생은 그 시험을 반복해서 치를 이유가 없는 것과 마찬가지이다. 이제 그 주어마저 지워 버리려는 영혼은 자신의 의지를 우주의 운행과 자연의 질서에 의탁하여 영원히 사라져 버릴 것이다. 그렇게 되면 한때 존재했다는 흔적도 사라져 버리게 되는데 그로 인해 삶도 죽음도 없는 영원한 시간이 흐를 것이다. 이것이 바로 영겁회귀의 진정한 의미이다.

영준을 처음 본 올리비아가 그를 보고 치앙이라고 불렀던 기억이 났다. 여기서 정식은 자신이 그의 제자인 갈매기 조나단임을 인정할 수밖에 없었다. 조나단은 이제 스승인 치앙을 따라 끝없이 펼쳐지는 창공을 향해 날개를 펴는 방법을 배웠다. 이렇게 허공에 자신을 던져 버리는 용기를 가진 자만이 영원한 자유를 누릴 수 있는 것이다.

그에게는 삶이나 죽음의 구분이 없어진다. 이런 인식에 이르게 되면 장자가 말하듯 대지는 나를 태어나게 하고, 수고롭게 삶을 유지하게 하며, 늙도록 하여 한가로움을 주고 죽게 하여 영원한 안식을 준다는 자연의 섭리를 담담하게 받아들일 수 있다. 나는 자연 순환의 한 도구임으로 거기에 무슨 의미를 부여하려고 몸부림칠 이유가 없다. 그냥 내버려 두면 되는 것이다. 거기에 인위적으로 무엇인가 하려고 할 때 비극은 시작되는 것이다.

정식이 삶의 모델로 삼고자 했던 조르바도 깨우칠 수 없었던 진리를 영준이 전해준 것이다. 조르바는 죽을 때까지 영원한 생명을 갈구했다. 그런 욕망이 우주의 질서를 깨는 만행이라는 것을 알지 못했다. 당연히 그의 욕망은 실현될 수 없었다. 그래서 그는 신을 부정했지만 절대자에 의존할 수밖에 없는 운명을 가지고 태어났다. 그가 종부성사를 거부한 것은 신을 거부한 것이 아니라 죽음을 거부한 것이다.

자신의 의식을 우주의 질서와 운행에 던져 넣는 주체는 우주와 한 덩어리가 되어 영원히 존재하는 것이다. 따라서 그에게는 절대자가 필요하지 않다. 왜냐하면 그 주체는 우주와 동기화되어 따로 구분할 수 없는 존재가 되었기 때문이다. 집을 마셔버린 모주꾼처럼 우주를 품어 버렸기에 그에게는 더 이상 삶과 죽음이 구분되지 않는다. 인생은 뜬구름과 같아서 한때 존재했다는 착각을 일으키게 한다. 따라서 그는 존재하지 않았고, 존재하지 않은 것은 사멸하지도 않는다.

정식이 이렇게 드넓은 창공으로 비상해 오르는 동안 영준은 가볍게 코를 골며 자고 있었다. 아주 가냘픈 숨결이었지만 거기에는 지구를 들어 올릴 만큼의 힘이 숨겨져 있었다. 그를 가만히 응시하고 있던 정식의 눈꺼풀이 무겁게 내려앉았다. 요즘 바쁘게 움직이느라 잠을 줄인 탓인지 졸음이 쏟아졌다. 그는 윗목에 쌓아 놓은 이부자리를 끌어당겨 펼치지도 않고 그 위로 엎어졌다. 그리고 이내 깊은 잠에 빠져 들었다.

잠시 눈을 감았다 뜬 것 같은데 눈을 떠 보니 벌써 어두컴컴한 저녁이 방 안으로 고개를 디밀고 있었다. 구름을 타고 먼 외계 행성을 다녀온 듯한 기분이 들었다.

정식은 상쾌한 기분으로 잠에서 깨어났다. 영준이 그윽한 눈길로 내려다보고 있다가 눈이 마주치자 샐쭉 웃어 보였다. 그 눈동자에 영원히 살아남을 듯한 기운이 배어 있었다. 그래서 정식은 망설임 없이 단도직입적으로 물었다.

"형님은 매장을 원하십니까 아니면 화장을 원하십니까?"

"나는 장례식을 거부하겠네. 화장도 매장도 원하지 않아. 그냥 아무도 모르게 하늘로 솟아오를 작정이네."

"그것은 말이 되지 않는 소리예요."

"아니야. 그냥 내버려 두게. 이 지구가 나의 무덤 자리이고 해와 달과 별이 내 곁을 지켜주는 동반자일세. 독수리나 까마귀가 내 육신을 쪼아 먹고 쥐나 개미가 뼈를 갉아 먹도록 내버려 두게. 인류가 오래전에 잃어버린 자연의 섭리에 따르고 싶네."

잔뜩 귀를 기울여야 알아들을 정도로 작은 목소리였지만 메시지는 명확하게 전달되었다. 아무도 모르는 곳에서 홀로 죽음을 맞을 자유를 달라고 했고, 아무런 일도 일어나지 않은 것처럼 방관하는 것이 그를 도와주는 일이라 했다. 그리고 마지막으로 자신과 맺었던 인연을 훌훌 털어 버리고 잊어버리라고 했다.

"그리고 마지막 부탁이 하나 더 있네."

"뭔데요?"

"그 소설 말야, 제목이 뭐였더라?"

"《영겁회귀》라는 제목을 붙였는데 아직 반도 쓰지 못했어요."

"그거 없애 버리게."

"왜요?"

"어디에고 내 삶의 흔적을 남기고 싶지 않아."

이 말을 마지막으로 영준의 눈이 다시는 뜨지 않을 것처럼 감겼다. 정식이 알았어요, 하고 우물거리는 목소리로 대답을 했는데 그는 아무 반응을 보이지 않았다. 이제 다시 그를 보지 못할 거라는 예감이 정식에게 찾아들었다.

바로 그 순간 인기척이 들려 정식이 문을 열었다. 순돌이를 앞장세우고 철우가 짐 보따리를 한 아름 안고 마당으로 들어서고 있었다. 영준이 식사를 거부한다고 하면서도 그는 먹거리를 잔뜩 사들고 방 안으로 들어섰다.

이렇게 두 번째의 강원도 방문을 마치고 서울로 돌아와 정식은 한 번 더 학부모 간담회를 치르기로 했다. 그와 동시에 강사 모집 광고를 보고 찾아온 선생님들의 면접을 치렀다. 이렇게 바쁘게 지내면서도 그의 신경은 온통 강원도에 꽂혀 있었다.

아니나 다를까 닷새가 지난 날 점심때쯤 철우로부터 전화가 왔다. 영준이 이틀 전에 어디론가 사라져 보이지 않는다고 했다. 꼬박 이틀 동안 주위의 산을 다 둘러보았지만 찾지 못했다고 했다. 그로 미루어 어디 가서 죽은 것 같은데 찾을 방도가 없다는 것이었다. 오늘 하루 더 찾아보고 없으면 자기도 미련 없이 이곳을 뜨겠다고 했다.

다음 날은 학부모 간담회의 일정이 잡혀 움직일 수 없었고, 그 다음 날 그는 다시 강원도로 향했다.

목적지에 도착해 보니 철우도 순돌이도 보이지 않았고, 계곡에서 불어오는 회오리바람만이 그를 맞아 주었다. 이 공간에서 생명이 있는 모든 것이 사라진 기분이 들었다. 등나무 안락의자에 이부자리가 덮여 있기는 했지만, 그것을 들쳐보니 차가운 냉기만이 자리잡고 있었다. 며칠 동안 난방이 되지 않은 듯 방 안에는 바깥보다 싸늘한 공기가 맴돌았다.

집 주위를 둘러보다 지팡이 같은 나뭇가지 하나를 주워들고 산등성이를 타고 올라섰다. 그러고는 영준의 발걸음이 미칠만한 곳을 뒤지고 다녔다. 그의 체력으로는 먼 곳을 가지 못했을 거라 여기고 집 주위의 언덕배기를 집중해서 수색했다.

이렇게 한 나절 동안 몇 바퀴를 돌아보았지만 그의 종적을 찾을 수 없었다. 공연히 여기저기 낙엽더미를 쑤시고 다니다가 정말 그가 하늘로 솟아올라 구름을 타고 사라져 버렸는지도 모르겠다고 생각했다.

그러면서 잠시 주저앉아 땀을 닦고 있는데 멀리서 개 짖는 소리가 들려왔다. 폐가의 뒤편에서 나는 소리였다.

언덕에서 후다닥 뛰어내려와 개 짖는 소리가 들려오는 곳으로 달려갔다. 철우의 집 바로 아래 켠에 있는 폐가의 뒤뜰에서 순돌이가 짖고 있었다. 거기 제대로 먹지 못해 깡마른 순돌이가 마지막 힘을 다해 목청을 돋우었다.

정식과 마주치자 순돌이는 그를 나뭇가지가 수북이 쌓인 언덕 밑으로 이끌었다. 그리고 그 앞에서 낑낑대며 무어라 의사를 전달하는 시늉을 했다. 정식이 목덜미를 쓰다듬으며 흥분한 녀석을 진정시켰다. 개가 코를 들이밀며 땅을 긁어대는 곳에 수북이 쌓인 나뭇단을 치우자 조그만 동굴의 입구가 보였다.

전기가 들어오지 않는 이런 오지에 사는 사람들이 냉장고 대신 사용하기 위해 파 놓은 동굴이었다. 거기 항아리 몇 개가 놓여 있었고, 깨진 항아리 옆에 검은 물체가 웅크리고 앉아 있었다.

영준이었다. 그는 검은 추리닝 바람으로 두 다리를 뻗고 흙벽에 몸을 기대고 앉아 있었다. 그를 본 순간 스님들처럼 가부좌를 튼 자세로 앉아 있었더라면 훨씬 더 보기 좋았을 거라는 생각이 얼핏 들었다. 왜 하필 이렇게 긴박한 순간에 그런 한가한 생각이 들었는지 자신도 이해할 수 없었다.

"형님, 영준 형님!"

대답이 돌아오지 않을 것을 뻔히 알면서도 정식이 말을 걸었다. 아무 응답이 없었지만 정식은 시신에 손을 대지는 않았다. 그냥 못 본 척하고 내버려 두라는 영준의 말이 허공에서 들려왔다. 동굴 안에서는 신김치에서나 풍기는 시큼한 냄새가 났는데, 그 냄새가 항아리에서 나오는 것인지 사람의 주검에서 풍겨 나오는 것인지 구별할 수 없었다.

머리가 천정에 닿아 구부정한 자세로 서 있기가 힘들어 일단 밖으로 나와서 한참 동안 엉거주춤 서 있다가 다시 나뭇단을 옮겨 굴의 입구를 막았다. 여기에 그가 있다는 것을 비밀로 하는 것이 그를 지켜주는 것이라는 생각이 들어서였다.

그는 한동안 동굴 앞에 퍼질러 앉아 무덤을 지키는 석상처럼 움직이지 않았다. 산봉우리 근처에 구름덩이 몇 개가 흩어져 걸려 있었는데 거기에서 영준의 넋이 숨바꼭질을 하는 것 같았다. 그의 옆에 순돌이가 그와 같은 자세로 앉아 눈을 끔벅이고 있었는데 마치 할 일을 다했다는 듯이 만족한 표정이었다.

해가 산을 넘고 봉우리에 걸쳤던 구름도 흩어질 지음 정식은 자리에서 일어났다. 터덜터덜 걸어서 개울가로 내려왔는데 순돌이가 그의 뒤를 졸래졸래 따라오다가 어느 사이엔가 사라져 버렸다. 마치 짙어가는 땅거미 속으로 스며든 것처럼 보이지 않았다.

얼마 전까지 존재했던 두 개의 생명이 하나는 하늘로 솟아오르고, 다른 하나는 땅속으로 꺼져 버린 것 같았다. 그는 그렇게 무념무상의 상태로 진부까지 걸었다. 그래도 막차가 남아 있어서 서울까지 오는 데 지장은 없었다.

그날 밤에 정식은 인디언의 꿈을 꾸었다. 머리에 깃털을 꽂은 늙은 아메리칸 인디언 한 사람이 힘겹게 산을 오르고 있었다. 깎아지른 듯한 절벽인데도 그는 익숙한 듯 잘 기어올랐다.

온몸이 피투성이가 되어 산꼭대기에 오르더니 아스라이 내려다보이는 벌판을 보고 있었다. 거기서 들소 사냥을 하던 자신의 모습을 추억하고 있었는지도 모른다. 부족 사람들은 아무 말 없이 사라진 이 인디언을 찾으려 하지 않았다. 그가 죽을 곳을 찾으러 갔다는 것을 알고도 모두 모른 척하는 것이 그의 위엄을 지켜주는 것이라는 전통을 지켰다.

드디어 큰 바위 밑에서 죽을 자리를 발견한 인디언은 등에 매고 있던 장죽을 빼내어 거기에 담배를 담았다. 그리고 부싯돌을 켜서 불을 붙였다. 거기서 나온 연기가 산을 뒤덮더니 하늘로 올라가 뭉게구름을 이루었다. 담배를 태우는 의식을 치른 인디언은 시계를 들여다보았다. 인디언이 회중시계를 꺼내 시간을 확인한다는 것이 어울리지는 않았지만 어쨌든 꿈에서는 그랬다.

시계의 시침과 분침이 만나는 정오가 되자 그는 자리에서 일어나 구슬픈 노래를 부르며 춤을 추었다. 가사를 알아들을 수는 없으나 아마 조상에게 자신의 죽음을 알리는 내용 같았다.

그리고 그 춤은 조르바가 해변에서 추던 그 춤과 같이 경쾌한 템포를 가지고 점점 빨라졌다. 춤이 클라이막스에 이르자 인디언은 그냥 그 자리에서 고꾸라졌다.

바로 그 순간 정식이 잠에서 깨어났다. 눈을 떠보니 정식은 자신이 눈물을 흘리고 있음을 알았다. 하나도 슬프지 않고 경쾌한 음악이 아직 귓속을 울리고 있는데 눈물을 흘린 이유를 자신도 알 수 없었다.

4

그를 아는 모든 사람들에게서 잊혀지고자 했던 영준의 소망은 결국 이루어지지 못했다. 그의 유언장이 집행되려면 그의 사망증명서가 필요했기 때문이다. 진우로부터 그런 얘기를 듣고 결국 정식은 사실을 있는 그대로 알릴 수밖에 없었다.

영준의 장례는 진우, 정식, 철우 세 사람이 도맡아서 치렀다. 진우의 부탁으로 당분간 명희에게는 비밀로 하기로 했다. 철우가 읍내 병원의 의사를 폐가가 있는 곳까지 데리고 가서 검시를 받고 사망 진단서를 떼었고, 정식과 진우는 장의사에 의뢰하여 시신을 수습하고 벽제화장장에서 화장한 뒤 남은 뼛가루를 그가 마지막 머무르던 집 마당에 있는 소나무 밑에 뿌렸다.

나중에서야 이런 사실을 안 명희가 울고불고 난리를 치는 바람에 진우가 그녀 옆에 붙어서 위로하느라고 애를 먹었다. 뒤늦게 소식을 접한 선규도 그 사람이라면 충분히 그럴 수 있노라고 고개를 끄덕였다.

봄이 가고 여름이 오자 진우는 〈차라투스트라의 사랑〉이라는 영화를 본격적으로 찍기 시작했고, 명희는 춤방이 있는 건물을 통째로 사들여 조물주 위에 있다는 건물주가 되었다. 그래도 그녀는 영준과의 추억이 어려 있는 춤방을 접지 않고 계속 운영했다. 자기 나이 또래의 부원장을 채용하여 학원의 운영을 맡기고는 원장이 된 자신은 거기에 잘 나타나지도 않았다. 마치 살아생전에 영준이 그랬던 것처럼.

정식과 올리비아는 대한민국의 어린이와 학생들에게 영어를 가르치느라 눈코 뜰 새 없이 바쁘게 지냈다. 그래도 그동안 병상에 있는 서만수 씨를 두 번씩이나 찾아가는 효심 깊은 아들 노릇을 하기도 했다. 마지막으로 정식은 영준의 소원을 한 가지 들어주기는 했다. 소설 쓰기를 포기한 것이다. 이제 소설 《영겁회귀》는 영원히 완성되지 못하게 되었다.

이제 영준의 이름은 나무 팻말에 인두로 지진 '영준춤방'이라는 간판에만 남아 있을 뿐, 그의 존재는 아스라한 구름이 되어 흩어졌다. 그리고 그의 영혼이 이 우주를 집어 삼켰다는 신화가 완성되었는지 아닌지는 아무도 알 수 없었다.

또 하나 특기할 만한 사실이 있는데, 그것은 박광천 변호사의 죽음이었다. 그는 3월 중순에 필리핀 여행 중 현지 살인 청부업자에게 살해당했는데, 그가 거기 왜 가게 되었는지 무슨 이유로 살해당했는지 수사기관이나 매스컴도 밝혀내지 못했다.

-끝-

이동재 장편소설

종이 울리면 자리에 앉는다

지은이 | 이동재
펴낸이 | 황인원
펴낸곳 | 도서출판 창해

신고번호 | 제2019-000317호

초판 인쇄 | 2021년 12월 10일
초판 발행 | 2021년 12월 17일

우편번호 | 04037
주소 | 서울특별시 마포구 양화로 59, 601호(서교동)
전화 | (02)322-3333(代)
팩시밀리 | (02)333-5678
E-mail | dachawon@daum.net

ISBN 979-11-91215-28-1 (03810)

값 · 15,800원

Publishing Club Dachawon(多次元)
창해·다차원북스·나마스테